미뇽의 수다, 고모노 통신

마뇽의 수다, 고모노 통신

1판 1쇄 발행	2022년 3월 10일
지은이	민용자 이성원
발행인	이선우
펴낸곳	**도서출판 선우미디어**

등록 | 1997. 8. 7 제305-2014-000020
02643 서울시 동대문구 장한로 12길 40, 101동 203호
☎ 2272-3351, 3352 팩스: 2272-5540
sunwoome@hanmail.net
Printed in Korea ⓒ 2022. 민용자 이성원

값 13,000원

※ 잘못된 책은 바꿔 드립니다.
※ 저자와 협의하여 인지 생략합니다.

ISBN 978-89-5658-692-2 03800

미뇽의 수다, 고모노 통신

@7080 부부의 버킷리스트-일본의 시골살이 6년

민용자 · 이성원 지음

선우미디어

책머리에

[미농의 수다] 고모노통신…
이런 글쓰기, 77세에 처음 있는 일입니다.

일본말을 외마디 스미마셍, 아리가도, 오하요. 곤니치와, 곰방와밖에
모르는 70세 할머니가 왔다리갔다리 일본살이 6년…
제 여고 동기 홈페이지에 친구들과 떤 수다를 쓴 이야기입니다.

2014년 4월 1일 일본 중부 산골짜기 고모노菰野에 갔습니다.
남편 李선생의 버킷리스트 일순위 '일본살아보기'를 실행한 것입니다.
평소 건강만큼은 자신 있다고 생각하였고 늘 자기관리에 충실하였던 사
람이 2013년 80세 여름 폐렴을 앓고 나서 '아, 이젠 내가 아무 때나 떠날
수 있겠구나.' 하여 구라시나(倉科) 기자의 도움을 받아 실천에 옮긴 것입
니다.

한 달만 살아 보자던 것이 일 년, 이 년… 만 6년. 코로나 사태만 아니
었다면 지금도 고모노에 가 있을는지 모를 일입니다.

눈만 감으면 떠오르는 고모노…. 2020년 2월, 마지막으로 다녀오고는
정다운 분들과 인사도 못 나눴습니다. 구라시나 기자의 말대로 '코로나가
침착해지면' 곧 달려가려 합니다.

올해는 저의 희수(77)와 우리 李선생 YB(YoBo)의 구순(90), 그리고 결혼 55주년이 되는 해이기도 합니다.

사랑하는 애독자 51회 친구들의 격려와 집 아이들의 적극적인 도움으로 글을 엮어내게 되었습니다. 나의 51회 친구들 특히 경수니, 희준 남준 동준 세 아이들 그리고 두 분 선배님 여러분께 큰절 올립니다.

감사합니다.

2022년 3월
미뇽

*미뇽Mignon-대학 시절 은사님께서 저에게 지어주신 별명입니다. (李선생은 '민용'이라 부릅니다)
*李선생(이성원)-나의 남편을 51홈페이지 친구들이 부르는 호칭입니다.
*구라시나(倉科信吾) 기자-일본 〈중부경제신문〉 기자
*선배님-여고 대선배님이신 고광애, 유선진 수필가
*경수니-여고 동기 이경순. YWCA 미디어소통위원회 위원. 전 영상등급위원회 위원장

차례

민용자 편 책머리에

2016 미농의 수다, **고모노와 친해지기**

2017 미농의 수다, **고모노댁, 민간 외교관으로**

2018 미농의 수다, 고모노에서 챙기는 소확행(1)

2019 미뇽의 수다, 고모노에서 챙기는 소확행(2)

2020 미뇽의 수다, 고모노에서 챙기는 소확행(3)

2021 미농의 수다, 아듀~ 고모노

2021 미농의 수다, 서울 일기

[경기여고 100주년 기념문집 가족 글 두 편]

이성원(李晟遠) 편
日本체류 七年

미뇽의 수다
•

민용자 편

낯선 고모노에서의 새 삶

이발소 헤어복스 〈히로타〉

검색의 여왕 문자 씨, 고모노 동영상 땡큐~. 내가 150% 만족이라구 했더니 모두들 놀라는 거야. 서울서 숨 가쁘게(?) 살던 사람이어서 낯선 고모노에서의 생활을 힘들어할 줄 알았다고들…. 한데 나는 책 읽기를 좋아하니 시간 보내기 괜찮더라고. 수필집보다는 장편이 좋겠고 하룻저녁에 한 권씩 읽어 치웠다니까.

어제 다니러 온 金서방(큰사위), 효민 애비, 에미도 놀라며 이러다 작가로 데뷔하시는 거 아니냐고 해서 웃었지.

작은 동네에 웬 학습원(학원)과 이발소는 그리 많은지 우리 집 앞뒤로 3~4개씩 되고 이발소도 1600엔부터 4000엔까지….

우리 李선생, 집 앞 헤어복스 히로타(1930년 이발소로 시작)에서 마담 상에게 온갖 '서비스'를 다 받으며 80평생 젤 비싼 이발을 했다는 거 아녀.

작은 동네니까 그 집밖에 이발소가 없는 줄 알았다지 뭐야. 15분이면 된다고 나갔는데 1시간 반이 되어도 안 들어와. 어디 납치돼 간 줄 알았지. 근데 참고로 이발소표시 빨강&파랑(공통)인데 이 집은 파랑색이어서 일

본이라 그런가 했더니 이건 이&미용실 남녀공용^^*

헤어복스(Box) 헤어디자인 등등 미국식 이름이 붙은 작은 싸롱처럼 꾸며있고 역전 사쿠라이발소는 우리나라 옛날식처럼 의자가 주욱 놓여 있더라고. 다음번에 여기로 가면 되겠구나 했지.

집 앞 주차장 옆, 오렌지&그린으로 된 집도 알고 보니 학(습)원이더라구. 이곳엔 특히 영어학원이 많아. 아이들이 방과 후 모두 학원으로 가는가 봐. 어디든 엄마 마음은 똑같은가 봐. 등교 시간은 초등학교는 7시 50분~8시, 아이들이 두 줄로 서서 종 종 종, 교사가 깃발을 들고 후미에 서서 등교해.

중·고교는 8시 20분~8시 30분, 역시 두 줄로 서서 종 종 종… 자전거를 탄 학생들도 있어. 우리 아파트가 2층이어서 거실에서 잘 보여.

그런데 낮 시간대에는 도통 사람들을 볼 수가 없어. 다 어디서 뭘 하는지.

2014년 4월 27일

드디어 인터넷 연결

나야. 고모노 댁^^* 물경 두 달 만에 '51홈'에 들어왔네. 이제 아침저녁 바쁘게 생겼네~.

일본 도착하자마자 신청해서 기다리고 기다리던 인터넷을 엊그제 연결해주고 갔는데 또 안 돼. 연락했더니, 연결 '클릭' 한 번 빼먹은 거야….

한국 제품에, 한국어 모르는 일본인 기사, 컴맹 李선생, 의사소통이 제대로 안 된 거지 뭐. 그래도 기사가 전날 왔다 갔으니 요금(거의 10만원)

의 반값 정도 받을 줄 알았는데 아녀! 그냥 7엔 잔돈까지 깔끔하게 챙겨
갔어.

이곳에서 할 일이라곤 책 읽기!

이번에는 경수니가 준 책, 『눈물』1.2-쑤퉁, 『만엔원년의 풋볼』-오에
겐자부로, 내가 가지고 온『비명을 찾아서』1.2, 『내 몸 앞의 삶』『삶을
견딜만하게 만드는 것들』등 복거일 씨 책 다 읽었고 처박아 두었던 몽테
뉴 책에 도전하고 있는데… 넘 두꺼워. 챕터별로 읽어보려고 해.

『내 몸 앞의…』(장편), 『삶을 견딜만하게…』(에세이), 『한가로운 걱정
들을 직업적으로 하는 사내의 하루』는 복거일 씨가 간암선고 후 6개월간
시골에 칩거하며 쓴 책으로 딸(은조=화가)에 대한 절절한 사랑을 쓴 거
야. 다 읽고 나서 복 선생에게 문자를 보냈더니 전화까지 주셨어.

좀처럼 한국어책 안 읽는 우리 李선생 『한가로운…』은 언더라인까지
하며 읽고 있어. 열독 중인『몽테뉴』와 복거일 씨를 비교해가면서….

나, 서울 가면 몰라볼 girl?

* 추신: 경수나 휴대폰으로 보낸 사진 좀 올려줘. 먼저 사진은 동네 양판점에서
파는 꽃모종. 우리 같은 아주머니, 할머니들이 많이 사가네.

2014·05·20 10:48/ HIT : 178

17

할머니 닌자 탄생

오하요! 일본은 전국이 30도가 넘는 여름 날씨. 오늘 나고야는 33도라는데 고모노는 24~25도, 실내는 20~22도 정도여서 아주 쾌적해.

어제는 왕복 5시간 걸리는 '아까메'라는 곳에 가서 손자 종서랑 '닌자체험'을 했어.

닌자복을 입고 1시간 반 정도 현장체험을 하는 놀이야. 염천에 손자 덕분에 별 체험을 다한다(ㅎ). 할아버지 李선생은 통역을 위해 따라다녔지. 두 명의 2,30대 여 교관 닌자는 한국 드라마를 많이 봤다면서 "안녕하세요" "잘했어요" 등 한국말을 하더라구. 그 시골구석에도 한류가… 한국 할머니 어깨가 으쓱했지.^^*

벽타기, 줄타기, 수리검 던지기, 회전문으로 돌아 들어가 도망가기, 닌자 칼 공격하기 등등. 마지막 튜브 타고 물 건너기에서는 둘 다 풍덩~ 홈빡 젖었지만 아주 재미있었어. 암튼 인증서도 받았다니까.

70세 할머니 닌자 탄생!

6시쯤 돌아오는 전철, 고모노에서 할아버지랑 손자는 내렸고 나만 졸다가 한 정거장을 더 갔다왔지. 닌자 되기가 힘들긴 했나벼^^*

*추신: 일본 교통비, 장난이 아니야. 서울에서 경로 무료로 다니다가 짧은 거리도 꼭 요금을 내야 하니까. 표 사기가 번거로워 엊그제 IC 카드를 만들어 2500엔을 충전했는데 어제 귀로에 체크해 보니 500엔 남은 거야. 전철은 주중이기도 하지만 붐비지 않고 냉방이 잘 되어 있어 아주 쾌적하다.

2014·07·02 10:46 ∣ HIT : 201

일본 칠석날

어제는 일본 칠석날, 산가쿠지(三岳寺) 칠석 마츠리에 가려고 벤또도 쌌는데 태풍예보로 취소, 집에서 먹었어.

어제 못 간 칠석 마쓰리 대신에 '고다이쇼다케'(御在所岳 1212m) 로프웨이를 타고 왔어. 8호 태풍 예보로 호들갑스러운데 이곳 고모노는 해가 나잖아. 암튼 고모노는 이상한 곳이야.

전철 유노야마 온센역에서 버스를 타고 계곡을 따라 10분쯤 가면 원조 유노야마 온센역이 나오는데 1300년 전 개장했다는 진짜 유노야마 온천 마을이더라구. 우리가 히에가리 다니는 [그린호텔]은 최근에 지어진 것이고….

겹겹이 둘러싸인 산의 나무는 어찌나 울창한지 계곡의 물소리, 예스런 온천장들, 쇼와(昭和) 황제 내외가 묵었다는 '이로도리 彩 호텔', 사슴과 나무꾼의 전설이 얽힌 '시카노유노=鹿의 湯' 등등. 정말 일본 전국에서 여름에 피서 올 만한 곳들이 많았어.

집을 나설 때만 해도 산가쿠지(삼악사)에 가려고 했는데, 12시 30분 종점 카페 '오렌지하우스'에서 햄버거를 먹고 나오니 멀리 로프웨이가 움직이고 있고 날씨도 약간 흐린 게, 로프웨이 타는 게 좋을 것 같아 방향을 바꿨지. 버스 종점에서 우측으로 250m 걸어 올라가. (산가쿠지는 좌측으로 1km)

1959년 문을 연 '고다이쇼다케 로프웨이'는 1분 30초 간격으로 30개의 케이블카가 운행되고 있었다(입장료: 왕복 2,160엔). 시계가 좋지 않은데 타겠느냐고 묻는다. 등산객들은 뒤쪽 등산로로 올라와 편도를 타기도 하나 봐.

산정에 오르니 멀리 겹겹이 보이는 산들이 비구름에 싸여 아주 환상적!

날씨 탓인지 정상에는 등산객이 단 2명뿐. 비구름 속에 조손간 대화하는 모습이 보기 좋은지. 마침 나고야에서 왔다는 여자(56세) 등산객이 사진을 찍어주었다. 일본 부인들도 나이 들면 우리보다 더 수다스러워…^^*

李선생과 만수받이… 서울서 왔다니 놀라며, 종서 이야기에 2살 된 손자가 일주일에 두 번 영어유치원에 가는데 영어+일본어 섞어 써서 자기도 못 알아듣는다나…. 실제로 종서가 다니는 영어학원에도 그런 아기 영어회화반이 있어. 그녀의 남편(65세)은 등산로를 따라 올라와(1시간 반) 로프웨이로 내려간단다.

환상적인 등산(?)을 마치고 3시 12분발 아쿠아이그니스 버스 타고 고모노역에 내리니 3시 50분, 잇치고칸(슈퍼)에 다녀왔어.

태풍 소식에도 여기는 안전, 그냥 멀리 지나가나 봐. 잘 지내다 갈게.

|2014·07·08 16:32| HIT : 211

삼악사 탐방

오늘은 히가에리(온천욕) 후 벼르던 산카쿠지(三岳寺)에 다녀왔어.

2시 30분, 마침맞게 비도 멎고 흐린 게 걷기 딱 좋겠고, 元 유마노온센 버스 시간(33분 발)도 딱이라서…. 버스에는 우리 부부와 종서 세 식구뿐, 종점에 내려 왼쪽 길로 100m 걸어 올라가니 10월 승병(僧兵) 마츠리(祭り) 포스터가 눈에 띄네^^*

우와! 정말 예스런 온천여관들, 이끼 낀 다리, 하얀 커다란 돌 사이로 물보라를 일으키며 쏟아져 내리는 맑은 물…. 비 온 후라 운무가 낀 산은 또 얼마나 환상적인지…. 멀리 지난번에 탔던 고다이쇼다케(御在所岳) 케이블카가 조그맣게 보인다. 하마터면 고모노(菰野)의 진수를 놓칠 뻔 했네.

7월 칠석의 마츠리, 10월 승병 마츠리(400명 규모)를 하는 절이라서 엄청 기대하고 갔는데 아주 작은 절이더라구. 실망했어…. 참배객은 우리 셋과 한 명의 아가씨 등 모두 4명.

삼악사는 9세기 초, 사이초(最澄 767~822)라는 고승이 창건하였는데 16세기 중엽 잦은 승병들의 반란으로 오다 노부나가(織田信長 1534~1582)에 의해 불태워졌고 그 후 도꾸가와 이에야스(德川家康 1543~1616)에 의해 재건되었다. (고모노는 닌자의 배출지로 유명하다.)

"한구석을 비추는 자, 그가 나라의 보배로다!"는 사이초 스님 말씀으로 우리 李선생이 제일 좋아하는 구절^^*

이 절에 얽힌 이야기가 있어.

에도 시대, 큰 상점의 주인 따님과 점원 사이의 이룰 수 없는 사랑에 두 사람은 유노야마(湯의 山) 폭포에서 떨어져 죽기로 하였는데, 홀연 나타난 승병의 만류로 마음을 고쳐먹었어. 행복하게 살게 된 두 사람은 고마운 마음을, 학을 접어서 삼악사에 봉납하고 승병의 안부를 묻는데 그 승병은 돌아간 지 100년이 되었다는 말을 들은 순간 봉납한 그 종이학들이 두 연인의 행복을 비는 듯 하늘로 날아올라 가더래. 그 후로 영원한 사랑과 행복을 원하는 사람들은 학을 접어서 삼악사에 봉납하면 그 소원이 이루어진다는 전설이 전해온다고…. 절 마당에는 실제로 행복한 결혼하였다면서 심은 행복나무도 있어.

마침 혼자 온 그 아가씨가 봉납함 서랍 속에서 종이를 꺼내 학을 접고 있었어.

그 옛날에는 번창하였을 터이나 지금은 아주 작은 절, 이끼 낀 돌계단 옛길로 돌아 내려오니 (올라갈 때는 오른쪽 포장된 큰길로 갔지) 마침 4시 40분발 버스가 기다리고 있더라구.

오늘 일정은 절묘하게 30분 간격 버스 &전철을 제 때에 타고 내렸어^^* 유명한 승병 마츠리를 보러 10월에 오겠다는 두 쌍의 예약 손님을 위한 예비답사도 겸한 거였어.

고모노가 속한 미에켄(三重縣)에서 주관하는 아주 큰 행사인가 봐.

2014·07·13 23:35| HIT : 184

마츠리(祭リ) 구경

어젯밤 야쿠모진자(八雲神社) 마츠리(祭リ)에 다녀왔어. 연일 35도 이상 염천, 고온주의보가 내려 이곳도 좀 더웠어.

저녁 5시 30분 출발, 6시 욧카이치역의 늘 가는 회전초밥 집 '도꾸베'에서 이른 저녁을 먹고 8시 마츠리 피크타임에 맞춰 가기로 한다.

고모노→욧카이치→시로코→도요쓰우에노까지 1시간 걸린다.

7시 30분, 작은 역 도요쓰우에노에 내리니 아주 한적한 게 그저 시골 동네에 온 것 같았어.

아니, 마츠리 그것도 450년 역사를 자랑하는 마츠리 행사장이라면 역에서부터 와글와글 시끌시끌해야 하는 거 아냐? 그냥 여름 저녁 조용한 동네 풍경이라…. 분명 역에서 물으니 곧장 가다가 오른쪽으로 주욱~ 가라 했는데…. 관광객(?)은 우리 뿐인가벼….

무슨 북소리라도 들려야 하는데…. 인적 드문 길을 가다가 마침 마주 오는 젊은이 한 쌍에게 물으니 좀 더 가면 마츠리 행사장, 야쿠모진자가 나온단다.

드디어 작은 네거리를 지나니 축등이 달려 있고 사람들도 보인다. 주로 아이들이 기모노를 입고 중학생쯤 되는 여자아이들은 화장까지 했다. 여기가 야시장, 먹을거리, 장난감 좌판이 좁은 길 양편으로 늘어서 있고 연기가 피어오른다.

엄청 덥다. 근데 야시장 끝까지 가도 용감한(?) 앞가리개(훈도시) 남정네는 없는 거야. 李선생이 수다를 떨고 있던 아주머니에게 마츠리 운운하고 물으니 얼른 앞장을 서며 따라 오란다. (친절도 하지)

야시장 중간에서 왼쪽으로 꺾어가니 긴 골목 끄트머리에 야쿠모진자가 보인다. 장터에는 아이들이 뭘 사 먹느라 법석이고, 나이 든 사람들은 신사로 가는 골목길 여기저기 편히 앉아서 부채질하며 담소 중이다.

도중에 앞가리개(훈도시) 차림의 첫 번째 남자에게 물으니 8시에 시작한단다. 일장기 색을 따라 홍, 백 앞가리개를 한 남자들이 보인다. 몸맵시가 울퉁불퉁 근사한(아마도 헬스센터 출신?) 젊은 사람도 있지만 대체로 보통 동네 아저씨 같은 사람들로 모두 아주 자랑스러운 표정이다. 지인인 듯한 사람들이 축하해 주고 사진도 찍어주고… 인기가 대단하다. 신사 안으로 들어가니 등에 祭(마츠리) 자가 써있는 반기장 하오리(남자 화복)를 입은 사람 (나중에 물동이 작업) 등 온 아기부터 노인들까지, 파출소 순사 아저씨들까지, 온 동네 사람들이 다 모여 으샤으샤 정말 축제에 온 거 같았어^^* (아하! 그래서 동네가 조용했구나.)

북소리가 둥둥 울린다.

8시, 등을 높이 든 앞가리개(훈도시) 차림의 남자들이 구호를 외치며 신사 안으로 들이닥친다.

"왔쇼이~ 왔쇼이~."

몸을 부딪치며 흥을 돋운다. 종서 녀석도 신이 나서 구호를 외친다. 이때 물동이로 물을 퍼부으니 출연자뿐 아니라 구경꾼들도 물벼락을 맞는다. 신사 앞 양쪽 길로 뛰어나왔다 들어갔다 하며 물잔치를 한다. 간간이 폭죽(불꽃놀이)도 터진다.

무더운 여름밤 시원한 동네 축제다. 8시 30분, 1차 행사가 끝났는지 출연자들이 골목으로 퇴장한다.

'대바구니 깨기' 홍백전은 언제 하는가 물으니 2차, 3차 행사가 있고, 행사는 10시 30분에 끝난다고….

일본의 여름 마츠리 행사 맛은 일단 봤기에 역으로 오니 마침 8시 40분 발 나고야행이 있다. 이러구러 집에 오니 9시 30분이 넘었어.

2014·07·16 11:07│ HIT : 190

2014, 미뇽의 수다에 부쳐
―남편 이성원

慕何(모하) 앞, 한 달에 한 번 꼴로 왕래하게 되니 일본에 가면 돌아올 날에 맞춰 마음이 부산하고, 또 한국에 오면 다시 돌아갈 채비하느라 조바심이 나는군요.

좀 몰리는 기분이긴 하지만 그것이 시간가는 것에 대한 체크 포인트가 되어 어떤 면에서는 세월 흐르는 것에 대해 의식을 갖게 합니다.

어, 벌써 고모노에서의 생활이 일년이 지났네, 어, 10年이 지났네, 하는 허망한 느낌은 좀 줄 것도 같아요.

4월에 입주해서 어느덧 7개월이 지났지요. 확실히 이전 생활에 비해서 생각의 열매도 많고, 매일의 생활이 다람쥐 쳇바퀴에서 알록달록 채색 있는 모습으로 변모해 가는 느낌이 듭니다.

이번 돌아올 적에는 동경에 있는 아내의 학교동창생이 초대해 줘서 오랜만에 동경 구경도 하고, 또 나의 스승인 혼다(本多靜六)의 기념관에도 가서 참배하고 왔습니다.

신간센으로 1시간 반 정도니 참 편리한 세상이지요. 가는 곳마다 길가는 사람 모두가 하도 '親身になって' 길을 안내해줘서 좀 '戸惑う' 할 지경

입니다. 모두가 이래서 잘 사나 하는 생각이 들어요.

이번에 한 가지 놀란 일은 Reklam문고에 버금간다던 '암파문고岩波文庫'에서 『몽테뉴 에세이』가 절품絶品상태로 가고 있다는 사실입니다. 채산이 안 맞는다는 얘기겠지만, 세상이 부유해졌다는 것 하고 이런 일하고 어떻게 관련지어져야 하는 건지 당혹스럽습니다.

한여름과 한겨울에는 고모노에 있지 않으려 했는데, 손자 녀석들이 여름방학에 온다는 바람에 8월에 살아보니 별 지장 없고, 겨울에는 난방이 없어 못 살 것 같더니 아파트 주인이 냉난방 겸용 에어컨을 달아 준다 해서 한번 겨울에도 지내보려 합니다. 그렇게 일년을 죽 살아보면 내년부터 제대로 연간 플랜을 세울 수 있지 않을까 싶습니다. 11월 3일 9시 반에 가겠습니다.

2014. 10. 29

* 慕何 - 故 이헌조(1932~2015) 회장의 호(李선생 K고 동기)

고모노댁으로 살기

酒藏 미데아루까(술都家 순례기)

지난주 히가에리 가는 길, 전철 칸에 걸린 광고를 봤지. 전국 '술酒도가 걷기'라고? 물맛이 좋으니 별난 행사가 다 있네.

모두 28개 코스, 12월 13일~3월 29일 매주 토, 일요일

참가비용 없고 당일 전철역에 모여서 걷는다고…. 우리 동네에서 네 정거장 떨어진 곳 이세마스모도(伊勢松本)역이네.

오늘이 그 첫 거사일^^*

아침 9시 40분까지 이세마스모도역에 가야 한다. 그런데 날씨는 눈도 흩날리고(고모노에 와서 처음) 바람도 불고, 해도 나고…. 갈까 말까 망설이다 커피포트를 집어넣고 출발!

9시 20분, 역에 도착했는데 세상에, 이런 불순한 날씨에 누가 얼마나 올까 했는데 200명은 족히 될 것 같다. 거의 배낭차림 40대 이상 남녀, 남자가 좀 많다. 아마도 우리가 참가자 중 최고령자 같다.

9시 40분 출발, 10시 50분 이세가와지마(伊勢川島)역까지 7km 걷는 코스다.

걸으면서 보니 역 안쪽으로 이렇듯 한적한 동네가 있었나 싶게 고요하다. 우람한 벚나무가 늘어선 큰 개울을 낀 논밭 옆으로 널찍하고 깨끗한 이층집들, 야트막한 담장에는 동백꽃이 한창이고 노란 미깡나무도 전지前枝가 잘 되어 있다. 주말 이른 아침이어선지 주민들은 안 보이고, 두세 명씩 열을 지어 열심히 걷는 우리 팀들만 있다.

북쪽을 향해 걸으니 바람이 세차다.

10시 20분, 술도가 丸彦酒造(삼중三重의 雪梅＝淸酒 이름)에 도착, 입구에서 스케줄표에 붙어있던 응모권을 내고 추첨번호 병뚜껑을 받았는데, 화복和服차림 일본 여인이 그려진 사케병과 잔이 당첨되었다(우와~).

마당에 준비된 세 개의 천막에서 파란색 술도가都隊 제복차림 아주머니에게 나는 청주 한 잔(100엔), 李선생은 따뜻한 감주를 한 잔(무료) 마셨다. 자주 다니는 사람들은 뭔가 안줏감을 꺼내 놓고 마시기도 하고 현장판매 청주를 사기도 한다.

10시 30분, 여기서 바로 역으로 가도 되고 근처 신사神社 등을 돌아봐도 된단다. 그런데 바람이 세차고 눈발까지 날려서 우리는 부지런히 이세가와지마역으로 향했다. 정확히 10시 50분 도착, 11시 11분발 유노야마온센 전철을 탔다.

참가자 대부분이 욧카이치, 나고야 쪽에서 왔나 보다. 건너편 욧카이치행 전철역에 사람들이 많이 서있다.

11시 30분, 집 앞 중국집에서 런치정식을 먹었다.

2015·01·31 14:23 | HIT : 156

*신사(神社) : 절 '寺'가 아니고 회사 '社'

어! 한국인이어서 이러나?

오늘 고모노 날씨는 비 오고 흐림.

엊그제 예금계좌 만들려고 은행에 갔다가 부지점장의 불친절한 응대에 '어! 한국인이라고 이러나?' 하는 언짢은 생각이 들었다는 글을 올렸더니 경수니가 명쾌하게 댓글을 썼기에 거기 대답하는 글을 쓰고 나서 뭔 짓 (수정이 아닌 삭제를 클릭했나?)을 했는지 홀라당~ 날아갔다. ㅠㅠ

다음은 그 건과 관련하여 李선생 친구분이 보내온 멘트….

은행계좌 개설 축하합니다. 꼭 11개월이 걸렸네요. 법, 규정을 초월한 융통성이 있는 곳이 일본입니다. 그런 의미로 은행 부지점장이 불친절했던 이유를 여러 가지로 추측해 볼 수 있습니다.

첫째로 외국인을 싫어하고 멸시하는 사람일 수 있습니다. 당하면 기분 나쁘지요. 그런 사람은 어디든지 있습니다. 한국에도 물론 있습니다. 그런데, 한국 사람은, 특히 일본서 당하면 무슨 특별한 일처럼 흥분합니다. 빨리 졸업해야지요.

둘째가 그날 그 사람이 다른 이유로 기분이 언짢았을 수도 있습니다. 사람이면 다 그럴 수 있는데, 만일 그런 경우라면 그것을 '차별'로 생각하는 것은 약소국 국민의 '히가미=열등의식'입니다. 부끄러운 일이지요.

셋째로 생각할 수 있는 것이 지방 유력자/상사를 통한 '압력'에 부지점장이 불쾌감을 표시했는지 모릅니다. 제가 전문가는 아니나 장기거류 허가자 아닌 사람에게 계좌를 개설하는 일, 외국인의 계좌 열기는 하도 악용하는 사람이 많아 세계적으로 어렵게 하고 있습니다.

지방 유지가 '개인적으로 보증할 테니 해달라'고 특청을 했을지도 모릅니다. (구라시내[倉科]상이 된다고 했을 때 제가 믿지 않았던 이유가 거기에 있습니다.) 이 경우라면, 이쪽에서 불쾌할 일은 아닙니다. 애써준 사람들에게 감사해야 하며, 특히 중간에서 힘써준 분들에게 폐가 되지 않게 조심해야겠지요.

저로서는 셋 중 어느 것인지, 셋 다 조금씩 섞여 있는지 판단할 수 없습니다.

2015·03·19 10:23| HIT : 157

풍경 소리 민원民願

어제 집에 들어오다가 현관 메일박스에 들어있는 미에켄 [닛쇼](아파트 임대회사=복덕방) 소장 명함이 꽂혀 있다. '상의드릴 말씀이 있다'는 메모, 뭘까? 핫도리 회사에 2년 연장했는데… 다음 번에도 부탁하려는 걸까.

요즘 일본은 황금연휴(5월 1일~5월 5일) 기간이다.

일요일인 오늘에도 왕복 2시간 산보를 했는데 어제에 이어서 477현도縣道 영록산 중턱, [기보소](온천장) → '고모노 도예촌' 코스 순례다.

도예촌은 그동안 우리가 가보려고 별렀던 곳 중에 하나이기도 하다. 표지판을 보면서 주춤주춤 긴 경삿길을 내려가면 6명의 도예가들이 모여서 작업도 하고 판매도 한다는 바로 그 도예촌이다.

어제는 眞山窯 西田(60세) 작가, 오늘은 凡窯 伊藤(60세) 작가를 만났다. 우리 李선생의 맹렬한 민간외교 덕분에 매일 도예촌을 방문한 거지 뭐. 그들은 좋아하는 일을 하며 가난한 신선(?)처럼 살고 있다.

어제 만난 西田 씨는 한국은 네 번이나 방문하였고, 할아버지가 진해에서 해운사업을 하였고, 아버지(91)는 태어나서 중학교도 다녔다고…. 그래선지 자주 한국 사람이냐고 묻는단다^^* 큰 상賞도 많이 받았고 갤러리

방문객도 꽤 있었다. 인사동, 이천에도 갔었다고 한다. 오늘 만난 伊藤 씨는 30년 전 도예촌 초기에 西田 씨 등 4명의 동료들과 함께 들어왔다고…. 그는 西田 씨와는 달리 선비타입이다.

'견학'이란 표지를 보고 들어가니 작업실, 가마도 보여주고 이층 전시실도 올라가 본다. 李선생은 伊藤 씨와 이런저런 얘기를 나눈다. 경기가 좋았을 때는 고가의 작품도 잘 팔렸는데 요즘은 자잘한 것만 팔려 조금 힘들다고…. 우리 작은사위도 도예를 한다니까 아주 반가워한다.

오후 5시, 딩동, 누굴까?

곱슬머리 중년남자가 어제 명함을 넣고 간 아무개란다.

"베란다에 걸어놓은 풍경소리 때문에 잠을 잘 수가 없다고 민원이 들어왔다. 죄송하지만 배려를 바란다."라고 한다.

오잉? 누가? 풍경 소리에 잠을 못 이룬다고? 지난주, 와까야마 여행 때 紀三井寺 앞에서 산 5백 엔짜리 조그만 풍경(지름 3cm)이다. 바람 예보 겸 풍경소리도 들으려고 베란다에 걸어 둔 건데…. 하긴 원래 있던 나의 일기 예보용 나무도 지난여름 1층 주민의 민원으로 잘려 나갔다. 암튼 곧 떼어서 현관 안쪽에 달아매었다. (그 남자, 베란다에서 떼어내는 것을 확인하고는 가더라구!)

마주칠 때는 인사도 정답게 하던 옆집 아줌마의 풍경소리 민원! 직접 이야기하지 않고 관리사무실을 통하여 일 처리를 하는구나….

이래서 타향살이는 서글퍼???!@#$^^*

2015·05·03 21:55│ HIT : 141

고모노에 왔습니다

아침 6시에 서울 집을 나서서 8시 20분 탑승, 10시 나고야 중부공항에 도착했다.

"옛날 같으면 일생 한 번 올까말까 했을 텐데… 아! 이렇게 좋은 세상에 살고 있다니…."(李선생 왈)

10시 30분 통관 시, 깐깐한 직원, "왜 이렇게 일본에 오래 머무나?" "친구 만나고 관광한다." "핫도리?" "남편의 친구."

무직 72세 할머니, 10번째 입국 도장… 여권 뒤 페이지까지 챙겨보면서 "민용자 민용자 맞아요?" "그래."

지문도 여러 차례 찍고 난 후에야 통과~.

10시 47분발 3번 출구 메테스 특급(기쁘행, 나고야)-긴테스 급행(松坂행, 욧카이치) 타고 (이제 기차 갈아타는데 도사가 다 되었어.)

12시 30분, 도착하면서 제일 먼저 가는 회전초밥집 [도꾸베]에 들러 맥주랑 초밥을 먹었다. 12접시, 생전 첨이다, 기록을 세웠다. 인증사진을 보냈더니 아이들 "우와~ ㅎㅎㅎ" "아빠 표정 재밌다."

입 짧은 李선생이 요즘 입맛이 난다고 해서 신바람이 난다. 47→49kg 완전 미스코리아 李선생, 나? 만삭이랬잖아.

1시 30분 정다운 빨강색 기차 탔다. 어느새 보리는 여물어 누렇고 모내기를 한 논은 파랗네. 학생 아이들은 하복차림으로 바뀌었고…. 오전에 비가 살짝 내렸는지 창밖으로 보이는 신록이 싱그럽다. 멀리 고쟈이소가 케는 구름을 이고 있다.

역전에서 집으로 오는 골목길은 여전 조용하고 입구 자투리땅에 심어 놓은 내 꽃밭은 아직 꽃이 안 피었고 잎은 푸르게 잘 자랐다.

4시, 대청소하고 2주간(5월 17일~24일) 벌이는 '스모'를 시청하다가 그대로 잠이 들었다. 하꾸오(白鵬), 데루노후지(照의 富士)가 1패씩이란다.

저녁 6시, (잠결에 택배 여자 목소리… 풍경소리 민원 옆집 아줌마인가 했지) ‘(제발) 무거운 짐 등에 지고 다니는 것 조금씩 줄여봐…’라는 정겨운 편지와 함께 東京에 있는 용원이가 보낸 한 박스 푸짐한 선물 택배 도착^^*

근데 이번에도 책+ 이것저것 24.5kg

어쩜 이렇게 따뜻하게 챙겨주는지. 뭔 福이래유.

용원아! 혼또니 아리가도고자이마스!

이번에 가져온 책은 『혼불』 1, 2, 7(3권을 넣는다는 게 7권을 가져왔어). 『죄와 벌』(657쪽, 1990년 판, 작은 글씨… 요즘 신판으로는 10권 이상 되지 않을까?) 읽기 시작^^*

어제 서울에 있었는데… 훌쩍 이곳 고모노에 와서 앉았네.

잘 지내다 갈게.

李선생, 日本에 정식으로 등단

오늘 아침 東京 오비린(櫻美林)大 가와니시(川西) 교수에게서 소포를 받았어.

지난 2월 동경에서 우리 李선생이 초청 연사로 기조연설을 했던 〈가와이 교수 연구대회〉의 강연 내용을 엮은 276쪽짜리 작은 문고판(櫻美林대 東北아시아 綜合硏究所 출간. 값 800엔) 가와이 에이지로 〈學生에게 주노라〉를 요즘 현대판?으로 엮은 것. 抄譯 現代版 〈學生에게 주노라〉라는 부제副題가 붙어있고 그날 참여했던 찬조연설자 8명과 각계각층 인사 32명의 원고가 실렸는데 李선생도 기조연설문의 필자라고 3권을 보내왔다.

암튼 李선생이 日本에 정식으로 등단한 거지. 일 년 일본살이 하면서 제일 보람을 느꼈어. 아이들에게 문자와 사진 보냈더니….

큰딸 : 와우 축하드려용!!!

작은딸: 우와~ 아빠, 엄마 축하드려요.(♡)

아들: 우와 어떤 책에 실린 거예요? 멋져요!

며늘: 축하드립니다!!

여동생: 역쉬 울형부 최고^^* 등등

또 제 머리 깎은 미놈. '못 말리는 팔불출'이라고 흉 안 볼 거지?

2015·05·29 20:44 | HIT : 149

히가에리 2

내일, 서울로 돌아간다.

오늘은 수요일, 히가에리 하는 날이다.

날씨는 어제보다 뚜욱~ 떨어져 20도가 조금 넘나보다. 뭐 4월말 날씨랴…. 엊그제 7월 말 날씨는 30도가 넘었는데….

고모노역, 철길 건너 논두렁에서는 제초작업하느라 왱왱거리고 있다. 욧카이치행 승객이 10여 명 있는데, 유노야마행은 우리 포함 4명.

유노야마온센역에 내리니 12시, 우선 돌아갈 표를 먼저 끊는다.

여기는 돈을 먼저 넣고 2매-230을 눌러야 한다 (고모노역은 그 반대).

지난 5월 18일엔 표를 사다가 늦었고 차는 막 떠나려 하는데 단 한 사람뿐인 승무원이 '승차권'을 주며 얼른 그냥 타라고…. 고모노역에서 정산하라는 말씀인데, 무인역인데 어쩌나…. 역에 도착하니 내리는 곳 바로 앞에 정산기가 있더라구. 근데 뭘 어찌하는지 몰라 우왕좌왕하는데 글쎄 차장이 내려서 직접 이렇게 저렇게 하라고 친절하게 일러주는 게 아닌가!

30분 간격으로 다니는 차를 세워둔 채 5분 이상 지체했으니 넘 미안하고 이게 일본(사람)인가? 우리나라에서 가능한 일일까… 생각했어.

매주 수·일요일 오니 주위를 살필 여유도 생겼다.

역 입구에는 옛날? 빨간 우체통이 있고 코너에는 '오미야게' 가게가 두 곳. 손님이나 있는지… 항상 조용하다. 조금 오르다 급커브 길을 돌면 다리가 나온다. 두 개인데 하나는 차도, 하나는 인도.

고다이쇼다케에서 내려오는 큰 개울, 폭으로 봐서 우기에는 수량이 꽤 많을 것 같다.

다리 건너 오른편으로는 널찍널찍한 개인주택들. 문패도 山下, 우야 등등 산 아래 동네다워^^* 그 가운데, 넓은 잔디밭과 그네 그리고 동물 캐릭터가 있는 걸 보면 아이들이 있는 집 같은데 아이들을 한 번도 본 적은 없어 아참, 우리가 가는 시간에는 아이들이 학교에 갔겠지….

왼편으로 '도(자기)&산야초'라는 화원이 있다. 우리 동네 '돈가치'가 서민용이라면 여긴 조금 고급 마님들이 오는 곳(미눙 생각). 차에서 내린 고급 차림새의 아주머니들과 흰머리 주인 여자가 지성적으로 보였거든.

'산야초' 옆 넓은 빈터에는 캠핑카가 서 있어서 항상 누가 살고 있을까 했거든. 근데 지난 일요일 드디어 그곳이 도자기(?) 굽기 동호인들이 한 달에 한 번 모여 즐기는 곳이더라고. 대체로 60을 넘긴 노년의 신사들이었어.

다시 오른쪽으로 [웰레스 호텔]이 있어. 여기서도 히가에리를 했는데

탕이 작고 노천온천도 작아 게다가 요금도 680엔이고….

조금 더 오르면 [그린호텔] 올라가는 입구, 코너 '오무라' 영감님네 집, 오늘은 인적이 없었지만 지날 때마다 구부정한 노인네가 뭔가 열심히 고치고 있어 그리 이름 붙였어.

이곳 사람들은 뭐든 스스로 작업을 하더라구. 인건비가 워낙 비싸니 '돈카치' 같은 홈 센터에 가서 DIY 재료를 사다가 직접 해. 나도 책장, 세면실 천정 쫄대 작업, 부엌 간이등 달기, 천정 실리콘 작업 다 직접 했지^^*

우리 李선생 왈 "이러다 집 새로 짓겠다."고 …ㅋ

이곳 경치 좋고 조용하고 물 좋으니 각 회사들의 ○○유노야마장, ××센 등 연수원이 많이 있다. [그린호텔] 입구에도 '중부전력 유노야마센터 −연수원'이 있는데 오늘은 행사가 있는지 케이터링 차가 와 있더라구.

경삿길을 조금 올라 왼쪽으로 우리가 이름 붙인 '비밀의 정원'을 지나면 (버려진 정원 같은데 돌보는 이 없어도 이름 모를 꽃들이 피어 있어) [그린호텔]이 나온다. 오늘은 수요일이라선지 주차장의 차들이 그리 많지 않다. 온천을 마치고 나오는 사람들, 노인네들이다. 하긴 우리도 남이 보면 그렇겠지.

12시 10분, 6회용 쿠폰을 다시 끊고 1시 20분 식당 예약. 2차 고모노에서의 마지막 온천을 즐겼다.

1시 10분! 한 무리의 아주머니들이 와글와글 입장!! 우리도 단체로 어디 가면 저랬겠지.

1시 20분 예약된 좌석에 안내받아 점심을 먹었다. 李선생은 1,620엔 정식, 나는 우동 정식 1,080엔 물론 맥주도 한 병 마셨지^^*

2시 30분, 고모노행 전차를 탔다.

이번에 들어갔다가 3차로 다시 올 때(6.20~7.21)는 종서를 데리고 와서 한 달 같이 지내려고 해. 그래서 어제 녀석 영어(宿) Everyday English에 등록해놨어. 한 달간 일주일 3회 50분씩, 영어는 되니까 일본어 귀 좀 뚫어준다고….

녀석이 마침 지난 학기 제2외국어로 일본어를 했다나…. 다 몽테뉴 심취 할아버지 등쌀? 아이디어.

*추신: 내일 강한 비 소식이 있어 심란하네.

2014·06·04 22:30 | HIT : 157

일본의 추석

일본의 추석은 우리처럼 공휴일도 아니고 오히려 일본의 추석이랄 수 있는 날은 '오봉'(お盆)이다.

오봉은 조상을 기리기 위한 불교의 연례행사로, 일본사람들은 매년 오봉에는 조상의 혼이 친척을 방문하기 위해 이 세계로 돌아온다고 믿는다.

전통적으로 조상의 혼을 안내하기 위해 집 앞에 등을 걸고 오봉 춤(봉오도리)을 추고, 조상의 묘를 방문하고, 집이나 절의 제단에 올릴 음식들을 준비한다. 그리고 오봉이 끝날 때에는 조상의 혼이 그들의 세계로 돌아가도록 안내하기 위해 등을 강, 호수, 바다에 띄운다. 이 풍습은 지역에 따라 아주 다양하다.

'오봉'은 그 해의 7번째 달, 양력으로 7월의 13~15일까지이다. 하지만, 그 해의 7번째 달은 이전에 사용되던 음력으로 치면 7월이 아니라 양력의 8월과 대략 일치되기 때문에 7월 중순에 행하는 지역도 있지만, 대부분의 지역은 여전히 8월 중순에 '오봉'을 행한다.

8월 중순의 '오봉' 주간은 일본의 3대 휴일 시즌으로, 국내외 여행이 집중되고, 숙박비도 비싸진다.

〈梨京모임〉 친구들과 고모노 3일째

오늘은 비도 내리고, 좀 느긋하게 일정을 바꿔 [悠悠회관]을 먼저 가고 미술관을 오후로 미뤘다. (李선생 제안)

10시 30분 집을 나서 高角역(두 번째 정거장)에서 11시 15분 대기 중인 버스(무료)를 탔다. 비 오는 날은 일본 노인들도 할 일(?)이 별로 없나벼. 15인승 버스가 만원이네^^*

온천 후 1시~2시 30분 歌舞伎 구경, 전날 감기 기운이 있는 수원이는 꾸벅꾸벅 졸았지만 용란의 재치와 익살+李선생 설명으로 일본 서민들의 목욕문화를 체험. 맛있는 소바정식, 맥주도 빠질 수 없지^^*(친구들 보시)

4시 굵은 빗속, 오바녠역 '파라미타 미술관' 행.

5시 입장 마감, 5시 반까지 감상할 수 있다.

1층 상설전시관, 2층 특별전인 '영국왕립식물원 식물화' 전을 둘러보았다.

관람객은 우리 외에 배낭을 진 젊은 커플 등 7명. 친구들은 연신 미술관 시설과 전시에 오길 잘했다고 감탄. 그런데 미술관 안이 어찌나 조용한지 우리 목소리를 지적당하기도 하였지(ㅉ). 평소 이들의 미술관 관람 태도는 본받을 만하지. 남녀노소 유모차 아기까지 백 명이 넘어도 숨소리가 들릴 만큼 조용하다.

5시 이른 저녁으로 [茶茶] 麻정식&사케(친구들 보시, 아주 작심을 했나 봐. 꼭 자기들이 내야만 한다는군.)

기차 소리 들리는 작은방에서 친구들과의 식사는 뭐라 할 수 없이 행복해^^* (아주 유명한 집이라서 피크타임에는 줄을 서야만 한다.)

계산대 아가씨가 한국인임을 알아보고 '안녕하세요?' '감사합니다.'

어디 가나 행동거지 조심해야 혀….

비가 그쳤다.

7시 25분 오바넨역, 고모노역보다 더 작은 무인역, 표 파는 곳 없이 승차권을 뽑아 하차역(고모노)에서 정산해야 한다. 그런데 정산기 앞에서 설왕설래 우왕좌왕…(ㅉ) 출발하려던 전철기사 뛰어내려 친절하게 처리해 준다.(일본 전철은 시간제로 정확히 다닌다.)

지난해에도 겪었던 친절이 떠오르며 아, 이래서 선진국? 아니 일본 시골인심(?) 암튼 일동은 떠나는 기사를 향해 "아리가도 고자이마스! 땡q! 인사"^^*

李선생 오바넨역–고모노역 다시 한 번 연습을 해봐야겠단다.

8시 반~11시 반 헤어지기 넘 섭섭하여 커피타임 &담소^^*

꿈같은 3박 4일 여정 어느새 마치고 날이 밝으면 서울로 돌아간다.

얘들아, 서울 가서 만나. YB(Yo Bo) 3일간 우리 친구들 동행, 챙겨줘서 "혼또니 아리가도고자이마시다!" (ㅎ)

2015·10·04 10:11| HIT : 131

일본, 마쓰리(祭)를 위해 산다

요즘 일본은 전국 각지에서 경쟁(?)하듯 마쓰리(祭, 祭り, まつり)를 한다.

마쓰리는 신사神社에서 주관하는데 큰 신사가 6만9천여 개, 일 년에 20회 이상하는 신사도 있어 일 년 내내 30만에서 100만 개의 마쓰리 행사가 열린다. (인구 4만도 안 되는 고모노도 유명한 〈僧兵 마쓰리〉가 시작된다 10월 3~4일)

마쓰리 때 가장 신성한 존재는 마을이나 씨족의 신神이다. 신들에게 풍요, 행복을 비는 행위가 마쓰리의 기본적인 형태, 일반적으로 물과 꽃으로 신을 영접하고 차린 술과 음식을 대접하는 것으로 시작, 신은 신사를 축소한 가마형태의 '미코시'(神輿)나 손수레 위에 실은 '다시'(山車)로 옮겨진다. 본격적으로는 이를 메거나 떠밀고 동네를 돌면서 "왔쇼이, 왔쇼이"를 반복한 뒤 음식을 나눠 먹는다.

'왓쇼이'가 한국어 '왔소'에서 왔다는 것은 통설이다.

'미코시'나 '다시'의 운반은 남성만의 권리였으나 2차 대전 후 여성도 참여할 수 있게 됐지만 아직도 남성우위 전통이 여전하다.

마쓰리의 원형은 한반도, 중국 남부 등 도래인들의 문화. 그 가운데 5세기 전후 가야와 백제의 영향을 많이 받았다고 한다.

2015·10·02 03:51 | HIT : 190

우리 집 골목길

요즘 비가 매일 오고 날씨조차 흐리네. 여기 온 일주일 사이에 부고를 4통이나 받았어…. 조이의 〈고흐 편지〉와 〈베토벤 생애〉를 들으며 위로가 되었지. (Joy야 땡q)

어제 오후 빗속에 [갓바스시]에 갔다가 후쿠무라(福村) 쪽으로 돌아왔지. 하학길 자전거를 탄 아이들이 반갑게 '곤니치와' 인사 한다. (李선생왈, 큰소리로 和答하라고).

산보 겸 小食 李선생의 아점(아침&점심)으로 2시 지나서 가는데 손님은 거의 노인네들이다. 할아버지들이 할머니들에게 서비스?하는 시간^^* 참, 3시경 교대하는 젊은 내외들이 아기들을 데리고 오기도 하더군.

고모노 역전에서 우리 집까지 오는 길목을 이야기해 볼게.

역 앞 로터리는 내년 5월말 미에縣 伊勢에서 개최되는 '세계정상회담 G20' 준비로 지난여름 새로 정비하여 아주 하이카라가 되었어.

2014년 올 때는 정말 시골스러운 역이었는데…. 이곳 사람들은 뭐를 하든지 후다닥 하지 않고 하나하나 조용조용 꼼꼼하게 한다. 언제 하는지 모르게 이곳저곳을 손보고 있다. 역 앞에 내려서 오른쪽을 중심으로, 예전에는 이곳이 역전 앞 상가(商街)로 유명했나 봐. 실제로 '역전도리通'라는 간판이 있어.

- [뉴조이] 영어학원– 근데 아이들을 본 적이 없어.
- [빠리의 양과자] 빵집– 준비 중인지 셔터가 안 올라가네. 체인점인가 봐 '이온' 가는 길에도 있어.
- [타코야끼] 집– 40대 후반 아줌마가 타코를 굽는데 하학길 아이들이 사 먹나봐. 한번 사 먹었는데 우리 입맛에는 별로야.

- [山本 안경집]- 허리가 불편(구루병)한 영감님이 주인인데 손님은 거의 없어 요즘 누가 시계나 안경을 사러 오겠어…. 영감님이 상점 앞을 꼼꼼히 챙긴다. 어제는 전신주 아래 잡초를 열심히 뽑고 있더군. 작은 골목 하나 끼고.
- 進士喜九雄씨네 집-얕은 담장이 동백꽃으로 둘러쳐 있는데 정갈한 대문이 열리는 것 못 봤어. 빨간 동백이 예뻐.
- 자전거포-노부부가 운영하는데 통학용 자전거가 꽤 많다. 맡겨놓은 자전거는 픽업 시까지 비닐커버로 덮어 보관해 주는데 아주 정갈하다. 바로 건너편 자전거포는 이 집보다 손님이 훨씬 덜하다. 요즘은 엄마들이 맹꽁이차로 픽업하니 장사가 예전만 못하겠지.
- 주차장- 月極(월세)주차장
- 이토(伊藤) 씨네- 전형적인 옛 무사가 살던 집(-미농생각). 대문 돌기둥 옆에 소나무가 아주 멋있고 도장나무 담장에 축대는 둥근 돌로 쌓아 이끼가 끼어 오래된 武士家임을 알 수 있다. 안쪽에 집이 3채나 들어서 있다. 아, 근데 이 집 건너편에 좀 이채로운 이층집이 있어 같은 번호판(*-7 28)의 일본산, 외제차가 3대나 되고 박박 민 맨머리, 몸에 文身 천지 중년 사내들이 洗車를 하는 걸 보았어. 아마도 '야쿠자' 두목집(?) 어제 욧카이치에서 야쿠자 한 명이 피살되었다는 보도.(ㅉ)
- 핫도리(服部) 회장집-우리 집 주인 회장내외가 사는 집, 이층 벽돌이고 대문도 신식 철대문이야.
- 문 닫은 [시계방]-글쎄 누가 시계를 이런 골목에서 사겠어?
- [本間접골원]-진료를 받는 환자가 있기나 한지…(일본은 접골원, 치과, 내과가 많다.)
- 또 다른 핫도리(服部) 씨- 핫도리 회장네 친척?
- 수즈키Suzuki 씨- 영어 문패가 붙어 있어. 문패는 보통 姓氏만 漢字로

되어 있는데 젊은 사람들이 사는 모양 ^^* 아마도 딸이 셋인지 핑크색 자전거가 문 앞에 놓여 있네.

• 井口씨네 집— 아무도 안 사나봐. 아들 1, 딸이름이 둘이나 써있는데 우편함, 우유 투입함에 휴지가 넘치고 2층 창문의 모기 망창도 찢겨있어. 무슨 사연으로 집을 비워두는지….

요즘 이렇게 빈집들이 많이 생겨 그 처리방법에 고심한다는 TV 보도를 본 적이 있다.

이제 다 왔어. 井口 씨네 코너를 돌아 길 건너면 오렌지색 '修實 熟'—초중고생을 위한 학원 옆이 우리 주차장이야.

역에서 150m 남짓 골목길을 걸어오면 고모노菰野 삐아네즈 東町 201호 우리 집이야. 8층 아파트 2층이지.

11월 24일 서울 간다.

2015·11·18 12:20| HIT : 147

고모노와 친해지기

카페 〈오렌지하우스〉

12시 20분, 고다이쇼다케 산보 겸 '오렌지 카페'에 간다고 나섰는데, 오늘이 일본 개천절(건국기념일)인 걸 깜빡했지 뭐야. 어쩐지 전철에도 칸마다 사람들이 제법 있고(평일에는 우리 두 사람만 타고 갈 때도 있거든). 오바넨역 '아쿠아니스'(유원지& 가다오카 온천)에도 애들이 뛰어놀지 뭐야.

오렌지카페에서 점심으로 함바가 정식을 먹으려고 했는데 '本日 休業'. 하는 수 없지. 좀 가파른 돌계단을 걸어 올라가야 하는 로프웨이 앞 [유노모도] 호텔에 가서 점심을 먹게 생겼다.(예약 1시 30분까지)

근처를 30분 정도 산보, 모처럼 눈이 쌓인 대석공원 계곡을 봤네. 엊그제 내린 눈이 응달쪽은 녹지 않고 쌓여 있어 보기 드문 구경을 했다. 공휴일이라 로프웨이에도 손님이 장난이 아니다. 대절버스들, 각지에서 타고 온 차들로 주차장이 만원이다.

오늘 산정에서 바라보는 눈 쌓인 連山들의 경치도 볼만 하겠다.

우리 李선생이 좋아하는 '松花정식'(2,500엔) 사케+맥주 곁들여 식사를 마친 후(홀에 손님은 우리 내외뿐), 2시 44분 버스를 타기 위해 언덕을 내려오는데(12~4시 편도 매시 44분발만 있다) 오른쪽 길옆 '온천협회' 아주머니가 반색하며 茶라도 마시고 가라고 한다. 휴일이라 쉬는 줄 알았는데 영업 중이네. 고모노 처음 와서 관광안내를 부탁했을 때 직접 안내 광고지를 집으로 가지고 와주었던 분이다.

10월 '승병 마쓰리' 때마다 이 집에서 벤또를 산 소소한 일들이 한일친선을 위한 건지도 모른다.

조금 걸어 내려와 햇볕이 조금 남은 '오렌지 카페' 사진을 찍으면서 보니 '진산眞山 갤러리' 광고판도 보인다. 오잉? 고모노 도예촌의 진산갤러리 西田씨? 한국 통영 출생이고 아버지는 진해에서 사업을 하였다는… 바로 그 西田씨? 아참, 그리고 보니 홀 한옆에 가지런히 전시된 도자기 소품들이 생각났다. 다시 가서 들여다보니 바로 그 西田씨가 남편이네….

지난해 여동생들과 도예촌 방문시, 眞山窯는 문이 닫혀있어서 그 아래 凡窯 伊藤씨네서 도자기를 몇 점 샀었지. 다음 번 갈 때에는 이야깃거리가 많아지겠다.

2016·02·11 16:59 | HIT : 116

흐이구 2탄

오후 13:49발 유노야마온센선을 타고 [가다오까온센] 히가에리 다녀왔어. 근데 역에서 우리 李선생, 기차표를 안 가지고 왔단다(ㅉ).

잠시 후면 기차가 들어올 텐데… 나는 이미 개찰을 하였고(개찰하면 되돌아 나올 수 없고 상하행선 어디든 갔다와야 함) 역 밖에서 얼마냐구 묻는다. 280엔, 얼른 표를 끊으세요. (아이고 고소해. 지난번 가방 놓고 왔다구 야단을 맞았는데, 나도 야단을 쳐봐?)

냉 냉 냉 차단기가 내려오고 있다. 겨우 표를 끊어서 종점역에 도착.
표를 내니 230엔이라고 50엔 거스름을 준다.(세상에…) 마침 가다오카
온센, 아쿠아니스행 버스가 있다. (도보 7분) 걸어갈까요? 했더니 아니란
다. (맘대로 하세요)

한 시간 후, 3시에 만나기로 하고 각자 입욕.

3시 10분, 항상 내가 먼저 나가니까 나와서 부채질하며 기다렸다.

3시 15분, 종업원 왈, "저기 주인께서 기다리신다"고라…. 화들짝!

늘 가던 이탈리안 식당엘 갔더니 웨딩잔치가 있는지 상차림이 분주하
고 오늘 손님 못 받는다는 팻말, 배가 고프면 짜증을 내는 李선생, 少食해
서 더하다.(ㅉ)

그럼 어디서 뭘 먹지? 조금 걸어 내려가 [茶茶](麻 정식집)에 갈까요?
아니, 그냥 빵이나 먹자고 한다. 이곳에는 직접 빵을 굽는 집이 두 곳이나
되고 손님으로 넘쳐난다.

트레이를 들고 빵을 고르려니 미농은 미농대로 고른다.(좋아요! 같이
고르면 어디가 덧나남유!) 크로와상 샌드위치랑 '오늘의 스페셜' 치즈&블
루베리 빵을 골랐다. (李선생, 겨우 크로와상 샌드위치 한 개를 가지고
왔네…ㅉ) 치즈빵을 좀 줄까 하니 '아니'란다.

3시 40분, 걸어서 종점역으로 가는데 기차가 들어오는지 냉냉 차단기
소리…, 뛰어갈까요? 아니, 천천히 가잔다 (네). 하긴 또 표를 사야 하니
까…. 근데 갑자기 기차가 아직도 서 있으니 빠르게 움직인다. (나 참) 차
는 떠나려고 하는데….

직원이 얼른 타라고 한다. 얼결에 타고 보니 승차표(하차 역에서 정산
하는)를 안 받았네(이런…). 오바넨역에서 운전기사에게 사정을 이야기하
니 그냥 타고 있으란다.

고모노역에 도착하니, 운전기사가 내려 친절하게 본부에 통화하고 정산기에 모시고 가 해결해 주고 떠난다. (아리가도)

우리나라 같으면 절대로 있을 수 없는 일이지…. 항의 소동으로 기차가 떠나지도 못했을 거다. 환불도 해줘야 할 거야. 2년 전에도 그런 일이 있어서 감동먹었는데…. 그때는 승차표를 받았었지….

이곳 전철은 원맨 운전시스템이다. 역은 무인역이고 종점 사무실에만 두 사람 직원이 있다. 흐이구, 만약 내가 그랬으면? 혼냈겠지…그래야 다시는 실수 안 한다고. 당신의 연달은 실수에, 일절 함구.

어제 오늘 흐이구 연발입네다. 어때 재밌지?

2016·03·03 17:20 | HIT : 159

도가라시 許氏옴마

오늘 날씨가 너무 좋아 느지막이 오후 2시 욧카이치 나들이.

모처럼 李선생이 한국음식점 [도가라시(唐辛子)]에 가고 싶은가봐. 햇볕은 눈부신데 바람은 차다. 단체행사가 있는지 학교도 쉬는 토요일인데 체육복 차림의 학생들이 많다.

부지런 떨고 3월 19일부터 변경되는 새 기차시간표를 붙여놓은 걸 보고 나갔는데 20분 출발이 아니고 40분 출발이라네…(ㅉ). 역대합실, 나이 들어 보이는 부인이 문고판 책을 열심히 읽고 있다. 요즘 남녀노소 거의 다 핸폰 만지작거리는데… 보기에 좋더라구.

'도가라시'는 욧카이치역에서 도보로 5분, APITA백화점 건너가기 전 오른쪽 三交 INN 2층에 있다.

3시 5문, 문을 열고 들어가니 모녀가 우리 내외를 알아보고 반갑게 맞아준다. 딸은 지난 3월 2일 일본에 도착하던 날 들렀을 때 한국사람이라고 서비스를 주었고 음식이 맛있다고 했더니 "우리 옴마가 전라도 사람이라 음식 잘해요. 고맙습니다." 했었다. 한국말은 곧잘 하는데 억양이 조금 일본식이다.

[도가라시]에는 2014년 3월 29일 처음 고모노에 갈 때 우연히 구라시나 상과 들른 일이 있고 지난해 여름 욧카이치 박물관에 갔다가 들렀을 때 마침 주인 여자(엄마)가 한국 사람이라고 반가워하기에 우리 이야기를 조금 한 적이 있었다.

오늘 이런저런 이야기를 하는 중에 주인 여자가 진도 출신이며 글쎄, 소치小痴 허련許鍊 선생의 후손이란다. 그녀의 아버지와 남동생이 진도 '운림산방'에 있는 소치기념관 비碑에 이름이 올라있다고…. 1남 8녀 9남매 중 셋째인데 자기는 그림보다 음식 만들기가 더 재미있단다. 친정엄마가 90세로 생존해 계시는데 오후에 가게 음식 장 보고 어머니한테 들러서 저녁을 챙겨 드린단다. 내가 우리 동네 길 건너에도 [도가라시]가 있다고 했더니 바로 그녀의 올케가 한단다. (음식솜씨는 욧카이치가 훨씬 낫다.) 그런데 고모노에서 영업하다가 추워서? 욧카이치로 나왔단다.

하긴 이곳이 다른 도시에 비해 2~3도가 낮아 여름 휴가지로는 아주 좋다. 우리 李선생이 미국 큰 잡지에서 "고모노가 은퇴 후 가장 살기 좋은 곳이라고 했다"라고 하니까 "에~?" 하고 놀란다.

그렇잖아도 고모노를 '꿈에 그리던 이상향'이라고 하는 양반이니 더욱 신바람이 나서 선전하게 생겼다.

참, 식사는 李선생 섞어찌개, 나는 순두부찌개, 사케(소)1병^^*

4시, 옴마는 저녁 장보러 간다며 "다음에 또 들러 주세요." 하면서 Bye. (그럼요) 입구에서 딸아이가 인증사진을 찍어주었다.

모녀가 싹싹하고 애교도 많고 음식솜씨가 좋아 손님들이 아주 많다. 사연을 알고 나니 더 정답다. 사업 더욱 번창하기를….

4시 지나, 가려던 박물관 프로그램이 아이들 영화라서 그 옆 삼중현三重縣 특산품 전시관에 들렀다가 4시 28분발 기차를 타려고 서둘렀지만 놓치고 48분발 5량짜리 알록달록 무지개 기차를 탔다.

*추신: 오늘 서비스로 준 우엉김치, 껍질 벗겨 그대로 가늘게 3cm 길이로 썰어 간장에 약간 절여 간장은 따라내고 고추장 설탕과 파 마늘로 조물조물 무쳤다는데 아주 맛있다 다음에 나도 한번 만들어야겠다.

2016·03·12 18:54| HIT : 121

고모노 번화가

오늘은 바람도 세차고 기온도 떨어져 느지막이 이온 '갓바스시'에 다녀왔다.

우리 아파트 현관에서 477국도 남쪽으로 20여 분 쭉~ 걸어 내려가면 작은 사거리가 나온다. 이곳에 쇼핑몰 '이온'을 비롯하여 음식점들이 있는 우리 동네 번화가다. 고모노역에서 들어오다 보면 우리 집 현관이 뒤쪽이 된다.

나서자마자 오른쪽에 작은 삼거리, 고모노역 방향과 핫도리연구소(우리 집 주인)와 고모노고교 방향, 유노야마온센 방향으로 나뉘며 로타리 기념 석등탑이 서있다. 그리고 오른쪽부터…

• 大協 주산교실- 살림집 별채에 붙어있는데 담장 길이가 100m쯤, 이 동네가 거의 다 그렇지만 옛날 武士들 집이라 칸사리가 크다. 교실 옆에는 텃밭도 있다. 3시 이후 아이들이 공놀이도 한다.

- 〈이발소〉(문을 닫았어)— 이 동네에만 5~6개나 되니…값도 3800엔
- 묘지 분양 전문—ㅇㅇ 토건회사
- 파리의 양과자 — 체인인지, 문은 안 열었지만 고모노역에도 있어. 〈하나코의 까페〉 Y800엔 식사 &고히(커피), Caffe라고 써있어. 전에는 演歌(엔까) 연습실이었던 곳인데 지난해 가을부터 '호루몬 야키'(곱창구이) 집으로 바뀌었어. 코너에 '야키도리' 집이 있는데 저녁 무렵에는 연기를 엄청 낸다.
- 도라꾸(Drug) 스토아 〈스기야마〉— 길 건너 후생병원 처방전 전문, 중저가 화장품 기타 생필품을 파는 잡화점 겸용

조금 더 내려가면
- 베스킨라빈스 아이스크림 집—이상한 것은 가게 앞에 항상 커다란 선풍기를 틀어놓는다. 종서가 왔을 때 몇 번 갔었다.
- 씨디, 디비디 렌타루(CD DVD 대여)점— 이곳에 와서는 우리나라와 전압(100V)이 안 맞아 DVD, CD 등 전자제품을 사지 않기에 들어가본 적이 없다.

드디어 번화가 사거리,
- (신호등 건너면 밤 10시까지 여는) 〈고메다 커피〉— 이런 시골에서 누가 가는지… 깔끔해 보이긴 해 ^^*
- 昭和 식당— 각종 술 마음껏 먹고 2시간 980엔, 단체석 완비 환영(송) 무료버스 운영 등등 간판이 너무나 昭和스럽다. (아직 못 가봤어)
  갈아놓은 넓은 논밭 두 개를 지나면 나의 부엌 100엔
- 갓바 스시— 오늘도 둘이 가서 먹고 1458엔, 물론 비루beer도 한 병, 엇비슷하게 〈하마 스시〉도 있지만 이곳이 만원일 때 한번 갔었는데 갓바만 못한 거 같아. 여기서 왼쪽 신호등 건너면 이온 Mall이야 거슬러 왼쪽으로 올라갈게.

- 중국집 바미얀— 경로할인(1290엔)이 있고 샤브샤브를 먹을 때 자주 간다.
- 화식집 '사도' 처음 와서 자주 갔는데 '갓바 스시' 개발 후 안 간다.
- (그 옆으로 철판구이집) 오꼬노미야키— 날씨가 궂을 때 가면 괜찮다. 요즘 새로 개발 ^^*
- 찬chan 라면—주차장이 꽤 넓은 걸 보면 잘하는 집인 거 같은데….
- 赤가라 호루몬 야키 집— 저녁 5시부터 여는 술과 한국식 매운탕을 위주로 파나 본데, 시간이 안 맞아서 못 가봤어. 전에는 마카롱을 팔던 과자집이었어.
- 〈마루가메우동〉— 우리나라에도 체인점이 있다던데. 우동전문집. 주차장 항상 만원, 직접 국수를 뽑는다. 李선생 국수 별로 안 좋아 해서 안 가봤어.
- (사거리 신호등 건너면) 마그도나루도(맥도널드)— 뭔가 식재를 잘못 써서 신문에 크게 난 후 전국적으로 장사가 잘 안된다고 새로 주인이 바뀌었는지 '리뉴아르 오프닝구(Renewal Open'라 간판이 보인다.
- 四日市 소화기병 센터— 내과, 치과, 정골병원(針灸) 많은데 아예 소화기병 센터라고 이름을 붙였다.
- 시마무라 옷가게— 매장이 제법 커서 한번 들어가 봤는데 역시 시골스러워….
- 덧문까지 꼭 닫힌 2층집— 열린 거를 본 적이 없어 그런데 텃밭은 잘 가꾸어져 있어 여기도 빈집들이 많아서 골치인가 봐.
- 도요타 車 전문 판매점.
- 〈前川공업사〉— 고압가스 취급점?
- 오디오 프라자(Audio Plaza)— 이렇게 멋을 부려 영어로 표기한 집도 많아.

- 코인 란다리– 이온에도 큰 게 있는데 여기도 있네. 거의 다 이런 곳을 이용한다. 집에서 세탁기를 사용하지 않는다. 세탁물 넣어놓고 장보고 나와 찾아가는 게 훨씬 경제적이다.
- 心미용실– 여기 와서 한 번도 안 갔고 서울집에 가서 머리만 cut 한다.
- 서클K– 우리 李선생이 애용하는 곳. 처음에 와서는 가스요금 내러가기도 했고 요즘은 주로 신문을 사러 간다. 이곳도 주인이 바뀌었다. 전에는 이름이 '상쿠스Sankus'였어.
- 아유au– 아이들 학원 안내소? 암튼 이곳엔 학원(宿)이 많기도 해. 근데 주로 영어학원이 au는 TV방송도 타는 걸 보면 큰 체인인 거 같애.
- 고모노 후생병원– 종합병원. 지난해 知人이 방문했을 때 이곳에서 투석 치료를 받았었는데 아주 감동하고 가셨지. 시골 큰 병원이라서 앰뷸런스가 자주 사이렌을 울린다.

이제 거의 다 왔어.
- (후동—이불집 지나) 513 빵집–화덕에 직접 굽는다. 7시 지나면 50% DC. 513=오이시(맛있다)를 숫자로 표시한 거.
- 주우까야＝中國屋– 작은 집인데 황브라더스들이 이 집 닭튀김을 좋아했어. 벽에 걸린 주인이 직접 쓴 메뉴판이 아주 인상적!
- 아오키 피자– 요즘 맛을 들여 두어차례 시켜 먹었지︿︿* 우리야. S.사이즈, 데락쿠스(Deluxe)가 맛있어. 일본식 발음을 해야 주문이 정확하다. 조금만 혀를 굴리면 갸우뚱거린다.

여기서 길을 건너면 '삐아네즈 東町' 우리 아파트야︿︿* 온천 갈 때 빼고는 거의 이 코스로 점심 먹고 돌아오지. 갈 때 금계천 뚝방길로 가기도 하고 돌아올 때는 후쿠무라(福村) 쪽으로 돌기도 하지.

고히집 〈모미노기〉

오늘 날씨는 좋은데 바람이 엄청나다.

李선생이 오늘 스케줄은 파라미타뮤지엄 → 茶茶 → 가다오카온센이란
다.

12시 48분발 전철 타고 세 정거장째 오바넨역에서 하차, 길 건너 477
국도를 따라 북쪽으로 300m 직진 우측에 파라미타뮤지엄이 있다.

오늘 전시회는 100세 고지마 치즈코(小嶋千鶴子)의 '陶人形展'이다. 70
대에 취미로 인형 만들기를 시작하여 3,000점 목표로 했는데 12년만인
85세에 달성하고도 지금까지 작업을 계속하고 있단다. 이곳 '이온' 대표
인 岡田도 같이 경영에 참가하였다가 은퇴하였고, 그는 파라미타뮤지엄
의 창립자이기도 하다. 남동생이 현 민주당 대표라고 한다.

찰흙을 조물락거려 만든 100세 기념전, 도자기인형 100여 점이 전시되
어 있고 원하는 이에게는 한 점씩 기증도 한다고 하는데 인형마다 번호를
매겨놨다. 지금 신청하면 수령일이 4월 1일~10일이라 신청을 포기(ㅉ).

관람객 대부분이 우리처럼 나이 든 사람들…. 글쎄, 100세 노인의 작품
이라서 그냥 뵈줄 정도(?)이다.

아무튼 70대에 새로운 일에 도전하였다는 점을 높이 사주고 싶다. 부
군도 유명한 서양화가 (고지마 三郎一), 부인 전시장 뒤 벽면에 작품을
전시하고 있었다. 1997년 90세 때 자신의 전시회 마치고, 3일 만에 타계
하였다고….

1시 30분 점심을 먹으러 [茶茶]에 가니 우와! 기다리는 사람들로 만원
사례(포기). 아쿠아니스 이태리식당에 가보자고 했지만, 오늘이 일요일인
데다가 강풍으로 로프웨이도 운휴라니 (바람이 엔간해야지) 점심 먹기 힘
들게 생겼다…. 아니나 다를까? 이름 쓰고 1시간여를 기다려야 된단다.

(또 포기) 이곳은 웬만한 식당은 2시 지나면 식사를 할 수 없다. 하여 전철 종점 [모미노기(樅の木=전나무)]에 가보고, 거기서도 안 되면 집에 가는 거지 뭐.

전철을 기다리다가 길 건너 작은 이층집(보통 이층은 살림집) 아래층 입구에 Key coffee 판이 뱅글거리고 open이란 팻말 걸린 집이 보였다. 며칠 전 '오렌지 카페'에서 허탕 치던 날 자세히 살펴보니 간단한 식사도 된다고 써 있었던 게 생각났다.

문을 밀고 들어가니 두 여자 손님 외엔 아무도 없다. 정갈한 인테리어에 무엇보다도 실내에 흐르는 음악이 영화 〈모정〉 주제가다(됐어). 점심을 먹을 수 있냐니까 다이죠부란다. 노인 부부(6, 70대)가 그저 재미 삼아 하는 집? 야키소바(600엔) 2개를 주문하고 비루(600엔)도 한 병.

희끗희끗한 머리에 청색 조끼와 체크 남방을 입은 주인 남자와 앞치마를 두른 부인이 부지런히 음식을 만든다.

어떤 맛일까? 근데 李선생은 기대를 전혀 안 하는 눈치…. 맥주에 딸려 나온 쬐그만 그릇에 사탕처럼 생긴 치즈… 작은 무쇠접시에 자글거리는 야키소바! 오잉? 李선생 급만족! 그릇을 다 비우고 coffee(400엔)도 한 잔 시키자고 한다. (ㅎ)

이 집은 지난 6월, 李선생 知人 내외분과 들렀던 곳… 그 후로 나는 종점에만 가면 이 집을 바라보며 생각에 잠기곤 한다. 그분은 11월에 세상을 떠나셨어…. 고모노가 선경仙境이라고 부러워하셨지….

식사 후 마침 여자 손님들도 나가고 주인 내외와 이런저런 이야기를 나누었다(한일친선 차). 서울서 왔다고 하니까 자기 내외도 87년 서울에 가봤다고…. 음식이 정말 맛있다고 칭찬해주고는 다음에 가다오카온센 하고나서는 이곳에 와서 꼭 식사하겠다고 하니 좋아한다. 파라미타뮤지엄 할인권(100엔)도 가져가란다.

李선생, 입맛에 맞고 시간제한 안 받는 새집을 개발했다고 좋아한다. 내가 가보자고 할 때는 마지못해 하더니…(ㅉ).

3시 59분발 고모노행 전철을 탔다. 낼모레 서울 간다.^^*

짐은 다 쌌다.

2016·03·15 17:50 ｜ HIT : 165

〈배낭맨〉 申회장

4월 12일 오후 6시, 배낭맨 申회장님이 방문했다. (우리는 그날 오후 3시 고모노 도착했다.)

30분 전, 동경에서 사는 따님으로부터 申회장님이 우리 집에 오신다는 전화 연락을 받고 부지런히 방 정리와 청소를 마쳤을 때, 딩동~! 누굴까.

문을 여니 배낭에 선글라스 차림의 申회장이 서 계셨다. 이렇게 바람처럼 오셨다가 어제 오후 4시 30분 훌쩍 떠나셨다. 밤 9시 반, 무사히 동경 도착하였다고 전화를 했다.

신 회장은 좀 특이한 분이다. 1927년생, 올해 90세. 매일 걷기와 검도 劍道(유단자) 목검 치기, 매주 월요일 아침 10시 대학로 지인들과 커피 타임, 모임 7~8개의 총무 일, 게다가 네 번째 목요일(四木會) '몽테뉴 모임' 최고연장 참여자이기도 하다. (걷기는 창경궁 → 비원 → 시내 코스, 월요일 창경궁 닫을 때는 이화동 대학로공원 250계단을 단숨에 오른다.)

학창 시절(중고, Y대) 학생회장으로 정치운동도 잠시 하였지만 1949년 일본으로 밀항, 와세다大를 졸업하였고, 1950년대 일본 주재 한국대표단 (대사관), 동경 주재 한국지사장, 1961년 귀국 후 중소기업의 사장을 지내셨다.

부인과 슬하에 1남3녀를 둔 행복한 가장 겸 할아버지. 40여 년 전, 살림밖에 모르는 부인에게 그림그리기를 권유하여 부인이 장미를 주로 그리는 동양화가로 지금도 틈틈이 활동하고 있다. (대만전에서 입선, 제자 양성 중)

부인과 둘째딸(첼리스트)과 손자를 동반하여 동경에 사는 막내딸네 왔다. 외손녀 중학교 입학식에 참석하고는 이까호, 아다미 등지로 이틀간 가족여행을 하고는 가족은 보내고 신 회장 홀로 고모노 우리 집에 방문하신 것이다. 신 회장님은 일본을 거의 섭렵하셨지만 고모노가 정말 마음에 든다며 다음에는 부인과 다시 한번 들르시겠다고…. ^^*

6대 독자인 그분은 그런 티가 전혀 없이 나 홀로 배낭여행을 즐기는 멋쟁이시다. 은퇴 후 60대에는 20일간 미국 서부와 중부를 홀로 기차 + 버스 여행(막내딸이 LA 거주시, 사위가 일본인이다. 부부가 NY연구소 근무하다가 이번에 동경으로 돌아왔다.)

70대에는 부인과 함께 영국(큰딸네), 독일(아들네) 여행, 이때도 가족여행 후 부인은 먼저 보내고 홀로 배낭에 책 15권을 넣고 한 달간 유럽을 여행하셨다. 그분은 버스나 기차에서 만나는 사람들과의 외국 여행이 그렇게 즐겁다고…. 여행뿐 아니라 한 달에 두어 번은 꼭 '씨네큐브'에 가는 영화마니아기도 하다. 옛날 영화배우 이름을 환하게 꿰신다.

그 연세에 보기 드문 한량(?) 문화인이시다. 만나는 여인들도 모두 소설가, 무용가들, 대학로의 한 카페 여주인은 "申회장님 돌아가시면 우울증이 걸릴 것 같다."라고 할 정도^^*

4월 12일- 저녁 6시 도착, 7시 식사 후, 밤 12시까지 李선생과 수다.

4월 13일- 기보소 온천, 식사. 당신이 돌아다녀 본 일본 온천 중 제일 맘에 드신단다. 마중 나온 빨강색 버스에서부터 감동, 초록색 케이블카 & 스시정식+ 밤 11시까지 수다. 참, 비가 내리는데도 그분 혼자서 '이온'

에 가서 당신 상의 티와 모자를 사오셨다. 명품이 아니라도 패션 감각이 뛰어나 아주 멋지시다.

4월 14일- 고다이쇼다케 로프웨이+유노모도 & 松花정식. 오후 4시 반, 동경에서의 당신만의 하루가 필요하다고 홀쩍 떠나가셨다.

"李회장, 제발 책만 읽지 말고 클래식 음악도 듣고 영화 연극도 보러 다니라고."

가는 곳마다 모아 오신 문화 행사 전단지를 챙겨주셨다. 그리고 "李회 장 고기반찬도 좀 먹여? 체중 좀 늘려주라."고 살짝 일러주시는 자상한 분. 역에서 Bye 하며 "동경까지는 5번을 갈아타야 하는데 옆자리에 예쁜 여인이 동석하면 더 좋을 텐데…."라고 joke 하는 분! (ㅎ)

"그래도 이제 나이(90세)는 못 속여, 기차표를 어디 넣었지? 동경 사위 명함은 어디다 뒀지?" 이런 적이 처음이시란다.

떠나신 후 보니 바지를 얌전히? 놓고 가셨다(ㅋ). 못 말리는 〈배낭맨〉 申회장님^^* 사목회四木會 때 뵙겠습니다.

2016·04·15 08:27 | HIT : 128

탄젠(丹前) & 카페 〈오렌지하우스〉

아침 10시, 동경 '배낭맨 申회장' 막내딸이 보낸 택배를 받았다. 일어日 語로 '탄젠'이라고 써있는데 李선생이 배를 따뜻하게 하는 덮개란다. 그렇 기엔 포장박스가 너무 크고…. 좀 이상하여 사전 찾아보니 난방시설 없던 시절 입던 일본식 '누비옷'(李선생+내 것) 2세트. 아빠(신 회장) 고모노 체류 중 너무나 환대를 해준 데 대한 따님의 감사 선물^^*

글쎄 시할머니가 손수 만든 거라는데 동경에서는 거의 쓸 일이 없고 아빠가 李 회장이 몹시 추위를 타더라고 하여 그냥 포장하여 부쳤다고 했다. (따님이 우리 큰딸아이의 약대藥大 선배이기도 하다.)

연일 규슈九州 지진으로 어수선하지만, 날씨가 너무 화창하다며 李선생이 제안하여 카페 〈오렌지하우스〉에 가기로 하고 11시 48분행 전철을 탔다.

12시 07분발 상행버스를 타고 종점에 내리니 카페에 불이 켜져 있다. 두 차례나 허탕을 친 적이 있기에 만약 오늘도 허탕이면 전철 종점 '모미노기'에 가려고 했다.

문을 열고 들어서니 손님은 모두 세 사람, 여주인이 반긴다. 코너에 전시된 眞山 갤러리 西山씨와의 관계도 물어볼 겸 이야기를 꺼내니, 글쎄 입구에 앉아 있는 사람이 바로 西山씨 내외란다. 여주인 남편인가 했는데 남편 아니고 친구(도모다치)란다. 西山씨도 우리를 알아보고 반갑게 인사한다. 4/29~5/8 '眞山窯 陶房에의 전시회'를 한단다. (이런~ 우린 4월 26일 서울에 갔다가 5월 10일에 돌아오는데)

2014년 여름방학 때, 여기 왔던 민성君이 환상적인 맛이라 했던 '함바가 정식'과 사케를 시켰다. 따뜻한 사케는 복어 모양의 토기에 담아 나왔는데 절로 술맛이 나는 거라. 어제 받은 민성君 사진을 보여줬더니 중학생이냐고 묻는다. (많이 컸거든요) (ㅎ). 자기는 손자가 3명이란다. 그동안 산보길 낙상으로 1개월 발목 깁스를 하였고, 3개월째인데 아직도 아프단다.

여염집 부인 같은 여주인, 인테리어─식탁 위의 쬐끄만 컵과 꽃, 집기(식기, 커피 잔)가 모두 맘에 든다. 카페 명함도 얼마나 얌전하고 예쁜지… 매주 수요일 정기 휴일이란다.

여주인에게 〈고모노 통신〉에 올릴 사진 한 장 찍자고 하니 손사래를 친다. 〈도가라시〉의 '허씨 옴(엄)마'는 시원스레 응해주고 주방에까지 들어와 보라고 하던데…. 하긴 허씨 옴마는 나를 '언니'라고 불렀다. 그녀 언니도 닭띠라나.

역시 시원스런 한국 여자 : 부끄러워하는 일본 여자!

1시 30분 산을 울리는 계곡 물소리와 간간히 흩날리는 산벚꽃비를 맞으며 눈물다리 → 대석공원 → 삼악사를 돌아 2시 45분 하행버스를 탔다.

이런 가방 어때요?

일본살이 왔다갔다 어언 3년 차가 되었다. 오갈 때마다 핸드캐리하던 李선생 가방을 바퀴가 달린 것으로 바꾸었다. 늘 가방이 무겁다며 "보통 가방에 바퀴 달린 거, 왜 L회장이 들고 다니는 거 같은 거."라면서 노래했거든.

비 내리는 출발 날 아침, "이렇게 손잡이를 뺀 다음 끌고 가면 돼요."

"이렇게 큰 거를 끌고 가라구? 비가 오는데 커버도 없고 바퀴는 두 개밖에 없고…."

"그래도 힘이 덜 드니 편해요."

이 가방도 떠나기 전날, 지나치며 간신히 산 거다. 그동안 터미널 가방 가게에다 부탁하였었다. 마침 그날 지나가며 들러서 물어보니 갖다 놓았단다. 李선생은 저 멀리 앞서가고… 불러도 못 듣는 것 같고… 얼른 계산하고 뒤따라가야지….

李선생, 저만치서 기다리고 서 있다. 가다가 뒤돌아보니 갑자기 내가 사라져서 황당하여 서 있었다며 도대체 말없이 사라지면 어쩌느냐고 역정을 냈다.

"미안합니다. 부탁한 가방을 사느라 그랬어요. 혹시 이 가방이 맘에 안 들면 다른 것으로 바꾸지요."라고는 가방가게로 되돌아 갔다. "그냥 이 가방으로 하지요."라고 李선생에게 권했다. 왔다갔다 하는 내가 딱해 보였던지 주인 왈 "참, 보수적으로 사시네요." (당신도 내 나이 돼 봐.)

李선생, 새로 산 캐리어가 익숙하지 않은지 계속 궁시렁거린다.

"왜 바퀴는 두 개짜리냐?" (그러게. 네 개짜리로 바꾸자고 했잖아요.) 내가 손잡이를 넣고 가로 세워 놓으라니까 귀찮다며 그냥 세운 채 간다니 (가로 세우도록 받침이 있다) 바라보는 내가 더 불편하다. 짐을 부칠 때 이렇게 물렁거리는 큰 가방이 제대로 가겠느냐는 둥 영 못마땅해한다. 그럼 기내로 가져가자니까 그도 싫다고…. (나 참!)

비가 내리니 가방을 자기 쪽으로 조금만 기울이면 될 걸… 암튼 내내 마음이 쓰여 가방 받침다리를 어떻게 하지? 궁리 또 궁리.

궁즉통窮卽通이라고! 고모노집 서랍 속에서 사뒀던 냄비 꼭지를 발견! 아하, 이걸 사이드에 붙이면? 딱이겠네! [다이소(세리아)]에서 꼭지를 두 벌 더 사다가 작업하면 되겠다. 이리하여 천하에 하나밖에 없는 '냄비 꼭지 가방' 출현이요!! (ㅋ)

내일 동경 가는데 끌고 간다. 책 30권을 넣어가지고 와야 하니까…. 못 말리는 미뇽…!

2016·05·15 15:50 | HIT : 261

등교 시간

아침 7시 50분. 고모노초등학교 꼬맹이들 등교 시간. 란도셀을 메고 두 줄로 서서 종 종 종 오른쪽방향으로 걷는다(거실에서 봤을 때). 뒤쪽에는 모자를 쓴 자원 교통 도우미 영감님이 따라간다. 이곳에는 젊은이들이 모두 일을 하니 이렇게 나이 든 자원봉사자들이 많다. 하교 시간대(2시 30), 역쪽 건널목에도 어김없이 도우미 영감님이 나타난다. 이곳은 초등학교가 중·고교보다 등교 시간이 이르다.

8시 20분, 운동선수 가방만큼 커다란, 암튼 엄청 큰 가방을 짊어진(?) 고모노고교생들이 구부정 두 줄로 왼쪽방향으로 걷는다.

갑자기 더워진 날씨에 교복이 하복으로 바뀌었다. 남학생들은 회색 바지 곤색 상의에 넥타이.(전철에서 보면 예전 스탠드칼라의 교복도 있다.) 여학생들은 체크 주름치마, 흰 블라우스에 작은 스카프형 넥타이, 무릎 아래 삭스, 예쁘다. 머리는 자유형인데 (일본 사무라이 시절 궁중 여인처럼) 옆머리를 몇 가닥 길게 애교머리처럼 한다. 짧은 머리는 거의 없고 모두 길다.

시골이라선지 길에서 만나는 아이들은 모두 인사성이 바르고 밝다. 처음 여기 왔을 때 李선생이 우리 아이들도 여기 와서 학교를 좀 다니면 어떨까? 그랬는데 글쎄, 대학 진학률은 거의 꼴찌란다. 헬멧에 자전거를 타고(통학) 야구에 열심인 아이들을 보면 공부에 찌들어 보이지 않고 아주 건강해 보인다.

오늘 날씨 쾌청. 전국적으로 너무 빨리 여름 날씨가 되었다는 라디오 방송 30~32도가 넘는단다.

李선생 편지, 구라시나 상에게 휴대요금 보내려 우체국에 가야 한다. 마음은 벌써 서울에 가 있네. 짐도 다 쌌고….

2016·05·23 09:06 | HIT : 115

18차 왔슈

아침 7시 반, 서울 집을 나서 오후 4시 반 고모노 집에 들어왔다.

보름 만에 돌아온 고모노는 여전해. 나의 꽃들도 잎이 더 무성해진 채 잘 자라고 있고, 멀리 보이는 고다이쇼다케 중턱에는 구름띠가 걸려 있고, 초등학교 꼬맹이들은 모두 하교했는지 골목길도 조용하다.

오늘 생전 처음 Self Check In + Self Bag Drop을 해봤어. 매번 긴 줄을 서서 체크인하고 비행기표를 받았는데 오늘은 조금 일찍 도착하여 셀프기계 앞을 지나는데 한산하기도 하고 갑자기 용기가 생기는 거야. 마침 李선생도 부추기고….

이것저것 키를 누르고 마지막 확인단추를 눌러 비행기표(좌석 지정) 받고 나니 그런 내가 얼마나 신통하던지…. 셀프 권유하던 여직원이 "용하세요. 다들 꺼려하시는데…."

이제 셀프 백 드랍을 위해 트렁크를 컨베이어에 올려놓으니 16kg, 1kg 초과라며 추가요금 3만 원을 내라네. 한 사람당 1개, 15kg란다. 오잉? 두 사람이면 합산 20kg까지 OK, 추가요금은 없었는데….

제주항공 셀프카운터 꽃미남 직원, 우리의 사정 이야기를 들어보더니 오늘은 그냥 해드리겠다며 다음번 귀국 때는 꼭 정량을 지키라며 빠른 통관구역 안내까지 해준다. (고마워요. 노인네 덕을 봤네)

오후 1시, 나고야 공항 도착, 1시 반 통관 후 4층 공항식당으로 올라가 덮밥과 맥주를 먹었다.

2시 17분발 기뿌행 특급을 타고 나고야 → 욧카이치 → 3시 45분발 고모노행 빨강색 기차를 탔다.

대청소 후, 넘 후덥지근하여 에어컨+선풍기를 가동하니 아주 쾌적하다. 아! 이 맛에 에어컨을 켜는구나….

일본 체질 李선생은 5시 NHK TV '스모'까지 시청한다. 엊그제 일요일부터 시작했다며 좋아한다. 잘 지내다 갈게.

2016·07·12 21:07 | HIT : 155

종서가 돌아왔다

오늘인 줄 알았는데 엊그제 종서가 귀국하였다. 지난 2월 하순부터 하와이 APIS 분교分校에 가서 한 학기를 하고 온 거다. 겁이 아주 많은 아이인데 어떻게 혼자 기숙사 독방을 쓰며 지냈는지….

12시 즈음, 항상 바쁜 제 에미로부터 전화가 왔다.

"엄마, 종서 오늘 반포에 가도 돼요? 하룻밤 자도 좋은데…."

"알았어."

에미가 7월에 막 올릴 작품 때문에 바쁜가 보다. 엊그제 아랫동네 인성이네도 도우미 아줌마가 2달간 중국에 다니러 가, 거기도 비상 체재에 돌입. 1시 반, 종서를 사무실에 데려다주고 에미는 부리나케 가버렸다.

"엄마, 종서 머리도 좀 깎아주세요" (엄마 맞아?)

"어쩜 이렇게 많이 컸어? 어디 보자, 할머니보다 키가 더 커졌네." (한 뼘 이상 더 크다.)

키도 훌쩍 컸고 몸도 제법 불어나고 코밑도 거무스름해지고 목소리도 변성기, 좀 이상하기도 하다. 게다가 안경까지 썼으니 꼭 고등학교 '형아' 같다.

2시, 늘 가던 생선구이집(나의 점심 부엌)에서 점심을 먹고 머리를 좀 깎아주려고 적선동 재래시장 속으로 들어갔다.

'미장원(이발소)이 어디 있지?'

떡집 아주머니에게 물으니 골목 속 돌아 사직동 쪽으로 올라가면 '나나 미장원'이 있는데 아주 잘한단다. 그런데 '나나 미장원' 미용사는 남자 머리는 안 해준단다. 그냥 커트만 좀 해달라는데도 도리질까지 하며 안 된다며 길 건너 이발소가 있다고 일러준다. (강북 보수적인 동네라서? 반포 우리 동네에서는 으레 미장원에서 자르는데…. ㅎ)

되돌아 횡단보도를 건넜다. 지하철 환풍구 옆에 앉아 사시사철 나물이며 잡곡을 파시던 쪼끄만 그 할머니 안 보이시네. 돌아가셨나? 나이 든 사람 안 보이면 그런 거지 뭐….

이발소를 찾으며 조금 올라가니 아이구! 할머니가 우산을 두 개나 펼쳐 놓고 고구마 줄기를 까고 계시네. (반가워라. 장사도 더 잘 되시나봐.)

'사직 이용원' 커트 전문이라 쓰여 있다. 열린 왼쪽 문으로 들어서니 중노인이 검정 염색머리 이발사랑 담소하며 이발 중.

거울 앞에 이발용 의자가 4개, 대기용 중고 소파(2인용)에 신문이 펼쳐 있고, 커다란 글자 달력이 삐뚜루미 걸려 있고, 낡은 선풍기가 돌아가고, 옷걸이가 색색으로 여러 개(손님이 많은가보다) 우리 어릴 때 다니던 이발소 풍경 그대로다.

커튼 쪽에 에프론 차림의 아주머니가 있어 "저 우리 아이 머리 좀…" 했더니 이발사가 해줄 거라고 기다리란다. (면도사였어)

기다리고 있는 동안 또 한 사람, 그리고 잠시 후 또 두 사람… 와! 손님이 많네. 이발사의 가위놀림 솜씨가 아주 대단하다. 이발을 마친 중노인은 염색까지 하고 가나 부다. 면도사가 대접 크기 그릇에 염색약을 넣어 개더니 머리며 눈썹에까지 약을 바르기 시작한다.

이제 종서 차례-어떻게 깎아줄까?

짧게 잘라 주세요. (요즘 애들은 머리 스타일도 제 취향이 있어 함부로 못한다.)

사각사각… 순식간에 손질이 끝나니 면도사 아주머니가 머리를 감겨준다. 재래식 세면대에 앉히고 앞자락에는 의자 쿠션을 안겨준다.(세면대에 몸이 닿는 걸 보완?)

(종서가 좀 황당했다나? 저의 동네에서는 의자에 앉은 채로 사르르 뒤로 젖혀 머리를 감겨준단다.)

어쨌든지 상큼하게 머리까지 감겨주고….

"얼마를 드릴까요?" 했더니, 글쎄 7천 원이란다. 오마나, 요즘 같은 물가에 이렇게 착한 가격이라니…. 1만원을 줘야 하지 않을까 생각했는데….

이발을 마치고 나오다 세븐7에 들러 아이스크림도 하나 사주고… 어릴 적 꼬마가 이렇게 훌쩍~ 커버리다니…. 손을 잡으니 녀석이 슬쩍 손을 뺀다 (섭섭해라)

7시 30분 늦은 저녁으로 신사동 순두부집에 갔더니 사장과 종업원 언니가 반색을 한다. 한동안 뜸했거든…. 종서는 돌솥밥과 '섞어순두부'를 뚝딱 비웠다.

모처럼 손자랑 데이트 한 번 잘 했네^^*

종서는 할아버지랑 자고 내일 간다.

이제 컸으니 따로 자겠냐니까 할아버지랑 자겠단다.(효손이로고!)

2016·06·27 23:10| HIT : 126

교보문고에서

아침 10시 30분 교보문고에 갔다. 오늘 점심 약속을 한 동생들에게 (원)숙자의 『우리는 일흔에 봄을 준비했다』를 선물하기 위해서다. 너른 매장을 돌아보며 아, 어쩜 월요일 아침 이른 시간에 책을 사러(읽으러) 나오는 사람들이 이렇게 있다니…

탱크 탑을 입은 중년의 멋쟁이로부터 배낭 차림 학생들, 엄마 손을 잡은 꼬마들, 젊은 남녀커플, 머리색이 나처럼 밝은 할머니까지….

모두 한두 권에서 한 아름씩 책을 안고 있다. 젊은 커플은 아예 메모장을 들여다보며 책을 고르고 (두꺼운 책을 5~6권) 건너편 할머니는 이해인 수녀님의 책을 찾으며 전화를 한다. "두 권밖에 없는데, 한 권은 곧 찾아서 부쳐준다는구먼."

나도 숙자 책 3권을 주문하니 컴퓨터 검색을 마친 팀장이 친절하게 잠시만 기다리란다. 서고에 가서 찾아오겠다고….

"아, 이런 좋은 책은 앞쪽에 진열하셔야지요. 얼마나 감동적인지 나는 매일 읽고 또 읽는데(3독째) 오늘은 동생들에게 선물하려고 더 사러 왔어요."

"죄송합니다."

책을 사 가지고 다시 한번 매장을 돌아보니 어쩜 이렇게 멋진 책방이 있을까? 욧카이치의 '마루젠'보다 훨씬 스마트한 인테리어며 쾌적한 실내가 마음에 든다. 여기저기 작은 탁자에 책을 놓고 열심히 읽고 있는 사람들, 너른 세미나용 책상에는 많은 사람이 모여 책을 읽고 있다.

아, 좋은 냄새, 책 냄새….

이른 시간에 이렇게 독서하는 사람이 많은 걸 보면 아직 우리(나라)가 희망이 없다고 생각해선 안 되겠지?

2016·07·11 21:35| HIT : 104

아스피린과 체중

K박사가 이사한 첫날 밤, 침대에서 낙상하여 눈 위를 스물 몇 바늘 꿰맸다고 한다. 그런데 아스피린을 상복常腹하여서 피가 멎지 않아 혼났단다. 이 모임 친구들 중에는 H교수와 우리만 빼고 모두 아스피린이 혈전血栓에 좋다고 먹고 있다고 해서 놀랐어.

"미농은 아스피린 안 먹지?"

오잉? 내가 당신 몰래 뭔 약을 먹는다고라? 몸에 좋다고 먹을지 모른다고? (헛 살았네ㅜㅜ) 요즘 내 체중 느는 게 꽤나 신경 쓰이나 보다. 친정 가계에 당뇨가 있으니…. 염려는 좋은데 듣는 순간 막 화가 났다. (내가 누구 땜에 이러고 있는데…) "뭐 서울 가면 친구들이 몸 풀러 왔느냐고 한다며? 그게 좋은 일이냐고." (나 참 joke도 못하나?) 하긴 요즘 내 몸무게가 만삭 때를 넘어선 지 오래긴 하다.

그러면서 당뇨가 치매로 연결된다는데 왜 음식조절이랑 신경을 안 쓰느냐고…. 더 나이 들어 고생하면 마음 약한 당신은 도와줄 수가 없다나? (걱정마세요. 한산이씨韓山李氏는 마누라를 앞세우는 가계家系랍니다.)

"밥을 반으로 줄였어요. 전분 외 콩 제품, 소고기 등으로 조절할 수 있다는 (『당뇨병엔 밥 먹지마라』 에베코지 지음) 책도 읽었어요. 식사시간 조절, 술도 줄이려고 해요."

배가 안 고픈 미스코리아 체중 서방님과 살려니 힘든 줄 왜 몰라주시나. 암튼 아침부터 기분이 '영~ 아니올시다'이다. 떠나기 전부터 나의 뒷머리가 욱신거려 타이레놀을 두 갑이나 사가지고 왔다. 지난번 李선생 허리(힙) 통증으로 혼이 나서 진통소염제를 챙긴 거지. 꼭 증세가 예전 대상포진(머리) 같아서 동네 신경과에 갔더니 아니라며 혈압(150-90)이 있다며 약을 먹으라고 했었다. 우리 두 사람은 약이라면 아주 질색이라 입에 대지도 않는다.

Joy가 올려준 〈웃기고 재미있는 명강연〉(김창옥)도 보고 Naver 체조 〈머리에 화가 치밀 때 하는 체조〉도 했는데 안 풀리는 거야. 하루 종일 건넛방에 가서 TV 왕왕 틀어놓고 구시렁거리고…. 점심으로 李선생이 시켜온 아오키 피자도 안 먹고….

저녁 6시 30분, 온종일 시위하는 마누라가 걸렸는지 저녁 먹을 겸 산보를 하자고 한다. 하긴 실내온도가 32도였으니 한낮에는 나가기도 겁났지….

[갓바스시]에 가서 맥주랑 초밥 5접시(10개), 1,350엔 다른 때보다 계산이 적게 나왔다. (왜 조금 먹느냐고 그런다. 나 참!)

"[다이소]에 들를 거예요"(아직도 기분이 덜 풀려 혼자라도 가려고) 연희가 부탁한 '계란궁둥이'도 사야 하고(품절이네), 바이어스 테이프 3개, 병뚜껑 열기 5개(돌려 열 때 힘이 안 든다), 오렌지 껍질까기 5개(금을 주욱 그어서 까면 편하다), 바늘 쌈지 5개 등등 주워 담으니 3,084엔. 계산대 앞, 李선생이 챙이 넓은 여자용 여름 모자 두 개(베이지 & 블루)를 써보며 골라달란다.

"후읏! 그거 여자 거예요." (웃음이 터졌다)

"내가 쓸려고 그래."

기어이 야구모자를 벗고 챙이 넓은 모자(베이지)를 쓰고 [다이소]를 나섰다. 한밤중 펄렁대는 여름 모자를 쓰고 활보하는 李선생~(못 말려!)

미뇽! 잊지 마! 측은지심으로 사는 거야!

2016·07·15 11:09 | HIT : 108

염천 물놀이

오늘은 〈바다海의 날〉 일본 휴일이다. 연일 30도를 웃돌고 나고야 33도 일사병(熱中症) 경고란다. 우리 집은 맞창을 열면 시원하긴 하지만… 실내온도 30도. 글쎄, 李선생이 도시락 싸가지고(사가지고) 대석공원 나들이 가잔다.(에~? 네에…)

배낭에 김밥, 피자, 샐러드, 커피, 위스키를 탄 냉수 짊어지고 12시 21분발 전철을 탔다. 종점에 내리니 바로 元유노야마온센역행 버스 출발. 휴일여서인지 제법 사람들이 있다. 언제나 우리 내외만이 달랑 타고 갈 때가 많았는데…. 종점에 내려 '눈물다리' 옆 계단 길로 올라갔다. 뒤쪽에 우리를 뒤따라오는 5,60대 내외는 나고야에서 왔단다.

李선생이 "로프웨이 가느냐? 한 5분 더 가야 한다."고 친절히 안내한다. 염천이지만 산(1,212m) 밑이라선지 바람이 시원하다. 계곡 물소리도 들리고….

로프웨이 아래쪽 나무 그늘 속을 걸으며 대석공원 쪽으로 올라갔다. 1시 반, '대석공원' 정자에 올라 도시락을 먹었다.

한 남자가 어른 키만 한 누렁이랑 계곡물에 들어가 서 있고 여자는 배낭에 강아지를 업고 있네. 개가족 내외(?), 꼬맹이들은 물안경에 수영복, 수영조끼까지 입고 까르륵거린다. 웃통을 벗고 돌 위에 누워 일광욕을 하는 젊은 내외도 있고…. 아, 모두 평화로워 보인다. 황금연휴 중 멀리 못 간 소시민 가족들의 물놀이^^*

그 옛날, 아버지랑 백사실 계곡에 갔던 생각이 떠올라 돌을 딛고 내려가 계곡물에 발을 담그니 어찌나 시원한지 저릿저릿하다. 와서 손이라도 씻으라니 양반 李선생 손사래를 친다. (이러려면 뭐하러 오셨남유?) 계곡물 소리에 귀가 먹먹하고 바람은 한없이 시원하다.

2시 반, 삼악사三嶽寺(기와 공사 중) 쪽으로 돌아 내려가 2시 45분 버스를 탔다. 나고야에서 온 내외를 다시 만났다. 남자는 20년 전에 와봤다면서 엄청 깨끗해졌다고….

李선생이 지난 5월 사미또Summit 행사 때문에 미에현縣이 아주 업그레이드되었다고 설명한다. 이제 완전 고모노 사람 다 되었다.

매미의 임종

쉿쉿쉿쉿쉿~ 찍 찍 찍 찍~.

이곳 매미는 한국 매미처럼 맴맴 하고 울지 않고 생김새도 윤기 나게 까만색이 아니고 칙칙한 얼룩 갈색이다. 모르고 들으면 꼭 압력밥솥 꼭지가 도는 것 같다. 李선생은 개구리 소린가? 그랬단다.

"쉿쉿쉿 쉿쉿쉭~ 찍찍찍찍~."

매미가 저리 우는 걸 보니 비는 안 오겠다.

아침 일찍 현관지붕 비둘기×을 치우려고 테라스에 나서니 칙칙한 갈색(참새빛깔)의 매미가 발랑 누워 있다(아, 수명이 다했나 봐). 사진을 찍어두려고 젓가락으로 뒤집으니 찍찍~ 소리를 낸다(아이고 깜짝이야). 뒤집어 놓고 뒤태를 찍었다.

물청소를 한참 하다 보니 이 녀석이 어느 사이 테라스 난간 아래 한 뼘 정도 턱받이까지 기어 올라갔다. (아, 생명에 위협을 느꼈구나! 해치지 않을 거야. 거기 얌전히 있어.)

비둘기들의 배설물이 장난이 아니다. 열심히 센 물을 뿜으며 (4가지로 조절할 수 있다) 미농표 수제手製(두 개를 이어 만든) 긴 빗자루를 난간 사이로 밀어 넣어서 쓰레질을 했다.

근데 물 뿜기를 이슬비처럼 조절하며 보니 매미가 사라진 거야. 녀석이 턱받이 아래쪽 벽 쪽으로 내려가 있었다. 내가 선 쪽에서 보면 전혀 안 보인다! 마지막 안간힘으로 절벽 쪽으로 내려간 것이다. 아아, 살려고 저리 애를 쓰는구나…. 모서리까지 기어 올라간 것을 내가 사진을 찍어대고 李선생을 부르는 등 소란을 피웠다. 좀 있다보니 매미가 다시 절벽 쪽으로 내려가 매달려 있다.

"턱받이 위로 올라오면 힘이 덜 들 텐데…."

"발이 끈끈하고 끝이 갈퀴 같아 잘 붙어 있어 괜찮아요."

난간 청소는 녀석을 위해 생략하기로 했다. 그래, 힘을 좀 붙여서 너희 친구들에게 날아가거라.

그동안 연일 30~32도였는데 엊그제부터는 아침저녁은 바람이 불면 아주 시원하다. 해 질 녘 나들이할 때는 아주 상쾌할 정도. ^^*

내일 오후 서울에 간다. 마음은 벌써 서울에 가 있네

2016·07·25 08:24 | HIT : 131

우리집 광복절 특사

어제 광복절 공휴일이지만 아침 10시 30분 출근했다.

사무실 컴퓨터 교체작업 때문에 방문한 사위 황 서방, 교체작업 끝나면 8·15행사 구경도 시킬 겸 돈암 브라더스(종서, 인성+민성)와 작은딸까지 총출동했다.

그동안 사무실 컴퓨터가 고장이어서 답답했었거든, 뭐든 컴퓨터에 관한한 우리 黃서방이 해결사다. (늘 고맙다.)

공휴일, 사무실 에어컨이 안 들어온다. 서향방이라서 후끈함이 장난이 아니다. 아이들과 점심 식사 마치고 헤어진 후, 우리 내외는 모처럼만에 대한극장행, 2시 50분 〈인천상륙작전〉 잘 보고(강추!)

李선생, 얼마나 칭찬하던지, 실은 아침에 '인천~' 보러 갈까 했었거든. 영화 예매해 준 작은딸에게 "영화 땡큐, 대만원! 아빠 대만족!" 문자 날리고 나서 사무실로 가서 내 배낭 픽업하고는 집에 가려고 경복궁역으로 잰걸음으로 내려갔는데 먼저 내려간 李선생이 안 보여…. 오잉? 다시 계단 되짚어 올라가 봐도 안 보이고… 화장실 앞에도 없고 도대체 어디로 간 거지?

먼저 갔거나 아니면 반대편 열차를 탔거나, 내려올 때부터 상황을 다시 점검하다가 딸아이에게 문자 "아빠 증발! 너네는?" "헉 아빠 잃어버림? 우리는 집."

두 개 열차 떠나보내고 에라 모르겠다, 걍 출발!

터미널역에서 9호선 기다리고 있는데 에스컬레이터에서 내려오는 李선생 "어디 가셨더랬어요? 걱정했잖아요." "뭘, 그냥 집으로 가면 되지."(왜 기다렸냐고 하는 소리. 섭섭해라. 미안하다고 하면 어디 덧나십니까?)

사연인즉 경복궁역에서 계단(꼭 걸어서) 내려가 오른쪽으로 돌아야 터미널역 방향인데 왼쪽으로 돌아 대화행 쪽에서 기다렸다나. 84세가 되니 방향감각도 예전 같지 않고… 전철에서 졸면 깨워서 내리고(피차), 그래서 같이 다녀야 하는데… 몸이 가벼워(미스코리아 체격) 걸음이 얼마나 빠른지 만삭인 나는 종종걸음으로 쫓아가야 한다.

오늘도 그 짝이 난 거지 뭐.

나 : 터미널 접선ㅉ 반대편에 서 있다가 담담차로… 흐이구.

작은딸 : 다행이네요− 광복절 특사네 ㅎ(하트)

폭염 속에 일어난 해프닝, 짧은 '남편 흉보기' 였슴다.

2016·08·16 08:32| HIT : 84

마지막 점심식사

"아무래도 H회장이 오래 못 갈 것 같애."

"에~ 뭐라구요?"

어제 금요일 12시반 신라호텔 '아리아케'에서 만난 우리 李선생 K고 친구 다섯 분(지난해까지는 작고한 L회장까지 여섯 분이었지)- K원장, k학장, L총장, H회장 그리고 李선생)이 만났다.

여러 해 전부터 매달 두 번째 금요일 모임이어서 '二金會'라 이름 짓고 이촌동 L회장 댁에서 모여 세상 돌아가는 이야기도 나누고 점심식사를 하곤 하였다.

휴가철이기도 하지만 李선생과 내가 고모노에서 일본살이 왔다갔다 하느라 점심 당번 제대로 못하였다고 며칠 전부터 전화를 부지런히 돌렸다.

네 사람 연락도 왜 이리 힘든지 암튼 겨우 시간을 맞추니 H회장이 꼭 스펀스를 하겠다고 하였다. (전화 몇 차례 만에 통화를 직접 하였고 아픈 줄 전혀 몰랐고 목소리도 힘이 있었는데.)

지난 5월 만났을 때도 아주 건강해 보였다는데(지난해 봄 췌장암 수술, 예후가 아주 좋아 모두 안심하였지.) 불과 두 달 사이에 손자들이 미는 휠체어에 의지하여 나타난 H회장의 병색 짙은 모습에 모두 놀랐단다.

병원에서 몇 시간 외출 허가를 받아 모임에 나왔다고.(그래서 통화가 잘 안되었네.)

"자네들 마지막으로 만나고 싶어 나왔다. 맛있는 거 많이들 자셔라."며 당신은 도무지 입맛이 없노라고 시킨 음식 태반을 앞자리 李선생에게 덜어주었다고 한다.

"자식들에게 너무 큰 부담(사업체를 이어받게 한)을 주고 가는 것 같다."고도 하셨단다. 대사업을 일으킨 당사자로서 이같이 토로하는데 모두들 가슴이 아팠단다.

이렇듯 1시간여 힘겨운 식사를 하고 H회장님은 병원으로 돌아갔단다.

하긴 84세 노인이 되었으니 하다가도… 너무 아까운 분들이 자꾸 떠나가니 정말 심란하고 가슴이 아프다. 내 마음이 이럴 때 친구들 마음이야 말해 뭐하겠나. 회자정리(會者定離).

고모노에 다시 왔슈

35일여 만에 다시 고모노에 왔다.

아침 7시 집을 나서서 11시 10분 인천공항 출발, 1시 10분 나고야 중부공항 도착, 2시 공항 4층에서 점심으로 모처럼 카레라이스를 기린맥주랑먹고 2시 27분 기뿌행 특급을 탔다.

나고야 → 욧카이치 → 고모노 집에 들어오니 5시가 다 되었다. 장장 10시간… 이제 힘에 부친다. 비행기, 전철 속에서 계속 졸았다. 전날 가와니시 교수 행사에 참석하고 10시 반에 들어와 짐 싸놓고 새벽에 깨었으니 우리 나이 70, 80에 당연한 거지 뭐.

정다운 빨강색 기차도 여전하고 오른쪽 철길 옆 논밭은 벌써 가을걷이를 했는지 텅 빈 논도 있고 아직 파란 곳도 있다(이모작). 왼쪽으로 논밭 사이에 '유유카이칸'의 나염 알록달록 잉어들이 펄럭이고 앞쪽 멀리 '고다이쇼다케'는 검은 띠구름을 잔뜩 이고 있고….

역전 조용한 골목길도 여전하다.

부지런히 모퉁이를 도니 주차장 빈터에 심어놓은 나의 영산홍 두 그루 중 한 그루가 빨갛게 되었다. 저런! 무더위에 말라버렸다(어쩐지 궁금했

75

어. 미안해). 짐을 그냥 현관에 놔두고 우선 큰 주전자에 물을 가득 담아다 부어주었다(제발 살아나거라). 꼬마 장미는 키가 더 작아졌는데 옆으로 좀 퍼지고 작은 꽃도 몇 송이 피웠네(기특해라). 한 달여를 비웠으니….

테라스 비둘기 녀석들의 똥, 장난 아니고 유리문 아래에는 어느 틈으로 들어왔는지 하루살이들이 그룹으로 누워있다…. 창문 열어젖히고 李선생은 물걸레 청소, 나는 테라스 청소와 식탁, 책상, 책꽂이 먼지 닦기…. 이러구러 청소를 마치니 7시, 해가 져 버렸다.

[잇치고칸]에 장보러 나서니 어스름 속 가을 풀벌레 소리가 진동, 어느 사이 가을이 성큼 와있다. 서울이라면 사무실에서 아직도 뭔가 하다가 8시쯤 천천히 늦은 저녁을 사먹곤 했는데 고모노에 오면 꼼짝없이 밥을 해 먹어야 한다. 설거지까지 하고 51홈에 들어오니 7시 반. 잘 지내다 갈게.

2016·09·02 20:57 | HIT : 88

큰일 날 뻔 했잖아!

빗소리에 일찍 깼다.

16~20도, TV예보로는 해 & 구름 & 빗방울. 비 내리는 소리로는 온종일 올 것 같은데….

어제 오후 3시 즈음 [갓바]에서 점심을 먹는데 한선이 전화를 받았다.

"모시모시, (李선생 입가에 미소) 한선이냐? 응. 할아버지…"(더 이상 할 말이 없다. 얼른 내게 건네준다)

"한선인가 효민인가? 누구지~?"(목소리가 똑같다)

"한써니, 누나는 멀리 갔여."(어제 어린이대공원 갔었다고 애비가 부언 설명)

할머니, 점심 뭐 먹었냐구 묻는다. "응, 생선초밥" (초밥이라니 얼른 이해가 안 되는 모양)

"한써닌 밥 먹었어요. 한써니도 먹구 싶어~."

"오냐, 반포 가면 한써니랑 같이 먹자~ 끊어 안녕."

"할아버지도 차 조심해, 끊어. 안녕 빠빠이~."

어디서 들었는지, 요즘 전화할 때마다 밤이건 낮이건 차 조심하라고 말한다. 어느 날 학교 가는 에미에게도 "엄마 차조심하구 안녕 빠빠이" 그랬다나, 암튼 효자(효손)여.^^*

[갓배]에서 나와 길 건너 바로 직진, 1차선 이면도로인데 차들이 제법 있다. 어디든 걷는 사람은 우리 두 사람….

어느 사이 이모작을 위해 갈아엎었네. 논(밭)두렁 잡초들은 말끔히 깎여 파란 연기가 피어오르고 있다. '이온' 높은 담장 모퉁이 돌아 들판 끼고 작은 사거리를 건너면 후쿠무라 쪽 주유소 앞이다. ㄴ자 거꾸로 가보는 거다. 길가에 작업을 마친 경운기처럼 생긴 칼날이 달린 갈아엎는 기계를 들여다보고… 마침 차들이 길게 섰기에 얼른 길을 건넜다

휘익~ 반대편 차선에서 달려온 오토바이, 차 한 대가 스쳐 지나갔다. (깜짝이야!) 앗, 여긴 일본이잖아! 모든 게 서울과는 반대인데…. 가슴이 서늘해졌다. 건널목이 저 멀리 다이소 쪽에 있어서 그냥 무단횡단을 하려던 거였다.

'큰일 날 뻔 했잖아! 한선이 말 안 듣고….'

하긴 며칠 전 우체국 갈 때도 건널목에서 李선생이 경적소리에 놀라 멈춘 적이 있다. 이제 순발력도 떨어지고 귀도 어둡고 눈도 어둡고… 절대로 건널목 신호등 있는 곳으로만 다닐 것! 명심!

2016·10·17 05:35 | HIT : 104

파라미타미술관의 〈大觀 玉堂 龍子〉展

오늘은 날씨 쾌청. 어제보다 기온도 조금 오른다는 예보다.

어제는 파라미타미술관에 다녀왔어. 이곳에서는 매달 각기 다른 전시회가 열린다. 11시 48분발 전철을 타고 오바넨역 [다다]에서 점심을 먹고 〈大觀 玉堂 龍子〉展을 관람했다.

나에게는 이름도 생소한 화가들인데 李선생은 大觀의 이름을 들어봤다고 한다. '龍子'라기에 내 이름처럼 여자인가 했는데 모두 다 1870년대 출생한 大正 明治 昭和 시대를 풍미한 日本畫의 거장들이라고 한다.

2004년 파라미타는 이들 3인의 〈雪月花〉〈松竹梅〉 등 3폭 2조를 수장, 이후 순차적으로 이들의 작품을 수집하기 시작하여 현재는 大觀의 일본화 15점, 공예품 9점, 玉堂 31점, 龍子 3점 등을 소장하게 되었다. 특히 大觀과 辰澤延次郎(미술관 경영에 진력한 미술애호가)과의 특별한 친분으로 2012년 辰澤家에서는 그의 귀중한 작품들을 직접 양도하기도 하였다. (大觀의 1916년 작 〈紅白梅花〉, 辰澤家의 혼례복도 전시되어 있다.)

이번 전시회에서는 동경 大田區立 '龍子기념관'의 전폭적인 협조로 龍子의 대표작 9점이 출품되었다. 인구 4만의 작은 시골 미술관에서 매달 새로운 작품전을 하는 게 정말 대단하다. 때론 세계적인 작품도 만날 수 있다. 갈 때마다 감동하게 된다.

李선생은 1층 휴게실에 비치된 앙케이트를 정성스레 작성하였다. 이런 작은 일들이 우리나라를 알리는데 一助를 하겠지….

비 그친 월요일 오후, 전시장은 숨소리가 들릴 만큼 조용하였다.

* 橫山大觀 (1868-1958) *川合玉堂(1873-1957) *川端龍子(1885-1966)
  1952년부터 6년간 동경의 畵商兼素洞 주최 [설월화] [송죽매](書合作)등 3개

의 畫題를 돌아가며 작품(循作)을 만들어 전시회를 하여 더 유명한 작가들이다. 이 전시회의 부제도 —循作 [雪月花] [松竹梅]에 부쳐서이다.

2016·10·18 08:17| HIT : 82

쯔쯔미(堤)君

오늘 12시 정각, 쯔쯔미君이 고모노 우리 집에 왔다. 동경에서 아침 7시 30분 출발 신간센, 메이테이선, 유노야마온센선을 갈아타며 온 것이다. 방문 이유는 복거일 선생『죽은 자를 위한 변호』일역판日譯版의 최종점검 및 복 선생의 인사말(서문)을 받기 위해서다. (서문은 李선생이 日譯을 했다.)

오비린대학의 가와니시 교수 등 여러분들의 협조로 11월 중에 나올 예정이다. 우리 李선생이 그 출판의 위원으로 참여하고 있다. 지난 8월, 전 POSCO 회장 故『박태준 평전』의 일역日譯도 쯔쯔미君이 했다.

그는 1980년생으로 미혼이다. 2016년 4월 와세다대학에서 박사학위(논문: 동아시아 국제경제론)를 받았고 홀어머니(68세)를 모시고 있는데 몸이 약한 엄마가 얼른 장가를 가라고 성화를 한단다. 생김새도 꽃미남에 박사학위까지 있는데 왜 장가를 안 가는지…. 요즘 결혼 안 하는 게 유행인지 구라시나 기자도 총각이다.

동경내기 쯔쯔미君이 미에현은 생전 처음 와 봤다고…. 약속시간 12시 정각에 문 앞에서 전화! 나 원 참, 이런 마지메(眞面目)…. '조그만 선물'이라며 和菓子 匠人(=菓人) 皆川의 미야비안표 밤양갱을 내민다.

12시 반 택시로 [갓바스시]에 가서 점심을 먹고 2시부터 공부(?) 시작 4시 07분발 고모노를 출발하는 기차표를 예약했다기에 3시 55분에 집을 나섰다. 李선생이 국어대사전 등 여러 권의 책을 그에게 선물로 주었다.

한국 경희대에서도 연구원 생활을 하였고 이러구러 7년여를 드나들며 한국어 공부했다는데 한국어 회화는 내 일어(日語) 수준? 李선생은 알아 듣기 힘들다고 하는데 나는 다 알아 듣겠더구만…. 나랑 한글 이메일을 주고받는다. 이런 일들이 한일 관계를 좋게 하는 데 일조할 것이다.

11월 4일 동경에서 있을 '한일문제연구회'의 모임에 참석하려고 한다.

오늘 날씨는 흐리고 바람이 세다. 5시가 좀 지나면 어두워진다. 25일 서울 갈 준비로 트렁크에 이것저것을 주워 담고 있다.

문화의 날(文化の日)

어제, 뭔 행사를 하는지 조용한 골목길에 작은 바리케이트를 놓고 차량 통제 중, 오잉? 좀처럼 없는 일인데…. 달력에는 11월 3일 '문화의 날' 공휴일, 빨간 글씨이긴 했다. 아침부터 음악 소리가 울려대서 뭔 행사가 있나 했지. 하긴 이곳에선 모든 행사를 일요일에 한다. 선거조차도….

[그린호텔] 히가에리 11시 20분 책 주문, 李선생은 다카토君네의 '重盛책방'에 들른다기에 역에서 만나기로 하고 먼저 출발했다. 李선생이 11시 48분 차를 타기 위해서 뛰어온다.

'문화의 날' 행사를 하느라 길을 막아놔서 시간이 좀 걸렸단다. 공식 날짜는 11월 3일이지만 거의 그 첫 번째 일요일에 동네마다? 나름 행사를 한단다. 아하, 그래서 다른 때보다 사람, 차량 통행이 빈번했구나….

그린호텔에서도 '소화(昭和) 30년 졸업 ㅇㅇ소학교 동창회' 등등 크고 작은 모임으로 안내판이 빼곡하다. 해서 점심도 겨우 한 자리 차지했다.

반가워하는 인텐 상 왈 "홍엽紅葉 계절이라서, 오늘 한 400여 명 손님을 받았다."라고.

477국도는 아예 주차장! 2차선 도로 교차 통행하느라 길게 서서 기다린다. 이곳에 온 후 이렇게 붐비는 건 처음이다. 11월 3일부터 주말까지 연속으로 쉴 수 있어 4일 동경모임 참석하던 날, 사학회관 호텔도 그리 붐볐구나…. 李선생, 고모노 문화의 날 행사는 두 군데 골목길에서 먹거리 위주에 약간의 액세서리를 늘어놓고 팔고 있었단다.

오늘 입동, 어제부터 햇볕이 겨울로 바뀌었어….

2016·11·07 08:02 | HIT : 89

고모노댁, 민간 외교관으로

가와니시(川西) 교수

가와니시 씨는 櫻美林(Obirin)대학 교수이다. 금년 65세로 3월, 18년 간의 대학교수로 정년을 맞이한다. 우리가 2014년 처음 일본에 와서 만난 분이다.

李선생이 가와이 에이지로 교수의 『학생에게 주노라』 책을 이곳 로타리 모임에 선물하려고 尹仁河 교수(용원 딸)에게 알아보던 중, 아마존에서 몇 권의 책을 찾아 보내왔다. 그 가운데 오비린대학에서 그 책을 냈다는 것을 알게 되었다. 李선생이 그 대학에 "가와이 교수를 존경하는 82세의 한국인이다. 가와이 교수의 弟子로 60년이다. 할 수만 있다면 그 책을 50권 구입하고 싶다." 등의 내용의 편지를 보냈다.

편지를 보낸 이틀 후 2014년 11월 21일(금), 가와니시 교수가 만나고 싶다면서 전화를 했다. 동경에서 고모노까지 오겠다고… 편지를 받고 너무나 감동하였다고….

우리는 11월 25일 서울에 갈 예정이어서 11월 24(월) 그 중간 지점 나고야역에서 만나기로 하고 李선생은 설레는 가슴을 안고 마침 고모노 방문 중인 조카를 대동하고 나갔다. 처음이니 가와이 교수 책을 들고 있기

로 하고…. 12시 역에서 만난 두 사람.(가와니시 교수는 나고야대학 한국 제자 대동)

그냥 처음부터 오랜 친구처럼 마음이 통해서 담소, 담소 4시간…. 그날 가와니시 교수는 책 100권을 선물하겠으며 2015년도(70주기) 가와이 교수 추모모임(매년 2월 15일, 기일)에 李선생을 기조연설자로 정한 프린트물(안내장)을 가져왔었다.

생전 처음 만나는 사이인데… 편지에 쓴 자기소개 외엔 전혀 모르는 사람인데…. 그렇게 맺어진 가와니시 교수와는 매년 추모모임, 한일교류 프로젝트 등등 3년여 교류를 하고 있다.

지난해 8월에는 당신 학부(學部) 학생과 교수 포함 30여 명을 이끌고 한국에 다녀갔다. 연구소에서 발간하는 책자에 두 번이나 李선생의 글을 서문으로 실어줬고…. 일본사람들은 한 번 '이 사람이다!' 싶으면 정말로 '선생님' 대접을 한다.

이런 작은 인연이 한일친선에 도움이 되었으면 좋겠다.

2월 15일, 금년도 가와이 교수 '추모모임'에 참석하러 동경에 간다.

*가와니시(川西) 교수 : 川西重忠 Shigetada Kaswanishi, 櫻美林대학 비지네스마네지멘토學部 敎授, 北東아시아總合硏究所 所長

|2017·02·13 08:25| HIT : 112

못 말리는 '동경 미션'

오전 11시 교수 묘소 참배와 오후 3시 연구회모임에 참석하고 밤 11시 50분에야 늦은 귀가를 했다.

지난밤, 행여 늦잠을 잘까 염려되어 알람을 맞추어 놓았는데도 2시간 간격으로 자다 깨다하다가 5시 좀 지나 일어났다. 李선생은 뭘 믿는지 쾌면 중, 6시에 깨우면 되겠다.

배낭에 커피, 샌드위치, 간식거리와 혹시 복거일 선생의 책을 가져올 수도 있을 것 같아(내 예감) 바퀴 달린 접이식 가방을 챙겼다.(우리가 서울 있을 때 고모노로 책이 왔다가 되돌아갔단다. 역시 卜거일 샘 책 등 모두 13권의 책을 가져왔다.)

6시 30분 먼동이 트는 시각, 전철역에는 출근하는 사람, 통학생들이 참 많다.

나고야행 08:22발 신칸센을 타려면 06:42분 차를 반드시 타야 한다. 85+73=158세 노인들이 뭔 정성이랴…(ㅉ). 근데 불그레하게 동이 튼 하늘이 아주 아름답다.

10:02 동경역 도착했는데 출구가 25개나 있다. 11시까지 아오야마 영원(靈園)을 찾아가야 한다. 2015, 2016년 두 차례 갔었지만, 첫 번째는 '동경 엄마' 용원의 자세한 안내지도를 덕에, 두 번째는 호텔에 묵으며 택시를 이용하였다.

"택시를 탈까요?" 하는 내 제안에 李선생 단호하게 전철이라나(ㅉ). 자신 있단다. (지하철 안내도도 가지고 왔단다.) 다음에 올 때를 위해 동경 전철 타는 연습을 해야 한다고…. (아무려나 알아서 하세요.)

근데 웬걸, 환승하는 것을 알아보는데 이건 영~ 아니올시다(ㅉ). 역원이나 경찰이 보이면 "(빨리 가서) 물어 보세요"(마누라 말 들으면 어디 덧나남유.)

나이 든 경찰아저씨에게 靑山 1丁目(아오야마잇초메) 역을 물으니 천천히 모자 속에서 지도를 꺼내 들고는 방향을 가리키며 야마테(山手)선-긴자(銀座)선을 갈아타란다. 택시를 탈까 물으니 왜 택시를? 당근 전철을 타라고…. (나이 든 남자들은 다 똑같아.)

이러구러 아오야마역에 내려 또 묻고 물어 10:50 약속장소인 '中竹' 꽃집에 도착하였다(휴우!). 묘지 관리도 겸하고 있는 작은 꽃집이다. 물통을 올려놓은 선반을 헤아려보니 한 100여 집의 묘지를 관리하고 있다.

가와니시(川西) 교수는 15분 정도 늦는다고 제자 마스이(松井)상이 전한다. 안면이 있는 노신사 두 분 (한 분은 연사인 전 오카야마대학 교수), 마스이 상, 그리고 좀 젊어 보이는 사람 둘(나중에 알고 보니 모두 교수). 평일 아침나절이니 참배객은 열 명이 넘지 않는다.

11시 15분 환한 웃음을 띠면서 가와니시 교수 커다란 가방 두 개를 끌고 왔다. 책가방이다.

꽃집에서 챙겨준 조촐한 꽃 두 묶음과 물통(솔&빗자루)을 들고 입구 가와이 교수 묘지 앞으로 이동했다.

한 사람이 겨우 참배할 수 있는, 몇 그루 작은 동백나무가 서있는 작은 묘소…. 아마도 제일 작은 묘소인 거 같다. 오래된 묘비가 세월의 흐름을 알려준다.

해마다 늙은 제자들이 지난해 당신 관련 새로 낸 책들을 한아름 올리고 묵념을 한다. 우리 내외도 참배했다.

12시, 바로 옆 지하 프랑스식당의 20여 개 계단을 내려갔다. 문도 열기 전인데… 가와니시 교수가 미리 섭외해서 그곳에서 점심 식사를 하였다. 보통 모임에선 각자 식대를 내는데(3,000엔) 묘지 참배 후 식사는 가와이 교수를 평생 흠모하였다는 98세 여제자(秋山淸子)가 보시하였다. 몇 해

전까지는 참석했었는데, 고령으로 참배 못함을 사과하는 편지와 함께 금일봉을 보내온다. (감동)

그리고 오후 3시에 오비린대학 센다가야 캠퍼스 1층 홀에서 열린 '河合榮治郎 연구회 2017년도 대회' 참석하였다.

평일 오후인데 50여 명의 전, 현직 대학교수를 비롯하여 나이 지긋한 남녀 청중들이 모였다. 오늘 모임에는 가와이 교수의 외손녀 小泉 씨도 참석하였고 李선생과 인사를 나눴다.

6시 근처 중국식당에서 세미나 뒷이야기 등 담소하며 즐거운 식사를 했다. (회비 3000엔) 李선생이 아주 맛있었다고 한다. (이번 고모노행에서는 입맛을 좀 찾은 듯싶어 다행!)

세미나 장에는 쯔쯔미君이 와서 반갑게 만났고 식사 때는 내 옆에 앉아서 통역을 해주었다. 지난 2월 2일 서울서 만났는데도 또 반가웠다.

우리는 7시 30분발 신칸센을 타기 위해 먼저 자리에서 일어섰다.

동경역에서 또 이리저리 헤매다 겨우 시간을 맞춰 8:30발 노조미 133호 나고야행을 타니 일단 오늘 미션은 성공이다.

이러구러 막차(11:28)를 타고 집에 들어오니 한 밤 11:50분!!

고모노–욧카이치–나고야–동경 왕복 17시간 20분 당일치기 '동경 미션' 완료!

근데 나이는 못 속인다!

2017·02·16 08:56| HIT : 109

나고야에서 만난 가와니시(川西) 교수

어제 12시 10분 나고야(名古屋 : 일본에서 세번째로 큰 도시)역에서 가와니시(川西重忠) 교수를 만났다.

전날, 나고야역 커다란 텔레비전 앞에서 만나자는 이메일을 받았는데 드넓은 나고야역의 커다란 텔레비전 앞 건물 바깥쪽 큰 전광판을 그리 말했나?

교수도 '東京내기'이니 나고야역에 대해 잘 알지 못하는 모양이고 우리도 名鐵線(메이테스센) 나고야역이라야 近鐵線(긴테스센)에서 나고야城을 가기 위해 名鐵백화점을 통과한 적밖에 없는 '고모노 촌뜨기'다.

커다란 테레비를 찾는다. 못 찾겠다. 우리가 내린 近鐵線 나고야역 직원에게 물으니 계단을 올라가 오른쪽으로 가란다(신간센 쪽). 名鐵線 나고야역은 名鐵(메이테스)백화점과 51층 高島屋(다카시마야 : 빨간색 동그라미 속에 '高' 자를 쓴 일본 전국적으로 유명한) 백화점이 있는 아주 큰 역이다. 중앙홀이 만남 장소인지 많은 사람이 모여 있다.(우와~) 그런데 커다란 텔레비전을 바깥쪽으로 나가서 살펴도 안 보이고 다시 들어와 물으니 앞쪽 복잡한 통로를 가리키며 주욱 가면 큰 텔레비전(전광판)이 있고 신간센 환승하는 곳이란다.(太閤 통로 北口)

그렇지, 가와니시 교수는 신간센을 탔을 터이니 그쪽으로 가면 되겠다. 날씨는 맑지만 바람이 좀 세서 게이트 앞은 춥다. 추위를 타는 李선생, 어디 앉을 곳 없나 살핀다.

욧카이치에서 10시 51분발 나고야 급행을 타 11시 30분 좀 지나서 내렸으니 아직 40여 분의 시간이 남았다.

여기저기 살피니 가만있으란다. (길 잃을까 염려되어서겠지만…ㅉ) 낯선 곳에서의 불편함을 그렇게 푼다.

그래도 내가 누구여? 선물가게에 들어가 먹음직스러운 '미코미 우동 2 식입'(1,234엔)을 샀는데 포장 그림에 속았다. 어제저녁에 만들었는지 우동은 뻣뻣하고 부재료로 넣을 유부, 덴부라도 없으니 더욱 더….

12시 즈음 텔레비전(전광판) 앞으로 가서 기다렸다. 앞쪽으로 큰 '세이코' 시계탑이 있다. 묘한 차림의 젊은이들, 신칸센 환송, 환영객 또는 여행객들로 와글와글.

12시 10분, 검정색 반코트에 예의 낡고 시커먼 끌개가방(책가방), 어깨가방, 쇼핑백을 든 가와니시 교수와 만났다. 마치 친정 동생을 만난 듯 반갑다. 2월 15일, 동경모임에서 만났는데도 또 반갑다(전생에 무슨 인연이람). 3월 초 병원에 일주일 체크 차 입원 탓인지 둥그런 얼굴이 좀 핼쓱해 보인다.

점심시간 피크, 두 사람 다 나그네라서 예약을 안 했기에 마땅한 자리가 없다. [다카시마야高] 백화점으로 가 식당을 물으니 친절하게 안내해준다. 12층까지 엘리베이터로, 13층 에스컬레이터로 올라가 일식집 '加賀屋'으로 갔다. 교수 왈, 아주 유명한 집이란다. 조금 기다렸다가 화복和服 차림 아가씨의 안내로 자리를 잡고 화정식和定食을 먹으며 2시간여 화기애애한 담소를 나누었다.(교수 보시)

동경에서 월간으로 발행되는 『도서신문』(2017.3.4)(3293호)에 실린 卜선생 책광고와 가와니시 교수의 가와이 에이지로(河合 榮治郎) 교수에 관한 기사 등 한 페이지가 모두 오비린(櫻美林)대학 기사이다.

李선생의 원고가 실린 연두색 표지의 『독서를 권함』이란 책도 3권이나 받았다. 이것저것 13권의 책을 동경서부터 가져온 것이다. (바퀴 달린 가방을 준비하길 잘했지.) 그 무엇보다 귀한 선물!

2시 40분 마쓰사카(松坂)행 급행을 타고 귀로에 올랐다.

2017·03·11 11:21 | HIT : 92

73세 무수리의 푸념

어제 오늘 컨디션 조절을 위해 11시 48분발 전철로 종점 '가타오카' 온센에 갔다가 [모미노기]에서 점심을 먹었다. 정말 이상한 것은 주말인데 온천도, 전철 속도 아주 한산하다.

여기 와서 온천탕 속이 그렇게 텅 빈 것은 처음이다. 언제나 붐비진 않았지만, 오늘은 주차된 차량 숫자를 봐선 넘칠 것 같은데….

김정은의 미사일 핵 운운이라 경계를 하는 것인가. 아님 우리나라 새 대통령이 어떤 사람인지 주의를 하는 건가.(미농 생각)

온천 위쪽을 통과하는 고가도로 건설이 한 2년째, 지금도 계속 중이다. 거대한 빌딩 크기의 콘크리트 Y자 다리를 세우고 있다. 온천 속에서 바라보면 영 재미없다.

1년 내내 휴일 없이 여는 서민용 온천이고 유기농 식자재만 쓴다는 이태리언 레스토랑, 일식집, 빵집 등 젊은 사람들이 선호하는(데이트하기 딱 좋은) 곳이다. 입구 너른 밭은 유기농 농사를 짓는 주말농장이 있어 주말이면 각지에서 가족 동반으로 많이 온다. 지금 그 밭들을 갈아엎어 공사 중이다. 다음 주까지 딸기 모종을 분양한다고 써있다.

1시 30분 [모미노기] 문을 밀고 들어서니 주인장은 TV를 보며 점심식사를 하고 있다. '곤니치와' 수줍은 부인이 인사를 한다. 얼른 TV를 끄고 클래식 음악으로 바꿔준다.

야키소바, 카레 함바가 그리고 비루 1병을 주문하고 우리 지정석에 앉으니 각자 담당한 음식(야키소바─부인, 카레 함바가─남편)을 분주하게 준비한다. 먼저 작은 치즈를 곁들인 맥주가 나오고 이어 야키소바, 카레 함바가 나왔다. 李선생이 야키소바를 다 먹었다(감사). 미즈와리(언더록스) 한 잔 추가하고 커피까지 마신다.

어제부터 내 컨디션에 문제가 있는지 걸음걸이가 더뎌 뒤처지니 李선생은 한 걱정…(ㅉ). 마음먹고 체력을 기르란다. 뭐라 하면 농담으로 듣지 말라고 야단을 친다(나 참).

오늘도 '모미노기' 입구에서 나를 기다려서 들어갔거든. 진짜루 처음이다. 나이는 역시 못 속이나 봐…. (나도 73세 노파걸랑요… 내 몸 내가 알아서 합니다.)

2시 30분 종점 전철역, 대합실 앞에 삼각대를 두 개 세워놓고 "어미 제비가 집을 완성했습니다. 이제부터 알을 품는 시기입니다. 아기제비가 태어나면 다시 보고 하겠습니다"라고 팻말까지 걸어놓았다.

천정 형광등 옆에다 지은 작은 제비집을 위해서 경고판을 붙여 놓은 것이다. 시골 종점역에서나 볼 수 있는 아름다운 풍경이다. 이 사람들 불성佛性은 알아줘야 한다니까.

참, 어제 [스기야마]에서 969엔 주고 핑크색 티셔츠(XL)를 한 개 샀는데 오늘 입으니 똑 참하네(ㅎ). 李선생도 어느 사이 작은딸의 선물 줄무늬 티셔츠를 챙겨 입었다. (도대체 참견을 싫어해서 당신 내키는 대로거든 ㅋ) 날씨는 좀 덥고 황사가 낀 듯 뿌옇다. 한낮은 덥고 아침저녁은 서늘하다.

2017·05·12 15:36 ㅣ HIT : 155

고모노에 왔슈(25차)

쓴 것이 다 날아갔네…(ㅠㅠ). 아침 7시 집을 나서 오후 5시 고모노에 왔다. 장장 9시간…. 이번엔 투표하고 오느라 며칠 늦었을 뿐인데.

전철도 공항도 한산하여 아주 편하게 체크인 수속을 마쳤다. 여의도역에서 환승하려고 섰는데 李선생이 느닷없이 "여권 한 번만 더 연장하면 인생 끝나네…."

李선생은 2020년 2월, 미놈은 2023년 3월 만기라. 그때 10년 연장하면 98세, 89세 맞는 말씀이긴 한데… 좀 그렇구면. (ㅉ)

체크인 수속하는 데 보통 경로우대 빠른 통관수속을 할 수 있는 티켓을 주는데 오늘은 안 주더라구.

"내가 그렇게 젊어 보이우?" (ㅎ)

"아, 일부러 물을 들인 줄 알았어요. 60세 이상이시니 당연히 드려야지요"(고맙구만…)

20번 게이트는 좀 멀리 있으니 10시 40분까지 게이트 앞으로 가란다. 가면서 그 수분크림을 한 통 샀다. (지난번 샀던 곳으로 가려니 화장품 파는 데가 거기뿐이냐구. 그냥 가다 보면 있다고… 李선생의 지청구를 들었지.)

李선생, 요즘 아주 잔소리가 많이 늘었다(근데 나도 똑같애).

우리가 탈 비행기는 11시 10분 정확히 출발, 12시 55분 나고야 공항도착 매번 떠나기 전날이면 잠을 설쳐 귀마개와 안대를 하고 졸았다.

1시 30분, 금년 초부터 마음을 붙인 공항 4층 [마루하] 식당에서 사시미정식과 새우정식(미놈)을 생맥주와 함께 먹었다. 李선생 요즘 식사량이 좀 늘었고 체중도 좀 늘었다. 오늘 식사도 다 비웠다. (고맙습니다.)

이 집도 항상 붐벼 이름을 쓰고 기다려야 하는데 오늘은 한산하여 바로 들어갔다. 식사 후 기분 좋아진 李선생, 식탁 위에 놓인 앙케이트 종이 정성껏 써서 갖다주니 카운터 아줌마가 절을 몇 번씩 하며 좋아한다. 오늘은 모든 시간이 넉넉하게 돌아간다.

2시 47분발 기뿌행 급행을 타고 나고야—욧카이치—4시30분 유노야마 온센선을 탔다.

하교시간이라 학생들이 많았지만, 자리를 잡고 앉았다. 모두들 수그리고 핸폰 누르기에 여념이 없고, 옆의 갈래머리 여학생은 핸폰을 움켜쥔 채 졸고 있다. 내 좌석 맞은편에 안경 쓴 남학생만이 '마루젠'(책방) 카바, 책을 열심히 읽고 있다. (빛나 보여…)

창밖으로는 밀밭인지 보리밭인지 파란 물결이 일렁이고 어느 사이 모내기도 다 끝났네.

4시 50분 고모노역에 내리니 역전 화단에는 하양, 빨강 철쭉이 흐드러졌고 아이들 바로 학원으로 데려가기 위한 맹꽁이 차들이 7~8대가 늘어서 있다. 이토(伊藤) 씨네 도장나무 담장도 연초록색으로 아주 예쁘다.

앞쪽 Welcome to Komono 입간판 뒤쪽으로 우리 뻬아네즈아파트 8층이 보인다. 갑자기 내 미니장미와 영산홍이 궁금하여 걸음을 빨리 했다.

아, 더 쪼끄매진 미니장미는 핑크색 꽃을 다섯 송이나 피웠고, (고마워서 사진을 찍었어) 시멘트블록으로 막아준 영산홍은 자동차와 바람에 부딪혔는지 모로 누웠다(ㅉ).

5시, 집에 도착, 짐을 풀지도 않고 대청소 시작. 테라스 물청소, 비둘기 × 장난 아님, 히타를 집어넣고 선풍기를 꺼내고, 세탁기 돌리고….

7시 30분 [바미얀]으로 저녁을 먹으러 갔다. 이젠 여정이 힘이 드는지 [바미얀] 가는데 李선생보다 10여 분 뒤처져 느릿느릿 걸었다. 늘 먹던 매실볶음밥과 양파 & 돼지고기 얇게 저민 것을 춘장春醬에 볶은 것, 소홍주酒를 먹었는데 李선생 입맛에 잘 맞는다.

9시 즈음 李선생은 집으로 들어가고 나는 수퍼 [잇치코칸]에 가서 내일 아침 식빵과 오렌지 등 장을 좀 봤다. 하늘에 걸린 노란 보름달(하루가 지났지만), 모내기 끝낸 논두렁의 개구리합창, 불을 켠 채 달리는 3량짜리 기차, 조용한 골목길…

근데 이곳이 고향집처럼 점점 정다워지는 이유는 무얼까….

쓸쓸한 '어머니날' 일기

일본은 오늘이 어머니날이다(5월 둘째 주 일요일). 별로 유난스럽지 않다.

어제 [잇치코칸] [긴테스백화점] [토교핸즈] 등에서 카네이션과 와인, 초콜릿 등을 보고서 알았다. 근데 은근히 무슨 기대를 하는 건 나이를 먹은 탓인가? (50년을 같이 살고도 뭘 몰라…(ㅉ). 아님, 컨디션이 아직도 시원찮아서일까?

아침 5시에 깨어 성경책 한 구절 읽고(요한복음 14장) 노트북을 열고 '51홈' 점검하고, 이어 며늘아기가 깔아준 〈이소라 다이어트 체조〉 파일을 열어 40분간 몸을 풀었다. 식탁다리 사이로 노트북 들여다보고, 팔 돌릴 공간이 모자라서 방문은 열어놓고 따라했다.(어제 그제 李선생으로부터 몸 생각 안 하고 운동 안 하고 먹는 거 조절 안 하고 등등 지청구를 들었기에.)

며칠 사이에 이렇게 몸이 말을 안 듣다니…(ㅉ) 정말 나이는 못 속인다. 李선생도 덩달아 7시인데 일어나 당신 맨손체조 30분을 끝냈다. (당신 몸

관리는 철저히 한다.)

오늘은 아침 식사가 빨라지겠다. 빵을 구우려니 어제 마쓰리에서 사온 캐릭터 쿠키를 먹겠단다. 계란과 오렌지 곁들여서 간단히 끝마쳤다.

10시, 일찍 일어난 때문인지 졸음이 몰려와 잠시 눈을 붙인다는 게 12시가 다 되어 깼었다. 그것도 꿈속에서 지난해 이곳에 오셨던 K회장이 점심으로 새우만두를 먹겠다고 해서리…. 낮잠을 자면서도 점심 걱정을 했나 보다.

李선생, 가와니시 교수에게 편지를 쓰고 있다. 무슨 편지든지 정성 들여 쓰니 시간이 꽤 걸린다. 일요일이니 점심 먹으러 갈 때 역전 우체통에 넣으면 되겠다. 우편요금이 82, 120, 220엔으로 인상되었단다. 사다 놓았던 82엔짜리 화식和食시리즈 3장을 붙였다.

1시 반, 금계천 뚝방길 걸어서 '이온 몰'에 가잔다. 엊그제 내린 비로 소리 내어 흐르는 개천물이 탁하다. 건널목을 건너니 찰랑이는 논의 모가 파랗게 많이 자랐고 옆의 너른 밭에는 무엇을 심으려는지 갈아엎어 놓았다. 검은색 흙이라 뭘 심어도 잘 자라겠다.

지난해에는 어려 보이던 벚나무도 잎이 무성하고 제법 많이 자랐다. 이번에도 서울 가느라 벚꽃은 보지 못했다. 중간 지점, 왼쪽 길옆 작은 묘지 몇 곳에는 싱싱한 꽃이 꽂혀 있다. 어머닐날이라고 누군가 다녀갔나 보다. 조금 걸어가면 언제나 李선생이 들여다보며 "이게 국화꽃이지?" 하는 밭길이다. 글쎄 패랭이꽃인가? 경수니에게 사진을 보내면 가르쳐줄 터이지.(ㅎ)

멀리 뒤쪽으로 보이는 고다이쇼다케는 날씨 탓인지 운무에 싸여 있다. 아마 비구름이 지나가나 보다.

둑길 오른쪽으로 무지개색 3량짜리 기차가 덜컹거리며 달린다. 보통은 빨강+베이지색인데 행락철이나 주말에는 알록달록 무지개색이다. 고모노사거리에 이르니 신호등 앞에서 [갓바스시]로 갈까, [바미얀]으로 갈까 묻는다. (좋으실 대로… 앞장서면 뒤따라가는데…) 왼쪽 중국집 [바미얀]으로 가잔다.

좀 늦은 시간인데 손님들이 많다 아, 오늘이 어머니날이지, 참 식사는 예의 매실볶음밥과 춘장春醬을 넣고 볶은 양배추+돼지고기 그리고 소홍주(언더록스). (운전 하느냐구? 우리 나이가 몇인데…) 스프와 커피(음료)는 바이킹구(무료). 입맛에 맞는지 잘 잡순다.

오늘은 왠지 저녁 준비도 하기 싫다.

7시, 마파 당면잡채, 육개장이 마음에 안 드는 모양…. 둘이 먹을 거면 양을 작게 하고, 봉지만 뜯어 넣지 말고 요리를 해보라고…. 안다구요… 그렇지만 이왕 그리된 거면 아, 이런 맛도 괜찮네 하면 좀 좋을까? 그래도 덜어준 밥은 김+고추장에 비벼서(반찬 없을 때나 맛없을 때) 잡숴줘서 고마워요. 한 젓가락만 먹고 남은 잡채, 육개장은 미뇽이 심사로 다 먹어 치웠지 뭐. 그러니 〈이소라 다이어트 체조〉 하면 뭘 해? 뭐, 李선생 언제 어머니날 챙겼었나? (피차) 아니지!

작은딸아이: 티셔츠 & 카네이션

아들아이: 금일봉과 효민 & 한선 만나보기

큰딸아이: 하트 그린 문자메시지 *어버이날*

근데 나이 들어갈수록 조그만 일에도 왜 더 섭섭해지는 걸까? 나이 먹으면 애기 된다더니 그 말씀이 맞나벼….

2017·05·15 00:19| HIT : 122

오늘 저녁에 서울 왔슈

오늘 6시 서울에 왔슈. 고속터미널 '나의 저녁부엌' [놀부집]에서 부대찌개랑 소주 두 잔. (서울 왔잖아)

터미널 9호선 환승역 '메트로9 예술무대'(소년소녀가장 돕기)를 지나치다가 흥겨운 가락에 어깨춤이 절로 나서 걍 주저앉았지 뭐. 근데 손님이 넘 없는 거야.

李선생은 앞으로 나가 춤사위꺼정…(ㅎ) (손님이 모여들기 시작—李선생: 나, 기획회사 차릴까.)

통기타 반주에 노래 부르는 빨간 베레모의 女가수는 우리 고교 시절의 교복, 男가수 셋은 청바지에 교복상의, 교모 차림이다. 옛날 생각도 나고 게다가 나의 18번 〈신사동 그 사람〉도 불러주고, 오랜만에 흘러간 노래를 생음악으로 들으니 기분이 아주 좋더라구.^^*

얼음물을 사다 주는 사람, 기부함 속에 작은 성의를 넣는 사람들….

李선생, 저녁값이라고 그린 지폐 5장+나는 노래 값으로 1장 기부!

8시, 공연 후 출연자들이 "어르신 고맙습니다."

내 옆자리엔 환승하러 가던 50대 중반? 여자, 통로에 서서 어깨춤을 덩실거리길래 끌어다가 옆에 앉혀 이바구도 하고 박수도 치고… 李선생과는 마지막 춤도 췄다우(ㅎ).

그녀는 자기 남편에게 늦는다고 문자 넣고 나랑 사진도 한 장 찍고 박수 사이사이 이런저런 이야기를 했다. 9월이면 애들이 있는 캐나다로 이민을 간다고… 두 아이가 10, 14살 때 유학 보내고 17년 만에 재결합한다고.

딸이 32살인데 결혼할 생각도 안 한다고…. (걱정 마라, 우리 딸들도 34살에 시집갔다) 친정엄마는 환갑 생일 다음 달에 폐렴으로 돌아갔고(자기가 엄마 나이가 되었다고) 그 후 자기가 친정아버지 5년 모셨는데….

새엄마 얻어 15년, 근데 갈수록 엄마 생각난다며 헤어지고 싶단다나 (왜들 그러지?) 지난 달 미수米壽잔치도 해드렸단다.(요즘 보기 드문 효녀 네.)

"덕분에 오늘 엔돌핀이 많이~ 나왔어요."

"나두 그렇다우."

"두 분처럼 나이 들고 싶어요."

"고맙수."

우린 신반포에서 내리고 샛강이 집이라는 그 여자는 지하철 창으로 손을 흔들며 떠나갔다. 잘 아는 사이냐구? 물론 생전 첨 만난 사람이지. 이 신바람 난 여인도 그린 지폐 두 장. 아, 이래서 세상 살만한 거 아닌가.

2017·06·21 00:51│HIT : 104

서울에 온 쯔쯔미(堤)君

지난달 6월 11일 오후로 고모노행 약속을 잡았다가 아무래도 신간센 비용(동경-나고야)이 만만찮다고 7월초 서울에 오면 뵈올 수 있냐던 쯔쯔미 군이 오늘 오후 우리 광화문사무실로 찾아왔다.

정각 6시, 똑똑~ 노크 소리와 함께 깔끔한 검정색 정장 차림으로 들어서며 90도로 머리 숙여 인사를 한다. 아주 예의바른 청년이다.(이래서 李선생이 좋아한다.)

이번 여행은 일본출판사에서 부탁받은 (한국) 오지여행지 탐사를 겸하여(책으로 낼 예정) 서울에서의 Job 가능성도 알아볼 겸 왔다고 한다.

7월 2일, 새벽 2시 비행기로 와서 어제 군산을 다녀왔고 내일은 부산

동래온천 쪽으로 간단다. 숙소는 동대문역사문화공원역 4번 출국(구) 앞 Toyoko-inn.(쓰쓰미 군이 한글로 반듯하게 썼는데 '출구'를 '출국'이라 썼다. ㅋ)

16번째 내한來韓이고 모두 홀로 여행이라기에 나는 7월 11일 고모노행이 27번째라니 눈을 동그랗게 뜨며 놀란다. 하긴 지난해 고모노에 왔을 때 생애 처음 그곳에 와봤다고 했었지….

사무실 서가를 살펴보며 李선생의 설명을 경청한다. 주로 일본서적 위주로 들여다보다가 도산 안창호, 북한 관계 서적에 관심을 보인다.(식민지조선 & 북조선 철강산업 등으로 박사논문)

경희대학 일본학연구원으로도 다년간 있었고 『박태준전』, 복거일의 『죽은자를 위한 변호』(일부를 日譯한 한국어통이다. 李선생 감수, 아주 잘했다고 칭찬)

그 덕분으로 (일본)대학의 한국 유학생을 위한 교과과정 강사를 맡게 되었다고 감사하단다. 한국음식도 아주 좋아해서 비빔밥 빈대떡 막걸리 소주 불고기를 읊는다. 청양고추만 빼고 매운 것도 잘 먹는다고. 그렇지만 (李선생의) '마음의 음식'을 많이 먹었기에 배가 안 고프단다.

7시, 근처 나의 '저녁부엌' 한식집 [평가옥]에 가서 불고기와 소주, 맥주로 저녁을 먹고(소맥도 알기에…그걸 음식궁합이라 한다니 아주 감탄한다. [파스구치]에서 카피를 마시며 李선생의 요즘 한국에서의 일본어 & 한국어로 취업 실태며(중국의 영향으로 점점 축소되어간다) 한국과 일본 사람 성품, 우리 고모노생활 등 이런저런 이야기를 나누었다. 될수록 한국어로 말하려고 애를 쓴다.

쓰쓰미의 아버지는 1933년생(홋카이도), 엄마는 1948년생(오사카)라고 한다. 두 분이 어떻게 결혼했는가 물었더니 엄마가 "흰 쌀밥을 먹을 수 있을 것 같아서…"라고 했다며 춘궁春窮이 한국에도 있었는지 묻는다.

우리말로는 '보릿고개'라 하며 우리도 60년대에는 어려운 시절이 있었다 하니 다시 되뇌이며 끄덕인다. 너도 궁합이 잘 맞는 여자를 만나서 결혼을 해야 한다니(그래야 엄마가 좋아한다) 지난해(쯔쯔미君은 원숭이띠, 36세), 노력을 많이 했지만 성공하지 못했단다.

9시 반, 전철표를 사는데도 아주 익숙하여 칭찬하니 "모~ 제가 한국 분에게도 알려드렸습니다."(ㅎ)

종로3가에서 내리며 작은 쿠키 상자를 내민다.

"모~ 그렇게 달지 않아요. 李선생님과 사모님 잡수세요"(아리가도)

작은 한일친선 대사는 7월 8일 일본으로 돌아간다고 한다.

"쯔쯔미君, 모쪼록 한국에서 볼 일 잘 마치고 귀가하세요."

2017·07·05 00:30| HIT : 116

기보소(希望莊)에서 만난 가와이(河合)상

오늘 날씨가 모처럼 쾌청이네.

[유유카이칸(愈愈會館)], [기보소(希望莊)]하다가 李선생 출발 준비가 좀 늦어 (우린 내가 더 빠르다우) [기보소] 히가에리로 정했다 (월요일엔 서울 가야 하니…)

전화로 12시 종점에서 픽업을 부탁하고 11시 48분발 전철을 탔다.

12시, 15인승 버스가 마중을 나왔다. (이런, 미안해라. 두 사람인데…) 산중턱에 있으니 이런 서비스(무료 셔틀)를 해야 손님이 가겠지만 온천수는 물론 경관도 좋고 음식은 맛있고 값도 예쁘다(저렴하다). 또한 본관과 신관 사이를 오르내리는 빨강, 초록색 케이블카도 명물이다. 곱슬머리 운전기사가 아는 체를 한다.

히가에리 마치고 1시 15분, 2층 '고모노야'에서 늘 먹는 氣마구레(사시미)정식과 비루 잇봉(대). 지배인이 반갑게 인사를 한다. 이곳 종업원들은 모두 전천후로 뛴다. 이 지배인도 로비, 식당, 픽업 운전 등 홍길동처럼 뛰어다닌다.

단체 투숙객이 많은지 식당이 만원이다. 지배인이 안내해준 2인석에 가 앉았다. 좌석 아래가 파여 있지 않아 좀 불편하네. 옆자리 2인석에는 머리가 희끗한 남자가 나온 식사를 밀어놓은 채 연신 핸폰을 두드리고 또 이리저리 셀카도 찍고… 나 참.

2시 반, 식사를 마치고 일어서려는데 옆자리 남자가 "저… 외국인이신가 봐요." 말을 건다. 자기는 前 나라지역 미쓰비시(三菱) 전무취체역이었으며 지금은 은퇴하여 부동산업무(스타 다이아 대표) 외 두세 가지 다른 업무도 하고 (두 장의 명함이 빼곡하다) 기회가 있을 때는 관광가이드로 봉사도 한다고…(놀러오시란다). 오늘 [기보소]에 회의가 있어 왔단다.

李선생과 금세 이런저런 이야기를 주고받으며 명함까지 교환했다.

가와이 히로시(河合 浩)(65)씨: 李선생이 제일 존경하는 가와이 에이지로(河合榮治郎) 교수와 종씨宗氏다. 근데 가와이 교수는 전혀 모르고 책도 모르고…(ㅉ).(미안하단다) 머리 색깔로 처음에는 자기랑 비슷한 연배로 생각했다고… 70세쯤으로 여겼나. 85세라니 깜짝 놀라며 당장 무릎을 꿇는다. 일본사람들은 자기가 존경할 만하다고 생각하면 납작 엎드린다. 유창한 일어日語, 이야기해보니 정말 존경할만한 어르신이라고 생각했는지…(ㅎ).

15분여 담소를 하는 중에도 편히 앉으라고 해도 손사래를 치며 더욱 더 머리까지 조아린다. 『학생에게 주노라』도 읽어본 적이 없다기에 한 권 부쳐주마고 했다.

이런 작은 일이 한일친선에 기여하는 거지 뭐.(미농 생각)

李선생, 내일은 욧카이치(四日市) 로타리모임에 다녀오겠단다.

우여곡절 끝에 작은딸과 1박 2일

오늘, 아니 어제 아침까지 작은딸과 연락이 안 되어서 안절부절못했다. 새벽 4시 깨어 노트북 여니 안 열리던 Hotmail 열려 작은딸, 아들, 황서방에게 Help 메일 보내고 나서야 한시름 놓는다.

늦잠쟁이 李선생도 5시에 깨어나서 "바쁜 아이, 하룻밤 자고 가게 되는데 왜 오라구 했느냐?"고…(나 참).

작은딸은 요 전주週 프라하와 바르셀로나에서 열리는 학회(5.23~6.1), 곧이어 요코하마 '아시아퍼시픽간담췌학회'(A–PHPBA)(6.7~9) 참석하고는 주말을 이용해서 '엄마 보고 싶다'고 그랬었거든. 근데 하필 왜 핸폰은 먹통(처음)이고 인터넷 연결도 안 되고…. 궁여지책으로 '51홈' 경수니에게 대신 메시지 전달해달라고 SOS.

근데 아침 9시가 되도록 소식이 없다. 아니, 이럴 땐 이메일도 안 열어보고 뭐 하는 거지 하며 구시렁거렸지…. 일본 휴대폰은 국내용이라 외국으로 걸 수가 없고 작은딸이 직접 우리에게 연락하는 수밖에 도리가 없다.

9시 반, 딸아이로부터 전화가 왔다. 이런! 늦잠을 잤다나. 깨어 핸폰을 여니 문자메시지가 다 다 다… 놀래서 전화부터 한단다.

'왜, 엄마가 문자를 안 보내지.' 그랬다며 오후 1시쯤 JR 특급으로 신요코하마—욧카이치표를 예매해 놓았으니 3시경이면 만날 수 있단다.

휴우! 일단 통화가 되었으니 안심이다.

1시 06분 발 전철로 욧카이치에 가 점심(도구베)도 먹고 100엔샵 [세리아] 책방에도 들르고 기다리다보면 되겠지. 아이구, 딸 얼굴 한번 보려다가 난리법석을 떨었다.(경수나 고마워~)

딸아이는 아침 일찍 오려고 했는데 이번 학회에서 지도 발표한 논문이 1등상을 받는 바람에 시상식까지 하고 오느라 좀 늦었고, 게다가 1시 06발 특급 JR은 출발하자마자 환승역인 사쿠라기쵸에서 고장을 일으켜 결국 3시 58분, 긴테스욧카이치역에서 두 정거장 떨어진 JR 욧카이치역에 하차했다. 4시가 훨씬 넘어서 만났다. 환불 내지 선처를 바랐지만 결국 특급표(4,830엔)가 아닌 일반표로 왔단다.(빈 좌석이 있어 앉아서 왔지만) 시간이 좀 있었으면 따져서 꼭 환불 받으려고 했다고. 지금 생각해도 화가 난단다.(ㅉ)

우리는 그런 줄도 모르고 이 아이가 내쳐 오사카까지 가버렸나 걱정 걱정하면서 긴테스욧카이치역 1,2 출구(李선생) 3,4출구(미농) 눈이 빠지게 기다렸지 뭐야. 도착 전에 JR이라고 전화했다는데 李선생은 책방에서, 나는 [세리야]에서 미처 받지를 못하고 3시 29, 49 도착 특급 사인만 보고 있었던 거다.

저만치서 딸아이 모습이 보이는데 괜히 눈물이 나려고 하더라구. 서울서 볼 때랑 뭐가 다른지 나참…. 李선생은 반가우면서도 내색을 안 하고 빨리 유노야마온센선을 타러 간다며 앞장을 선다.

5시, 좀 쉬었다가 온천을 갈까 했는데 李선생 왈 "쉬게 하지. 그런다." 며 또 지청구.

채식주의자인 딸아이라 뭘 먹일까 하다가 이온몰 [바미얀]에 가서 저녁 먹고 [다이소]에도 들르기로 했다.

늦은 저녁을 먹고 8시 30분 [다이소]에 들러 이것저것(인성& 민성 도시락 등등) 한 바구니 담아 9시 올드랭 사인이 울리는 마지막 손님으로 나왔다. 미국에 가게 되면 도시락을 싸줘야 한단다.

왜 오라 했느냐구 지청구를 했던 李선생, 딸내미와 모처럼 이야기꽃을 피우며 정말 오길 잘했다며 서울서 만날 때보다 훨씬 좋다네…(ㅎ).

붙임성 있는 딸아이는 학회, 병원 이야기 등등 이런저런 이야기를 계속하며 엄마 아빠의 사진도 찍어주고 내 먹통 핸폰도 손을 봐 주면서 사진을 전송해 주었다. (떠나면 다시 먹통이 된다네)

먹통이 된 이유는 갤럭시 2 (50주년 홍관장 선물)여서 기계가 수명이 다했을 수도 있다며 서울 가서 알아보고 안 되면 기계를 바꿔야 할지도 모른다고… 지금 갤럭시 8이 나왔단다.

집에 와서도 일찍 쉬라고 해도 딸아이는 이야기가 끝이 없다.

객지 해외에서 만나보는 딸아이는 더 정답고 따뜻하고 애틋하고…. 아마도 8월초 미국 스탠퍼드로 1년 연수를 떠난다니 더욱 그런가 보다. 딸은 낼 아침 10시에는 서울로 돌아간다.

우산 인심

[그린호텔] 히가에리 후 레스토랑에서 인텐 상의 열렬한 환영을 받으며 점심을 먹었다. 李선생 로비에서 신문을 읽고 2시 좀 지나 나오니(그동안 동네 세븐일레븐이 없어졌다) 검은 장맛비 구름이 뭉게뭉게 따라온다. 곧 쏟아질 태세, 역까지 빠르게 걷기로 한다.

아침에 나오면서 "우산을 가져갈까요?" 하니 李선생, "맨날 그렇게 다 조심(준비)하고 살려느냐."는 핀잔에 그냥 나섰지 뭐야. (해가 쨍쨍, 빨래

도 그냥 널어두고)

몇 발자국 안 떼었는데 후드득후드득 비가 내리기 시작한다. 하여 신명교 못 미쳐 코너에 있는 '漁新'이라는 가게에 들러 우산을 사려고 하니 얌전하게 생긴 여주인이 파는 우산은 없다며 꽂혀 있던 꽃무늬 핑크색 양산을 내준다.

"다음번에 들르실 때 가져오세요."

오잉? 처음 보는 노인네에게 망설임도 없이… 둘이 양산을 쓰고 내려오며 "모미노기에 들러 우산을 빌리고 이 양산은 돌려줍시다." (분명히 여주인의 외출용 양산인 듯싶은 거야…)

[모미노기]에 들러 우산을 한 개 빌리고 李선생은 양산을 돌려주기 위해 되돌아갔다. 고히(커피) 한 잔을 시키고 기다리려니, 주인장은 우리가 늦은 점심을 먹을 줄 알고 부인을 불러내었다. 비가 점점 세차게 내린다.

'내가 다녀올 걸… 근데 일본말을 못하니… (그러게 공부 열심히 하랬잖어(ㅉ).'

10여 분 후 비를 쫄딱 맞은 李선생 귀환(아이구 미안해라). 다시 커피 한 잔을 시켜 마시며 이런저런 이야기, 암튼 시골인심이라선지 '漁新(처음 방문), 모미노기(여러 번 방문)에서 다 우산을 빌려주었다.

우산으로 또 작은 한일 친선이 시작되었다.

'漁新'은 산 아래 작은 잡화점으로 생선 등 여러 가지를 팔고 있는데 지나칠 때마다 누가 여기서 생선을 사지? 하며 갸웃거렸었다.

모처럼 우산 없이 나갔다가 정말, 모처럼 만에 李선생이랑 팔짱을 다 껴봤네(ㅋ).

2017·07·12 16:02 | HIT : 104

그집 앞

'이온몰'에 갈 때 금계천을 가운데 끼고 왼쪽으로 걷다가 3분의 2쯤 되는 곳 작은 다리를 지나면 전에 영인이가 그만해도 되겠다던 작은 집(창고)이 있고 그다음에 이층집, 그리고 바로 옆 너른 마당에 온갖 잡동사니를 늘어놓은 고물상(?) 그리고 다음번 집 앞뒤 두 채에 창고며 제법 칸사리가 큰 이층집이 있다. 한때는 대가족이 살았을 것 같은 집이다. 그 집에는 길 쪽으로 넓은 창 유리문이 있고, 그 앞에는 봄에는 꽃 잔디가 계절마다 자잘한 꽃들이 피우는데 별로 인기척은 없어 보여. 나이 든 노부부의 집이 아닐까 생각하곤 했다.

글쎄 며칠 전 그 집 앞을 지나가는데 갈색 덧창이 굳게 내려져 있고 아주 괴괴한 거야. 현관 쪽 입구에 시퍼런 비닐을 깔고는 화분, 빨랫대랑 블록으로 눌러놓았다. 창고 앞에는 색색 백일홍이 피어 있고 비닐 바람개비만 돌고 있더라구. 오잉? 어디가 불편해서 대처에 사는 아이들에게 갔나?

요즘 일본에는 곳곳에 이런 빈집과 버려진 집들이 많아 골머리를 앓고 있다(우리 농촌도 그렇다며). 그 해결방책을 강구하느라 야단이다.

엊그제 NHK 뉴스에서는 지은 지 75년, 버려진 증조부의 집을 1,650만 엔을 들여 리노베(리모델링)해서 3, 5세 딸과 살고 있는 젊은 부부의 이야기를 보여주더라고.

우리 집 앞 길 건너 코너 이층집 井口 씨네도 벌써 몇 년째 아니 우리가 여기 드나든 지 4년째인데 여태 비어 있다. 집 떠날 때 아이들이 초교생이었다면 중학생이 되었을 테고 고교생이었다면 대학생이 되었을 텐데…. 4식구가 단란하게 살았던 집 같은데….

현관 위에는 아직도 식구의 이름이 걸려 있는데 베니어판은 늘어져 내렸고, 차고車庫 셔터도 삭아 내리고 있고 길가 쪽의 파란 물이끼가 낀 에어컨 박스 2개도 삐뚜름하게 서있다. 뚝방길 옆 노부부, 길 건너 井口 씨네 모두 어디에 있든 늘 건강하세요.

우리는 오늘 서울 갔다가 9월 초에 돌아옵니다.

고모노에 왔슈 (28차)

아침 7시에 반포집을 나서서 저녁 5시 넘어서 고모노집에 들어왔다. 한 달 보름만에 돌아온 것이다. 인천공항에서 40분 연발을 했는데도 예와 비슷하게 도착했다. 10시간 장거리여행이다.

어젯밤 늦게까지 마쳐야 할 문서작업 때문에 사무실에서 밤 10시가 넘어 귀가하였다. 그것도 뭘 잘못 건드렸는지 계속 에러가 발생하여 황서방에게 핸폰으로 지시받아가며 겨우 해결했는데. (황서방, 미국 갔으면 어쩔 뻔 했누.)

오늘은 별일 없이 일찍 도착하여 대청소도 하고 장 보러 잇치고칸에도 다녀오고 잠도 한숨 자고 좀전에 깼다.

인천공항을 이륙하여 1시 35분 나고야공항 도착, 2시 늘 가는 [마루하] 식당에서 점심 먹고(여 종업원이 반색을 했다.) 3시 17분발 기뿌행 급행, 나고야에서 환승. 4시 47분발 욧카이치역에서 마침맞게 기다리고 있던 유노야마온센선線 정다운 빨강색 기차를 탔다.

전철 안은 하학 중인 학생들(하나같이 핸폰 작업 중)로 그다지 붐비지 않는다. 이제 다 왔다…. 창밖 풍경은 벼가 누렇게 익은 곳도 있고 이미 베고 무언가 다시 심은 곳도 있다. 멀리 [이온]도 보인다.

5시 15분 고모노역. 아이들 학원 직행시키려고 마중 나온 엄마들 맹꽁이 차가 몇 대…. 오른쪽 2층 아줌마 집 앞에는 언제나처럼 가지각색 꽃 화분들. (아이구 예뻐라.)

바로 옆 다코야키 집에는 빨간 비닐 문어풍선이 달려 있고 (장사가 잘 안 되나? 전엔 없었거든) 자전거포도 문 한쪽은 셔터를 내려놓았고…(센비, 바람이 불었나) 역 앞은 한산하다. 비가 한 차례 지나갔는지 보도블록이 살짝 젖어 있고 멀리 고다이쇼다케는 비구름을 이고 있다.

아참, 나고야공항에서 짐 가방을 찾았는데 글쎄 바퀴가 한 개가 망가졌지 뭐야. 3개의 바퀴로 구르려니 아주 불편했다. 李선생 왈, 수선하는 게 싼지 새로 사는 게 더 나은지 생각해보라네…. (나 참. 내가 초등학생인 줄 아나벼(ㅉ).

"네, 알았어요." (심드렁하게)

井口 씨댁(여전히 빈집이다) 모퉁이를 돌아서면 길 건너 내 화단이 보인다. 아, 나의 미니장미는 장맛비에 쓸려갔는지 흔적도 없어져 버렸고 그래도 영산홍은 베어진 나무그루터기에 비스듬히 기대어 푸른 잎새를 달고 있다(고마워).

1층 현관에 들어서니 안내문을 넣어두던 오래된 비스듬한 책꽂이도 사라지고 날씬한 안내대가 코너에 서있다. 노란 테이프로 둘러주고 가끔씩 가지런하게 정리도 해줬었는데….

어, 나의 일기예보용 나무도 베어 버렸고 (지난 해 잘려 나갔지만 2층 베란다까지 잎사귀를 달고 있었는데). 내가 걸어놨던 [다이소] 시계는 없어진 줄 알았더니 보기 좋게 벽 위쪽에 걸려 있다…. 아, 새 집주인이 나름 리모델링을 한 거구나.

메일박스는 그동안 쌓인 우편물로 미어진다. 현관문 바닥에도 각종 안내문들이 떨어져 있고…. 용원, 딸내미, 윤인하 교수의 땡큐 카드도 들어 있다.

5시 반, 李선생은 우선 엊그제 일요일부터 시작한 '스모'를 봐야겠다며 TV 앞으로…. 요코스나인 하루마후지(몽골)가 일본 선수 고도쇼키구에게 패했다(무조건 몽골 선수 편이다). 사인을 잘못 봐서 졌다며 李선생이 혀를 끌끌 찬다. 암튼 못 말린다. 서울서는 TV를 전혀 보지도 않는 양반이 이곳에 오면 열렬히 챙겨보는데 심드렁해하는 내가 이상하단다.

테라스 물청소를 하고 이 방 저 방 치우고, 이곳저곳 달력을 새로 걸고 그래 봐야 방 3개, 거실(부엌), 목욕실, 화장실… 아니 꽤 여러 곳이네.

요 며칠 무리를 한 탓인지 갑자기 피곤이 몰려 한숨 자고 일어나니 李선생 저녁으로 [아오키 피자]를 시켰는데 자는 마누라 깨우지도 않고 혼자 잡수셨네. (미안합니다.)

아, 이젠 예전 같지 않네. 李선생 앞으로 5년 더 고모노에 오자구 하니 90세, 78세…. 잘 다스리며 살아야….

2017·09·12 23:27 | HIT : 143

미술관 나들이

오늘 낮에 갑자기 李선생이 "파라미타에 갈까?" (그저 네 네.)

1시 48분발 차를 타야 한다고 해서 뜀박질, 역까지 3분여 만에 주파했다. (헉헉)

2시, [茶茶]에서 점심을 먹는데 종업원이 대폭 바뀌었는지 카운터에 안경 낀 남자 노인(주인장?)이 있고 여종업원들도 사시미에 간장을 빠뜨리는 등 실수를 했다. 엊그제 간 [갓바]도 여종업원들이 모두 남자로 바뀌었더라고…. 이곳도 인건비가 문제겠지.

'파라미타(波羅密多) 개관 15주년 기념 平山郁夫전'. 平山(1930~2009)씨는 히로시마 출신으로 15세 때 원폭시 근로동원 나갔다가 피폭을 당해 평생 고통을 받았다고 한다. (전쟁은 없어야 해.)

平山은 일본 화단의 중진으로 평생 아름다움을 그리고, 아름다움을 구제하는 활동을 하였고, 피폭 체험을 바탕으로 불교와 평화에의 향심을 품어 독자적인 그림의 세계를 열었다.

그는 고향 히로시마와 세도內海의 그림을 많이 그렸다. 또 그의 불교의 향심은 현장법사의 실크로드를 답사하는 등 중동 유럽 중국 등지로 스케치여행을 다녔다고 한다. 유네스코 친선대사, 세계유산 보존운동가로 문화훈장을 수훈하였다.

파라미타미술관에는 평일인데도 중년층 노년층의 부부들이 조용히 관람하고 있었다. 타지에서 오는 사람들은 언제나 茶茶 → 파라미타 코스이다. 인구 4만의 작은 시골에 이런 시설은 자부심을 느끼게 한다.

내가 좋아하던 오바넨역(무인역) 앞, 그동안 많은 주택을 지어(분양 호황 중에 있다.) 멀리 보이던 아름다운 목가적인 풍경이 훼손되어 버렸다. 날씨가 흐리니 고다이쇼다케 연산聯山이 한 폭의 수묵화 같다.

3시 59분 전철을 탔다.

참, 오갈 때마다 들여다보게 되는 핫도리 회장댁, 나갈 때 승용차가 안 보여 어디 외출하셨나 여겼는데, 돌아올 때 보니 마침 승용차가 집 앞에 멈춰 있고 부인이 대문을 열고 있었다. 부인의 얼굴이 많이 상해 있었다. 어디 병원에라도 다녀오는지…. 운전대에 앉은 검은 선글라스 핫도리 회장과 반갑게 인사를 나누었다.

"오겡키데스카?" "아, 어 다이죠브데스" (내가 괜히 미안해서)

공연히 내가 심란하다. 이런 일이 있으면 여자들은 아무 것도 모른 채 속만 상하지…. 옥상~ 간바레요!

2017·09·20 19:07 | HIT : 117

제2기 몽테뉴 교실

오늘은 [사목회四木會] 몽테뉴 교실 제2기 개강일이다. 지난 2년(아니, 벌써) 동안 제1기(2015.9~2017.8) 몽테뉴 교실이 끝났다.

아침 9시 반 사무실에 먼저 나와서 의자 배열하고 이것저것 준비를 했다. 11시 반, 李선생 K고 동창생 부인인 M형님이 개강기념이라고 맞춤 샌드위치와 슈크림 15인분을 준비해 오셨다.

M형님은 2기부터(2017.9~2019.8) 연회비 5만 원씩을 내기로 하였는데도 "이 나이(80세)에 갈 데가 있고 더군다나 책을 읽고 토론을 할 수 있어 너무 행복하다. 우리 애들도 엄마가 홀로서기 잘 하니 고맙다고 한다."며 간식을 준비해 오시 것이다. 부군께서 돌아가신 지도 벌써 6년이다.

오늘은 새로 참가하는 청강생(남)이 두 분 있다.

중고교 교장으로 정년하신 P교장(83세) 선생은 청소년도서재단에서 책 보내기 강연 등을 하면서 친하게 된 분이다. 사시는 동네가 우리 사무실과 가까운 사직공원 앞이라 계속해서 열심히 나오시겠단다.

또 한 분 J박사(60세, K고 까마득한 후배님)는 한국방통대 교수(경제학, 일본학 박사) "어르신들 모임이라 어쩔까" 했는데 분위기가 마음에 들어하는 듯하다(미농 생각). 예습도 잘 해왔고….

지난여름부터 join하는 동시통역사 Ms.K (아직 싱글, 50대인 줄 알았

는데 54년생이라고 해서 '깜놀')

오늘 발제자는 『계간 수필』을 엮어내시는 철학과 출신 K선생님(80세), 몽테뉴 전문가이시다.

이번에는 민희식 님의 『몽테뉴 수상록』을 교재로 사용한다. K선생님의 머리말 부분 해설이 있었는데….

교재에 대한 좀 허술한 면(重譯, 출판사 사정? 으로 제일 중요한 부분이 삭제되었다)을 날카롭게 지적하신다. 그 당시에는 그럴 수밖에 없었던 풍조가 있었다며 그런 현상이 많이 향상되었지만 지금까지 연장됨은 유감이라고 첨언을 하시는 좌장 S님.

발제 후 앉은 순서대로 돌아가며 의견 발표

청강생들은 패스해도 되지만 정회원은 모두들 열심히 준비해 오는 성의에 감탄한다.

李선생도 준비를 철저히 해서 공부를 아주 열심히 한다(밤잠을 설쳐 가며…). 몽테뉴를 '몽' 선생이라고 칭하며 어찌나 좋아하는지…(성품이 많이 닮았다.) 게다가 '몽' 선생 생년월일이 1533년 2월 28일 李선생은 1933년 2월 27일이라고 더 좋아하는지…(ㅎ).

12시~1시 즐거운 점심시간, 샌드위치와 커피를 들며 즐겁게 담소(참석은 자유의사대로)

1시 정각, 좌장 S님 정확히 들어오신다.(모두 시계를 맞추세요 할 정도) 2시까지 발제 &토론이 끝난 후 더 담소를 하실 분들은 2시 이후부터는 정해진 시간이 없다.

오늘은 2시 좀 지나 S좌장, M형님(약속), J대표(회의)가 먼저 떠나고 나머지 분들도 30여 분 담소하시다 떠나갔다.

우리는 한 달에 한 번 이 [사목회四木會]를 위해서 귀국한다. 처음엔 남학생들끼리 진행하라 하고 '산사랑'에 갔었지. 그러던 어느 달 모임에 참석해보니 그게 아니더라구… 역시 여학생의 손길이 필요해.

하여 계속 참석해 차 심부름도 해주고, 귀동냥도 해보니 여간 유익한 모임이 아니다. 나이든 사람들이 모이면 그저 건강 타령, 음식 타령인데 이 모임은 고령자모임(주로 80대 李선생 친구들)임에도 아주 수준 높은 토론장이라서 참 좋다.

여기에 젊은층 50대, 60대가 끼고 70대 나+내 동생(서울 체류 중일 때만) 90대 〈배낭맨〉 S회장까지… 정회원 10명(1명 유고, 1명 별세)+청강생 3명(여)+오늘 2명(남) 추가. 모두 13명이다.

제2기는 2년 후인 2019년 8월에 끝난다.(2017.9~2019.8)

참, 1기 마치면서 '책거리'도 하였고 작은 문집도 곧 나온다. 9월 출간 예정이었는데 10월 모임에서는 받을 수 있겠다.

2017·09·28 18:01 | HIT : 115

다시 고모노에 왔슈 (29차)

아침 7시 반포집을 나서 오후 5시 다 되어 고모노집에 도착하였다.

오늘은 서울서부터 모든 환승이 제대로 되어 매우 기분이 좋았다. 여의도에서의 환승도 잘하여 바로 좌석에 앉았고 김포공항역에서도 자리에 앉아서 공항까지 잘 갔다.

단지 공항철도 속 냉방이 언제나처럼 너무 세서 李선생이 조금 추워했다. 그래서 항상 스카프, 팔 토시, 모자 등을 챙겨야 한다. 출발할 때부터 스카프를 당신 가방에 챙기라니 도리질이다. (그런 게 날 도와주는 건데…)

긴 연휴가 끝나선지 공항도 예상보다 한산하고 11시 15분, 비행기도 연발 없이 제 시간에 떠났고, 좌석도 뒤쪽은 거의 비었더라구.

1시 40분 나고야공항에도 잘 도착했는데 입국심사에서 유커들이 몰려 조금 혼잡했다. 여느 때처럼 공항 4층 [마루하]식당에서 정식을 먹었다. 이 식당을 찾아낸 게 얼마나 다행인지…李선생 입맛에 딱이고 종업원의 진심 어린 환대까지 받았다. 오늘 그와 통성명을 했는데 이름이 슈쿠와 아오이(宿輪)란다.

나고야 명철名鐵에서 근철近鐵로 환승하려면 경사진 30계단(?) 트렁크를 들고 내려가야 한다. 근데 건너편에서 올라오던 배낭 멘 젊은이가 냉큼 달려와 가방을 번쩍 들고는 내려다 줬다. 이렇듯 고마울 수가…. 머리 색깔 밝은 두 노인네가 엉거주춤 섰으니 안 돼 보였나 봐. 이 계단만 서로 관할구역을 미루는지 엘리베이터도 경사로도 없다.

날씨는 쾌청, 옷을 좀 두껍게 입고 왔더니 덥다. 옷차림도 얇은 여름옷부터 두꺼운 가을옷까지 각양각색이다.

2시 47분발 기뿌(岐埠)행 → 나고야 3시 45분발 마스사카행 → 4시 30분 욧카이치 환승 → 유노아마온센행

나는 일단 정다운 빨간색 유노아마온센선을 타면 집에 다 왔다는 느낌이다. 진행 방향 세 칸 중 맨 뒤 칸에 타는데 이제는 어느 칸에 타야 덜 걷는지도 안다(ㅎ).

전철에는 하학하는 학생들로 자리가 거의 찼다. 어디나 마찬가지… 핸폰 들여다보느라 여념이 없다. 엇비슷 건너에 하얀색 기모노차림 아줌마 둘이 눈에 띄고(어디 결혼식에 다녀오나?) 남학생들은 동복冬服을 입었다. 우리 학교 다닐 때처럼 스탠드칼라에 금색 단추가 달린 검정색이다.

차창 밖으로 보이는 논에는 벼는 다 걷었을 것 같은데 들판은 초록색이

다.(뭘 심은 걸까?)

고다이쇼다케는 안개가 낀 듯 희붐한 저녁 해를 안고 있다. 지는 해인데도 눈이 부시다.

역전은 언제나처럼 조용하다. 오늘은 맹꽁이 차도 안보이고… .입구 꽃 아줌마는 역시 예쁜 화분으로 갈아 놓았다. 시계방의 키 작은 사장님이 밖에 나와 서성이고 있다. (등이 심하게 앞뒤로 굽어 소학교 3년생 정도 키다.) 핫도리 회장댁 현관 앞에 검정색 승용차가 주차되어 있다. (그동안 별고 없었겠지….)

집에 들어오니 오후 5시가 다 되었다. 보름 만에 돌아왔으니 대청소하고 (테라스는 내일 해야지) 슈퍼에 다녀와 李선생은 군만두, 나는 서울서 공수空輸한 송편으로 간단히 먹었다.

이곳 일본 날씨는 늦더위로 30~32도가 넘는 곳이 70여 곳, 熱中症(일사병)을 조심하라네(ㅉ).

고모노는 바람이 시원하다.

가을벌레 소리가 제법 시끄러운 걸 보니 가을이 깊어가나 보다. 잘 지내다 갈게.

2017·10·10 20:48 │ HIT : 131

'재난배낭'을 사다

오늘 금요일, 李선생 욧카이치 로타리 모임이 있는 날이다. 어제부터 예약 전화를 거는데 계속 불통…. 그러더니 "손님의 사정으로 전화를 받지 못합니다."라는 멘트가 나오는 거야.

아, 핫도리 회장에게 무슨(파산 외에) 큰 문제가 생겼나 보네. 왜 李선생 휴대전화를 지목하여 그리 말하는 거지? 핫도리 회장과 관계된 사람이라서? 별별 생각을 다 했다. 로타리 모임에도 금전적으로 손해를 끼쳤나? 등등.

회원인 반노(板野, 의사) 선생과 통화하니 이번 주, 다음 주는 모임이 없다고 한다(다행이다). '까마귀 날자. 배 떨어진다'이다. 로타리모임은 매주 금요일 12시 30분 식사, 1시 강연(卓話), 1시 30분 끝난다. (참석하려면 11시 40분 출발해야 한다.)

오늘 예정대로라면 나는 2시에 [미야코(都)호텔] 로비에서 李선생과 만나기로 했다. 왜냐하면 이곳 슈퍼 [잇치고칸]에는 푸룬주스가 없어 [都호텔] 옆 APITA백화점에서 사야 하고 또 지난 6월 작은딸 아이가 준 선물권 5천 엔짜리를 사용하려면 킨테스(近鐵)백화점에 가야만 한다. (이온몰에서 한 번 거절을 당해서 현금으로 李선생 운동화를 샀지)

딱히 살 것도 없으니 요즘 많이 얘기하는 '재난가방'을 사볼까 하여서다. 지난봄 규슈에서 지진이 한 달 이상 계속될 때 李선생 친구분이 제발 '재난가방' 구비하라고 재촉하였고, 요즘에는 우리나라에서도 추석선물로 '재난가방'을 주는 회사가 있다는 보도를 본 터라….

近鐵백화점 가방가게에서 '재난가방'에 대해 물어보니 여긴 없다며 옆 [Tokyu Hands](편의점)에 가보란다. 또 선물권 받을까 하니 전화로 자세히 물어 일러준다(아리가도). 일러준 대로 찾아가니 정작 직원은 고개를 갸웃거리며 "글쎄요. 찾아보겠습니다."

배낭 단품도 있고 내용물 15개 세트는 7,500엔쯤(자세히 안 봤어), 28개 세트는 12,960엔이란다. 5000엔 선물권+7,960엔을 내고 큰 것을 골랐다. 李선생 그건 해서 뭘 하느냐고 했지만… 암튼 소위 말하는 일제日製 '재난가방'을 구입했다.

내용물을 살펴보니 일단 긴급재난용 배낭이 불에 타지 않는 제품이고 미네랄워터 2병(유효기간 5년, 2021년까지, 딱 우리 고모노 체류 예정기간과 같다), 건빵 1개(유효기간 5년), 재해비축용 빵 1캔, 방재용 간이라이트(자연발광봉) 1개(유효기간 4년), 탈지면 삼각건 면봉＋긴급용 의료세트, 프레쉬, 캔들, 고체연료 1캔, 밧줄, 호루라기, 비닐 물주머니(10L) 등등 지진, 쓰나미 등 빈번한 자연재난에 대비한 '일본방재청'에서 추천한 제품들이다. 아무튼 일본제품답다.

그런데 정작 일본사람들은 이 '재난가방'에 대해 무심한 듯하다. 전에 구라시나 기자, 핫도리 회장에게 이야기했더니 뭐 자기들도 준비해 놓은 게 없다며 백화점에 가면 파는 게 있다고 들었다고 했다.

무슨 일 생기면 나라에서 철저하게 대비하여 주니 개인은 그저 거기에 따르면 된다는 뜻이렷다.(미농 생각)

욧카이치 나들이에 한식당 [도가라시(唐辛子)] 허씨 옴마(엄마)가 빠지면 안 되지(ㅎ). 1시 반, 열린 문으로 들어서니 허씨 옴마가 "아이구 오라버님 오시네, 온니도…."라며 반갑게 맞아준다.

두 테이블에 손님(여)들이 있고 이어 여학생들까지… 젊은 여자 손님들이 줄을 잇는다(홀 24석, 거의 만석). 허씨옴마 특유의 애교와 음식솜씨에 손님이 많구나.

"모 잡수실래요?"

"마마상이 골라주는 대로…."

"오라버님은 뵐 때마다 멋있으셔."(이런! 애교)

생선전유어(생선에 양념을 하였는데 아주 맛있네), 순두부찌개(난 왜 이런 맛이 안 나는지), 해물잡채(당면은 올리브유로 볶고 소금으로 간을 하여 아주 깔끔한 맛) 그리고 사케 냉주(冷酒) 1병 먼저 맛깔스레 무친 마늘

쫑 장아찌가 서비스로 나왔다(정말 맛있다).

허씨옴마는 두루 테이블을 돌며 살피고(서비스도 듬뿍, 이러니 한번 온 손님은 꼭 오겠다), 우리 테이블에 와서 맛있는지… 살갑게 챙겨준다. 그녀는 다음 주 목요일 한국에 갈까 고민 중이라고… 엊그제 동창들과 아다미(熱海)에 다녀온 서방님이 혼자 다녀오라고 해서 그렇단다. "가면 공부해야 돼요. 여기저기 음식도 먹어보고 연구해서 응용하려구요."(그렇구나!)

뭐든 손으로 하는 것은 다 잘한단다. 李선생과 내가 최고라고 칭찬해주니 두 눈을 다 감으며 좋아한다. 이곳 종업원(모두 일본인)들도 옴마를 닮아 목소리도 크고 아주 명랑하다. 7년 이상 같이 일을 하고 있단다.(이곳 욧카이치에서 개업한 지 7년 되었다는 말씀!)

나오는데 산에서 딴 감 두 개를 주며 잘 깎아서 오라버니 드리란다. (언제나 온니가 오라버니 공경 잘 안 한다고 야단을 친다. 어케 알았니?) 보기 보담 맛은 별로지만 제 정성이란다. 지금도 잘 되지만 더욱 더 번창하기요.

2017·10·13 20:40 | HIT : 93

태풍 21호

오늘 예정대로라면 우리는 '僧兵승병마쓰리'를 구경하고 있어야 하는데… 태풍 21호 북상 중이다. 내리는 비로 행사가 취소되었다.

이번 태풍은 그 위력이 엄청나 특히 중부지방에 타격이 큰 것 같단다. 오사카, 나고야, 와카야마, 미에(우리가 사는 곳), 기뿌현縣 등에 엄청난 비(大雨)와 강풍, 파고波高, 산사태로 피난경보, 권고가 잇달아 발령된다.

실제로 미에현도 남쪽 해안 이세, 도바, 마쓰사카, 쯔 등에는 2만여 명의 이재민이 생겼단다. 물론 비행기도 거의 결항이고 일부 철도도 운행 정지된 곳이 있다….

李선생, 원고 쓰기도 있지만 날씨 탓에 온종일 집에만 있다. 점심도 길 건너 [주카야(中國屋)]에 가서 닭튀김정식(미농)과 매梅볶음밥+사케 한독 구리로 먹었다. 근데 양이 많아 반은 싸가지고 와 돈豚고추장볶음을 추가해서 저녁 식사를 하였다. 내일은 서울 갈 거니까 되도록 음식을 남기지 않으려고…. 이젠 남으면 챙겨서 서울로 가져간다(ㅎ). (이것도 3년 반 만에 얻은 생활의 지혜다.)

생각할수록 고모노집이 신통하다. 이런저런 (재난) 날씨에도 살짝 잘 피해 간다. TV, 라디오에서도 뉴스와 경보가 나오지만 핸폰으로도 '찌릉찌릉' 하며 경고음을 울려준다. 저녁을 먹으며 만약 피난을 하는 경우 우린 어떻게 하지? 난 말도 못하는데…. 그냥 고령자로 밀고 가?

이 동네 고모노에는 재난 시 골목 저 위쪽에 구민센터, 고모노 중고교 앞 주민센터로 대피하게 되어 있다. 지인 K원장은 옆집 등과 안면을 트고 지내라고 했지만 (핫도리 회장이 유일한 Back인데… 정신이 없을 테고…) 거의 다 일하러 나가는지 사람 그림자를 볼 수 없다. 엊그제 203호에서 아기를 안고 나오는 모녀를 보긴 했다. 202호 아줌마(40대?)도 처음 여기 왔을 때 분리수거 안내를 물어본 적이 있곤 거의 만나지 못했다. 저녁 늦게 불이 켜지는 걸 보면 취업 여성인 듯 싶다. 일단 자국민을 챙기겠지?

태풍은 내일 새벽 3시면 중북부로 해서 올라간다. 매 30분마다 하는 라디오 방송에서는 꼭 전국 어느 지역에서든 지진 쓰나미 소식이 나온다.

24일 화요일, 서울 가는 날은 나고야지역 흐리고 비가 조금 뿌릴 모양이다. 집 앞 고모노역에서 전철을 타면 나고야공항까지 비 안 맞고 갈 수 있다.

태풍 때문에 잠깐 생각해봤다. 재난가방을 챙겨 놓은 게 잘했나?

오늘은 또 일본 총선일. 태풍 때문에 투표율이 25% 안팎, 아베총리 자민당이 압승을 했다.

이런 또 경고음이 울린다. 미에현 남부 쪽에 엄청 비가 퍼붓나 보다….

2017·10·22 21:27| HIT : 96

가양시니어스타워, 용원이네 집

10월 1일, 용원이가 제안한 서울시니어스 '가양타워' 투어(입주 2년 반이 되었단다.) 10월 24일 귀국하여 26~27일 동창들과 여행한 후, 오늘로 약속이 잡혔다.

진작에 한번 찾아갔어야 하는데… 일본에 왔다리갔다리 핑계로 이럭저럭하다가 마침 그곳에서 오늘 오후 3시에 〈박인수와 그 음악친구들〉의 콘서트에 있다길래 선경이랑 같이 가서 점심도 먹고 시설도 돌아보기로 한 것이다.

강서구 등촌동 가는 길, 9호선 증미역 4번 출구에서 11시 45분 만나기로 하고 10시 30분 집을 출발하여 신반포역 10시 50분발 9호선 탑승, 35분 만에 도착. 입구로 올라가 조금 있으니 저만치에서 용원이가 손을 흔든다.

광화문 쪽에서 오는 선경이는 급행을 타는 바람에 가양역까지 갔다가 되돌아온다는 메시지. 이런, 내가 급행 이야길 빼먹었지 뭐야.

11시 50분 검정 원피스에 코트 차림의 선경이 도착, 역에서 댓 발자국 코너를 도니 바로 가양타워, 지하1층 대식당(300여 명)내 '김용원님 초대 손님'이라 쓴 아담한 방에서 여기에 계신 이보원(46회) 선배님도 모시고 점심을 먹었다. 우린 어제 만났는데도 또 반가운 거야.^^* 어제 강원도 여행 얘기 또 하며 수선을 떨었지 뭐. 선배님, 빙그레 웃으시며 "암튼 대단한 51회다" 그러신다.

그냥 그곳의 정식(4가지 기본반찬+국 & 밥)을 먹어보려고 했는데 장어구이, 연어롤쌈, 갈비찜, 4가지 각색 전까지…(못 말려). 용원이는 언제나 그렇게 정성스레 챙긴다.

우리 내외가 동경에 방문했을 때도 숙소 제공(집)은 물론이고 12첩 반상을 차려 내어서 우리 李선생이 "내 생일날도 이런 상은 못 받았다"며 감동했다. (누군지, 장가 잘 든거 그치)

식사 후 12시 반, 9층 용원이네 올라가니 (복도는 아주 조용, 호텔에 온 것 같다) 19평형이라는데 아주 정갈한, 용원이에게 딱 알맞은 아파트 구경.^^* (38회 선배님의 부군께서 서재로 사용하시려던 곳이란다.)

선경이는 그곳에 12층에 계신 숙모님도 뵐 겸 전화 드리니 부재중이라 하여 (간병 도우미가 있다.) 12층 그분 방문에 '선경이가 와 있습니다.' 메모 붙여놓고 같은 층 이보원 선배님 댁에도 가보았다(25평형). 남향이고 방이 두 개다. "난 이렇게 어지르고 살아요" 하시면서도 선선히 실내 구경을 시켜주셨다. 언제 뵈어도 아주 소탈하시고 정말 사랑스러운 분이다. 용원이 말이 그곳에서도 역시 많은 분에게 사랑을 받으신단다.

이곳에는 K여고 선후배가 열대여섯 분이 계시다고…(E대까지 하면 40여 분) 1시 즈음 시설을 돌아보는 중, 지하 1층 헬스센터장 앞 의자에 아주 예쁘신 꼬장스런 어른이 앉아계셨다.

보원 선배가 허리 굽혀 인사하며 "저는 46회이고 이 친구들은 51회랍니다." 38회 대선배님이시란다.

예쁜 눈을 동그랗게 뜨시며 "아, 그러세요. 우리도 6형제가 K여고를 나왔지. 6자매상도 받았어. 둘째가 43회, 셋째가… 몇 회더라. 넷째는 남동생이니 빼고… 아니 내가 몇째까지 이야기했지? 여기 헬스에는 옷을 갈아입지 않으면 못 들어가서 여기 있는 거에요." (한 바퀴 돌아 다시 만나니 당신은 쫄바지로 갈아입으셨고 앞 사우나실에도 들어가 보란다. (고 맙습니다.)

간단한 처지를 할 수 있는 의무실 & 병실, 동호인실(바둑 등), 오락실, 컴퓨터실, 노래방, 작은 강당(춤도 추고 노래도 하고), 피아노실, 미장원(용원이가 이용한단다) 등등 온갖 편의시설이 완벽하다.

그림공부반의 전시회도 있고 그 앞에 있는 당구대에선 예닐곱 분이 즐겁게 게임 중 이 모든 시설들을 골고루 이용할 수 있다면 아주 괜찮겠다.

오늘 콘서트는 송도아트홀에서 열린다. 2시가 좀 지나 다시 9층으로 올라가며 들으니 모두들 오늘 음악회 손님이 많아 일찍 서둘러야 한다고 하네. 하여 우리도 2시 반 자리를 잡기 위해 다시 내려오는 하행 엘리베이터 앞에서 두 따님 동반 45회 손덕임 선배, 엘리베이터에서는 50회 선배를….

그 많은 노인들 중, 글쎄 K여고생은 금세 표가 나는 거라. 2시 반 제법 큰 공연장에 들어서니 벌써 3분의2가 찼네.(입석까지 만석이었다)

앞쪽 자매 서울시니어스 '강서타워'(초대석)라고 붙여있는 곳 바로 앞에 자리를 잡았다. 관객의 대부분이 입주 노인들과 그 가족들…. 이곳엔 부부가 같이 들어와 있는 분들도 많단다. 입주자의 대부분이 거의 왕년의 내로라하는 명사 엘리트분들인 것 같다.

3시 좀 지나 시작된 공연은 구수한 입담의 박인수 교수(테너, 전 서울대 교수)와 그 제자 8~10명의 한국 가곡, 오페라 아리아, 외국 명곡 등으로 짜여 있었는데 프로그램과 상관없이 박 교수의 즉흥적 선곡으로 제자들은 당황하기도 하였지만, 어느 영슈이라 거역하겠어….

80이 넘은 양반이 어떻게 그리 노래를 잘 부르던지…(조금 떨리지만, 오히려 제자들의 노래에 추임새까지 넣고) 그 부인도 플롯 전공이라고 한다. 젊은 제자와의 아리아 듀엣으로 박수갈채를 받았다.

가족적인 화기애애한 분위기의 음악회는 1시간 반이 넘도록 진행. 박 교수의 신바람으로 제자들은 트로트 유행가에, 〈우리의 소원〉까지… 종횡무진 이어졌다. 아, 오랜만에 멋진 테너들의 열창을 만끽, 기립박수까지 쳐댔다.

실버홈 입주는 우리도 앞으로 5~10년 안에 생각해 봐야 할 문제, 나의 '동경 엄마' 용원이가 그곳이 아주 마음에 들고 행복하다고 하여 아주 고마웠다. 선경이도 '가양타워'의 시설과 교통편이 맘에 든다며 고려해볼 생각인 듯….

6시 즈음 용원의 배웅을 받으며 9호선을 탔다. 6시 반 광화문은 촛불행사로 야단법석. 광화문역에서 헤어진 선경에게 문자 넣으니 마침 모범택시로 무사히 귀가했다고 한다.

2017·10·29 00:09| HIT : 216

고모노에서 챙기는 소확행(1)

온센(온천) 티켓

날씨는 쾌청, 뭉게구름이 좀 떠있고 하늘은 가을하늘처럼 파랗다. 멀리 고다이쇼다케에는 하얀 눈이 쌓였네. 바람이 좀 세게 불었지만 오히려 상큼하여 기분이 매우 좋다.

李선생, 12시 21분 전철로 가다오카온센에 가잔다. 오늘이 목요일이어서 그린호텔은 쉰다. 종점에 내려서 보니 [모미노기] 노란 등이 뱅글거린다. (영업 중이네. 아니면 가다오카온센 이태리식당에 가려고 했는데….)

산 밑이라 바람이 세차니 李선생이 기다렸다가 아쿠아니스행 버스를 타자고 했지만 그냥 걸었다. (도보 5분)

여전히 고가도로 공사는 진행 중, 제법 많이 진행되었는데 완성까지는 아직 먼 듯, 꼼꼼히 천천히 진행하고 있어서 아쿠아니스 하얀 건물이 아주 볼품이 없어졌다. 멀리 고다이쇼다케도 시멘트 다리 사이로 겨우 보이고 고가도로였기 망정이지 목욕객을 설마 훔쳐보기야 하겠어?

온천욕을 하러 갈 때마다 온천을 좋아하시던 울 엄마가 생각난다. 李선생과 12시 40분, 한 시간 후에 만나기로 하고 각자 헤어졌다.

오늘은 오른쪽이 여탕이네. 'Female 女子 여자'라고 쓴 헝겊 휘장이 걸려 있다. (한국어도 한몫한다.) 날씨가 추워선지 욕탕 안에 사람이 좀 있다.

근데 이곳에 올 때마다 궁금한 게 있다. 주차장 1,2,3이 거의 차 있는데 사람들은 다 어디 있는지 모르겠다.

늘 앉는 안쪽 세 번째 자리에 웬 아줌마가 있네(내 자린데유 ㅎ). 정확히 1시 40분, 늘 내가 먼저 나와 기다리는데 李선생이 먼저 나와 기다리고 있다.

2시 '곤니치와~' [모미노기] 문을 밀치고 들어가니 두 부부가 반가워한다. 이제 서로 안 지 4년이 넘었으니 좀 더 수선스럽게 맞이할 만도 한데 늘 똑 같다(피차). 50일 만에 만나는 건데….

"오나지데스, 비루 잇봉."

李선생은 신문을 읽고 나는 핸폰으로 사진을 찍는다. 올해가 무술戊戌년이라고 장식장에 조그만 개 모자(母子) 조각상을 올려놓았고 창가 쪽으로는 '忍' 자 액자를 걸어놓았다. 늘 내 카레함바가가 먼저 나왔는데 오늘은 李선생 야키소바가 더 빨리 나왔다.

식사가 끝날 무렵 부인이 수줍게 "저 온센 티켓 필요하지 않으세요?" 한다. 미리 티켓을 끊으면 목욕수건과 600엔을 500엔으로 할인해 준단다. [그린호텔] 쿠폰은 있고 '기보소'에서는 점심을 넉넉히 먹으면(3,000엔 이상) 입욕표 한 장을 준다.

"6장 주세요." 아직까지 안 간 藏之組, 三慶院, 彩(昭和천황이 온천을 하고 갔단다)에 가볼까나.

지난번에는 현 平成(헤이세이) 천황 가족사진 달력(@1000엔)을 사지 않겠냐구 물었지만, 필요 없다고 거절했었지…(내가 남의 나라 천황 사진을 사서 뭘 해.)

'고히Coffee 잇바이(一杯)'까지 마시고 2시 59분 발 전철을 탔다.

李선생은 한 발 앞서 타카토君네 책방에 가고… 돌아오는 길모퉁이에서 핫도리 회장부인과 스치며 그냥 목례만 하였다. 일어(日語)가 된다면 손이라도 잡고 인사했을 텐데…. (그러게 일어공부 좀 하랬잖녀!)

고모노에 오면 저녁 해서 먹고 설거지까지 다 마쳐도 7시. 서울에서 같으면 8시쯤 늦은 저녁 먹고 귀가하면 10시였는데….

일본도 온통 눈 & 바람에 기온이 떨어진다고 호들갑이다. 특히 서해지방은 폭설로 몸살인가 보다. 이곳 고모노는 용케 비켜간다.

참, 내일은 李선생의 절친 K원장이 위암수술을 받는 날이다. 지난 6일 외손녀 혼삿날 뵈오니 본인보다 부인이 더 참담한 모습이어서 가슴이 아팠다. 나이가 있어 걱정이긴 한데 잘 이겨내시도록 기도한다.

바람이 세차게 분다.

2018·01·11 20:09 | HIT : 129

우다노가이(歌會)

어제 일본 서북부 지방은 대설로 달리던 전철이 멈춰 섰다는데 오늘 밤에도 많은 눈이 내릴 것이라는 예보다. 그래도 이곳 고모노는 용케 잘 비켜 간다.

밤새 불던 바람도 조용하고 날씨는 쾌청, 6도. 그래도 집 안은 을씨년스러워 히타(알라딘) & 온풍기 풀가동하니 20도, 쾌적하다. 물론 서울집만큼은 아니지만….

아침 7시 반 수술장에 들어간 K원장, 5시간 반 걸리는 수술이란다. (내가 성경 7회독 중이라고 했더니 딸아이가 기도도 해달라고 했다.) 나이가

127

있어 그저 수술만 무사히 끝나기를 간절히 기도한다.

오전 11시에 NHK TV에서 우다노가이(歌會)를 중계해 준다. 동경 왕궁에서 왕실 일가를 비롯 국내외 손님들을 초청하여 일본 전통 시가詩歌인 와카和歌를 창唱으로 읊어 신년을 축하하는 노래모임이다.

일본 드나든 지 4년이 되어가도 처음 시청하는 행사이다. 여전히 이런 전통을 이어가는 일본…. 왕을 비롯한 남자들은 모두 연미복 차림, 왕비를 비롯한 여성들은 색색 양장 롱 드레스차림이다. 오히려 평민(시민)들이 드문드문 화복을 입었다.

금년의 주제어는 '語' 자, 내년은 '光'자란다. 왕, 왕비, 왕세자도 직접 詩를 지어 참여하였다. 전국 각지에서 공모를 하여 금년에는 중학교 2년생 남자아이와 70세 여자분이 수상하였다.

우리나라에서는 1998년 1월 재일 와카(和歌) 詩人이었던 손호연(여) 씨가 한국인으로는 처음으로 이 우다노가이(歌會)에 참석하였다는 기사를 찾았다.

오늘은 금요일 李선생 '욧카이치 로타리' 모임에 가는 날이다. 모처럼 한가로운 낮시간.

양순자 님의 『어른 공부』마저 읽고(30년 사형수들 뒷바라지, 이런 분들도 있구나) 성경 7회독 중(구약 민수기 32장~)에 K원장 큰딸이 문자로 "아버지 수술 잘 끝나서 중환자실로 이동하셨습니다 기도 감사합니다."

아, 7시간 걸리셨네… 얼른 쾌차하길 기도해야겠네. 딱딱해 못 먹겠다는 견과류 설탕간장 조림해놓고….

3시 李선생 귀가하였다. 오늘 모임에서 로타리 모임 창설멤버이고 전

회장이기도 한 핫도리 회장(85세)이 이제 못 나온다고 발표하고 돌아갔다는 이야기를 듣고 李선생, 깜짝 놀랐단다.

아, 핫도리 회장! 지난 해 봄 두어 차례 수술도 받았고 아팠다는데 아니할 말로 그때 돌아갔더라면… 이런 불명예 퇴진은 안 했을 텐데… (미농 생각) 李선생은 계속 일본(고모노)에서의 큰 줄이 하나 끊어진 듯 허전하단다. 아주 소탈하고 좋은 분으로 우리 집 주인이기도 하다. 李선생을 로타리에 소개도 해주었고… 빨리 큰 문제(파산 정리)가 끝났으면 좋겠다.

4시 반, 벌써 해가 설핏하다. 이온 [바미얀]에 가서 이른 저녁으로 梅볶음밥과 豚+양배추춘장(春醬)볶음과 소홍주酒를 먹었다.(梅볶음밥 take out 1개 추가) 50여 일만에 들러서인지 셀프 스프 가져오기, 커피 타기가 서툴다.

5시 반, 어둠이 깔린 귀가 길에 [스기야마]에 들러 용란이 감기약을 샀다. 계산하고 나오니 李선생이 안 보인다. 아니, 혼자 가버리신 거? 서둘러 오니 오잉? 아직 안 들어오셨네. 앞서거니 뒤서거니… 단 두 식구인데…. 이러니 전쟁이라두 나면 어쩔겨??^^* 뭐 당신대로 약국을 한 바퀴 돌고나니 내가 안 보이더라나.

도예가 가와이 간지로(河井寬次郎)

어제 오늘 기온도 오르고 李선생 늦잠 덕에 아침을 11시 반이 되어서야 먹었다. 밤늦게까지 뭔 공부를 하는지… 원.

[파라미타]미술관에 가려고 3시 21분 전철을 탔다. 오바넨 역에 내려 늦은 점심을 위해 [茶茶]에 가니 평소 같으면 줄을 서야만 하는데 늦은 시간이라 한적하다.

잉어가 노는 작은 돌다리 건너 문을 미니, 화복和服차림의 여인이 반긴다. 카운터 로비의 까만색 무쇠난로가 정답다. 무쇠 주전자가 김을 뿜고 있다.

4시 좀 지나 부지런히 걸어서(300m) 파라미타미술관 도착하였다. 5시까지 입실되고 5시 30분 퇴실이란다.

도예가 가와이 간지로(河井寬次郎 1890~1966) 歿後사후 50년전이 열리고 있었다. 그는 시마네현 安來市 출생으로 1910년 동경고등공업(현 동경공업대학) 요업과 입학하였는데 잡지『白樺』주최 버나드 리치 신작전新作展을 보고 감명을 받아 그와 교분을 쌓았고 학교 후배인 하마다 쇼지와도 평생 우호 관계를 유지하였다.

졸업 후 동경시립도자기시험소京都市立陶瓷器試驗所 기사로 일하며 기술을 연마, 1920년 경도京都의 청수육병위清水六兵衛의 요窯를 인수, 종계요'鐘溪窯'라 명명하고 1921년에 첫 개인전을 열었다. 중국과 조선의 고도자古陶瓷의 영향을 받은 작품들은 호평을 받았지만 자신만의 작품을 위해 하마다 쇼지에게 야나기 무네요시(柳宗悅 1889-1961)을 소개 받아 보다 실용적이고 강렬한 색채의 작품을 만들기 시작하였다. 또 1926년 일본민예미술관日本民藝美術館을 설립 야나기, 하마다들과 더불어 일본 민예운동을 일으켜 많은 공예가를 배출해내었다. 전후戰後에는 색깔이 선명한 유약釉藥을 사용하는 등 자유롭고 독창적인 조형 표현을 하여 그 탁월한 예술성은 사후 50년이 지나도 아직도 국내외 높은 평가를 받고 있다.

전시실 두 개가 빼곡할 정도로 작품 수(자기 등 200여 점)도 많거니와 스케일이 큰 작품에서부터 젓가락 받침 등 작은 것에 이르기까지 매우 다양하였다.

전쟁 중에 가마에 불을 땔 수 없을 때 작업했다는 서도書道(20점)는 필치가 아주 호쾌한 한편, 1929년 경 경도京都매일신문사 시절의 그의 삽화첩은 새, 곤충 등 생활용품들을 그린 것도 재미있었다. 특히 '吳洲県占文扁壺, 吳洲'가 붙은 작품들은 그로테스크한 것이 남미南美 인디오풍의 느낌을 주었는데 흑색유약 커피잔이 내 맘에 쏙 들었다.

목각작품도 30점, 애장품 20여 점 중엔 조선 '달항아리'도 있고 옻칠소반 '輪花十二角膳'도 있었는데 좋았다.

5시가 다 되어 갈 즈음 "미농, 빨리 갑시다."라는 독촉에 어딜 잠깐 들러서 뒤쫓아나갔는데 李선생 행적이 묘연하다. 아니 이 양반이 어딜 간 거지? 나갔다 다시 들어가 카운터 아가씨에게 손짓으로 물어보니 아, 그린Green자켓 양반! 나갔단다. (들어올 때 봤다는 이야기), 서둘러 오바넨 역으로 가며 앞을 살피니 안 보이네. 또 이산가족이 되었구먼…. 뭐 길은 뻔하니 오시겠지…. 그래도 역 안에서 왔다갔다 하며 [파라미타] 쪽을 살폈지. 이 역은 무인역無人驛이어라 입장하면 다시 나갔다 들어와야만 한다. 5시 33분차를 타고 생각하니 아하, 5시부터 하는 '스모' 때문에 4시 59분차를 타셨구먼…. 그래도 그렇지 해는 져서 어두운데 늙은 마누라를 혼자 놔두고 먼저 가시다니….

2018·01·16 20:36| HIT : 134

엄청 춥지만…

요 며칠 진짜로 엄청 춥다. 근데 23일 서울 와서 하루도 빠짐없이 나돌 아다녔구먼.

어제 아침에 10:30분 [대한극장] 경수니 강추로 〈그것만이 내 세상〉을 보고 사무실에 들어가 李선생이랑 점심같이 먹고 오후에는 서울 와서 첨으로 '몸교실'에 갔다. 아, 그랬더니 제자 사랑 지극한 주자샘 '(너무 돌아다니니) 걱정스럽다'면서 제발 몸조심 좀 하라시네.(고맙습니다)

맹추위 탓인지 수제자(자칭)들만 6명(용란 혜자 은성 금옥 희정과 미눙) 나왔고 선경이는 아예 전날 회사도 빼먹고 어제도 Chicken out 하겠다고…. 난 Chicken soup은 들어 봤어도 Chicken Out은 첨 들어봐 인터넷 검색씩이나 했더니 '지레 겁먹다'라는 뜻이란다.

몸교실 후 단골 [파리바게트]에 가서 실컷 수다 떨고 6시쯤 핸폰 들여다보니 (영화 구경하느라 핸폰 소리를 죽여 놓고 깜빡…. 글쎄 李선생의 중요한 계약건이 펑크가 날 판…) 이리저리 서둘러 8시 반 겨우 해결했다 (휴우~). 그렇게 핸폰 하나 만들자니 절대로 싫단다. 워쩌…. 암튼 뺨이 다 따끔거리는 제일 추운 날 8시 반 광화문을 가로질러 자주 가는 [宮수사]에서 늦은 저녁 먹고 귀가했다.

오늘은 3시 딸아이와 뮤지컬 〈최후 진술〉을 보기로 약속한 날이다. 어제 미리 문자메시지를 넣었지만, 워낙 추워 당근 취소하는 사람이 나올 줄 알았는데… "춥다고 문화행사 취소할 수 없지"라고 한다.

딸아이의 열혈 팬이신 卜샘 내외분, 또 딸아이 고교시절 은사이신 安샘 (지난 12월, PEN문학상 시상식장에서 졸업 후 첨 만나 뵈었어), 지인 그리고 용원, 애자, 경숙이 그리고 우리 내외 모두 9명. 오후 들어 조금 기

온이 오르고 바람이 없어 다행이긴 했다. 관람 후 인사말씀이겠지만 모두 재미있었다고….(ㅎ)

나는 12월 30일 1차 관람, 오늘이 두 번째인데 많이 다듬었는지 (극본, 연기 & 노래) 훨씬 재미있었다. 李선생 '마지막 즈음에 갈릴레이 딸아이의 목소리를 넣으면 (환청이라도) 좋겠다'고 코멘트.

용원이들은 [서브웨이]에 가서 맛있는 샌드위치를, 安샘은 [신당동 떡볶이]를… ㅏ샘은 건강 때문에 당근 귀가 하셨겠고(건강하게 보여 얼마나 다행인지…본인도 금년 일 년 견딜 만하시다고) 우리? 길도 잘 모르며 앞서 가는 李선생 때문에 서둘러 전철을 탔지 뭐.

"집에 불고기 감이 있나?" (저녁은 집밥에 불고기를 잡숫고 싶다는 말씀) 나야 걍 터미널 즈음에서 매식하고 들어가고 싶더만….

"등급 좋은 걸로 사요." "네" (언젠 안 그러나)

불고기 재고, 김치+참치캔1+버섯 한 움큼+ 돼지고기 조금 넣어 김치전골을 만드니 뭐 삼합(고기, 김치전골, 살라드+진토닉)이 딱 맞았다나 처음으로 맛있다고 하시네. (다행)

근데 김치전골의 양을 반으로 해서 작은 그릇에 담았더라면 더 좋았을 거라고… (난 안 먹나? 암튼 칭찬이 인색하시다니까유…)

내일은 일요일 〈과평모임〉에 가야 하는 날인데 모두들 "너무 추워 못 갑니다. 겨울방학입니다."라고. 하긴 85세 OB들이니….

우린 고모노에서 와서 첫 번째이기에 "우리는 참석하겠습니다. 낼 뵙겠습니다." 했지. 서울 오면 하루도 빠끔한 날이 없다니까….

2018·01·27 22:17| HIT : 120

K원장의 세 남자

지난 1월 31일 세상을 떠난 李선생의 73년 지기인 K원장의 세 남자 이야기다.

C대표

장례식장에서 통곡(남자가 울다니…), 영정을 뵙고 일어서려는데 터져 나오는 울음을 멈출 수가 없었단다. 수술 후 중환자실에 계실 때 따님의 문자메시지를 받을 때마다 '왜 좀 더 잘 모시지 못했을까' 하며 안타까움과 후회로 통탄을 했단다. 대학 졸업 후 1987년 첫 입사 때 만나 한결같이 모셨고 퇴사 후에도 계속 오가며 매년 크리스마스가 되면 꼭 모시고 K원장의 말씀을 들었다고 한다.

1987~2017년 30년, 원장님으로부터 '생각하는 법'을 배웠단다. 사람됨을 알아본 K원장도 지극 정성으로 한 가지라도 더 가르쳐 주려고 애를 썼고 이번 병원에 입원하기 전에 챙겨놓은 책, 자료들이 한 박스가 된단다. 병환 중에도 그렇게 부지런히 챙기시더라네. 그래도 위안이 되는 건 입원 전 댁으로 찾아가 뵈온 일이라고….

K원장 말씀만 나오면 눈물을 글썽인다.

"이번에 쾌차하시면 4월 일본에 모시고 가려고 했어요…."

M교수

"워크샵 출장 때문에 오늘에사 왔습니다."

안경 밑으로 흐르는 눈물. 전화 드렸을 때 부인께서 병원에 입원 중이라고만 하셔서 곧 쾌차하실 줄 알았다고….

직장에서 상사로 모시며 20여 년 한결같이 가르침을 받았기에 책을 쓸

때 꼭 서문에 "K원장님께 배웠습니다."라고 쓴다고….

"학교가 아닌 직장에서 만났으면서 이런 아름다운 관계는 정말 보기 힘들어요."

어제 자리를 같이 했던 Ms.사라는 눈물을 흘린다. M교수에게도 전해주라며 남긴 책과 기타 자료들….

구라시나 기자
(아침에 받은 절절한 한글 이메일)

사모님 김 원장님의 소식을 알려 주셔서 고맙습니다. 李선생님 편지를 읽어서 김 원장님의 건강에 대해 걱정하고 있었어요. (지난번 귀국할 때 위중하다는 편지를 부치고 왔거든)

돌아가시기 전에 한번 원장님을 보고 싶었어요. 지금 저는 원장님의 소식을 알아서 혼자서 슬픔에 빠져 있어요. 더욱 원장님과 이야기하고 싶었어요. 원장님 가족한테 일본에서 조전을 보내고 싶지만, 李선생님과 사모님이 다음에 고모노에 오실 때 제가 고모노에 갑니까(가니까) 원장님의 이야기를 자세히 알려주세요. 앞으로 제가 원장님에게 받은 은혜는 그대로 李선생님과 사모님한테 갚을 생각입니다. - Shingo Kurashina

그가 한국 유학 시절 어느 세미나장에서 만나 했던 질문에 답한 K원장의 말씀에 감동! 제자가 되었고… 주말마다 집에 불러 재우고 먹이고 귀국 후에도 한일 간을 오가며 돈독한 정을 쌓았다고 한다.

기자는 작은 정성이지만 매년 생신 때마다 그 날짜에 딱 맞추어 축하카드를 보내고 우리가 고모노에 정착하도록 도와준 완전 성실Man K원장이 아낀 일본 養아들, 15여 년 한결같은 교류를 해왔다.

아, K원장님 이 세상 잘 살고 가시는 겁니다.

오늘 아침 6시 30분 발인.

앞 동에 사는 C대표가 모시러 온단다.

추신: C대표, M교수 모두 四木會(몽테뉴 교실) 회원으로 매달 만나곤
한다.

2018·02·03 03:51| HIT : 142

구라시나(倉科) 기자의 방문

오늘, 구라시나(倉科) 기자가 우리 집에 방문하기로 했다. 1시 50분 딩
동. 아하, 욧카이치에서 1시 21분 차를 탔구나. 지난 31일 돌아가신 K원
장의 세 남자 중의 일본의 양아들이다. 구라시나 기자는 2003년 대전에
있는 충남대학교에 유학중, 어느 세미나장에서 한 질문에 답한 K원장에
게 감복하여 그날로 제자가 되었다. 주말마다 대전에서 서울로 올라와 K
원장 댁에 머물면서 대접도 받고 가르침도 받고 공부를 마치고 일본으로
돌아온 후에도 계속 돈독한 정을 쌓으며 지난해까지 한 해도 안 거르고
생신날 도착하도록 정성껏 카드와 작은 선물을 보냈다고 한다.

전형적인 성실한 일본사람으로 우리가 고모노에 정착하도록 도와준 일
등공신 〈中部經濟新聞〉 나고야 본사에서 외식, 유통, 식료품 기사를 쓰고
있다.

구라시나(倉科) 기자와 계속해서 이메일(한글)은 주고 받고 있었지만
K원장에 대해 말씀을 더 듣고 싶어서 오늘 고모노 집을 방문한 거다.

검정색 짧은 바바리, 청바지, 운동화에 멜빵가방 차림, 한 손에 커다란

킨데스백화점 쇼핑백 "모, 선물이에요. 포도주입니다." (예쁜 포장 포도주 3병, 나는 각종 茶세트와 곶감을 답례로 선물했다)

들어서자마자 커피 한잔 앞에 놓고 4시까지 꼼짝않고 이야기를 주고받았다. K원장 이야기, 핫도리(服部)회장 이야기, 자신의 후반생(현 40세 정년 60세)에 대한 조언 등등.

4시 07분발 전철을 타고 [기보소(希望莊)]에 함께 갔다. 자기가 우리에게 소개해준 [기보소]에 아직 가본 적이 없단다. 실은 고모노도 우리 때문에 알게 되었다고….

이른 저녁을 대접하겠다고 하니 온천도 하겠다고 한다. (일본사람 아니랄까 봐.) 온천 후, 5시 반 2층 고모노야(菰野屋)에 내려가 氣 마구레 定食+비루로 즐거운 식사를 하였다.

"이 모든 게 다 구라시나 덕분이다." 했더니 "모, 고모노 프로젝토 萬歲(반자이)!"란다.

6시 반, 지배인 다찌 씨 배려로 25인승 버스로 종점에 가서 7시 13분 욧카이치행 전철을 탔다. 우리는 고모노역에서 내리고 구라시나(倉科)는 욧카이치-나고야까지 간다.

K원장에게 받은 은혜를 우리에게 꼭 갚겠다는 구라시나(倉科) 기자. 아직 싱글, 장가라도 가야 우리도 신세를 갚을 터인데…. 이런 작은 인연들이 한일친선에 도움이 되겠지…

2018·02·10 22:27 | HIT : 108

금계천 산보

기온이 많이 올라 히터를 꺼도 춥지 않다. 햇볕도 좋아 빨래 몇 가지 해 널고 2시 즈음 오랜만에 금계천 뚝방길 산보에 나섰다.

역 앞에서 이곳 '시계방' 내외를 처음 봤다. 여기 온 지 4년 만이다. 요즘 누가 그런 곳에서 시계를 사겠어. 그래도 매일 문은 열려 있고 가게 앞이 정갈하게 쓸려 있었다. 노란 팬지 화분이 놓여 있고.

가끔씩 햇볕을 쬐러 나와 서성이는 후덕해 보이는 커다란 안경을 쓴 60대 후반의 사장은 등이 굽어(구루병) 키가 초교 3년생 정도, 공연히 그 부인은 누굴까 궁금했는데…. 그 부인도 그 키 정도에 걸음걸이가 아주 불편한 사람이었다.

부인이 장을 봐오는지 그 마중 나간 사장님, 작은 키 때문에 양팔을 위로 올려 어깨에 커다란 장바구니 두 개를 짊어지고 앞서 간다. 그래요, 그렇게 서로 도우면서 늙어가는 게지요….

철길 건너 뚝방길로 들어서니 앙증맞은 봄까치꽃이 지천으로 피어 반긴다. 감탄하는 李선생한테 봄까치꽃이라고 일러주며 으쓱! 개울물은 콸콸 소리를 내며 흐르고 봄나들이 나온 오리 가족, 하나 둘 셋 넷…. 걷는 사람은 우리 내외뿐. 중간에 있는 작은 묘지, 방금 다녀간 듯 싱싱한 꽃이 놓인 곳이 있나 하면 무슨 사연인지 묘석의 가문 이름을 파버리고 묘비 뒷면의 자손들 이름을 지워버린 곳도 있고… 물론 언제 성묘했는지 꽃은 말라비틀어져 있네.

길옆 나란히 서 있는 아기보살 묘지, 엄마가 다녀갔나, 싱싱한 수선화와 산수유가 꽂혀 있다. 오늘 휴일인지 문 닫은 '녹색 약국' 입구에는 하얀 민들레가 많이 피어 있고 벚꽃도 곧 필 듯 꽃망울이 잔뜩 부풀어 있다.(오늘 저녁 뉴스에 四國 高知縣에서 올봄 첫 사쿠라 6송이가 피었단다. 보름

빨리 개화)

길 건너 철길 옆, 영인이가 살고 싶다던 작은집 밭에는 노란 장다리꽃이 만발 지난여름까지 빈집이었던 '그 집'은 빨간 홍매화, 분홍색 꽃잔디가 흐드러지고 정원 나뭇가지에는 가지각색 바람개비가 돌고 있다. 아, 수선화도 피어 있네.

이온몰 사거리 [욧카이치(四日市)소화기센터](내과 병원) 리모델링 중인 줄 알았는데 완전 철거 중, 제법 큰 병원이었는데…. 2시 반 [갓바스시]에 들어가니 대여섯 테이블 거의 여자 손님들이다. 늘 앉는 34번 테이블, 햇볕이 반사되어 화면이 잘 안 보인다. 하여 일어서서 주문하자니 느닷없이 李선생 "이제 컴퓨터 좀 자제해요. 눈 나빠져서 고생해요."(새삼스럽다. 그 재미도 없으면 어찌 살라구요.)

3시 반, 나는 [다이소]와 [스기야마], 李선생은 [패밀리마트]로 따로국밥, "자전거도 차와 똑 같으니 자전거 조심해요." "네."

걸으니 얇은 점퍼도 더워 땀이 났다. 내일은 기온이 더 오를 거라네. 이제 슬슬 서울 갈 준비를 해야지….

2018·03·15 19:10 | HIT : 138

쓸데없는 걱정

서울에 오면, 아니 사무실에 먼저 나가는 사람이 우선 조간신문부터 산다. 3호선 경복궁역 6번 출구 적선현대빌딩 지하상가 입구, 지상으로 올라가는 계단 옆에 쪼그만 가게가 있다.

주로 여기서 신문을 샀는데 잘 안 팔려서인지 얼마 전부터 없어졌다. 하긴 요즘 누가 종이신문을 보겠나….

전철에서 내리자마자 사야 하는데 깜박할 때가 더 많아 다시 되짚어 내려간다. 그나마 개찰구를 나가기 전이라야지. 어떤 때는 두 사람이 각각 사는 수도 많다.

지난달까지 4, 50대로 보이는 부부가 정답게 영업하고 있었는데 어제 보니 주인이 바뀌었다. 우리야 매일 신문밖에 팔아준 게 없지만 전 주인은 애교스런 부인이 커피도 만들고 훤칠한 남편은 "고맙습니다" 인사도 잘 했는데….

바뀐 주인은 60대 초로 부부. 동그란 얼굴에 깔끔해 보이는 자그마한 아주머니, 남편인 듯 싶은 아저씨는 가게 정리를 하는지 등을 지고 있다.

입간판에는 각종 커피, 음료들이 주욱 써 있지만 여기서 누가 커피를, 음료를 사 마시며 껌을 살까. 한 발짝 안 상가에 커피집 세 개, 자판기 갖춘 가게가 있다.

새 주인은 그냥 살림만 하다가 나온 듯한 부인과 '집에 있으면 뭘 해, 이거라도…' 하고 나온 남편 같아서 공연히 퇴직금 날리는 게 아닌지, 그냥 은행에 넣어놓는 게 낫지 않을까?

봄날 쓸데없는 걱정….

2018·03·24 09:09| HIT : 108

이게 어디 갔지?

어제 아침 이야기다. 조조 영화를 보러 가려고 부지런을 떨었다. (대한극장 〈해피어게인〉)

냉장고 속 남은 케이크(빵 or 떡)은 필수, 조그만 보온병(커피)까지 챙겨야 한다. 근데 이 보온병의 행방이 묘연하다. 어디다 뒀지? 고모노라면 서울집에 있겠지 할 텐데. 맨날 두는 싱크대 왼쪽에 없다….

곰곰이 생각해보니 지난달 영화 보러 갈 때 배낭에 챙겨 넣었고, 그날 남은 커피를 사무실에서 마신 기억도 나는데… 이게 대체 어디로 간 거지?

지난 해 '대학졸업 50주년' 기념으로 후배님들한테서 받은 한컵들이 보라색 앙증맞은 보온병이다. 색깔이랑 사이즈가 딱 마음에 들어 아침 조조 뛸 때 애용하던 건데….

사무실 책상 위에서 본 기억이 생생한 거라 다시 한 번 찾아봐야지… 없네…. 혹시 빌딩 청소아줌마의 손을 탄 걸까? (미안합니다)

어디 갔지? 미련을 못 버리고 다시 집 이곳저곳을 뒤졌다. 없다… 아 참, 엊그제 배낭을 바꾸었지… 혹시 그 속에? 에이, 아니지! 다 비우고 모양 헝클어질까 신문지도 꾹꾹 집어넣었는데….

창고 속에서 예의 갈색 배낭을 꺼내 들어보니 가뿐한 게 아닌 것 같아. 그래도 혹시… 하며 만져보니 구석에서 뭐가 만져지네. 이런 이런… 쪼그만 게 구석에 있는 걸, 그냥 신문지를 구겨 넣었구먼….

아, 드뎌 찾았다!

칠칠치 못한 미농 배낭 속. 사탕 초콜릿 봉지(가끔씩 李선생 초콜릿, 껌을 찾으니), 산사랑 작은 컵(커피 한 모금 얻어 마실 때 얼마나 유용한지… 양심컵이야), 메모지+볼펜, 밴드(상처용, 언젠가 몸교실에서 금옥이에게 도움) 립스틱(유일한 화장품), 거울(월주니 선물)을 넣은 필통, 앞치마(=턱받이 음식 먹을 때 자꾸 흘리자녀, 근데 꺼내기 귀찮아 잘 안 쓰네), 스카프(李선생 전철용─목 써늘하다면 대령), 장바구니, 구두 주걱, 부채(임영희 선물─아직도 더위를 탄다), 핸폰줄(한 번도 안 쓰면서) 등등.

바닥에 깔린 건 그냥 메고 다닌다. 제발 짐 좀 줄이라는데, 내 배낭은 앞주머니도 모자라 뒷주머니(헝겊을 덧대어 꿰맸는데 지퍼 안 열고 편해, 李선생 책, 신문도 집어넣고)도 있다.

용란이가 미농 배낭은 '만물상'이라고 칭찬했다우(ㅎ).

어제 보니 글쎄 우산이 두 개나 들어있네…(흐이구). 그러니 보온병도 한 달 내내 지고 다닌 거….

근데 이게 건망증일까? 치매 초기일까?

2018·03·29 07:12 | HIT : 112

추억의 전차

"얘야, 도시락 두고 갔다.""오빠, 교모 안 쓰고 갔어."

신문로 서울역사박물관(전 서울고 자리) 앞에 오래된 전차가 서 있다. '씨네큐브'에 영화 보러 갈 때마다 쳐다보다가 어제 사진을 한 장 찍었다. 우리 학교 다닐 때 늘 타던 생각이 나더라구.

나는 효자동 종점에서 세종로(광화문) 네거리까지 전차를 타고 학교에 다녔다. 청운동 집에서 효자동 전차 종점까지 족히 20여 분? 청운국민학교 뒷담을 끼고 나와서 다리(큰 개울이 있었어) 건너고 좁은 골목을 지나면 경복고 입구, 조금 걸어서 칠궁(=육상궁)을 끼고 진짜 좁은 골목을 빠져나오면 효자동에서 세종로–남대문–서울역을 지나 원효로까지 가는 전차 종점이다.

아침 등교는 전차를 주로 탔고 나중에는 버스도 탔지. 하교 때는 필운동 희정이들과 적선동 길을 따라 걸어서 가기도 했다. 덕분에 결석 지각 없이 개근상도 탔네.

고모노에서 영화가 고팠던 미농은 서울 있는 동안 이틀이 멀다 하고 영화관행. 어제도 산사랑 모임에서 혼자 조금 먼저 일어나 씨네큐브에 가서 '미드 와이프'를 봤다.

그 청순하던 〈쉘브르의 우산〉 카뜨린느 드뉘브가 어느 사이 우리처럼 펑퍼짐한 마나님이 되었더라구.

오늘은 씨네큐브 조조 〈팬텀 스레드Phantom Thread〉 봤지 혼신의 힘을 쏟아 한 땀 한 땀 바느질하는 남자 의상 디자이너. 예민하고 까칠한 예술가 같은 남자와 안 살아서 천만다행.

갑자기 봄 날씨가 되었네. 60년 전 전차에 옛 생각이 나서…

2018·03·30 18:11| HIT : 114

〈불라망크〉 전

지난달에 정유니가 예고해 준 파라미타미술관의 '불라망크전'에 다녀왔다. (어제 전철역에서 봤던 광고판 교체작업이 바로 불라망크전 안내판이었어. 그 젊은이는 파라미타미술관 직원인 듯 품새가 정성스럽더라니까…)

오늘 금요일이지만 욧카이치 로타리 모임은 휴회란다. 그래서 "오후 1시반 [茶茶]에 가서 느지막이 점심 먹고 파라미타미술관 갑시다." (네, 그러지요.)

마침 오늘이 전시회 첫날이고 주말 오후라선지 미술관은 나이가 좀 들어 보이는 중년 이상 미술애호가 신사 숙녀들로 넘쳐난다. 근래에 드물게 전시실에서 웃음소리가 들렸고(엄숙 일변도인데), 세미나실도 자리가 가득 찼다. (관람 후 세미나실에 들렀더니 오늘은 커피와 쿠키가 무료로 제공된단다.)

불라망크(1876~1958)는 불란서 출생 화가로 문필가 피카소, 마티스 등과 동시대를 살았고 강렬한 색채를 특징으로 하는 '포비즘'(야수파)으로 명성을 날렸으며 그 후 세잔느 예술의 영향을 받아 차분한 색채로 독자적인 회화를 확립하였고 화업 외에 문필가로서도 비범한 재능을 보여 많은 책을 저술하기도 하였다.

일본에서는 大正시대(1911~1925)에 포비즘의 대가로서 미술사 교과서에 소개되었지만, 일반 국민이 그의 작품을 직접 볼 기회는 없었다. 이번 전시회에서는 스위스, 불란서에서 수집한 그의 1908~1958년도 작품 80점이 선보이고 있다.

2층 전시실 복도, 세미나실에서는 80세 당시 후배화가들을 위해서 그가 직접 녹음한 유언을 흑백 동영상으로 보여주어 인상적이었다.

사실 나에게는 화가 불라망크는 처음이다. 李선생에겐 어쩔까 싶었는데 설경화雪景畵를 좋아하니 다행이다 싶다. 눈 雪 자가 들어간 작품이 아주 많고(80점 중 20여 점) 그가 그린 하늘은 눈 온 후, 바람 세찬 날, 혹은 달이 뜬 밤, 풍랑이 이는 바닷가 등등 맑은 하늘은 없고 어둡고 암울한 진한 청색 하늘이 인상적이다.

주로 화가가 살았던 동네, 파리 근교 풍경화, 정물(꽃)그림이 많았다. 李선생, 밝고 시원한 雪景을 좋아하는데 좀 어두웠다고…. 그래도 내가 벽에 붙일 포스터를 두 장이나 챙겨왔다.

작은 시골동네의 미술관에서 가끔 세계적인 작가의 품위 있는 작품을 직접 볼 수 있어 아주 행복하다.

2018·04·20 17:20| HIT : 103

아들이 왔어요(1)

고모노에 왔다갔다 한 지 만 4년(34차)만에 드디어 아들이 고모노에 왔다. 늦장가 들어 효민, 한선 키우느라 정신이 없었고 늘 죄송한 마음이었다나.

12시 30분 도착 비행기라니 아침 10시 07분발 전철을 탔다. 보통 나고야공항까지 1시간 반 정도 걸리는데 준급準急을 타는 바람에 2시간여가 걸렸다.

우와, 일요일인데다가 갑작스러운 초여름 날씨라선지 늦봄나들이 나선 선남선녀들로 넘쳐난다. 공항은 더욱 더 붐빈다. 12시 즈음에 중국으로부터 3대의 비행기가 도착하여 풀어놓은 깃발부대 유커들로 완전 와글와글 떠들썩, 일요일에 마중행사를 해본 적이 없는 우리는 더 정신이 없다.

우선 나고야성 관람을 위해 새로 개발한 가네야마(金山)역 환승표를 샀다. 처음 타보는 나조센(命城線) 시야쿠쇼(市役所)역 표는 가네야마(金山) 환승하는 곳에서 구입하란다.

12시 50분 제일 먼저 통관하여 나오는 배낭차림의 아들, 외국 공항에서 만나니 더욱 반갑다. 부지런히 4층 '마루하'에 가니 점심시간 피크라서 줄이 엄청나다. 오늘 아오이상은 휴무인가보다.

아오이상이 대기자 명단에서 우리 이름을 보았으면 구르듯이 나와 반길 텐데…. 1시 30분이 다 되어 '리 사마 3명' 호출, 늘 먹는 정식 3개와 生비루 2조키를 시켰다. 마침 아들도 식성이 같아 다행이다.

부지런을 떨었지만 역시 14시 17분 메테스(命鐵線) 기뿌(岐阜)행을 타고 가네야마(金山)에서 환승하여야 한다. 새로운 시도라서 정신을 차려서 착오 없이 해야 한다.

졸지 않고 가네야마에서 하차, 나조센(命城線) 환승역을 찾으려고 두어 차례 역무원에게 물어가며 계단을 오르락내리락 찾아 내려가니 이번엔 표를 사는 방법을 잘 모르겠다(모두 자동발급기). 마침 하얀 제복을 입은 여자가 친절하게 직접 표를 사는 법을 일러준다. 철도(命鐵線)와 지하철(命城線)의 차이…. 다시 한번 우리나라 좋은 나라임을 확인하는 순간이다.

이러구러 무사히 시야쿠쇼(市役所)역 7번 출구로 올라가니 바로 나고야城 동문. 나들이 인파도 많고 그쪽에는 먹거리 음식점도 많은 게 지하철 이용 시민들을 위한 곳인데 4년여 만에 처음 들어가 본다. 늘 정문으로만, 그것도 택시로 다녔었다..

3시 반 넘어서 城에 입장했으니 성공한 셈인가. 4시까지 입장해야만 한다. 들어가며 보니 너른광장에서는 本丸禦殿 복원기념으로 역사극 〈椿姬道中〉(24회)의 극중 장면을 재현해 보이는 행사가 있어서 뜻밖의 구경도 잘했다. 나오다가 그 椿姬 아가씨와 사진도 한 장 찍었다.

영주의 따님을 61만 석 영주에게 시집을 보낸다는 뭐 그런 내용이다. 금색 영주복 도꾸가와 이에야스(德川家康)도 나오고… 어느 학교 학생들의 공연인 것 같다. 일본에서는 운동회, 투표 등 공식행사를 일요일에 한다. 늘 가는 코스로 천수각에서부터 훑어 내려오는 순서로 관람 인파가 많아 좀 힘들었다.

아들이 엄마 아빠 뒤를 따라다니니 다시 어린 시절로 돌아간 것 같단다. (나도 그렇다.)

5시 택시로 나고야역(긴테스 近鐵)까지, 다시 긴테스로 욧카이치 유노야마온센 종점에 도착하니 어느덧 6시, 해가 넘어가기 시작한다.

픽업 나온 [기보소(希望莊)] 셔틀로 올라가 온천도 하고 저녁식사도 하고 "아버지 식사량이 늘어 좋다."고 했더니 아들 왈 "효자가 와서 그렇다."고. 그래 맞다.

아들의 [기보소] 소감 : 그저 산골짝 꺼벙한? 곳인 줄 알았는데 시설, 음식 다 좋아요.

어제는 구라시나 기자와, 오늘은 아들과 연 이틀째 가니 우리를 알아보는 지배인이 고개 숙여 감사하단다.

공기 맑은 밤하늘에 뜬 반달을 보며 집에 돌아오니 9시 반이 되었다.

"아니, 이런 시골에 8층 맨션이라니요?"

아들은 이 방 저 방 다니며 동영상을 찍고 내 살림살이를 살펴보더니 엄마 아빠가 잘 지내고 계신 것 같아 아주 기분이 좋다고 하며

"아빠의 일본살이에는 엄마의 공이 아주 크다"고 한다. (고맙다 아들)

모처럼 李선생과 아들은 만남이 그리도 좋은지 부자가 11시 반까지 이런저런 이야기를 나누었다. 공항에서 만나서 주욱 전철 속, 城내, 온천장에서까지 하루 종일 계속 이야기를 하고도 뭔 이야기가 그리 많은지….

참, 지난해 작은딸의 학회 끝난 후 돌아가는 길 하룻밤 방문도 그리 좋았다고…. 처음엔 뭐 하러 힘들게 오느냐고 불평을 했었거든….

쯔쯔미(堤)君의 서울 방문

어제 저녁 식사 하는데…쯔쯔미君의 카톡이 왔다.

"서울에 와 있고 월요일 아침에 일본 가는데 선생님 시간 괜찮으시면 뵙고 시퍼요."

"좋아요 내일 오후에 만납시다."

그저 李선생은 멘티들의 전화는 무조건 OK다.

3시 약속을 하였기에 오전 중 부지런히 '과평모임'에 참석하고 집에 들렀다가 택시로 사무실행 도착하니 3시가 다 되었다. 광화문 광장 일대는 일요일 행사로 아예 U턴을 막아 교통 통제 중, 내려서 길을 건너 걸었다.

"날씨 좋습니다. 15시30분에 사무실에 도착할 것 같아요."

"경복궁역 6번 출구 지상으로 나가 빌딩 정문으로 오세요. 카운터에 오신다고 이야기해 놨습니다. 1층에서 엘리베이터 타고 5층에 내리세요. 509호 공사 중이어서 조금 복잡합니다."

정각 3시 30분 검정양복 정장 쯔쯔미상 열린 문을 똑똑 노크, 들어서며 90도로 머리 숙여 인사한다.

"아, 쯔쯔미상 반가워요. 여전히 핸섬하고 멋있어요."

"모 사모님하고 선생님도 건강하십니다."(과천 대공원에 다녀왔다니까)

쯔쯔미가 우리 서가를 살피는 동안 李선생은 그에게 읽을 책으로 다음과 같이 방문 기념으로 주었다.

A. 학창시절: 가와이 에이지로(河合榮治郎)『학생에게 주노라』

B. 직장시절: 마쓰시다(松下)의 책들

C. 사회시절: 와다나베 쇼이치(渡部昇一)『지적 생활의 방법』, 혼다 세이로쿠(本多靜六)『나의 재산 고백』

D. 후반생 50년: 『몽테뉴 수상록』

E. 곤도 마코도(近藤 誠)『성인병의 진실』등 친필메모와 함께 호가리 미스호(保리瑞穗)가 쓴 『몽테뉴 감상록』(日語판)

1시간 반 정도 이야기하고 5시 다음 약속을 위해 일어서며 "모, 동경의 유명한 과자입니다."라며 동경 바나나 한 상자를 선물로 가져왔다.

그는 언제 봐도 깔끔하고 예의 바르다. 어머니를 서울이나 고모노에 한 번 모시고 오라니까 1948년생 엄마는 11년 전 당한 교통사고 후유증으로 긴 여행은 못 한단다. 근데 이 쯔쯔미상, 구라시나상 모두 아직 싱글이다.

쯔쯔미나 구라시는 모두 나를 위해 되도록 한국어로 말하려고 애를 쓴다. 한 번 맺은 인연을 소중하게 가꿔가는 두 남자가 보기 좋다. 이것도 작은 한일 친선이다.

2018·04·29 17:40| HIT : 89

아빠 노릇

엊그제 5월 1일은 〈근로자의 날〉이다.

애비가 에미 학교 수업 있는 날은 꼼짝없이 우리가 친손주 효민과 한선과 놀아주기 당번이다. 그날 우리는 그 애비의 부모라서 애비의 개인적인 계약건을 처리하기 위해 아침 11시부터 뛰었다.

"오늘이 노는 날인데 왜 못 오는 거지? 갑자기 궁금해지네."

"효민 엄마가 수업 가서요."

에미 수업이 온종일이었던지 애비가 하루종일 놀이터에 데리고 가 놀아주고 점심으로는 연잎밥, 오이지, 계란프라이를 해주었다고 사진과 함께 문자를 보내왔다.

연잎밥? 에미가 다 준비해놓고 간 게지…오이지? 담가놓은 것을 꺼내 줬을 테고 계란프라이? 그거야 애비가 부쳤겠지….(ㅎ)

에고, 요즘 아빠노릇… 매 주말마다 뭔 현장학습이다 해서 여기저기 새로운 명소를 찾아내 데리고 다녀야 한단다.

우리가 어렸을 때(못 살 때니까)야 그저 한 달에 한 번 덕수궁이나 창경원, 여름엔 백사실 계곡이나 대성리로 물놀이 다녀오는 데 다녔지…. 그래도 우리 애들 키울 때는 여름휴가로 경주, 만리포, 대천, 제주도에도 가고 겨울에는 동대문 스케이트장에도 데리고 다녔지. 그리고 월급 타다 주면 그걸로 살림하고…. 요즘은 모두 맞벌이 시대라 부부가 열심히 일해도 힘든 세상이 되었다. 하긴 우리의 두 딸, 며느리도 다 일을 한다.

근데 두 사위가 힘든다는 생각은 별로 안 들고 조금 미안한 정도(?)인데(사위님들 미안허이~) 며느리 강의준비로 아들이 주말마다 애들 보느라 애쓰는 걸 보면 그저 늙은 아들이 애처롭고 안돼 보이니…. 팔이 안으로 굽는다는 말씀, 맞아!

좀 전 애비 문자 메시지,

"몇 달 전 한선이가 95센티, 같은 월령 때 효민이가 100센티였습니다. 어제 재보니 한선이가 98센티, 같은 월령 때 효민이가 102센티네요.)"

"오냐 추카추카"

애들 키까지 외고 있어야 하나부다….

증말 요즘 아빠노릇 힘들다.

2018·05·03 22:20| HIT : 119

우리 黃서방

어제 빗속에 〈과평모임〉에 참석하고 들어왔다가 바로 K원장 부인 댁에 다녀왔다. 그리고 연달아 황서방과 효민이 방문했다.

내일이 '어머니날' 그리고 출국이라고 미리 행사를 하는 거지 뭐.

황서방은 내 작은사위이다.

지난해 9월 학기부터 충남대학교 디자인학과 교수로 임용되어 대전에 내려갔다가 주말이면 서울에 온다. 스탠퍼드 연수 중인 작은딸과 황브라더스는 지금 미국에 가 있어 대학이 방학하면 가서 아이들을 데불고 올 예정이다.

우리 황서방은 참 자상하다. 집안 대소사에 마음 씀씀이는 정말 알아줘야 한다. 특히 윗동네 종서 챙기기는 '우리 황서방은 아들이 셋이네" 할 정도.

진짜로 중요한 거는 나의 컴퓨터 핸폰의 문제해결사! 컴퓨터를 동시에 켜고 나의 컴에 들어와 이것저것 불편한 것을 고쳐준다.

아들은 "엄마 그 정도만 아시면 돼요." 그러는데…. 어제도 "어머니 뭐 문제 되는 게 있으세요?" 묻길래…. 핸폰으로 복사하기, 이메일로 사진 대용량 동영상 보내기 등을 배웠다.

어제도 굳이 안 와도 된다고 했건만 "어머니, 그동안 오래 뵙지 못해서 잠깐 들르겠습니다."

저녁 6시경 커다란 상자 두 개(효민, 한선 어린이날 선물)랑 [김영모] 빵집 쇼핑백을 들고 들어선다.

"좋아하시는 파이가 다 동이 나서 이걸 샀구요. 어머니 아버님 사이즈를 몰라 대신 백화점 상품권을 드립니다." 각각 따로 선물을 받았다.(고맙네 여보게.)

　효민네는 두 녀석의 낮잠, 교통 정체로 7시 반이나 되어 도착했다. 너무 늦으면 아이들 힘드니 오지마라 했는데 6시 반 "출발했으니 갑니다."

　종서 어렸을 때 아니 아이들 어렸을 때부터 우리 황서방의 선물 고르는 안목은 뛰어나 아이들이 아주 좋아했다. 그때 선물했던 장난감자동차들은 효민 한선이까지 가지고 논다.

　오늘 선물은 뭘까.

　상자 두 개 중, 효민이는 작은 상자를 한선이는 큰 상자를 골랐다. 효미니 상자는 '두더지잡기'… 작동하면 불이 들어오고 뿅망치로 두드려 점수내기를 하는 거다. 이 게임기는 3판까지 돌아가며 점수를 올리는데 점수가 낮으면 불이 꺼진다.

　李선생과 미뇽 합작 202점, 효민+에미는 245점, 일등이다. 애들보다 어른들이 더 즐겁다.(ㅎ)

　한선이 상자는 '드럼통 해적아저씨'. 드럼통 홈이 파인 곳에 20여 개의 작은 플라스틱 칼을 꽂으면 어느 순간 아저씨가 퐁~ 하고 튀어오른다. 어른인 나도 조마조마하니 겁이 많은 한선이는 아예 저만큼 도망가 도리질을 한다. 좀 큰 남자아이들은 좋아하겠다. 황서방 덕분에 온 식구가 즐거웠다.

　9시경 작업실(도예)가마에 불을 지펴놓은 거 챙겨보러 가야 한다며 먼저 일어났다. 황 서방, 일하는 마누라 탓에 잘 보살핌을 받지 못해 늘 미안허네. 그래도 우리 남주니 이쁘지? 늘 건강에 유의하시게.

2018·05·07 08:06 ｜ HIT : 101

영화 〈아일라〉

오늘은 이제부터 이사해야 할 곳 알아보러 구파발 쪽으로 갈 참이었다.

아침 10시 좀 지나 경수니 문자, 〈아일라〉 상영관 안내. 우리 동네 '메가박스 센트럴' 시간표(10:20)와 함께

"李선생님도 좋아하실 영화니까 같이 보러 가라네요." 요즘 李선생이랑 영화 가본 적 별로 없어 지나가는 말로 6·25 영화 〈아일라〉를 하는데 보시겠냐니까 "그러지 뭐"(오잉?)

급히 서둘러 10시 30분 도착…이미 시작은 했을 테지만 매표소 아가씨에게 이야기하니 앞에 선 아가씨표를 처리하고 천천히 (나참, 급하다니까) "시작한 지 5분 경과되었는데 들어갈 수는 있고 환불 안 되고, 다시보기 안 된다."고 OK!!

101호관, 컴컴한 계단을 더듬어 들어가니 작은 극장이지만 1/3쯤 찬듯…. 지긋지긋한 전투 씬(李선생, 아주 실감나게 잘 찍었다고) 정말 못살았던 70여 년 전 우리나라….

슐레이만 하사는 격전지에서 한밤 임무 수행 중, 시체더미에서 홀로 살아남은 어린 소녀를 발견, 부대로 데불고 와 온갖 정성으로 키운다.

어쩜 아일라(김 설)는 그리도 연기를 잘하는지….

아일라와 헤어질 수 없어 일 년 간 연장복무 끝에 강제로 귀국하게 된 슐레이만은 트렁크에 몰래 아일라를 숨겨 가려다 발각된다. 수원의 터키군이 만든 앙카라학원(고아원)에 아일라를 떼어 놓고 꼭 만나러 다시 오겠다는 약속과 함께 떠나가게 된다.

"부모는 자녀와의 약속을 지키기 위해 산다."

그 후 평생 아일라를 잊지 못하는 슐레이만 씨, 2010년 우리나라 MBC 방송에서 6·25전쟁 60년 기념 프로그램으로 터키군 참전용사였던 슐레

이만 씨의 일화를 발굴하여 다큐멘터리를 만들게 되었고 슐레이만 씨는 아일라와 헤어진 지 60년 만에 손자까지 둔 할머니가 된 아일라(김은자)와 눈물의 재회를 한다. 슐레이만 씨는 자신과 아일라 이야기가 터키에서 영화로 만들어진 것을 보고 작년 12월 별세를 하였다고….

영화 후반부, 할머니가 된 아일라가 다큐 제작팀이 들고 온 슐레이만 씨와 찍은 자신의 어린 시절 흑백사진을 보며 눈물을 흘릴 때. 나도 눈물이 흘러 주체 못 하고 있는데 갑자기 "흑 흑" 소리 내어 흐느끼는 李선생.

원래 감동소년이기도 하지만 이렇게 소리 내어 흐느끼는 모습은 처음이다(50여 년만). 영화가 끝나고도 자리를 못 뜨는 李선생… 우리가 맨 마지막 관객. 다음 영화상영을 위해 퇴장해 달라는 직원의 말에 겨우 자리에서 일어났다.

6·25가 일어나고, 1952년 수원, 서울大 임시분교 시절 '앙카라학원'도, 늠름하고 잘생긴 터키군들도 보았단다. 당시 UN군 하면 얼마나 부러운 존재였는지 모른단다. 우리나라가 세계 꼴찌에서 2위였던 시절이었으니…. 경수니가 칼럼난에 올린 영화 소개 기사를 다시 읽어주고 사진도 보여주니

"아, 정말 아름다운 실화네 미농 〈아일라〉 보라고 광고 많이~ 하셔."

〈아일라〉 대박 나야 할 텐데…. 2017년 터키에서 개봉되었을 때 500만이 봤다는군. 〈아일라〉 무조건 강추여!!

2018·06·23 15:55| HIT : 131

세 남자의 우정

엊그제, 벽제 추모공원으로 고故 김용선 원장의 참배를 다녀왔다. 일본에서 온 모리타카(森高) 씨와 동행이다. 70여 년 죽마고우竹馬故友를 만나러 가는 李선생 감회가 컸겠다.

모리타카 씨는 현 에히메현縣 현의원(33년간)으로 매년 에히메현 자매도시 평택을 정기방문(25주년, 20여 차례)한다. 올해도 지인 20명과 함께 왔단다. 교차 방문하여 음악회도 하고 여러 가지 문화교류를 하는 등 친한親韓인사이다.

지난달 이메일로 김 원장 묘소 참배 약속을 잡았다. 김 원장과는 LG 인화원 시절부터 교분을 맺었으니 20여년 지기이다. 모리타카 의원이 서울에 오게 되면 김 원장과 李선생 세 분이 만나곤 했단다.

1시 롯데호텔 로비에서 만나 승용차(김원장 장녀 운전) 왕복 3시간 동안을 李선생과 모리타카 씨는 계속 담소 나눴다. 김 원장이 쓰던 〈뉴스레터〉 칼럼을 이어서 써달라는 부탁도 받았단다.

김 원장은 돌아가시기 직전(2017년 12월)까지 칼럼을 써 보내셨단다.

무악재 넘어 조금 밀리는 길을 달려 2시 좀 지나 추모공원 '하늘문'에 도착하였다.

2층 안쪽 두 번째 작은 방. ㄷ자 층층 유리로 된 쇼케이스(60x30cm) 중간 한 뼘 높이 백자항아리 속에 모셔져 있다.

故 김용선 生 1933.05.15陽 卒 2018.01.31.陽

작은 가족사진 액자 속에 웃고 계시네.

'이 사람아, 더운데 어떻게 왔어?' '아, 모리타카상도…'

본인은 평소 아무 흔적도 남기지 말라고 하셨다지만 (아버님 6·25 때 납북, 어머님은 멀리 미국 땅에 잠들고 계시니) 부인의 소원대로 이렇게 납골당에 모시게 되었단다. 옆자리는 부인을 위한 자리란다.

밝은 유리문 속 유골함 앞에서 두 분이 합장례合掌禮를 올리고 李선생은 써 가지고 온 日語 헌시(獻詩)를 읽었다(노래로 불렀다). 내가 왜 눈물이 나는지….

　　〈친구에게 바칩니다〉
　　꽃을 따던 들판에
　　해는 기울고
　　다 함께 어울려
　　어깨동무를 하고
　　노래를 부르며
　　돌아가는 길
　　어릴 적 정다웠던 그 친구 이 친구 아~ 그 누가 고향을 잊을까 보냐.

　　2018년 8월 9일 어릴 적 친구 李성원 합장
　　김용선 靈前

나오는 울음을 삼키며 세 분의 사진을 찍어드렸다.
"안녕히 계세요. 이성원 씨가 너무 외로워합니다."
내가 이런 마음일 때 저 남자분들의 마음은 어떠할까. 돌아 나오며 李선생 왈 "이런 납골당도 괜찮은데… 자손이 살아있는 한…."

오잉? 두 사람 다 그냥 화장火葬 후 산골散骨이라 주장하였는데….

4시 15분, 약속이 있다는 모리타카 씨를 모셔다 드리려 다시 롯데호텔로 가니 김 원장 부인이 인사차 작은딸의 부축을 받으며 호텔 로비에 와 계셨다. 장례식장에서 곧바로 큰딸네로 가 계시는데 사별 후 반년이 지났지만, 아직도 몸을 추스리지 못 한다.

"따님들 생각해서 힘 내세요."

김원장 큰따님은 우리를 사무실 앞까지 바래다주고 돌아갔다. 한 치의 어긋남이 없이 모든 일정을 마쳤다. 이렇게 친구 앞에 떠나가는 것도 나쁘진 않네….

그린 색 트렁크 속에는

뭐 연희가 '몸교실'에 가면서 내 글을 읽다가 정거장을 지나쳐갔다가 되돌아왔다고라. (글케 재밌어? 그러니 안 쓸 수 없네.)

아침나절 동네병원에 체크 차 다녀왔다. 진찰 전 깁스를 풀고 들어갔더니 S박사 질겁을 하며 통깁스를 하고 싶으냐고 혼을 낸다. 그저 뼈가 잘 아물려면 꼼짝하지 말고 조심하란다. (샘, 그렇게만 된다면야 오죽 좋겠습니까. 받아놓은 이사 날짜, 조금씩 정리해야 된다니까요.)

다시 X-ray 찍고 살펴보더니 그닥 나쁘진 않은 듯…. 다음 주에 다시 와 계속 X-ray를 살펴보자는 처방을 받았다.

천천히 쉬엄쉬엄 돌아오는 귀가길. 말복, 칠석 지나니 하루 사이 날씨는 어쩜 그리 시원해졌는지…. 이만하면 테라스 정리할 만하다.

테라스 창고 속을 여니 아니, 그 속이 또 장관일세.

제일 위칸엔 예전 시어머님께서 쓰시던 소반床 (상도동 살 때 TV 받침 대로 썼다), 족자, 포장을 풀지도 않은 액자 두 개 그리고 호주 동서가 보내준 캥거루 털조끼도 있네. (버렸더니 李선생 고모노에 가져가 입으란다.) 구석에는 테니스 라켓 한 개(누구 꺼지? 애들 방에도 2개가 있는데)

둘째 칸에는 아주 오래된 그린 색 트렁크가 놓여 있고 (뭐가 들어 있지?) 그 위에는 김장용 스테인레스 다라이(대) 2개 (김치는 담그지도 않으면서…) 아래 칸에는 강변에 지었던 리버빌 설계도면 등등(무거워서 간신히 꺼냈다), 그리고 애들 어렸을 적 李선생이랑 동대문 스케이트장에 가 타던 내 스케이트도 있네.

또 한 개의 오래된 트렁크가 있고 애들 유학 갈 때 사용했던 이민 가방이 두 개… 흐이구.

오늘 트렁크와 가방들을 정리해서 내놔야 한다.

아침 병원 가는 길에 만난 경비아저씨 질색을 하며 "사모님 버리실 것 있으면 전화하시지 왜 내려오셨어요." 한다. 작은 것들은 아침 청소 미화원 아주머니가 도와주시겠단다. 정말 고맙고 미안하다. 저녁 9시 반, 4덩이를 만들어 金씨 아저씨의 도움으로 끌어내렸다(아이 시원해).

오늘은 문제의 그린 색 트렁크 이야기야.

글쎄 어렵사리 뚜껑을 여니 어디 갔나 했던 우리 할머니께서 나 시집 올 때 만들어 주신 조각보 아래 함 받을 때 입었던 노랑저고리와 폐백 드릴 때 입었던 초록 저고리 그리고 청홍 수실이 달린 婚書紙, 빨간색 실로 엮은 진솔버선도 3벌,(20벌이었을 텐데…) 그리고 우리 시어머님께서 며느리 보면 주려고 떠놓으셨던 각색 홍콩 양단에 이불덮개용 수놓은 파란색 공단까지 들어있다. 그러니 어떻게 버릴 수가 있어. 50년 전 기억을 더듬으며 생각에 잠겼지.

우리 시어머님은 뵙지도 못했고(李선생 28세 때 세상을 뜨셨단다) 우리 할머니 아니 우리 엄마도 벌써 안 계시고 내 나이가 70중반이니… 버리기는커녕 아예 李선생의 두루마기랑 한복(하, 동) 일습도 30년도 더 되었지만 그래도 '삼손나이트' 트렁크에 되담아 보관하기로 했다.

이삿짐 정리하다가 이렇게 추억거리에 빠지면 진도가 잘 안 나간다. 정리한다며 추억여행을 더 즐기고 있지….

다용도실 창고 선반에 쌓인 경운회보, 산사랑지 등 정리하면서 또 한없이 들여다 봤지. (경운회보 중 100주년기념호 1~5까지만 남겼다)

2018·08·18 00:15| HIT : 100

장미 세 송이

이삿짐 싸고 정리한 건 미농인데 李선생이 덜컥 감기에 걸렸다.

그래도 엊그제 약 처방전 받아서 항생제 투여를 시작해 고비를 넘어선 것 같다니 다행이고 어제 학회 참석차(10. 4~6) 일본 갔던 작은딸도 돌아왔고, 서울대병원 I선생의 진료를 받게 되어 마음이 좀 너누룩하다.

내일 아침 11시에 피 & X-ray 검사 후, 1시 30분 진료를 받아야 한다.

어제 오후 3시 (임)영희랑 예술의전당 토월극장에서 큰딸 이희준 극본 뮤지컬 〈다윈 영의 악의 기원〉을 관람했다. (거의 만석, 두세 번 반복 관람하는 관객도 있어 놀라웠다.)

경양식집 '모짜르트'에서 영희 보시로 맥주잔 기울이며 한껏 행복한 기분에 싸였다. 이사에, 뒷정리에 또 李선생 감기(폐렴) 치레에 아주 몸과 맘이 피곤했었거든. 요조숙녀 영희는 나 땜시 맥주 맛을 알게 되었다나 어쨌다나. (ㅋ)

저녁 7시 반 오랜만에 모처럼 즐거운 문화 나들이를 마치고 뉴타운 집으로 향했다. 현관문을 밀고 들어서면 좁은 복도를 통해 거실 소파 옆 탁자가 보인다. 오잉? 탁자 위에 희고 붉고 노란 예쁜 장미 세 송이가 꽂혀 있는 거야. 그것도 찬장 구석에 밀어 넣었던 우리 엄마가 쓰시던 크리스털 양주병에 꽂혀서… 어떻게 찾아냈을꼬? 뭐 뜻이 있는 곳에 길이 있다나. (ㅎ)

아침나절 李선생 왈 "새집이니 이제 꽃도 좀 꽂고 멋지게 살아보자구요."(오잉?)

난 피식 웃음이 나 "네? 아, 그럼 아빠가 그 걸 맡으시면 어떨까요? 난 들어올 때 [다이소]에 들러 드라이플라워를 좀 골라볼게요."

아니, 꽃집에 들러 생화生花를 사서 꽂아야 한단다.

"사는 사람도 드라이한 데 꽃까지 드라이하면 안 된다."고라… (그러세요.)

생전 그런 일이 없던 양반이 꽃타령을 다하고 오래 살고 볼 일 그동안 미농 힘들게 한 것에 대한 보답? 미농, 꽃 세 송이에 마음이 기쁜 걸 보면 여자는 할 수 없나보다.

감기로 기운이 떨어지니 마음도 따라서 약해졌는지. 호주에 사는 막내 시동생에게 우리 일본 가기 전 한 열흘 다녀가라는 문자를 보내란다. 둘째 아우(83세, 8번째)의 건강이 아무래도 심각하다며 막내(11번째)가 보고 싶단다. (좀전 막내 시동생과 통화, 10월 15일 즈음에 비행기를 맞춰보겠다고)

맘이 애련한 게 영…아프다. 그럽시다!

32년 만에 새집에 이사 왔으니 꽃도 꽂고 아주 즐거운 맘으로 얼른 회복해야 11월 13일 고모노에 가지요. 일단 식욕! 뭐든 많이 드셔야 갈 수 있어요.

〈과평모임〉 B형님 이야기

李선생 K고 48회 '과평모임' 멤버 중에서도 내가 존경하고 좋아하는 B형님(84세)이 지지난 11월 2일(금) 저녁에 극심한 복통으로 서울대병원 응급실-환자실-응급 병동을 거쳐서 지난 주 화요일 겨우 일반병실로 옮기셨다고 한다.

10월 30일에 뵈었을 때만 해도 다친 내 팔을 보시고 안쓰러워하며 "왜 연락 안했어?" 하셨는데.

내가 고모노 가고 올 때마다 꼭 안부 챙겨주시곤 하셨지. 이번에 서울에 길게 있다고 좋아하셨는데.

평생 이 형님처럼 열심히 살아온 양반이 있을까. 대종부(부군이 종친회장)로서의 소임은 물론 젊어서는 막일도 해내셨고 자개 장농 사업으로 어려운 가세 일으키셨고, 외아들이 미국 이민 갈 때 (지금은 대학원생인) 어린 손자 돌보미로 최선을 다하셨지. 피아노 레슨까지 하셨대….

시간 쪼개어 서울대병원 자원봉사 20년, 노래 좋아하시니 '실버합창단'으로 상도 많이 타셨고 요양원 봉사를 하면서 건강관리에도 철저하신 분이다. 입원 당일에도 아침 수영도 하셨다고 한다.

국내외 산은 거의 섭렵하셨지. 살림도 경동시장 오가며 계절 음식 챙기시고 마당에서 딴 감, 가래떡도 맛보라고 나눠 주시고, 어느 모임에서든지 맏언니 노릇을 즐겁게 하시는 분, 10월 한 달 내 전국 각지 종친 모임 챙기셨고…. 참 6·25전쟁 때 간호장교로 복무하셨다. 그리고 H회장과 결혼하시고는 종부의 삶을 충실히 사신다.

미농과는 여러 가지 면에서 코드가 맞아 친동생처럼 챙겨주신 형님. 이멜을 보내셔도 꼭 '사랑하는 아우 씨'다. "나는 지금 죽어도 아무 여한이 없어 매일 매일 최선을 다하며 즐겁게 사니까"라고 말씀하셨다.

지난 수요일 정형외과 진료 후 잠깐 뵈려고 올라갔는데 아, 눈물이 나서 차마 뵐 수가 없어 그냥 나왔어. 그리 정정하시던 분이 어찌 저렇게 되실 수가…. 온몸에 걸린 줄 하며 힘없이 감고 계신 두 눈. 인기척에도 눈을 못 뜨시는 거야. 연세에 비해 잘 견디고 계시지만 항생제 내성으로 염증 수치가 안 떨어져 아무래도 장기전이 될 것 같다네.

하나에서 열까지 형님 손 없으면 안 되는 H회장님, 그리고 은순이(은빛털이 아주 예쁜 에스키모犬)도 형님을 기다리고 있답니다.

"내가 너무 오래 결석했지, 모두 보고 싶었어."라며 환하게 웃으며 달려오세요! 형님!

– 사랑하는 아우 드림

* 추신: 우리 李선생과 H회장, 한 소리치지만 마나님 없음 꼼짝 못한다고 號가 났다우.

2018·11·19 10:55| HIT : 136

고모노에서 챙기는 소확행(2)

조카 & P군의 방문

아침 7시, 서울 뉴타운 집을 나서서 저녁 8시가 되어 고모노 집에 들어왔다. 한 달 반만에 가는 길인데 어찌 그리 길이 서툰지…. 몇 번씩 묻고 확인하고….

이번에는 조카(여섯째 시누이 아들)와 그 멘티(성균관대 4년)와의 동행이다. 멘티는 李선생의 원고(일역) 수정 알바를 했는데 어찌나 정성스럽게 하였는지 감동한 李선생의 초대로 고모노에 오는 것이다. 그는 요즘 보기 드물게 순진한 귀공자풍이다.

8시 40분 인천공항에 도착하여 M,N 카운터로 찾아가니 발권부터 셀프로 하란다. 이런, 우린 이런 거 못하는데…. 살펴보니 공항 리모델링이 끝나 자동화시스템으로 바꾸고 직원들도 대폭 줄었다…. 10여 명이 하던 일을 2, 3명이 하고 있다. 이렇게 사람이 기계에 밀려나는구나. 이제 기계치 노인들 여행하기 쉽지 않겠다.

발권뿐 아니라 짐 부치기도 셀프란다. 동영상을 잘 살펴 인지하고 그대로 하란다. 어쩌라구…! 뭐 바퀴를 안쪽으로 들어가게 놓고 스티커는 이렇게 붙이고 등등 우린 짐이 20kg 가까이 되니 저쪽 접수대로 가란다.

적정 15kg 이하만 가능하단다. 트렁크 다시 싸게 되는 건 아닐까, 잠시 끌탕, 에라 될 대로 되라! 직원의 도움으로 겨우 처리하고 130번 게이트 앞으로 가니, 1시간 연발이란다(ㅉ).

12시 10분 출발, 2시 반이 지나서 나고야공항에 도착하였다. 그런데 이런! 대규모 중국관광단과 함께 통관하게 되었다. 노부모에 두서 명의 아이들까지 거느린 가족 단위 어느 마을 전체가 왔는지 와글와글.

모든 게이트를 다 열었지만 한 시간도 더 걸렸다. 게다가 조카의 짐이 서울서 실리지 않은 사고에 그 처리까지 하느라 더 지체되었다. 내일 중에 호텔로 부쳐주는 걸로 처리되었다. 나도 예전에 함부르크공항에서 짐이 없어져 만 하루만에 다음 행선지에서 받은 적이 있었다.

3시 반 지나 공항 4층 [마루하]에 올라가 새우튀김정식 & 生비루로 건배를 하였다. 건배에서 미농은 빼고… 이상도 하지, 지난해 팔목 수술 후 생긴 단주斷酒현상 진짜루 맛이 없고 쓰다니까….

오후 예정 나고야성 관광은 시간이 늦어 다른 날로 미루기로 하고 5시 44분 기쁘행 타고 나고야—욧카이치—유노야마온센선을 타니 저녁 8시가 다 되었다. 조카 일행은 [기보소]에서 2박 하기로 했다.

내일은 비 소식도 있으니 [유유카이칸]에 가야겠다. 일주일 예정이니 시간 안배를 잘해야 한다.

고즈넉한 고모노는 여전하고 핫도리 회장댁도 별고가 없는 듯 검은색 승용차가 주차되어 있다(다행).

이곳 기온은 20도 안팎이라는데 집 안은 을씨년스러워 난방기를 가동하고 옷도 한 겹 더 입었다. 따뜻한 집 놔두고 뭐하는 짓이여, 하다가도 여기 오면 이렇게 편할 수가… 정든 친정집에 온 듯하니 이 무슨 조환

지….

8시 반, 라면으로 간단하게 저녁을 먹고 대강 집 청소를 한 후 장 보러 [잇치고칸]에 다녀왔다. 잘 지내다 갈게.

2019·03·20 23:27 | HIT : 203

33년 만에 꽃을 피운 행운목

지난 주말 거실 행운목에 안남米 덩어리처럼 하얀 꽃봉오리가 피워 올랐다. 오잉? 행운목도 꽃을 피우나? 절대로 꽃을 피우게 안 생겼는데…. 꽃대에 7~8개의 꽃봉오리가 달렸다.

하얀 꽃 아래 맑은 수액 방울이 맺혔다 (얼마나 꽃 피우기가 힘들었으면…) 잎사귀에 굴러떨어진 작은 방울, 방울… 예쁜 수정구슬 같다. (만져보니 물이 아니라 끈적한 액체…)

이 행운목은 1986년 상도동에서 반포로 이사하였을 때 101동 사시던 친정아버지께서 선물하신 꼬마 행운목이었다. 별로 꽃 좋아하시진 않는데 그저 생전 첨 아파트로 이사한 딸에게 이름이 그럴듯하여 선물하셨겠지 뭐.(미농 생각)

처음 우리 집에 올 때 키 10cm 정도 나무 등걸 옆으로 5cm 정도 겹잎사귀가 두 개 달려 있었다(지금은 60~62cm).

가끔씩 물만 주면 되는 매우 기르기 쉬운 나무라고 하셨다. 말씀대로 수반에 올려 안방 문갑 위에서 이럭저럭 몇 해… 근데 정말 잘 자라서 화분에 옮겨 심어 테라스에 내놓았다.

지난 해 9월 반포에서 뉴타운으로 이사하며 이 행운목은 아버지의 선물이기도 하였지만, 또 관리하기가 쉬워 이삿짐에 실려 왔다. 장거리 여행 때마다 화분 물주기는 아들아이에게 부탁하곤 했지만 그도 만만찮고 돌아오면 젤 먼저 해야 하는 일이 물주기라… 잘 간수 못하는 것도 죄 짓는 일이라서 큰 화분들은 모두 정리하였거든.

지난주 이 행운목의 꽃을 보고 마치 돌아가신 친정아버지가 환생하신 듯 어찌나 기뻤던지!

"반포집 이사 기념 (반포)할아버지(아버지) 선물 행운목, 33년 만에 꽃을 피웠다~" 카톡 사진을 아이들과 동생들에게 보냈다.

요즘 매일 아침 일어나면 제일 먼저 꽃에게 인사하고 제일 예쁜 각도에서 사진을 찍는다. 아무래도 궁금하여 인터넷 검색하니

행운목(Dracaena) 외떡잎식물 백합목 용설란과 드라세나 속 식물
원산지: 아프리카
꽃말: 약속을 실행하다
칼처럼 생긴 잎 길이 30~50센티 너비 6~10센티
줄기는 목질로 곧게 서고 줄기 끝에 산방상의 꽃이삭이 달리며
꽃잎이 6개인 작은 꽃이 군생한다.
7년에 한 번 그것도 불규칙한 주기로 꽃이 피는 행운목.
그 꽃을 본 사람에게 인생에 다시 오지 않을 행운을 가져다준다고…

아, 아버지 고맙습니다. 엄마랑 잘 계시지요?

2019·04·28 19:34| HIT : 152

일본 고양이 팔자, またたび庵

아침 8시 30분 분리수거 마치고 노트북을 열어 유튜브 보다가 낮잠을 두어 시간 잤다.

12시 48분발 유노야마온센선을 탔다. 파라미타미술관에 가랬더니 아직도 그 만화가전을 하고 있어 어제 [모미노기]에서 팜플렛 받은 고양이 카페에 가보자네. 어쩌면 간단한 점심 요기도 할 수 있을는지.

멀리 비구름에 쌓여 있는 고다이쇼다케는 신명교橋와 어울려 또 다른 풍광을 자아내네. 약도상으로는 종점역 스즈카 스카이라인 입구에서 천초千草 사거리 쪽으로 도보 10분이다. 이런 산골짜기의 저택, 옛날 고급 관리 무사댁이었나 보다. 입구에 있는 저택도 허물고 큰 건물을 지으려는지 파일을 박는 거대한 공구가 서 있다.

조금 걸어 올라가니 단풍나무가 서있는 정갈한 이층 목조집 검은 고양이 실루엣을 배경으로 'またたび마다비庵' 간판이 보인다. (またたび-고양이가 좋아하는 기호 식물 이름)

인기척이 없어 조심스레 문을 미니, 에이프런 차림 아가씨가 반갑게 맞이한다.

입구 조그만 카운터, 벽면에 모두 고양이 모양 액세서리로 치장되어 있다. 입장료가 30분~1시간, 500엔~1000엔까지인데 우린 경로라서 500엔이란다. 고양이랑 놀아주는데 입장료를 내는 거다. 하긴 고양이를 돌보고 카페를 유지하려면 비용이 들겠지.

서울서 왔다니 놀라며 궁금증이 동하였는지 안경을 쓴 주인여자(50대)가 나와 어디서 카페 소식을 들었느냐 등등 李선생과 만수받이.(ㅎ)

3년 전 싼값에 나온 이층목조주택을 구입하여 고양이를 위한 건물로 개축하였단다.

167

완전 고양이 위주 입실 주의 사항대로 손을 깨끗이 씻고 작은 방(10평쯤)으로 들어가니 동네? 할머니, 할아버지 두 분이 흐뭇한 표정으로 고양이를 어르고 있다. 여기저기, 바닥, 선반 그리고 테이블 아래 대여섯 마리 고양이가 고양이 모양 바구니 속에서 똬리를 틀고 낮잠을 자고 있다. (팔자가 늘어졌네.)

고양이들이 뛰고 놀 수 있도록 사다리 그네 침구 장난감 등 온갖 편리 가구를 갖추었다. 고양이가 혹시 덤벼들까 조심하며 의자에 앉아있으니 주인여자가 고양이 꼬리 모양 털이 달린 막대 채를 집어주며 어루어보란다. (미농, 고양이 별로인데…) 이어서 들어온 여학생 두 명, 남매 등 모두 고양이를 쓰다듬으며 아주 행복해 한다.

버려진 고양이도 있지만 맡아서 길러도 준다는데 비용은 월 2만5천엔이라고…. 30마리를 수용할 수 있지만, 현재는 16마리가 살고 있단다.

자원봉사자들의 도움도 받고 있다지만 직원이 4명이나 되네(수지가 맞을까). 한때는 정부에서 버려진 개와 고양이를 20만 마리 정도를 도살하였는데 이 카페 주인 같은 환경운동가들의 노력으로 5만 마리로 줄였단다. 벽면에 고양이 피임수술 안내 포스터도 붙어 있다.

2시 40분, 카페를 나서는데 남매를 거느린 엄마가 조심스레 이제 들어가도 되느냐고 묻는다. 먼 곳에서 차로 온 것 같은데… 고양이 정말 좋아하는 가족인가보다. 고양이도 이런 일본에서 살면 더 행복할까. 들어오는 손님들의 표정이 행복한 걸 보면 그럴 것 같기도 하다. 며칠 전 서울에서 보았던 영화 〈고양이 여행 리포트〉가 떠올랐다.

늦은 점심은 [모미노기]에서 먹었다. 李선생은 야키소바 대신 스파게티를 시켰는데 맛이 별로란다. 난 주인 남자가 만드는 함바가카레지 뭐.

우리가 어제도 오고 오늘 또 오니 부인이 "로프웨이 갈거냐"며 로프웨

이 광장, 아쿠아니스 잔디밭에서 벼룩시장이 열리고 있다고 귀띔을 해준다. (아리가도)

해가 났다가 바람도 불고 빗방울도 흩날리는데 4시 전철을 탔다. 낼 모레는 서울 간다.

2019·05·19 21:32| HIT : 118

무궁화꽃이 피었습니다

옆집 담장 너머로 핀 예쁜 꽃… 어머나! 무궁화꽃이네.

우리나라에서 흔히 보는 보라색에 노란 꽃술 있는 가운데가 빠알간…. 장마철이기도 하고 요즘 꽃 보기가 힘든데 무궁화꽃이 흐드러지게 피어 있어 깜짝 놀랬다.

그러고 보니 길 건너 큰 건물에도 알록달록(흰색& 핑크색) 무궁화가 한창이다. 요즘 혐한嫌韓이다 뭐다 하는데 일본 땅에서 무궁화꽃을 보니 기분이 좀 이상하다. 전에도 이맘때 피었을 텐데 본 기억이 없으니….

어제 그제부터 서일본쪽은 큰비로 특히 히로시마는 500년 만의 폭우라고 한다. 만여 채의 가옥이 침수되고 10만여 명이 대피중이란다. 근데 이곳 고모노는 북쪽은 스즈까(영록鈴鹿)산맥에 가로막히고 남쪽은 바다에서 멀리 떨어져 있어선지 그냥 밤사이 비만 좀 내리고 온종일 흐린 정도다.

어제는 파라미타미술관에 가려고 했는데 전시작품이 지난달에 본 인형전이라서 포기하고 麻정식집 [茶茶]에서 점심을 먹고 미농은 [다이소] 행. 마침 이온몰 양품점에서 세일을 하길래 큰마음 먹고 여름 청바지랑 티셔츠를 샀어. 개업 30주년 기념이라며 30% DC를 해 주더라구.

李선생 없이 혼자서 왔다리 갔다리 하니 그것도 괜찮더라구. 실은 李선생 러닝셔츠를 사러 갔었는데….

가다오카온센 히가에리 후 [모미노기]에서 점심을 먹었다. 근데 1, 2, 3 주차장이 거의 만차인데 욕탕 속은 붐비지 않는 게 정말 항상 궁금하다. 게다가 일요일이고 번호판을 보면 멀리 오사카와 나고야 등 각처에서 온 차들이야. 이 동네 차는 거의 없어. 이태리식당, 빵집이 유명하니 젊은 이들 가족 동반 나들이를 그쪽으로 많이 가는가 싶기도 하고.

온천 후 1시 20분 즈음 [모미노기] 문을 밀고 들어서니 카운터에도 손님이 있고 식사중인 모녀인 듯 두 사람, 또 커피를 마시러 들어오는 기사技士와, 모처럼 홀이 가득 찼다. 마침맞게 클래식 음악도 흐르고….

"오나지데스 비루 잇봉."

주인장이 혼자 바빠 보여 부인 안부를 물으니 안에 있단다, 李선생 야키소바를 만들려면 부인이 있어야 하거든. (ㅎ)

"고히 잇바이(一杯)." 커피까지 마시고 천천히 2시 반 전철을 탔다. 공수도장空手道場 수련대회가 있었는지 검은색 티셔츠 차림의 20여 명 꼬맹이들이 전철역에 바글바글하다.

참, 오늘이 일본 참의원參議員 선거다, 아베의 자민당이 압승이다.

고모노도 치열한 접전(49:44) 끝에 자민당 출신 요시가와(吉川)(女)가 당선되었다. 일본은 선거도 일요일에 한다.

조금 전 요즘 한창 까부는 효민이와 한선이 전화를 받았다.

"할모니 낼 모레 서울 간다~."

일주일간 서울에서 머물 예정이니 오는 날부터 트렁크를 열어놓은 채 이것저것 주워 담고 있다.

2019·07·21 21:08 | HIT : 125

"같이 나가자"면 어디가 덧나남유?

아침나절에는 좀 서늘하다지만 한낮은 아직도 30도 안팎.

12시가 다 되어 '쾅' 현관문 닫히는 소리. 李선생 출근? 곧 따라 현관문 열어보니 벌써 내려가셨네. "같이 나가자"면 어디가 덧나남유?

하긴 내가 아침내 빈둥거렸지

51홈, 경운홈, 이메일 체크—李선생 관련 4건 메일 보내고 요즘 유일한 소일거리 유튜브 열어 보기, 이것도 지난번 李선생한테 딱지 먹은 쿠션베개 (얼마나 푹신하고 좋은데 싫다시니 어쩌것어 뭐 고모노집 베개가 딱! 이라니 9월에 가서 가지고 와야 한다) 베고 누워 들여다보기. 아니지, 소리만 들어도 돼(TV를 안 보니 유일한 정보통이다).

李선생 이것도 불만이다. 틈만 나면 켜고 누웠고 게다가 밤에는 배위에 올려놓고 잠들기 일쑤거든.

내가 켜고 자면 어떻게 *끄느*냐고 묻더라구(李선생 핸폰 없거든).

'그냥 아래 네모 칸 누르시면 돼요.'

부지런히 '나의 東京옴마'표 구리무 찍어 바르고 집을 나섰다. 벌써 한낮이라 햇볕이 강하다. 사거리 지나 철제 조형물 분수대 앞에는 누군가 부지런한 살림꾼이 고추를 널어 놓았네.

조금 내려오니 이런, 어디서 모았을까? 舊式 손틀 미싱들, 헌 구두, 비雨장화를 늘어놓은 할아버지 노점상 (팔리려나?)

방학 중 리모델링이 끝난 [숲유치원] 영어로 Forest kindergarten이란다. 어제 하루 종일 현관계단 타일 붙이는 작업도 끝나 갈색 알루미늄 현관문이랑 아주 잘 어울린다. 아주 근사하게 고쳤네. 보기보담 아주 큰 건물이다.

아, 그동안 휴가 중이었던 '하얀 옥수수 車'도 나와 있고(女사장님 차

위에서 핸폰 열심작업 중)

보훈회관 모퉁이 '토마토아줌마'도 장사를 시작했네. 근데 성당 근처 '황금붕어빵' 리어카는 진작에 폐업을 했고⋯ 한 번 사먹어 볼 걸. 주차장 앞 과일노점 아주머니는 안 나왔네. 길 건너 '떡시루'도 문을 닫았네. 보통 월요일에 쉬는데 어디로 늦휴가를 갔을까. (별게 다 궁금해)

전철역 오가는 길에 일보기에 아주 좋은 우체국에 들러 우편물 한 개 부치고 참, 내 생일날 입었던 어깨 구멍 뚫린 블라우스는 (그게 포인트라지만) 수선집에 맡겨 거금 일만 원 주고 진한 남색 망사로 틀어막았어.

누가 뭐랄까만 75세 할머니의 어깨 노출은 좀 그렇지?

1시 사무실에 들어서며 "점심이라도 같이 먹으면 좋잖아요?" (집에 있으면 에어컨을 켜야 하니 중앙 냉방 사무실이 낫다)

글쎄 누가 뭐라냐구~ 늙마에 이렇게 꾸시렁꾸시렁 사는 게지요. (ㅎ)

오늘의 비그뉴우스 No.1:

좀 전 늘 가던 [궁수사宮壽司]에 가서 점심을 먹었다. 경찰청 건너 '경희궁의아침 3단지' 1층에 아주 조그만 스시(日食)집이다. 늘 먹는 정식에 민어매운탕+청하 1병

"더우신데 약주 하실래요?" 친절한 미스 리가 묻는다.

"그으럼."

거의 식사가 중반에 이르렀을 때 (마침 가게식구들도 식사시간) 앞치마 차림 사장님이 "저희가 이번 주 금요일까지만 모십니다(오늘이 화요일). 그동안 애용해 주셔서 감사합니다."

오잉? 뭐라구요?

문을 닫는다구요? 그럼 이제 어디 가서 먹지요?

"도저히 운영을 할 수가 없습니다. 낮 손님은 좀 계시지만 저녁손님이 없어서…."

이 가게 사장님은 좀 더 좋은 서비스를 위해 늦깎이 일본 유학도 다녀온 분이다. 조붓한 카운터에는 사장의 따님이 어렌지했다는 클래식음악이 흐르고…. 내가 팔, 다리 다쳤을 때는 가족처럼 걱정해주었고…. 손님 접대하기 참한 곳이었는데…. 이 광화문 일대에선 가격도 이쁘고 질 좋고 맛있기로 이름난 일식집이다. 우리 외 단골인 K여대 K학장 부부, S대 L 교수, P교장 등등 모두들 서운해 하며 걱정을 하였단다.

시작한 지 16년, 인수자가 없어 그냥 원상복구 하여 놓고 문을 닫는단다(복구비용도 만만찮을 텐데…). 아, 국가 시책에 따라 이렇게 소시민 자영업자들이 속절없이 무너져 내리고 있네…ㅠ. 나오며 미스 리의 어깨를 꼬옥~ 안아주었다

비그뉴우스 No.2:
우리 사무실 있는 5층 엘리베이터 입구에 검은 티셔츠 차림에 시커먼 무전기를 감아쥔 젊은 남자가 의자를 놓고 뻗혀 앉아 있다. 누구지? 뭐하는 사람? 기분이 안 좋네….

미화원 아주머니에게 물으니 예의 청문회를 준비 중인 ㅈ씨의 사무실이 들어왔단다.

"아주 힘들어 죽겠어요. 하루에도 50여 명씩 기자들이 몰려 와요."

지난주부터 대대적인 공사를 벌이더니만…. 청문회 준비하는데 책상 걸상 컴퓨터 전화 정도면 되지 않나? 글게 대공사를 할 필요가 있을까? 어제 그제 〈유튜브〉에선 난리가 났던데….

이상 오늘의 비그뉴우스를 마칩니다. 리포터에 미눙이었습니다. (ㅉ)
2019·08·20 13:11| HIT : 160

큰딸 생일에

지난 토요일 작은딸의 문자 메시지,

"낼 우리집서 언니랑 저녁 먹으려고 하는데 올 사람 다 환영."

"효민네는 오전에 과천 가서 반포할머니 할아버지 보려구."

"OK! 돈암동 몇 시? Hj(큰딸 애칭) 생일 땜시? 엄마만 간다."

하여 일요일 과평모임에 참석, 점심 식사 후 작은딸네 가기로 하였다. 당근 李선생은 하루 투타임 힘들어 빠질 거로 생각했는데 사당역에서 따라서 내리시네. 큰딸 생일모임이라면 가시것다고라….

마침 같은 동네에 故김원장 부인도 찾아뵙고… 잘 되었다. 지난 6월, 1개월 만에 퇴원 후, 간병 도우미랑 당신댁(109동)으로 가셨단다. 큰딸네(110동)가 바로 옆 동이니 여차하면 출동 가능하다. 암~ 딸이 있어야 혀…. 당신 팔순날에는 가족모임으로 강남 메리어트호텔에 다녀오셨단다. (잘 하셨어요)

원장님 떠나신 지 1년 8개월… 아직도 잊지 못하고 애통해 하시니…. 치매증세로 약을 잡수니 침이 많이 생겨 힘들고 말씀도 많이 어눌하시다.

"나두 얼른 ×었으면 좋겠어…."

"이그, 교회에 다니시면서…하느님이 부르셔야 가시지요."

시간 반 이런저런 이야기를 나누고 4시 반, 108동에 있는 작은 딸네로 돌아왔다.

6시, 마침 공연 회의에서 돌아오는 큰딸(종서 엄마), 부엌에서는 작은 딸 내외가 부산스레 저녁상을 준비한다. 지난번 홈캉스 때도 그랬지만 아주 이골이 났다. 언니 생일(8. 29)을 닦아서 챙겨주는 거다. 살림 솜씨 젬병에 요즘 3개의 뮤지컬 올리는 준비로 밥도 제대로 못 챙기니…(ㅉ). 〈사랑했어요〉, 〈다원영의 악의 기원〉(앵콜공연) 그리고 국군國軍 뮤지컬

이 한 개 더 있단다.

큰딸은 1969년생이니 올해 50세가 된다. 아니 어느 사이… 6시 좀 지나 金서방(종서 아빠)가 케이크를 들고 들어온다. 베지테리언 큰딸(작은딸, 큰사위도 똑같다)이다 보니 생선 위주로 상차림을 했단다.

새우튀김, 어묵, 달걀말이, 오징어무침, 북어구이, 야채 샐러드, 된장국 등등 아주 푸짐하다. 북어구이와 어묵무침은 黃서방 솜씨라는데 점점 솜씨가 늘어가네. 지난번 홈캉스 땐 계란말이도 맛있었는데…. 우리내외 2+큰딸네 3+ 작은딸네 4=9명 대식구.

두 개의 교자상에 둘러앉아 모처럼 하하호호 저녁 식사(세팅은 돈암브라더스 몫), 여럿이 먹으니 소식小食 李선생도 소주칵테일 곁들여 많다던 당신 분량을 다 잡쉈다.(고맙습니다)

식사 후 담소… 딸내미들 즈들 어렸을 적 이야기며 큰딸 태어날 때 이야기-예정일보다 한 달 늦었고, 또 병원에서 건너편 아기랑 바뀔 뻔한 이야기며 작은딸은 지난해 미국 연수차 갔을 때 애들과 디즈니랜드, 캐나다 여행담 등등 시간 가는 줄 모르겠다.

민성이가 캐나다 여행 중, 기념품 가게에서 실수로 컵을 떨어뜨려 깨뜨렸단다. 매니저에게 사정 이야기 하러 갔더니 "누가 깼냐?"고 물어 한국식으로 내(엄마)가 깼다고 할까? 뭐 그냥 변상해야지 등등 많이 갈등하다가 사실대로 '내 아들'이라 하니 몇 살이냐 묻더래 12살이라 했더니 OK! 괜찮다고 그냥 가도 된다 하여 놀란 이야기, LA 디즈니랜드 관람 시 인성이가 다리를 조금 다쳐 억지로 걸을 수도 있지만 휠체어를 타고 갔을 때 장애인들에 대한 배려, 관람 무조건 1순위! 긴 줄에 서있는 아무도 불평 안 하고 당연하게 생각하더래. 또 한 번은 다리 깁스를 한 후배 이야기, 리프트카를 타는데 아무래도 힘이 들어 너무 미안하기도 하고 포기할까 했는데 직원들이 달려들어 깁스를 풀기까지 하여 태워주더래. 근데 그 광경을 보고 있던 다른 관람객들이 탑승에 성공했다고 박수를 쳐주더라는군. 아, 이런 게 바로 선진국이로구나 하고 느꼈단다.

먹거리 이야기가 빠질 수 없지.

작은딸 왈 보통 사람들에게 "마지막으로 먹고 싶은 음식이 뭐냐?" 그러면 '1위가 삼겹살'이라나. 해서 인성에게 "오늘 죽는다면 먹고 싶은 음식이 뭐냐" 했더니 깜짝 놀라면서 "왜 오늘 죽어요?"(ㅋㅋㅋ) "응, 엄마가 만들어준 베이컨볶음밥"이라고 해서 아주 기뻤다고 유학 덕분에 옹골차게? 첨으로 진짜 엄마 노릇을 해본 거지 뭐.

작은딸은 아빠(李선생)가 만들어줬던 만능볶음밥… 냉장고 속 음식 다 넣고 심지어 마요네스, 땅콩버터까지…. 근데 자기는 거기 들어간 멸치볶음이 아주 싫었다나(ㅋㅋ). 내가 없을 때 만들어주었던 모양, 난 먹은 기억이 없거든.

큰딸에게 '건강에 문제가 없냐'고 묻는 李선생, 칼 힐티 선생 왈 "서양 문화가 발달한 것은 일요일에 쉬는 기독교 덕이었다."며 일주일에 한 번은 강제로라도 휴식을 하라고 이른다.

후식으로 케이크 먹고 생일축하 노래도 불렀다. 케이크도 생크림(金서방) 초코(작은딸) 등 두 개나….

金서방, 생일 초를 두 개만 받아와, 왜? 그랬더니 "생일 임자(마누라)가 스무 살"이라고 그랬단다(ㅎ). 그려 글게 재미나게 사시게나…. 물론 단체 기념사진도 찍었지. 효민네가 빠져서 좀 섭섭했지만 낮에 과천에서 만난 것으로 만족, 두 녀석이 장염기氣도 있어서 집으로 갔다.

이 모든 것을 어렌지해 준 작은 딸 넘 고맙다. "큰딸, 생일 축하혀~"

金서방, 黃서방 모두 모두 고맙네

'우리 딸들, 시집 잘 간 겨~'

2019.08.26 20:32

사전 의료 의향서

그동안 벼르던 '사전 의료 의향서'를 작성하기 위해 오늘 아침 10시 은평구청에 다녀왔다.

"오늘 사전 의료 의향서 만들러 가려는데요."

"나도 같이 가지~."

2016년 8월 8일, 경운회 월례모임에서 '웰다잉' 운동을 하시던 고광애(43회) 선배님이 주신 '사전 의료 의향서'를 소지하고 다녔다. 그 당시는 자녀 외 또 한 사람의 보증을 서야만 했거든. 근데 2018년부터 본인이 직접 사인하고 국가에서 보증하는 법으로 바뀌었단다.

3호선 녹번역 4번 출구로 나와서 도보 10분 거리에 은평구청 은평보건소에 가면 만들 수 있단다. 지난달 새 여권을 만들기 위해 다녀왔던 李선생이 앞장을 섰다.

4번 출구로 나가니 길 건너에는 대단지 새 아파트 공사가 마무리 단계에 있고 진행방향 오른쪽으로 은평소방서 → 400m 직진, 천주교 녹번성당 → 100m 지점에서 다시 우회전하니 전방에 아주 멋진 은평구청이 나온다. 아침나절 좀 시원해졌다지만 한참 걸었더니 땀이 나네.

10시 반, 보건소 1층 안내에 문의하니 5층 보건의료과로 올라가란다. 엘리베이터 우측 자그마한 방에 얌전하게 생긴 복지사 李○○(여) 씨가 홀로 앉아있다.

인사 나누고 '뭐가 필요하우?' 하니 주민증만 있으면 된다네. 의자를 당겨주며 "두 분이 가족이시니 같이 설명을 해드리겠다."고 한다. (같이 오길 잘했네.)

그림으로 보기(알기) 좋게 된 서류를 넘겨 가며 이런저런 설명을 자세하게 해준다. 사인을 마치고 완료 클릭하니 바로 유관기관 인터넷으로 가고 필요시에 내 주민등록번호를 치면 의향서가 바로 뜬다. 가족이 대신 주민증을 가지고 오는 경우도 있는데 절대 '본인'이 직접 와야 한단다.(주민증 지참해야 한다.) 여러 가지 연명조치(줄 끼우기, 약물치료, 인공호흡 등등 5~6가지)를 않겠지만 그래도 혹시 호스피스 병실 이용할 수도 있겠다 싶어 그 난에는 클릭! 그리고 중도에 마음이 변하면 작성을 취소할 수도 있단다. 하지만 변하면 안 되겠지….

상노인들(86, 74세)이니 친절하게도 복지사가 서류 작성에 도움을 주었고(아이패드 같은 화면) 사인만 직접 하였다. 컴맹 李선생은 사인할 때 좀 애를 먹었지 뭐. 자꾸만 화면에 손이 닿아서리…(ㅉ)

순서가 밀려 증명서(주민등록증 크기)는 두 달 후에나 받을 수 있단다. "잊어버리고 계시면 받으실 거예요."(인상도 좋고 친절하기도 하지)

11시 15분, 사무실로 가기 위해 다시 녹번역에 도착하니 벌써 Web 발신으로 의향서가 시스템(www.lst.go.kr)에 등록되었다고 하네. 아, 우리나라 좋은 나라!

모처럼 큰 숙제를 한 것 같다.

2019·08·30 22:14 | HIT : 116

100세까지 살면 곤란하겠지?

일본의 작가 시오노 나나미(鹽野七生, 1937~) 씨가 하였다는 말씀. 李선생 나이 또래(80대), 요즘도 글(장편)을 쓴다는 노익장이다. 그녀의 베스트셀러 『로마인』(1~7) 시리즈를 읽긴 했지만 나는 별 감흥은 못 받았다. 李선생도 그랬단다.

100세까지 살면 곤란하니 건강에 좋다는 모든 것 하지 않고(복약, 식생활, 운동 등) 그냥 지금까지 살아온 방식대로 살면 되겠다고…. 그리해도 100세까지 살 것 같단다. 매일 아침 일어나면 곧바로 책상에 앉아 책을 읽고 글을 쓴단다.

아들에게 '엄마가 한 20년(100세)은 더 살 것 같다.'고 하면 처음엔 기뻐하겠지만 얼마나 곤란해지겠냐고…. (그렇겠지)

영국 옥스퍼드대학 의사가 쓴 『건강마니아에게 발라줘야 하는 약』에 의하면 임종 가까운 그의 노모에게 연명 방식 대신 본인이 원하는 1일 한 끼=한 숟가락씩의 식사를 하게 하였는데 3개월 후 편안하게 세상을 떠났다고….

옛날 어른들이 일주일간 곡기를 끊으면 돌아간다고 하던 말씀이 생각난다. 李선생 장황하게? 이런 이야길 해 주더니만… 반공기도 못 되는(대여섯 숟가락) 밥을 또 남기시네.(나 참!)

'알았다구요. 이제 잔소리 안 하지요….'

미눙은 만삭 李선생은 미스코리아 몸무게이니…. 미눙은 한 숟가락 덜 먹고 李선생은 한 숟가락 더 잡숴야 하는데….

오늘 저녁, 老부부 우리의 밥상머리 대화였습다.

작은 친선

금계천 둑방길에 빠알간 상사화가 예쁘다. 태풍 17호 영향권이라지만 이곳 고모노는 그저 슬쩍 지나간다. 태풍 통로인 규슈(큰 피해), 남부 해안가 등지에는 강풍, 폭우주의보가 내려졌다.

11시 48발 전철로 [그린호텔] 히가에리에 다녀왔다. 지난 금요일에 갔다가 정휴일定休日이 목요일에서 금요일로 변경되었다고 하여 오늘 다시 간 거다.

23일 밤낮의 길이가 같다는 추분, 일본의 공휴일이다. (춘분도 공휴일) 21~23일까지의 '황금연휴' 기간이라 먼 데서 온 대형버스 온천객들로 입구 로비부터 복작복작. 원~ 점심이나 먹을 수 있을까.

1시 반 온천 후 식당으로 가니 드넓은 홀의 절반은 단체 손님으로 가득하고(가라오케까지) 나머지 식탁도 미처 치우지 못하고 바쁘게 돌아간다. 마침 서빙 중인 시모노상이 우릴 알아보고 반갑게 인사를 한다(곤니치와) 늘 먹는 '마(真)고 고로(心) 定食'(李선생), '우동 定食(미농, 진짜 맛있어)과 '비루 잇봉'.

음식을 차린 후 시모노상이 정확한 한국어로 "맛있게 잡수세요~."라고 한다. 늘 한국말을 써보려고 애를 써 내가 붙인 별명인 '안농하세요. 언니'였는데… 통성명 후에 더 정다워졌다. 집으로 돌아오면서 李선생 왈 "책한 권 갖다 줘야지."

아, 이런 게 작은 친선이지 뭐. 너무 바빠 오늘은 인텐상 안부를 묻지 못했다. 보통 일요일에는 200명 정도를 받는데 오늘은 300명이 넘었단다. 휴일이 하루 남아선지 계속 손님들이 몰려든다. 혹시 하여 집을 나올 때 작은 우산을 챙겼는데 돌아올 때는 비가 봄비처럼 내렸다. 지금은 그치고 바람만 좀 세게 분다.

우리가 일본(고모노)에 오가며 사귄 사람들

– [마루하] 식당의 아오키상과 직원들
– [重盛書店]의 다카토君 엄마
– [그린호텔] 인텐상 &시모노상
– [모미노기] 내외
– [기보소] 李선생의 전화 목소리를 알아듣는 여직원(통성명을 해야지)
　과 지배인 다찌상

가끔씩 픽업해주는 허리가 굽은 기사아저씨, 오늘도 종점에서 지나쳤
는데 무안해 할까 봐 인사를 못했다.

일본사람들이 우리나라 사람들보다 무안을 잘 탄다. 참, 여기에 [아오
키피자] 알바 여직원 추가다.

도착 첫날 피자를 시켜서 먹었는데 아주 맛이 있다고 李선생이 전화를
걸었단다. 처음엔 얼떨떨하여 잘 대꾸를 못하였는데 칭찬 전화인 걸 알고
는 "아리가도고자이마스"를 연발하더란다.

그렇지, 주문해 간 음식에 대한 타박이 대부분일 터인데…. '李상'이라
는 노인의 칭찬 전화를 받았으니 얼마나 놀랐겠어. 영수증에 '再來'라고
메모되어 있었다.

이런 작은 일들이 한일韓日간의 관계유지에 도움이 될라나…. 평민들
사이엔… 혐한嫌韓, 그런 거 없어.

잊지 말고 구라시나상에게 서울서 가져온 한과와 믹스커피를 부쳐줘야
겠다.

2019·09·22　20:42　|　HIT : 100

고모노에 왔슈 (제44차)

제44차 고모노행이다.

아침 기온이 제법 싸늘하다. 출발 전, 고집불통 李선생 얇은 점퍼를 받쳐 입으라고 하니 손사래까지 치며 싫단다. 뭐, 당신이 알아서 많이 껴입었다시면서….

6시 30분, 아침 식사는 늘 생각 없다길래 간단히 준비해서 가지고 가 공항에서 해결했기에 그리 준비했더니 글쎄 "아침 안 먹느냐?"라고 한다. 계란반숙 한 개, 복숭아 한 개, 비스킷 대여섯 쪽, 우유 한 잔 대령했다.

6시 40분 집을 나서서 구파발역에 도착하니 제법 싸늘한 게 한기가 느껴진다. "뭐 마후라 없을까? 목이 시려운데…." (장갑도 싫다 점퍼도 싫다시더니…) '그러게 마누라 말씀 잘 들으세요.'

〈과평모임〉 L장군이 늘 마누라 말씀에 토를 달지 말고 "三소=옳소! 좋소! 맞소"를 하면 가정의 평화가 온다고 하셨지 않나요(ㅎ). L장군은 유머가 매우 뛰어나서서 모두를 즐겁게 하셨지. 근데 벌써 돌아가신 지 2년이 된다.

그런 李선생에게 목수건과 장갑, 점퍼 그리고 뜨거운 커피를 대령한다 (참, 대단하다 미농!). 50여 년 살아온 습관(?) 정이겠지 뭐. 근데 늘 이렇듯 매번 출발할 때마다 이 미농 속을 썩인다. (기운 달려서 그러시는 줄 알지만… 나도 힘든다구요!)

7시 10분발 리무진을 타고 8시 30분 인천공항 도착. 셀프 발권기로 무사히 발권을 마쳤다. 뭐 한 번에 안 되고 도움을 받아 두 번만에 성공했어. 서툴러도 자꾸 하니 익숙해진다.

11시 10분 정시 출발하여 13시 10분 나고야 중부공항에 도착했다. 근데 제2터미널이라서 좀 걱정이 되었다. 아직도 계속 공사 중이고… 비행기

트랩도 간이식을 끌어다 대고 접이식 비닐? 통로를 지나 15분여를 걸어 입국장에 도착하니 20여 개의 부스 중 3개만 가동 그것도 내국인 2개, 외국인 1개다.

내년 '동경올림픽'에 대비하느라 바쁘게 작업 중인가 본데 제1터미널로 가야 뭔가 해결되겠다. 더구나 李선생 몽매에도 잊지 못하는 [마루하]의 새우정식을 먹으려면 어찌하든 방법을 찾아야 한다. 안내에게 물으니 도보로 15분 정도 가든지, 리무진버스를 타란다. 마침 날씨도 좋고 길도 알 겸 걷기로 하고 출발~(산사랑 실력 나오는 거지 뭐.)

아, 드디어 제1 터미널에 도착하니 그리던 고향 집에 온 거 같다. 2시, 4층 [마루하] 식당에 도착하여 새우정식과 生비루 잇봉을 주문했다. 李선생 왈 "못 먹을 뻔했는데 정말 다행이다."란다. (다 마누라 잘 둔 덕인 줄 아세요.) 아오이상은 수요일에는 휴무란다.

2시 30분발 욧카이치행 리무진을 타려면 서둘러야 한다. 다음 차는 4시 30분이다. 그야말로 번개같이 움직여 2시 25분 욧카이치행 리무진에 탑승했다.

이젠 요령이 생겨 티켓을 끊지 않고 교통카드로 해결하는 등등 간발의 차로 탑승을 하니 기분이 좋았다. 그런데 별일이 없으면 이야기가 안 되지….

미농, 서둘다가 식당에 핸폰 놓고 나왔는데 재빠른 여직원이 가지고 달려와 전달받았다(휴우~). 4시 욧카이치(四日市) 버스정류장에 도착, 4시 07분발 정다운 3량짜리 빨간 유노야마온센선을 타고나니 아, 이제 다 왔다.

4시 반 좀 지나 고모노역에 도착하니 해가 설핏하다. 이곳은 늘 그렇듯 고즈넉한 게 한가롭다. 몸이 불편한 시계방 아저씨가 상자를 털고 있다.

핫도리 회장댁 대문도 활짝 열려 있고 검정색 자가용이 주차되어 있다.

왔다리 갔다리 5년 반, 이렇게 아늑한 고모노는 이제 정겨운 제2의 고향이 되었다.

이 방 저 방 선풍기 챙겨 넣고 알라던 난로를 꺼내 놓고 달력도 갈고….

대청소 후 7시, 장보러 슈퍼 [잇치고칸]에도 다녀왔는데 속이 좀 불편한 거 같아 그냥 오뚜기라면을 끓여먹었다.

내일은 휴대요금 정산 겸 우체국에도 가야 하고 李선생 친구 L교수 부탁한 책도 알아볼 겸 [시게모리서점(重盛書店)]에도 가야 한다.

태풍도 살짝 비켜 가고 날씨도 아주 좋다. 잘 지내다 갈게.

2019·10·16 20:49 | HIT : 128

그 집

어제보다 3도쯤 기온이 오를 거라는 일기예보. 하지만 집 안은 20도 안팎이다.

1시 반, 오랜만에 금계천 뚝방길 걸어서 이온몰에 가자신다. (네~) 오후 햇살에 눈이 부시다. 지난 달 그 많던 상사화는 다 져버렸고, 벚나무도 잎을 다 떨궜다. 추수가 끝난 논이 있는가 하면 누런 벼이삭을 단 논도 있다. 이모작인가 했는데 李선생이 벼 베고 난 이삭이란다. 쭉정이란 말씀? 그런가 하면 아직도 파란 밭도 있다. (뭘 심은 걸까.)

엊그제 내린 비로 금계천은 콸콸 소리를 내며 흐른다. 은빛 갈대가 일렁이는 뚝방길, 걷는 사람은 우리 두 사람뿐…. 다리 건너 철길 옆 영인이가 좋아하는 집-이젠 넘 작아 보인다구 했지- 앞에는 토란이 한 줄(이제 확실히 알아), 그리고 빨간 백일홍들이 피어 있다.

이곳 사람들은 감을 관상목으로 보는지 여기저기 감나무 가지가 찢어질 듯 많은 감이 매달려 있다.

아, 저 집! 사람들이 돌아왔나 봐. 창문 덧문이 열려 있고 유리창 사이로 보이는 손을 까닥거리는 작은 고양이 모양 장식품. 마당의 파란색 비닐도 걷어치웠고 차고에는 하얀 삼륜차가 주차되어 있다. 뒤쪽 이층 테라스엔 빨래도 걸려 있고…. 먼 나들이에서 돌아왔나 보다. 멀리 사는 자손들 집에 다녀온 걸까. (아무튼 반갑습니다.)

점심은 [갓바스시]로 갈 줄 알았는데 입맛 없는 李선생 "어디 (없어진) [바미얀] 말고 중국집 없을까?"

이온 사거리에서 동쪽 방향으로 걸어가며 살펴보잔다. [うな忠](장어구이), [福壽園](불고기집–한 번 갔었는데 양이 너무 적어), [すき家](소고기덮밥집)… . 예서 더 가면 식사 후 산보하던 후쿠무라(福村)이다.

[수기야] 문을 밀고 들어가니 한국어 메뉴판도 있다(지난해인가 들렀던 적이 있다).

李선생 장어구이덮밥(790엔), 미농은 장어덮밥+된장국+짠지가 딸린 정식(890엔), 비루 잇봉. 다행히도 李선생이 오랜만에 맛있게 잡쉈다. (고맙습니다.)

2시 반이다. 당근, 길 건너 이온몰 [다이소]행이지 뭐. 병 오프너 5개, 온도계 1, 가리개 커튼 1, 화초용 영양제 2, 분갈이 부엽토 1을 담았다. 근데 사려던 석쇠(떡구이용)는 없어서 못 샀다. 여기에 李선생이 문구 2(가위, 스테이플러), 2020년도 일본 달력 2(글씨가 커야 한단다.) 추가요~.

귀갓길, 477국도로 올라가면 있는 [스기야마]에서 옥혜가 부탁한 약을 사야 한다. 약 이름은 핸폰 사진으로 받았으니 문제없다.

이제 슬슬 서울 갈 준비. 어느 사이 일주일 체류 중 절반이 지났다.

2019·10·20 17:17| HIT : 119

185

새 일왕 나루히토 즉위식

드디어 레이와(令和) 시대가 시작되었다.

22일 오전 11시, NHK TV로 비 내리는 東京 황거+궁전에서 시작된 국내외 귀빈(2천여 명)들의 도착 광경부터 1시에 거행된 새 일왕日王 나루히토(德仁) 즉위식 중계를 보았다.

남성 내빈들은 연미복, 우리나라 이낙연 총리도 연미복 차림으로 참석하였다고 한다. 여성들은 화복和服 혹은 양식 정장 차림, 외국인 중엔 자기 나라 고유 복장. 근데 Mrs. 아베의 양장 차림은 소매가 요란하고 스커트가 너무 짧은 게 좀 튀어보여 안 좋구먼.(미농 생각)

비가 내려 내빈들은 실내에서 영상으로 참여하였는데 끝날 즈음 비가 멎었어. 축하 퍼레이드도 다음 달 10일로 연기되었다는 등 온종일 특집방송으로 바쁘네. 사이사이 태풍20호 소식도 전하고….

1시 48분차로 [다다]에서 늦은 점심을 먹고 파라미타미술관에 갔다. 〈岡田문화재단 기증작품전〉 2019.10. 3~11.25일까지 열린다. 날짜를 11월 2일까지로 잘못 보고 서둘러 간 거다.

2층 전시실, 해외작가로 르누아르, 모네, 드가, 루오, 듀피, 미로의 작품이 전시되었고(진품), 특히 샤갈의 작품 〈枝〉(이번 전시회 포스터 그림) 꽃나무와 새가 어울린 푸른 바탕에 하얀 베일을 쓴 여인과 남자가 하늘로 날아오르는 환상적인 그림(진품)과 그의 판화작품 〈서커스〉가 38점이나 전시되어 놀라웠다.

미에현립縣立미술관 소장품도 함께 전시되어 근대 일본 작가들의 대작(40여 점)도 함께 선보였다. 일본화가들의 이름이 낯설다. 그래도 이런 작은 시골(인구 4만)에서 늘 품위 있는 전시회를 볼 수 있으니 흐뭇하다.

４시, 내일 귀국 준비도 해야 해서 서둘렀다. 근데 실수가 없으면 안 되지. 오바넨역전으로 가는데 '냉냉~' 차단기 소리가 들리지 뭐야. 성질 급한 미뇽, 무리하여 차도를 건너는데 '시간 넉넉한데 서둔다'고 또 李선생에게 혼이 났지 뭐. 상행선인데…이게 종점으로 갔다가 다시 돌아 나온다.

비는 비켜 갔지만 구름 한 점 없이 하늘은 푸르고 바람은 제법 선들하다. 이제 가을이 깊어가나보다. 다음 달에 오면 입동立冬과 소설小雪이 들어 있으니…. 이렇게 또 한 달이, 한 해가 가네

2019·10·23 20:19| HIT : 117

뚝방길 산책

어제는 바람이 좀 세차게 불었는데 오늘은 햇살이 매우 강하고 영상 18도 점심은 이온몰 [갓바스시]에 들렀다가 [다이소]에 다녀오잔다(그러지요).

낮잠 한숨 자고 오후 1시 반 집을 나서니 오후 햇살에 눈이 부시다. 천천히 금계천 뚝방길을 걸었다. 이번에도 긴 뚝방길을 다 걷도록 마주친 사람이 한 명도 없다. 우리의 인기척에 놀라 후루룩~ 날아오르는 왜가리 한 쌍, 그리고 감을 쪼아 먹던 시커먼 까마귀 한 쌍뿐. 가끔 3시쯤 되어야 개 훈련차 산보 나오는 아주머니들과 만나기도 했었지만….

길옆 추수 끝난 너른 밭을 고르고 있는 트랙터도 한 대 있다. 뭘 심으려는 게 아니고 내년을 위한 퇴비작업 중. 앞쪽에 매달린 하얀 플라스틱 상자 속에 퇴비를 넣어 뿌린다. 일할 사람이 없으니 품앗이로 하는 모양이다.

영인이네 작은집 마당엔 알록달록 들국화가 흐드러지게 피어 있는데 그 다음 집 고물상은 허접쓰레기를 말끔하니 정리하였다. (뭔가 새로 하려나?) '그집'은 사람들이 떠나지 않았고 채소밭에는 무와 배추가 튼실하니 자라고 있고 가지가 찢어질 듯한 감나무, 귤나무, 탱자나무…. (여기 사람들은 그저 관상목으로 키우는지, 따는 걸 못 봤다.)

2시 즈음 [갓바스시]에 들어갔는데 드넓은 홀에 열 명 안팎, 늦은 점심 먹으러 나온 노인 부부, 여친들 그리고 조무래기 중학생들이 있다. 이 달의 추천메뉴는 새우와 게다.

입맛 없는 '미스코리아' 李선생이 늘 먹던 치킨후라이(4조각)를 안 잡숫겠단다. 맥주 1병에 7접시 1,606엔.

2시 반, 나야 당근 [다이소]행이지 뭐. 집으로 가겠다던 李선생도 길을 건넌다. 이것저것 주워 담았는데 1,540엔, 아마도 최저 기록일 게다. 李선생의 문구류 몇 점 외 내가 사려던 품목이 없었거든.

어느 사이 해가 설핏한 477국도를 천천히 걸어 돌아왔다. 근데 다이소 쇼핑도 이젠 별로 신바람이 안 나네.

어제 오늘 낮잠. 오후가 되면 정신없이 잠이 쏟아지네. 뭘 했다고… 역시 나이는 못 속인다…. 게다가 李선생 12월 병원 예약 스케줄 조정(작은딸 이메일) 등등 이런저런 이유로 맘이 편치 않다.

22일이 소설小雪…

이 해도 어느덧 끝자락에 와 있네…

2019·11·21 17:00| HIT : 146

고모노에서 챙기는 소확행(3)

다시 고모노에 왔슈

어제 나고야 공항 날씨 때문에 새벽부터 온종일 인천공항에서 장장 9시간 노닐다가 결국 못 떠나고 서울 집으로 되돌아갔다가 하룻밤 자고 오늘 낮 12시 구파발 집을 나서 오후 3시 35분 비행기로 출발, 밤 9시 반 고모노 집에 들어왔다. (휴우~)

오후 2시, 10번 게이트 앞에서 어제 반품했던 '영양구리무' 반환받고 핸폰 충전하며 기다리는데 또 나고야행 연결 관계로 게이트 수속이 20분 지연된다는 멘트!! (뭐야?)

"엄마, 아예 연기하는 건 어때요?" 딸아이의 문자.

그래도 정시에 출발했어. (휴우~)

한 달 보름만인데 길은 왜 그리 낯설고 서투른지… 게다가 낮 3시 반 비행기라서 저녁 6시가 다 되어 통관하고 나오니 어둠이 깔리기 시작했지 뭐야. 해가 진 뒤에 내리긴 처음, 리무진은 욧카이치행 2시 반, 4시 반, 5시 40분 구아나행으로 끝이야.

고모노가 시골은 시골이지? 하루 3회 운행이라니…. 우리나라 좋은 나

191

라(ㅎ).

18시 14분발 기뿌행 특급을 탔다. 러시아워 시간대이지만 시발점이라서 붐비진 않는다. 출발 5분 전 탑승, 만석이라 트렁크에 기대서서 '나고야'까지 갔다.

다시 19시 16분발 '토바' 행(급행)으로 환승, 역시 시발점이라서 자리에 앉아 8시 즈음 욧카이치에 도착하니 李선생, [도쿠베](회전초밥집)에서 저녁을 먹고 들어갈까?" (네~.)

늘 가던 곳인데 한 살을 더 잡숴서? 그런가 길이 서툴다. 그래도 젊은(?) 미뇽 덕에 긴데스백화점 엘리베이터를 이용하여 [도쿠베]를 찾아갔다.

"전철, 내려 바로 평지로 나가는 게 아닌가?"

"아니래도요. 이쪽으로 오세요."

사케 & 된장국 곁들여 초밥 8접시 [갓바스시]보다 값이 좀 비싸지만 생선이 두껍고 맛이 있다. 아, 근데 오늘은 내가 좋아하는 고등어초밥이 없네. 아이패드 화면을 터치해서 주문을 한다. 한글 안내판도 나온다구…. 누가 혐한(嫌韓)이래?

8시 59분발 정다운 빨강색 3량짜리 '유노야마온센'선을 탔다. 이제 다 온 셈이다. 캄캄한 차창 밖으로 약하게 보슬비가 흩뿌리네. 우산은 트렁크 속에 들었는데…우산, 필요 없단다.

"목도리 하고 코트 깃을 올리세요."

李선생 잔소리한다고 싫어하지만 감기 들까 걱정이다.

밤 9시 20분 고즈넉한 고모노역. 보슬비는 그쳤고 보도가 좀 젖었을 뿐이네. 2층 아줌마는 예쁜 팬지 화분을 내놓았고 다코야키집, 시계방은 셔터를 내렸고, 핫도리 회장댁 외등이 켜있고 검은색 자가용이 주차되어 있는 걸 보니 별고 없나보다. 모퉁이를 돌아 길을 건너면 우리 집 '삐아네

즈 만션' 밤늦은 시간인데 불 꺼진 집이 많네. 빈 집이 많다는 이야긴
가….

9시 반 (한 달 보름 만에 돌아왔으니) 대청소하고 슈퍼에도 다녀왔다.
11시가 다 되어 커피랑 간식을 먹으며 李선생 "이틀 소동 끝에 왔지만 오
길 잘했네~." (네)

정말 이렇게 오길 잘했다.

우선 李선생이 삼시세때를 다 챙겨 잡쉈다. (고맙습니다)

어머나! 12시가 지났잖어. 잘 지내다 갈게.

2020·01·09 23:47 | HIT : 127

큰딸 희준의 중대 결심을 응원한다

놀라진 말아, 미농의 중대 결심은 아니니까…. (ㅎ)

설날(1월 25일) 오후 늦게 온 딸네 식구들. 큰딸은 설에 차례를 모시니
당근 늦었고, 작은딸은 전 날 분당 시어머님댁에서 일박하고 올라오니 늦
었고, 조카들 보고 싶어 온 내 친정동생이랑 저녁을 먹었지. 효민네는 어
제 오후에 다녀갔어.

지난 12. 23~1. 8일까지 뉴욕 여행을 다녀온 큰딸네 식구는 늦은 세배
를 했다.

해마다 재충전을 위해 겨울 방학이면 뉴욕행을 하는데 이번에는 열한
개의 뮤지컬을 보았단다. 종서가 아주 신바람이 났겠지….

말수 적은 金서방이 금년 계획에 대해 "특별히 말씀드릴 것은 李희준
(서강대 미디어지식융합학부 교수) 선생이 학교를 그만 두고 글쓰기에만
전념하기로 하였습니다. (뭐라구?) 조금 힘들겠지만 두 사람 열심히 하면

193

그동안 쌓아놓은 것(로얄티)들로 잘해 나갈 수 있을 것 같습니다."

교수로 11년 일하였고(아니 벌써?) 나름의 보람도 있었지만 근자에는 학교의 여러 가지 업무 등으로 건강에 문제가 생겨 사직하기로 하였단다. 10년이 넘어 연금도 쪼금 받을 수 있다고….

학교에선 적극 만류하지만 안 되면 일 년만이라도 유예해 달라 했다지만 흔들리지 않고 실행하기로 했단다. 경청하던 李선생 왈 "그럼~ 건강이 최우선이지, 잘했네!" (난 나무라면 어쩌나 걱정했거든!)

일본통인 李선생, 일본의 유명작가 나스메 소세키(夏目漱石 1867~1916)가 글쓰기에 전념 위해 아시히신문의 전속으로 갈 때 10년간 월급을 보장해 줄 수 있느냐고 물었다는 일화며, 유명작가이며 수학자인 후지와라 마사히코(藤原正彦, 1943~)의 아버지(닛따지로)와 어머니(데)의 일화 ─ 기상대장氣象臺長이었던 그의 아버지가 이직 후에 글쓰기를 주저할 때 어머니가 거의 호통을 치다시피 격려를 하였다고 한다.

후지와라의 어머니는 2차 대전 패전 후 만주에서 젖먹이와 3, 5세 꼬맹이를 등에 업고 걸어서 한반도를 지나 일본까지 건너간 일을 쓴 『내가 넘은 38선』이 베스트셀러가 되었다. 그때 3세 꼬마가 바로 작가 겸 수학자, 현재 『文藝春秋』의 권두언을 쓰는 밀리언셀러 작가 후지와라란다. 아버지와 어머니, 아들 후지와라, 3대代가 작가이라면서 딸부부를 격려한다.

어제저녁, 李선생이 딸에게 보낸 이메일,

希濬에게

작품 작업장으로 내 사무실을 써도 괜찮다. 별로 사람들 왕래가 없어 조용하고, 한쪽 코너를 가려 Privacy룸처럼 써도 좋겠지.

어차피 토요, 일요 8일 그리고 일본에 가 있는 8일만 쳐도 한 달에 반은 공실空室이구나. 빌딩 출입은 새벽부터 밤늦게까지 써도 좋다. ─父書

생각해보니 우리 딸이 꽤나 용감한 거야. 그애는 영문과英文科를 원했지만 약대藥大를 졸업하고 연극이 하고 싶어 '한국예술종합학교/ 연극원'에 가더니 배우가 적성이 아닌 듯싶다고 글쓰기(뮤지컬/NYU MFA)로 바꿔 작품 활동 열심히 하더니 큰 상賞도 타고 한 십년 제자들 길러냈는데 다시 본업인 글쓰기로 돌아갔네.

나야 그저 기도하는 마음뿐이지 뭐. '그래 네가 하고 싶은 걸 해야지 어느 사이 너도 50(1969년생)이 넘었으니 부지런히 쓴다 해도 10여 년⋯. 잘 생각했다.' 딸의 '중대 결심'에 적극적인 지지를 보내며⋯.

2020·01·28 09:00| HIT : 88

마루가메(丸龜) 우동집에 가다

다시 고모노에 왔어.

어제는 하루종일 봄비가 내렸는데 오늘은 흐리고 바람 불고 해가 나왔다 들어갔다가 변덕이네. 지금은 저녁놀에 예쁜 구름이 떴구면.

이곳에서 스케줄은 늘 李선생 몫이다. 아침에 미에(三重)은행에 들려 8, 12월 공가空家분 반송 체크하고 (8, 12월은 반달치만 내거든) [重盛서점]에 들려 부탁한 책들 찾아오니 한나절. 1시 반, [갓바스시]에 점심을 먹으러 나섰다.

모처럼만에 뚝방길 걸어서 간다. 걷는 사람은 우리 내외뿐. 금계천은 어제 내린 비로는 수량이 그리 많지 않은가보다. 철길 건너자마자 보이는 너른 (논)밭에는 웃자란 보리가 파랗다. 풀섶에는 손톱보다 작은 보라색 풀꽃(경수니가 가르쳐 주었었는데 이름을 잊어버렸어)이 피어 있고 중간 지점 작은 묘지, 부지런한 자손들 발걸음한 묘지가 몇 군데 있네. (다 부질없는 일이지…)

오른쪽 길게 늘어선 벚나무들, 기온만 올라가면 곧 필 듯한 봉오리, 유감스럽게도 이곳 벚꽃은 늘 우리가 서울 있는 동안 만개하곤 해서 한 번도 꽃을 못 보았다.

금계교 건너기 전 삼거리 오른쪽 단층집. 주인이 떠났는지 양철 담장이 거의 뜯겨 나갔네(지난달에는 한 장만 없었는데…). 창문 너머로 부엌살림살이는 보이는데 아, 가스연결줄이 늘어졌고 가스통이 안 보이네. 무슨 사연으로 떠났을까…(별게 다 궁금해). 이렇게 폐가들이 늘어난다. 우리 집 입구 코너 2층집도 그동안 달려있던 4식구 문패가 떼어진 걸 보면 영 안 돌아올 모양.

다리 건너 영인이가 찜한 작은집, 마당엔 뭘 심으려는지 가지런히 정리되어 있고 '그 집' 앞 창가엔 홍매화가 흐드러지고 모퉁이 정원에는 바람개비와 황매화가 C자로 휘어져 피어 있네. 안 떠나고 살고 있는 모양.

바로 길 건너엔 노란 수선화가 한 무리 그득 피어 있어 한참을 들여다보았네.

이러구러 우리 동네 번화가? 이온몰 사거리. 직진을 해야 [갓바]인데 길을 건너시네(오잉). 왼쪽 코너 [마루가메] 우동집에 가자신다. 원래 우동을 안 좋아하여 언제나 패스하던 곳이다.

『문예춘추文藝春秋』 3월호에서 '일본麵으로 세계를 제패하다'란 기사를 보셨단다. 그럼 그렇지! 책에서 읽어야 신뢰하는 李선생! (못 말린다.)

입구에 들어서니 하얀 가운차림 아주머니 5~6명이 부지런히 움직인다. 주말 같을 때는 늘 긴 줄이 늘어선다.

100여 평 정갈한 좌석(주차장도 100여 평), 동그란 의자에 앉아 '후루룩' 먹고 나가는 곳인가보다. 한국에서 왔고 『문예춘추』에서 읽었다고 하니 좋아한다. 추천받은 메뉴로 李선생은 가께우동(300엔), 미농은 카레

우동(490엔), 야채튀김&새우튀김 각 1개씩(140+160)을 주문했다. 쟁반을 밀고 ㄱ자 계산대에 가니 1,090엔? 너무 싸서 두 번이나 물었다.

자기 회사제품 밀가루만을 써서 반죽한 국수를 현장에서 직접 빼어 우동국수(讚岐/ 사누끼)를 만든다. 세계적이라는 국수발은 정말 부드럽고 매끄러운데 내 입맛엔 아주 짜네. 李선생, 국물을 2~3번 더 잡숫는 걸 보니 괜찮으신 모양. (근데 다시 가고 싶지는 않다고, 당신 입맛은 아니란다 나두요~.)

시코구(四國) [마루가메](丸龜)는 2000년 십여 명 직원으로 창업한 국수집, 국내 800개, 국외 13개국에 240개 체인점, 2025년까지 6,000개를 목표하고 있다네. 국외점 No.1은 하와이에서 시작하였지만, 중국, 러시아에선 고전, 결국 실패하였지만 인도네시아에서 대박 나서 퍼져나가기 시작하였다고 한다. 560엔 기준값, 토핑을 잘해서 인기가 많다고….

또 하나는 규슈(九州)의 [一風堂](1985)이란 라면집, 2008년 뉴욕에 라면 붐을 일으켰고 국내+15개국에 300개 체인점이 있고 2025년까지 600개가 목표란다. 1000엔 기준값. 아마도 2020 '동경올림픽'을 위해 『문예춘추』에서 선전하는 기사 아닐까.(미농 생각)

2020·02·17 17:18| HIT : 111

구라시나(倉科) 기자의 방문

12시 반, 욧카이치 [도가라시]로 점심 먹으러 가려는데 구라시나 기자의 전화를 받았다. 어제 보낸 내 이메일을 열었나 보다.

이사도 잘 끝나고 사무실 정리도 되어 오늘 저녁 7시 즈음 고모노집에 오겠단다.(다이죠부)

지난 2월 1일 '中部경제신문' 욧카이치(四日市) 지국장(次長)으로 전임되어 욧카이치로 이사한 것이다. 그는 그동안 나고야 본사에 근무했었다.

정확히 7시 05분 '딩동'

지난해 고故 金원장 1주기 모임에서 만났으니 어느 사이 일 년이 지났네. '이거 선물입니다' 일본주日本酒 한 병을 내민다.

저녁 식사를 같이 하자고 하니 "모 저녁 안 먹어요." 한국어로 '안 먹었어요.'를 그렇게 말한 것(ㅎ). 가져온 일본주 곁들여 미역국에 밑반찬이랑 챙겨주니 정말 맛있게 잘 먹는다. 아직 미혼, 밥이나 챙겨 먹고 다니는지….

방 2개짜리 맨션, 한 개는 침실, 한 개는 사무실로 사용하며 재택근무를 한단다. 오랜만에 李선생과 신문사 일이며 아베 총리 정국 등 세상 돌아가는 이야기를 나누고 내게도 서툴지만 (피차, 난 일본말) 한국말로 이런저런 이야기를 한다.

참, 〈파라사이트(기생충)〉도 보았는데 아주 재미있었다며 "어! 그 박사장님 집은 굉장히 좋은데 모 성북동이에요? 혜화동이에요?"(오잉) 충남대 교환학생으로 1년간 왔었고 친구들도 많아 서울 지리에는 빠삭하다. 미농과는 한글로 이메일도 한다.

구라시나 기자가 8시 55분발 차를 타기 위해 일어섰다.

그간 밀렸던 휴대요금 11,845엔도 챙겨주고(우리 일본 휴대폰도 구라시나 기자가 챙겨준 것이다) 앞으로 자주 와서 식사도 하고 이야기도 하자니 얼굴에 웃음꽃이 활짝~. 욧카이치-고모노는 전철로 여덟 정거장이니 가까워서 오가기도 좋다.

李선생은 핫도리 회장(파산), 가와니시 교수(별세) 등 일본에서의 믿을 만한 知人들이 자꾸 사라져 심란한데 구라시나 기자가 가까이 오게 되어 마음이 너누룩하단다.

'모 운명이에요'라고 하지만 우리가 고모노에 자리를 잡은 것은 순전히 구라시나 기자의 주선이었다. 2014년 당시 남부 미에현 쓰(津) 지국장이었고 욧카이치(四日市) 등지에 지인들이 많았기 때문 李선생은 당신이 꿈에 그리던 무릉도원(유토피아)이라고 할 정도.

다음 달이면 우리가 고모노를 오간 세월이 어느 사이 만 6년, 48차를 오갔다. 앞으로 얼마나 더 올 수 있을는지….

진심으로 "아리가도고사이마스 구라시나 사마(様)" (ㅎ)

돌아가기 전 '고모노 통신'용 사진도 한 장 찍었다. (ㅎ)

2020·02·19 21:40| HIT : 102

코로나 난리 속 일상

친구들 코로나19 난리 속에 모두들 안녕하신지…. 미농은 그냥 일상대로 움직이고 있어. 오늘 화초에 물도 줘야 하고 금요일 '논어교실' 뒤처리도 해야 해서 마스크 쓰고(혜자 충고 따라) 지하철 타고 사무실에 나왔어.

2주 전까지도 답답해서 안 하고 다녔거든 근데 무슨 병균 보듯이 하더라구.

일요일인 어제는 李선생 〈과평모임〉이 있었어.

아침 8시 15분 집을 나서 25분발 오금행 전철을 탔어. 반포에서보다 1시간 일찍 나서야 하거든. 개찰 후 계단을 내려가니 마침 전철 문이 열려 있길래 성질 급한 미농은 바로 탔지 뭐. 李선생도 뒤따라 탔겠거니 하고… 충무로역 내리며 보니 李선생 안 보이는 거라, 어? 당연히 다른 칸에 탔더라도 내려야 하는데…(ㅉ).

아, 역을 그대로 지나치셨나? 그러길래 내리기 전 반드시 확인하고 내려야 하는데…. 피차 간혹 졸기라도 하면 깨우기도 하고…. 안산(오이도)행으로 환승하려면 계단을 올라가 2-1에서 탄다. 여기도 안 계시네…(ㅉ).

2개의 열차를 보내고 기다리며 작은딸에게 문자,

"과천 가는 길 충무로역에서 아빠를 잃어버렸어. 과천 가면 만나겠지?"

"그렇겠죠."

9시 50분 대공원역 도착, 혹시나 하여 계단 입구에서 기다렸다. 글쎄 李선생 천천히 계단을 올라오고 있는 거야(휴~ 다행). 항상 난 엘리베이터, 李선생은 계단을 걸어 다니거든.

"다음 차를 타셨나 봐요."(반갑기도 하고 약도 올랐지만)

"아니, 같이 나왔으면 뒷사람도 챙겨감서 타야지."

'(또 잘못했네요) 미안함.'

요즘은 길눈도 귀도 어둡고 혹시라도 길이 엇갈리면 방정맞은 생각이 먼저 든다. 게다가 李선생은 핸폰도 없는 양반이니…(ㅉ). 아직 치매는 아니지만 88, 76은 적은 나이가 아니지.

매주 일요일 〈과평모임〉 6쌍+1=13명이 참석했었는데 지지난 주부터 모두 결석이고, 우리 내외랑 H회장 내외분(부인, 41회 선배님)만 참석한다. 벌써 3주째 못 만나는 행님들께 안부 문자를 드렸더니 K회장, 내일 삼성병원에 입원 예정이시라네 (별일 아니면 좋겠는데…)

소식을 들은 李선생 "뭐 어쩌것어. 90이 낼모레인데…." 미농은 사람들이 알맞게 드문 대공원 호수를 한 바퀴 돈다.

다리가 불편한 선배님은 호수 다리 못 미쳐 천사 날개(사진 찍기용 그림) 벤치에서 사람 구경? 하다가 돌아오신다. 일주일 내 '방콕'을 하시니 걷기 힘들어도 일요일에는 출동을 하시는 거지. 두 남학생은 늘 하던 대로 대공원을 한 바퀴 돌아 11시 반 출발장소로 돌아온다.

두 집만 모이니 그냥 돌아가면서 점심을 낸다. 어제는 [한성]에서 막걸리 곁들여 수육이랑 부대찌개를 먹었다(H회장 보시). 식당 입구에서 주차 안내하는 직원이 마스크를 쓰라네. 나라에서 내린 지침이란다.… 원 마스크 쓰고 어찌 먹누?

암튼 빨리 이 난리가 끝나야 할 텐데….

요즘 영화 보기는 〈유튜브〉로 흘러간 名畵 보기^^*

그동안 한 열댓 편쯤 봤나봐. 어제는 〈카라마조프家의 형제들〉을 보았는데 율 브린너 & 마리아 셸이 그냥 그렇고, 〈슬픔은 그대 가슴에〉의 어린 산드라 디가 이쁘더군.

친구들, 언제 어디에 있든지 몸조심하기요.

2020·03·09 13:20 | HIT : 131

인사동 & 대학로 봄나들이

작은사위 黃서방 전시회는 엊그제(오프닝)도 다녀왔지만, 오늘은 용란이가 오겠다 해서 다시 출동했다.

내일 오전엔 작은딸네 식구가 간다니 한 번 더 갈 생각이다. 못 말리는 장모의 사위 사랑(?)

1시, 바람 부는 인사동 입구 빨간색이 눈에 띄는 이쁜 갤러리 '가이아'

용란이는 코로나 사태 이후 첫 외출이란다. 마침 전시장에 나와 있던 黃서방을 만나 설명을 들으며 관람을 했다. 컴퓨터 그래픽으로 작품을 만든다는데 영~ 우리가 생각하는 세상이 아니다. 작지만 깔끔하고 단아 & 매력적이다. 다음번 전시에도 재활용할 수 있도록 작품 받침대도 직접 제작한 거라는데 역시 우리 黃서방답다.

충남대학교 학술연구비 지원으로 하는 결과물 전시회라서 연기하지 못하고 전시하게 되었고 李숙진(남) 서울대학교 교수와 2인전이다.

李교수는 黃서방의 서울대 10년 후배님이고 10여 년째 같은 공방을 쓰는 사이다. 黃서방은 흙으로 빚은 도예작품이고 李교수는 역시 컴퓨터 그래픽으로 0.1mm의 실타래 같은 색색의 플라스틱으로 제작한 작품이라는데 아주 정교하고 실용적이어서 쓰임새가 많을 것 같다.

오랜만에 외출한 용란이와 '泗川 이모집'에서 생선구이 정식을 먹고 골목 안 경수니의 단골 '흐린 세상 건너기'라는 고풍스러운 茶집에서 대추차도 마셨다.

"아이구 고독사할 뻔했어요."

요즘 하도 손님들 발길이 끊겼다면서 반가워하는 마담 말씀.

3시 용란이는 귀가하고 미농은 이어 미국서 온 여동생과 4시 대학로에서 공연 중인 큰딸 & 사위의 뮤지컬 〈알렉산더〉를 보러 갔다.

마스크는 필수! 매표 후 병원에 가듯 문진표를 작성하고 다시 체온 측정하고 확인 도장 받고….

150석? 소극장에 마스크를 쓴 젊은 관객들이 3분의 2쯤 찼다. 아무리 '코로나, 코로나!' 그래도 막을 수가 없나보다. 사실은 내일 낮 공연을 보려했더니 매진이라고… 감사할 뿐. 코로나만 아니라면 연일 만석일 텐데…(미농 생각!).

경주마 조련사 빌과 대니, 그리고 경주마 알렉산더 & 염소 고트 이야기다. 단 두 명의 배우(손지애와 김이후)가 4명의 역을 하는데 연기는 물론이고 노래도 잘하고 춤도 잘 추고…. 극본도 감동이고 연출도 쌈박하다….

뮤지컬 〈알렉산더〉 강추여~!

아, 오늘 봄나들이 한 번 잘 했네^^*

친정아버지의 시계

입원하기 전 이것저것 뒤적이다 돌아가신 친정아버지가 차시던 오래된 시계를 꺼내 하염없이 들여다보았다.

아버지 돌아가신 지 어느덧 30여 년… 지난 6월 5일이 31주기였다. 동생이 성당에서 연미사를 드렸다는데, 난 퇴원하는 날이어서 참석하지 못했다. 내가 아버지를 많이 닮았다는 소리를 들었는데. 지금은 몸이 많이 나서 울 엄마랑 어쩜 그리 비슷해졌는지…. (닮았다면 싫었어.)

거울을 볼 때마다 깜짝깜짝 놀란다. 하긴 어린 종서도 "할머니는 반포 노할머니랑 똑같애."라고 했지.

아버지의 시계는 돌아가신 후 정리하는데 아무도 가져가겠다고 하지 않아서 내가 보관하게 되었다. 금장 'RADO', 앞면 유리는 세월에 많이 깎이고 흠이 나 잘 보이지도 않고 줄도 많이 낡아 사무실 지하 시계방에 맡겨 말끔하니 멕끼(도금)를 하였다.

그런데 나중에 누가 그러더라구. 유품은 낡은 그대로 보관해야지 그렇게 멕끼를 하는 게 아니라구…. 어쩌것어. 무식한 딸내미인 걸. 걍 반짝반짝 노랑색으로 도금을 해버렸지. 그리곤 서랍 속에 넣고 잊어버렸지 뭐.

요즘 아프고 나니 괜히 센티멘탈해졌는지 아버지의 시계를 보니 갑자기 아버지 생각이 나는 거야.

우리 아버지는 180Cm 키에 (록샥쿠란 별명) 하얀 피부 미남이셨어. K高 37회, 서울법전法專(서울대 법대 전신) 졸업 후에 일본 구주대九州大로 유학하려다가 올엄마랑 결혼을 하셨단다. 슬하에 2남 4녀를 두셨고 아주 자상하셨지. 엄마보다 더 여성스런(여린) 성격이라 무슨 일이 생기면 늘 엄마가 앞장서기를 바라셨어. (팔방미인 울 엄마는 여고시절 배구선수, 노래와 영어 빼놓고….)

'난 이담에 시집가면 엄마처럼 절대로 그러지 않을 거다.'라고 다짐을 했었지. 엄마랑 동갑내기셨는데 엄마는 또 얼마나 힘이 들었겠어? 그냥 여자로, 아내로 보호받고 싶고 그러셨을 텐데….

아버지께서는 6·25전쟁통에 아버지(나의 할아버지)는 납북당하시고 어머니와 고1, 고3인 두 남동생(나의 삼촌들), 우리 식구 다섯, 졸지에 여덟 식구의 가장으로서 얼마나 힘이 드셨겠어….

나의 아버지는 성격상 남에게 모진 소리 못하고 퇴근하면 남들과 어울리기보다는 (그럴 시절도 아니었지만) 집에 일찍 오셔서 음식솜씨 좋은 엄마의 저녁을 잡수시며 이런저런 이야기…. 식사 때마다 꼭 반주를 곁들이셔서 엄마에게 잔소리를 듣기도…. 고달픈 마음을 반주로 달래신 거 같은데 그 탓인지 내가 고1 때 결국 위절제수술을 받으셨지. 책읽기(독서

광), 영화 보기, 사진 찍기, 여행, 음악(클래식) 좋아하셨고 만66세 정년까지 일하시고 그 이듬해 89년에 돌아가셨다. (1923~1989)

맏딸인 내가 결혼한 후 매주 토요일이면 꼭 들르셔서 "뭐 내가 도와줄 건 없니?"라고 하셨지….

우리 애들이 아프기라도 하면 아침 출근길에 들러서 병원에 데려다 주시고 손주들 유치원부터 모든 학교 행사는 빠짐없이 챙기셨고… 큰손녀 고교 졸업식까지 챙기셨다. 아, 아버지….

다시 꺼내어 보니 태엽을 감는 시계 같아 시계방에 가져가서 거금 5만 원을 주고 분해 창소를 했다. 완전 오토매틱(워터프루프)이라 차고 다니면 그냥 돌아간단다.

'RADO' 이름도 생소해 네이버 검색하니 스위스 명품이라네. 다비드의 별이 있는 앞면은 긁힌 상처가 나 있지만 긴 초침에 요일(TUE), 날짜(10)도 나온다. 요즘 금장金裝시계가 유행이라니 엔틱 기분으로 차보려고 한다. (아이구 멕끼를 안 했어야 하는 건데….)

"아버지, 제가 앞으로 아버지 시계를 차고 다닐 거예요. 아버지, 엄마랑 잘 지내고 계시지요? 요즘 전 세계가 '코로나' 때문에 아주 난리인데 지금 안 계셔서 다행이에요. 어느 사이 제가 아버지 돌아가실 때 나이보다 더 오래 살았네요. 내년이 희수喜壽랍니다."

빗길 산보

8시 반 산책길에 나섰다. 이제 점점 출발시간이 빨라진다. 다행이다. 근력이 좀 붙었다는 말씀. 한번 발동이 걸리면 비가 오든 눈이 오든 한결

같이 밀어붙인다.

오후에 장맛비가 올 거라지만 아직은 가는 비가 내리고 있어 걸을 만하다. 호수공원 초입 비탈길에 들어서면 노래(엔카=戀歌)를 시작한다. 기분도 좋고 목청에도 좋고 일석이조란다. (암요).

'새버들잎다리' 초입에서 보라색 들국화를 발견하고 얼마나 좋아하는지… 이렇게 꽃을 들여다보고 사진 찍으며 천천히 한 바퀴를 돌아오면 왕복 한 시간. 딱 좋은 코스다.

이제는 마스크를 썼어도 산보길에서 알아보고 인사를 건네는 젊은 사람들을 만난다. 그렇겠지. 노래하는 노부부!(ㅎ)

좀 이른 시간이라 놀이방 가는 꼬맹이를 못 만나 좀 섭섭하다.

"나 다섯 살이거든. 이리 와봐. 저기 보이지?"라며 붙임성 있는 꼬맹이가 李선생에게 말을 걸고 자기가 '언니'라며 자랑을 한다. 이쁜 얼굴에 초롱초롱한 눈망울. 다 좋은데 말본새가 좀…(ㅉ).

누구랑 같이 가느냐 물으며 "할머니?" 하니 "아니. 치과에 갔어. 고모야."

아이들 가방을 둘러멘 안경 쓴 고모는 아이들을 채근 않고 꽃이며 오리며 거미 등을 들여다보게 한다. 그들 모습에 어릴 적 첫손자 종서가 생각났다. 역시 첫정이라서….

천천히 걸었는데도 어느 사이 반환점인 윗 연못에 도착했네. 아, 웬 횡재! 털을 고르고 있는 왜가리 한 마리와 오리 네 마리 그리고 아기들을 족히 30여 마리 대동한 황금색 잉어떼 한 무리…. 인기척이 나면 먹을 것이 생기는 줄 알고 모여든다.

연못 옆 詩碑 〈산유화〉를 큰 소리로 두 번 읊고 연못 위 다리를 건너 벤치로 간다. 완공 전에는 되돌아 연못 아래 돌다리를 건너서 갔지. 벤치 옆 작은 (인공)폭포 아래 작은 연못 속 개구리도 체크하고….

오늘은 하나, 둘, 셋…열 마리나 있네. 돌 아래로 물속을 빼꼼히 내려다보니 작은 올챙이들은 분주하게 헤엄친다. 근데 이 개구리가 청개구리냐 아니냐로 李선생과 토론. 고모노에서 밤이면 시끄럽게 울던 개구리, 논두렁의 개구리란다.

"개굴 개굴 개구리 노래를 한다. 아들 손자 며느리 다 모여서~"

청개구리는 아닌 것 같다. 등이 시커멓고 배 아래쪽으로 주황색 줄이 보이거든.

누워서 신문을 읽던 노인이 안 보이네. 장마라 그런가? 어디가 아픈가? 체조를 열심히 하는 경상도 내외도 아직이네.(이 내외는 내려가는 길에서 만났어.)

10분 정도 앉아 호수를 내려다보고 꼭 인증사진을 한 장 찍지. 자동샷 2초로 맞추고 '촬영' 하고 말하면 찍히거든. 근데 한번은 내가 외치는 '촬영' 소리에 깜짝 놀라 체조하던 얌전해 보이는 노인네가 얼른 내려가는 거야. 사진 찍는데 방해가 되었다고 생각했나 봐. 어찌나 미안하던지….

참, 〈산유화〉 시비 뒤쪽에 피어 있는 서너 송이 원추리꽃 발견! 6·25 부산 피난 시절 좁아터진 하숙방을 나와서 오르던 구덕산 자락에 흐드러지게 피어 있어서 마음의 위로를 받았단다. 원추리를 보면 그때가 떠올라 마음이 애련하다고….

사진과 함께 '60년 전 부산 구덕산 원추리를 생각하며' 토를 달아 애들에게 보냈더니 "원추리가 어딘데요?"(흐이구). 원추리꽃, 보라색 들국화, 왜가리, 백로, 잉어, 개구리…. 오늘도 행복한 산보길, 뉴타운 떠나기 힘들 것 같아.

2020-07-27 18:27:10

산책길에서 만나는 사람들

장마 동안엔 더운 줄 몰랐는데 기온이 30도가 넘는 염천이다. 긴 장마 끝이라선지 습도도 높아서 무덥네. 오늘은 조금 일찍 나섰지.

포대기에 손자를 업고 한 손에는 손녀 손목을 잡고 나온 할머니. 손주들과 오리 구경 차 나오신 모양. 천으로 누빈 포대기가 얼마나 정다운지…. 우리가 애들 키울 때는 그렇게 포대기를 둘러 등에 업었었지….

요즘은 뭐 아기도 앞을 봐야 한다나, 앞쪽으로 앉혀 안고 다니는 걸 보면 공연히 조마조마하다. 저러다 발이라도 헛디뎌 넘어지면 아기가 먼저 다칠 거 아냐.

나이 탓인지 스스럼없이 말도 잘 건넨다.

"아이구, 이 포대기 정말 오랜만이네요."

"네, 어제도 인사를 받았어요."

나도 아직 이 처네 포대기를 간직하고 있다. 효민, 한선이도 업어 주었었지…. 회색누빔(안팎 겸용) 앞쪽에 작은 주머니도 달려 있고… 길이도 짧은 것이다. 글쎄, 이걸 잘 뒀다가 이담에 종서나 한선이가 장가 가면 물려줄까? (꿈도 야무져…)

'새버들잎다리' 지나 '만남의 다리'도 지나 '사비나미술관'이 보이는 중간 지점. 아, 맞다 그 모녀야! 우리 돌아가는 길목에서 앞서 가며 휠체어를 근심스런 얼굴로 밀고 가던 바로 그 모녀. 오늘은 보행기에 갈색 푸들 견犬을 앉히고 뭔가 다정스런 말(꽃이야기)을 하며 멈춰서 있네. 또 말을 건넸지 뭐, 李선생은 저 멀리 〈귀천〉을 읊으러 앞서 갔고….

"아 많이 좋아지셨네."

"네. 엄마가 안 나오려고 해서 억지로 운동차 나왔어요. 엄마가 우울증 비슷하니 집에만 있으려고 하셔서…."

"내가 뒤에 텃밭이 있어 그것도 돌보고 그러는데… 딸이 맨날 성화를 해요."

"따님 말 잘 들으세요. 이렇게 나오시니 얼마나 좋아요."

내 30년 된 꽃무늬 원피스+10년도 더 된 밀짚모자가 아주 근사하다며

"할아버지 얼른 따라가세요. 두 분 뵙기 참 좋아요."

고마워서 경수니가 일러준 꽃이름 보시했지.^^

'메뚜기다리' 지나 호수 옆 〈산유화〉를 읊고 비탈길에 선 李선생의 원추리꽃을 살핀다.

"아, 오늘은 꽃이 다 지고 봉오리가 한 개뿐이네. 어제는 활짝 핀 한 송이를 봤는데…" 하며 서운해하는 李선생에게 "내일은 저 봉오리가 꽃을 피울 거에요."

새로 만든 호수 다리 건너 개구리 연못으로 간다.

"개구리엄마 왔다~." 李선생이 그런다. 쭈그리고 앉아 개구리를 센다고. 개구리를 세 마리밖에 못 봤다. 열 마리까지도 셌었는데….

"다들 어디 갔지?"

마지막 쉼터 벤치에선 누워서 신문 읽는 노인네, 벌써 일어설 차비를 하고 요 며칠째 못 만났던 경상도 내외는 〈꽃〉 시비詩碑 지나쳐서 올라오는 걸 만났다.

'만남의 다리' 아래 하얀 자갈돌을 깔아놓아 엄마들이 꼬맹이들 발을 씻기는 곳에서 며칠 전에 지나쳤던 중년(50대) 남자. 배낭은 벗어 바위에 걸쳐놓고 무릎까지 걷어붙이고 맨발로 물속 자갈길을 밟으며 생각에 잠겨 왔다 갔다 한다.

'엄니생각을 했을까 아님 어릴 적 물가에서 놀던 동무 생각을 했을까….'

하여튼 미농은 별게 다 궁금해.

잠자리, 나비도 몇 마리, 갈댓잎에 매달린 어린 달팽이도 봤는데 왜가리, 백로는 못 봤다.

갈수록 정이 드는 우리 동네. 정말로 떠나기 힘들겠다….

2020.08.13. 23:36

은평뉴타운에서 2년을 살아보니

지난 일요일(9월 13일) 온종일 내리던 비가 갠 후 무지개가 떴다. 오래 살았던 강남 반포를 떠나 강북의 은평뉴타운으로 이사한 지 오늘로 만 2년이 되었다.

이사오자마자 낙상하여 큰수술을 받았고 이어 백내장 수술 등등 온갖 주접을 다 떨었지만… 아무튼 날이 갈수록 이곳에 정이 들어 도저히 떠날 수가 없을 것 같다.

그러려면 동네자랑을 해야것지?

엊그제는 은평구청에서 코로나용 체온계가 배달되어 왔어. 매일 체크하면 도움이 될 거라고… 아유 고마워라.

이곳에 와서 제일 좋은 것은 시냇물을 끼고 걷는 한 시간 왕복 산보길. 이름이 '서울 둘레길', 나무에 매달린 리본을 보고 엊그제야 알았어.

요즘은 李선생 산보에 속도를 넣어서 운동량을 좀 늘렸다. 위 연못 터닝포인트에서 속보로 아래 연못까지 갔다가 '만남의 다리' 좀 지나친 곳에서 다시 만나 귀가 혹은 사무실행이다.

나는 천천히 꽃들과 나비, 잠자리들을 들여다보고 사진을 찍으며 걷는다. 여름에 자란 풀들을 베어내고 있어 시원하긴 한데 꽃들도 따라서 거의 다 잘려 나가고 겨우 남은 아기손톱만한 작은 꽃들이 애처롭다.

위, 아래 연못엔 오리와 잉어떼들이 넘실거리고 가끔 왜가리도 날아온다. 오늘 아침에는 우아한 백로 모자(모녀?)를 만나니 횡재한 기분이다.

동네 구석구석은 어찌 그리 이쁜지…. 부동산, 인테리어, 미장원 앞에도 예쁜 알록달록 화분들이 놓여 있다. 가게 이름도 아주 이뻐 '커피에 반하다' '떡시루' '서울나무치과' '햇빛동물병원' '초록마을'…. 산보 길 다리 이름들도 이쁘지. '새버들잎 다리' '만남의 다리' '반딧불다리' '메뚜기 다리'

요즘 가을 햇볕은 또 얼마나 좋은지. [숲유치원] 앞 화단에는 빨간 아기 능금이 한창이다. 작은 분수대 앞 공터엔 누군지 살림꾼이 말리는 빨간고추가 두 멍석. 나는 햇볕이 아까워 테라스에 이불 널었어.

살기 편리한 것은 또 어떻고. 3호선 구파발역 지하에서 바로 연결되는 대형 쇼핑센터 '롯데 몰' 지하에는 없는 것 없는 큰 마트가 있어서 장보기 아주 좋고, 2층에는 '교보문고', 5층에는 영화관 '롯데시네마'가 있으니 시내까지 안 나가도 문화생활 하는 데 별 지장 없다. 3층엔 내가 고모노에서 애용하던 '다이소'까지 있어서 어제는 화분갈이용 흙을 3봉지 사와서 분갈이 중이다. 롯데 몰 큰길(통일로) 건너에는 지난해 4월에 신축 개원한 가톨릭 의대 종합병원 '은평성모병원'이 있으니 마음이 든든하다.

요즘 나는 아침에 李선생과 같이 걷고 경복궁 사무실에 따라 나가 늦은 점심 함께 한 후 먼저 귀가하면서 장을 본다.

구파발역 오가는 큰길가에는 정다운 노점상들이 있다. 성당 가는 길목 엔 과일 아줌마가 두 사람은 카드기까지 놓고 장사를 한다. 각종 젓갈류를 파는 젊은 아낙네, 젓갈이랑 목이버섯을 산 적이 있다. 보훈회관 입구에는 양말장수─부자간인지 젊은이와 중년 남자가 번갈아 한다. 금요일엔 뻥튀기 아저씨, 주말엔 옥수수 아저씨…. 서울이라기엔 시골스러운 소박한 우리 동네 은평뉴타운!

"이 동네로 이사 오길 아주 잘했어요. 우연히 왔지만 아주 좋은 곳이지요. 길 건너에는 친구 경수니가 있구요."

2020.09.18. 13:54

꽃을 든 아기, 부모님이 생각납니다

오늘 아침은 좀 일찍 산보 길에 나섰다. 李선생이 혹시 지인의 사무실 방문이 있을지 모른다고 서둘러서 9시 좀 지나 집을 나섰다.

요즘은 속보速步로 걷는 李선생과 역순으로 돌아 '메뚜기 다리'에서 더 내려온 '반딧불이 다리'에서 만나 다시 되짚어 내려온다. 바로 사무실행이면 경수니네 333동을 바라보며 '하늬버들잎 다리', '진관교'를 지나 단지 가운데 큰길로 올라간다.

천천히 걷다가 윗 연못에서 만나지 못해 허전했던 백로를 봤지. 아주 거만한 자태로 털 고르기를 하고 있더라구. 이 녀석을 만나면 늘 횡재한 기분이다. 지나치던 할머니들 "황새가벼, 근데 다리가 왜 저리 짧지?"

꽃을 든 아기

진관교가 보이는 곳에서 지난여름 처네 포대기에 손자를 업어주던 바로 그 아주머니를 만났네. 등에 업은 아기에게 뭔가를 이야기하며 천천히 걷는 모습을 보고 어찌나 반가운지 한걸음에 따라붙었다.

"아, 반가와요. 오늘은 손녀는 안 보이네요."

오늘 등에 업은 아기는 외손자(18개월)란다. 꼭 포대기에 업어야 하고 손에는 꽃을 몇 송이 쥐어 주어야만 한다.

212

아직 말은 못 하지만 말귀는 다 알아듣는다고… 좀 늦되다고… 우리 종서도 17개월에 걸음마 하고 그날 열이 올라 응급실에 갔다고 위로했지.

강화도에 사는데 주말이면 딸네 와서 손주들을 봐준다네. 당신 집도 재개발이 시작되어 이사해야 하는데 영감이 아파트는 ×도 싫다 해서 텃밭 달린 전원주택을 찾아야 한다고…. 은평뉴타운으로 와서 딸네 집 근처에 사시면 좋을 텐데… 이 동네 아주 좋아요, 특히 산보길.

외할머니 등에 엎드린 꼬맹이(병약해 보인다) 등을 토닥여주니 부끄러운지 고개를 파묻는다. 마스크 쓴 두 할머니 수다에 '어서 가자'고 손을 들어 가리킨다.

"또 만나요." 하니 꽃을 든 손을 들어 인사하네. 아주 예쁜 마음씨를 가진 아기로구나. 외할머니 포대기 사랑 듬뿍 무럭무럭 자라거라.

부모님이 생각나서요…

며칠 전 늦은 산보길 오늘이랑 비슷한 지점에서 쪼그만 보라색 꽃을 들여다보고 있었지. 나는 사진을 찍고 李선생은 돋보기를 꺼내어 쓰고 들여다보고….

50대 중반 여인이 말을 걸어온다.(직장 점심시간에 산보차 나왔다고)

"할아버지 그 꽃 이름 뭐에요?"

"모르지. 그냥 이쁘잖우?"

"두 분 모습 보니 우리 부모님이 생각나서요. … 아버지는 2년 전 92세로 돌아가셨고, 엄마는 91세인데 생존해 계세요. 몇 해 되셨어요? 우리 부모님은 72년간 해로하셨는데…. (우리? 53년 되었다우) 저는 막내딸이에요. 50대 중반이고 45년째 녹번동에 사는 은평구 토박이에요. 두 분 부디 건강하세요."

노인네들 걷기도 참한 산보 길에서 이런 아름다운 사람들을 만난다.

아, 살기 좋은 우리 동네!

정말 이사 갈 마음 전혀 없는데, 조금 전 집 주인이 연락을 했네. 당신들이 이사해야 할 사정이 생겼으니 집을 비워 달라는구먼. 하여 내년 (2021년 3월)에는 어쩔 수 없이 이사를 가야 하게 생겼네. ㅜㅜ

2020.10.10. 13:06

가을이 깊어가네

갑자기 기온이 뚝~ 떨어졌다. 아침저녁 일교차도 커지고 노인네들 감기 들기 똑~ 참한 날씨….

모두들 독감 예방주사를 맞았는지 안부가 한창이다. 우리 집? 우린 한 20여 년 전부터 일체 예방접종은 사절이다. 李선생이 독감 예방 접종 후 진짜루 독감을 앓고 나서부터이다. 그 당시만 해도 독감 예방주사는 일반적이지 않았고 좀 있는 분들은 미국으로부터 주사약을 가져다 맞곤 했지. 그때 李선생의 절친 P대사님께서 미국 따님이 보내왔다며 우릴 초대하셔서 H대 병원까지 가서 맞았는데….

요즘 아침 산보는 대낮 산보가 되어버렸다. 李선생의 하루 사이클이 뒤로 밀려 아침 9시나 되어 기침을 하니…. 덕분에 그런대로 한낮 산보에 재미 들렸어. 경수니네 아파트 앞 연못의 분수가 힘차게 솟아오르는 것도 보고 …. 어느 사이 연못 물빛이 아주 차게 느껴지고 멀리 보이는 북한산에는 알록달록 단풍이 물들었다.

시간대에 따라 산보객들도 다르다.

요즘 11시 반 산보에는 주로 아주머니들이 많다. 친구 사이인지 삼삼오오 짝을 지어 수다를 즐기며 걷는다. 자세히 보니 패션 감각도 뛰어나서 마스크까지 색깔 맞춰서 쓰고 있다.

나는 개울 끼고 왼쪽 코스로 천천히 李선생은 오른쪽 코스를 속보로 걸어 '메뚜기 다리'나 '반딧불이 다리' 근처에서 다시 만나 천천히 역순으로 돈다. 한 시간 남짓인데 아주 훌륭한 운동이 된다.

李선생 왈(미농 없이) 혼자서 빠른 속도로 걸으면 사무실까지 한 시간 걸린다나. 나는 사진 찍고 풀꽃 들여다보고 또 윗 연못 벤치에서 한번 쉬고 우리 내외 인증샷도 꼭 찍거든. 매번 그걸 찍어 뭐하냐구 하지만, 아이들에게 오늘도 엄마아빠 이렇게 건재하다는 보고도 되거든.

산보길은 지난 8월말부터 시작된 벌초가 거의 끝나 그리 보기 이쁘진 않다. 어제도 아랫녘 연못 위쪽까지 다 베어버려 강아지풀이랑 수크령이 다 사라졌다. 갈대만 남기고 다 베는 것 같아. 덩달아 풀꽃들도 다 사라지고….

어제는 겨우 작은 회색나비 사진밖에 못 찍었다. 이제 잠자리도 드물고 힘이 없는지 땅바닥에 내려앉는다.

위 연못에서 못 만난 백로를 아래쪽 [진관교] 근처 개울에서 만나니 가슴이 뛴다. 아, 여기 있었구나. 게 가만히 있어…. 한 번에 찍지 않고 여러 장을 눌러 나중에 좋은 포즈를 찾는 걸 이제야 알았구먼. 요즘 털 고르기를 하느라 가만 있질 않고 겨우 렌즈를 맞추고 나면 후루룩 날아가 버린다. 뭐가 바쁜지 백로나 분수를 바라보는 사람들이 거의 없다. 사진 찍느라 항상 뒤처지지만 이 재미가 얼마나 큰데….

〈과평모임〉의 N원장님은 요즘 세입자들이 나가버려 빈 방이 많다며 사진전 한번 하라신다..

참, 어제 오후 3시 '가봉루'에서 늦은 점심을 먹었어. 아, 근데 여사장님(70세)이 앞치마를 입고 서빙을 하며 "(종업원 3명)다 내 보냈어요. 내가 혼자 해요." 장사가 안 되어 도저히 견딜 수 없어 이런 극단조치를 했단다.

가을이 깊어가고 사람들의 근심도 깊어가네….

2020. 10. 24. 09:32

701호는 공사 중

어제 저녁 7시 즈음 귀가하여 엘리베이터를 탔다. 어느집 수리를 하는지 엘리베이터 벽을 흰색 플라스틱 골판지로 감싸고 주황색 테이프를 감아 놓았다.

그런데 우리집 현관 문고리에 웬 비닐백이 걸려 있다. 오잉? 택배가 잘못 왔나 살펴보니 코로나마스크 10개+쓰레기봉투 2세트가 들어 있다.

안녕하세요! 701호에 새로 입주하게 될 신혼부부입니다. 코로나9로 인해 외출을 자제하고 집에서 지내느라 답답하실 텐데, 부득이하게 이 시기에 인테리어 공사를 진행하게 되었습니다. 12월 21일부터 공사 시작 예정입니다.

아가, 어르신, 수험생이 함께 하는 공간임을 잘 알기에 최대한 안전하고 신속하게 마무리할 수 있도록 최선을 다하겠습니다.

입주 후 좋은 이웃이 되겠습니다. 감사합니다!

이런, 바로 윗집에서 공사 소음을 참아달라고 양해를 구한 거로구먼….

그후 아침 9시부터 부수기 시작하는데 망치질, 드릴 소리 등등 전쟁터가 따로 없네. 우와, 장난이 아니다.

'코로나마스크 정도론 안 되겠네요.'

일단 부엌 싱크대, 목욕탕 욕조 교체 등은 필수일 테고 거실 위에서 큰 소리가 들리는 걸 보니 마루판을 다 뜯어내나 보다. 도저히 못 참겠네…. 이래서 아래, 위층 소음 문제로 살인까지 일어나는 불상사가 생기나 보다. 하긴 나도 얼마 전 李선생 DVD 정리장 조립하며 망치질 3번에 경고를 받은 적이 있었다. 그 다음 날 현관 문 앞에 층간소음 경고 게시물이 붙었고….

식사 후 느지막이 신문을 읽던 李선생 왈 "10시 반쯤 나가자구" (그래도 나갈 곳(사무실)이 있어 천만다행이다.)

복도는 소음이 엄청 더 크네. 엘리베이터를 타려니 뜯어낸 폐기물 수레와 인부 3명, 도저히 탈 수가 없다. 날씬한 李선생은 탔지만 코로나 운동부족 만삭 미농은 어림도 없지….

저렇게 대대적으로 수리하는 걸 보면 집을 사서 입주하는 거겠다. 매매가 현 시세 9억이라는데 전세는 6억5천이고(우린 4억5천이었어)… 반전세는 전세금 2억에 월 130이란다. 살수록 정이 드는 은평뉴타운을 떠날 수 없으니 이 동네에서 새 전셋집을 찾아봐야 하는데….

또한 '전월세 금지법'이 생겨 내년 2월부터 입주하는 새 아파트는 2년간 입주를 어기는 경우 벌금 1천만 원이나 징역 1년이라니 원 세상에….

요 며칠 한파 때문에 못한 산책을 제대로 하였다. 경수니네 동 앞 연못은 꽁꽁 얼어 얼음판 위에서 몇몇 꼬맹이들이 엄마랑 썰매를 타고 있고 물이 흐르는 징검돌다리 옆에는 오리 서너 마리가 옹송거리고 떠 있다.

날씨가 풀린 탓인지 산보객들이 꽤 있다. 평소대로 李선생은 돌다리 건너 속보 한 바퀴, 윗 연못 입구에 만나 다시 거꾸로 한 바퀴를 돈다. 사진을 찍으며 걷다 보니 폭포동 힐스테이트 403, 405호 중간층에 사다리차가 이삿짐을 부리고 있다.

이사를 가는 건가? 들어오는 건가? 아, 이사를 나가는 집이네 (날씨가 풀려 다행이다) 내년 봄이면 이사를 해야 할 형편이니 남의 일 같지 않다.

코로나 사태가 점점 더 심각해져 내일 12월 23일부터 2021년 1월 3일까지는 5인 이상 모이지도 말고 가족이라도 한 집(주민등록이 되어 있는) 식구가 아니면 만나지도 말란다. 그렇지 않아도 우리집도 이번 크리스마스, 신정 차례 등 모든 가족행사를 당분간 취소하기로 정했다.

이래저래 코로나 탓….

701호 공사는 언제쯤 끝날까? 개시일만 써 있었거든. 연말까지 계속될 것 같은데 좋은 이웃이 되겠다니 참아야겠지….

2020.12.22. 16:24

아듀~ 고모노

고모노 철수작전

코로나 팬데믹이 막 시작되던 지난해 2월 고모노에 다녀온 이후 이제나 저제나 기다렸지만, 외국인 입국금지 조치까지 나왔으니 日本에 가는 일이 정말 힘들게 되었다.

고노모 집 정리를 해야지 해야지 하면서 일 년을 흘려보냈다. 마음먹고 실행에 옮기기로 작정하고 작업을 시작했다.

1월 5일, E-mail로 동경 사는 〈배낭맨〉 신нн회장의 따님(다카하시高橋상)에게 1월 가족혼례 참석하러 서울 오게 되면 만나고 싶다고 한 게 시작이었지. 하지만 일본의 코로나사태도 점점 걷을 수 없는 지경이 되어 따님은 오지 못했다.

高橋상을 통해 구라시나 기자와 연락을 시작해야겠구나….

2021. 1. 6(수)

일단 '동경옴마' 용원에게도 (이메일을 보내) 상의, 협조를 부탁하니 즉시로 위임장, 전화, 은행정리 등의 서식을 보내주고 격려를 해주었다(고마워). 구라시나 기자에게 모든 걸 위임하는 게 제일 좋은 방법이란다.

"그래, 전쟁 난 셈치고 모든 가재도구는 폐기물 처리하고 노트북, 카메라, 통장 등만 챙기자….."

2021. 1. 10(일)

난 무슨 일이든 후다닥 하는 성미인데…매사 꼼꼼한 李선생 A4용지 2장분 고모노집 처리(해약)에 관한 서류를 만들어 닛쇼 관리所長에게 이메일로 보냈다.

일어 문서(한글로 기본 치고 다시 히라카나 카다카나 한자漢字 찾아서 넣기)라서 타이핑하는데 무려 3시간…(ㅉ). 눈이 가물거려 혼났네.

모든 집기(가재도구, 기타의류, 책 등속)를 무상으로 양도하고 싶다. 신혼 내외나 우리처럼 외지에서 오는 사람들에게는 6년간 알뜰살뜰하게 차려놓은 것들이라 도움이 되지 않겠느냐고… 제안을 했다.

2021. 1. 11 (월)

소장所長의 답신은 회사 규정상 임차인이 모든 것을 다 비워줘야 하고, 키를 반납해야 해약이 성립된단다. 선의의 양도를 받게 되면 계속 후속조치(고장수리 등)를 해야 되기 때문에 안 된단다(어쩌지?). 그리고 해약을 하려면 30일 전까지 전가옥을 비워줘야 한다는 말씀…. 당근 그렇겠지 넘 쉽게 생각했나봐…(ㅉ). 갈 수가 없으니… 일단 구라시나 기자에게 집처리 문제를 부탁하고 허락을 받아야겠구나.

2021. 1. 13(수)

구라시나 기자에게 부탁 메일을 보냈더니 흔쾌히 도와드리겠다는 답신을 받았다. 정말로 신실한 일본 사람의 전형이다. 우리가 6년전 고모노에 갈 때도 모든 주선을 해주었었는데….

2021. 1. 15(금)

닛쇼 소장에게 구라시나 기자에게 모든 것을 위임하겠다고 하고 기자 소개장을 보냈더니 구라시나 기자와 닛쇼 소장 간에 양해가 되었다.

당일 밤, 구라시나 記者의 휴대폰, 전기, 가스, 수도, 인터넷, NHK TV 등등 모두 알아서 처리하겠다며 "선생님과 상의해서 저한테 여러 요구를 해 주세요."는 답신을 받았다. 주중에는 (나고야) 근무 중이므로 토일요일에 고모노에 가서 처리해 주겠단다.

2021. 1. 16(토)

관리소장에게서 PDF로 해약에 대한 위임장 도착했다. 다 된 거네. 바로 작성하여 사진 첨부 파일로 보냈다. 구식 일본사람들에게 통할래냐? 애들에게 물어보니 우리는 그렇게 한다.

2021. 1. 17(일)

이제야 속도가 붙는다.

李선생 구라시나 기자에게 고모노집 정리에 대한 세부사항을 A4 2장 거의 논문 수준으로 써서 보냈다. 이제는 히라카나 가다카나를 찾는데 속도가 좀 붙었지만 그래도 2시간 작업을 했다.

서울에 가지고 온 휴대폰, 키를 반환해야 하는데 코로나사태로 일본은 동경, 오사카 외에는 항공편이 없고 EMS라야만 접수가 된단다. 하여 동경의 高橋상을 경유하여 나고야의 구라시나 기자에게 전달되도록 해야 한다. 일전 高橋상은 뭐든 돕겠다며 동경에서 고모노까지 자동차로 내려가 정리를 해주겠다고까지 했지만, 요즘 동경상황이 더욱 악화되어 동경 밖으로는 한 발짝도 나갈 수 없단다. 밤늦게 高橋상과 구라시나 記者에게 EMS 소포 전달방법을 알렸다.

2021. 1. 18(월)

오늘 소포(EMS)만 부치면 한시름을 놓겠다.

이제 신실한 구라시나 기자가 모든 일(집 정리, 해약 기타)을 처리해줄 것이므로 마음이 너누룩하다. 시간만 가면 된다.

아침 일찍 보내온 구라시나 이메일: (李선생 못지 않은 꼼꼼쟁이)

"사모님 안녕하세요? 사모님과 李선생님의 말씀하신 것를 다 알겠습니다. 먼저 mobile-phone 2개를 해약하겠어요. 가스는 벌써 해약했지요. 제 집에 소포가 도달하고 나서 고모노에 가서 짐을 정리할래요. 고모노에 가기 전에 처리업자를 찾아봐요. 전기와 수도는 집 실내의 정리가 끝나고 나서 해약할 게요. 퇴거의 날이 결정하면 NHK한테 전화해서 해약할래요."- Shingo Kurashina

(구라시나 기자! "혼또니 아리가도고자이마스요")

또 추가사항이 생겨 다시 이메일 보내고 (못 말리는 꼼꼼 李선생) 11시 반 소포를 부치러 우체국에 갔다. 아, 그런데 휴대폰은 비행기를 탈 수가 없단다.

비밀정보? 등 복잡하여 뭔? 프리미엄으로 부쳐야 하고 또 핸드폰을 분해해서 정보를 분석해야만 한단다.(뭐시라?)

"꼭 부치셔야 되지요?" 기계도 구식舊式이고 일제日製라서 친절한 창구 여직원이 이리저리 뛰며 안타까워한다. 할 수 없지, 코로나 잠잠해져서 다시 일본 가게 될 때까지 정표로 간직하고 있다가 그때 전달해야겠네. 李선생도 그리 처리하라네(휴우)

이러구러 고모노집 철수작전이 거의 끝났다. 이제 구라시나 記者의 처리보고만 받으면 된다.(감사 감사)

그동안 李선생의 마음은 집 처리 걱정으로 말할 수 없는 '무간지옥'이었다네. 미농이 그런 결단을 내려 신속하게 큰 숙제를 하게 되어 정말 고맙단다. "그럼요 마누라 말도 가끔씩 쓸데가 있답니다."

2014. 4. 1(1차)〜2020. 2. 21(48차) 721일, 71개월

내 〈고모노 통신〉 일기로는 49차인데 꼼꼼 李선생 통계에 의하면 48차라네. (나의 착각! 李선생이 맞았어. ㅎ)

아무튼 정든 고모노 집과 이별이다.

아듀〜 고모노….

눈 감으면 떠오르는 고모노…

쬐그만 無人역 고모노에키, 3량짜리 빨강색 기차, 금계천 뚝방길, 그린 호텔 인텐상 & 안뇽하세요 온니들, 종점 카페 모미노기, 기보소, 가다오카 온센, 유유카이칸 가부키歌舞技, 도가라시 許씨옴마, 동네슈퍼 잇치고칸, 윗골목 시게모리 서점, 다이소, 파라미타 미술관….

아, 작별인사도 못 했는데….

2021.01.18. 19:59

드디어 고모노집 정리 시작

1월 23일(토)

오늘 오후 드디어 구라시나 기자가 집 정리를 시작하였고 부탁한 짐들은 배편으로 부칠 것이고, 모든 뒤처리를 하여 주겠다는 보고를 동경의 高橋상을 통해 전해 들었어. 얼마나 고마운지….

또 한번 고마움 & 그리움에 목이 메인다.

1월 24일(일) 밤 11시 47분에 쓴 구라시나 기자의 한글 이메일

"사모님 짐의 정리에 대해 알겠습니다.

23일 닛쇼(관리회사)에 가서 집의 열쇠를 빌렸다가 고모노에 갔어요. 먼저 냉장고의 식품을 처리했어요. 거기에 잤다가 24일 자원쓰레기의 날 (분리수거의 날, 제3 일요일)이니까 여러 쓰레기를 버렸어요.

'1호관'이란 수퍼에 갔다가 골판지 2개를 받았다가 골판기에 李선생님의 파일이랑 사모님의 재단사도구를 넣었어요. (냉장고 정리, 고모노집에서 자고 분리수거하고 '잇지고칸'에 들러 빈 박스 2개를 가져다가 서울로 부칠 짐을 정리했다는 말)

우체국에 따르면 일본부터 한국에 소포를 보낼 수 있는데요. 그러니까 짐정리가 다 끝나면 Rent-car에 골판지를 넣어서 四日市의 우체국에 보낼게요. (일본에서 한국으로 소포를 보낼 수 있다하니 욧카이치우체국에 가서 부쳐주겠다. 선편으로)

高橋 씨에게서 짐이 집에 도착했어요. 제가 집에 없어서 내일 우체국에 가서 찾아 받을 게요. (23일 고모노집에서 잤으므로 도착한 소포를 1월 25일 찾겠다는 말)

1월 25일 (월)

위 이메일에 '너무 고마워 뭐라 드릴 말씀이 없다' 했더니 "저는 문제없어요. 高橋씨 소포 잘 받았어요. 고모노집의 진행상황을 알릴게요."란다.

이런 마지메(眞面目)… ㅠ

일본길이 열리면 바로 달려가야지….

1월 29일 (금)

구라시나 기자 이메일,

"인터넷(노트북) 해약서류를 받았습니다. 제가 대리인으로 수속하려고 합니다. 李선생 Passport data(사진 있는 쪽) page 전자기기로 scan하여 첨부파일로 제 이메일에 보내주십시요. 부탁드립니다.

아, 이렇게 고마울 수가… 인터넷 해지하고 주말에 고모노집 마지막 정리하면 끝이 나겠네… 정말 무슨 인복人福인지….

정말로 고맙고 미안하고 그렇네…. 그러면서 한편으로는 고모노집과 영 이별이라 생각하니 섭섭한 마음 그지없네….

1월 29일 (금) 밤
"고마워요. 李선생님. passport 복사는 해약서와 함께 NTT 西日本에 보낼게요. 내일 고모노에 가서 해약서에 도장을 찍을래요." –Shingo Kurashina

2월 4일 (목)
주중에는 신문사(나고야) 근무하고 주말에나 고모노에 갈 수 있는 줄 알지만 소식이 없어 궁금하네. 재촉할 수도 없고… 기다려야지 뭐. 근데 성질이 급해 맞은 미농 답답허네.(ㅉ)

혹시 낼모레?(2월 6, 7일) 폐기물처리회사가 짐들을 실어내면 끝날 거 같은데…. 마지막으로 닛쇼와의 해약, NHK 수신료 처리까지 하면 OK인데…기둘려 미농!

2월 9일 (화)
아직 소식이 없네… 구라시나 기자 몸살이라도 난 걸까?
궁금하지만 기다리는 수밖에…. 아, 답답해…

구라시나 記者의 편지(한글)

이 선생님

이 선생님 부부가 코모노에서 행복한 시간을 지낼 수 있어서 되게 좋았어요. 코로나 인해 1년 동안 코모노에 갈 수 없게 된 기(거)는 어쩔 수 업(없)지만, 아쉬워는(아쉬운) 것 같아요. 제가 더욱 일찍 이 선생님께 코모노집을 어떻게 하시는까를(하실지) 물어봤야 해(했)는데, 최(죄)송합니다.

제가 2014년 서울에 갔을 때 김원장님이 「코모노에서 생활이 시작한 이후도 李선생님 부부의 도음(움)이 되기를 바람합니다」라고 말씀하셨습니다.

저는 그 약속을 지키려고 했어요.

혹시 다음에 원장님의 묘에 방문하시는 기회가 있으면 제가 약속을 지킨 것을 전해 주세요.

저는 한국청소년 도서재단에 소포 19개를 보냈지만, 그 속에서 1개만이 Size-Over 인해 보낼 수 없었어요.

미안하지만, 모래 우체국에서 소포의 짐을 소포 2개에 분배해서 또 보낼게요. 만약 걱정하시는 것이 있으면 연락해주세요.

−Shingo Kurashina

아, 어쩜 좋아….

우리에게도 했지만 동경 高橋상('배낭맨' 申회장 따님)에게도 '완료보고'를 한 모양. 나도 高橋상에게 땡q 경과보고를 했거든.

근데 엊그제(3/4) 구라시나 기자와 高橋상 주고받은 이메일 받아보니, 글쎄 이 마지메(眞面目) 구라시나 기자가 고모노집 정리를 하며 이삿짐 싸듯 마무리해서 무려 18상자를 부쳤고(2/26) 그 중 사이즈가 오버라서 (3/7) 다시 두 개로 나누어서 보낼 예정이라네.

합계 20상자!! 완전히 이삿짐센터가 할 일을 혼자서 해낸 거야.

우린 작은 소포 한 개(노트북, 통장 그리고 李선생 애용 만년필)를 예상했었는데….

정리비용 외 어떻게든 꼭 보상을 하고 싶은데 방법을 모르겠네….

2021년 03월 06일

고모노 프로젝트 완성

kurashina Shingo 〈shingomother@hotmail.com〉

보낸 날짜: 2021년 4월 27일 화요일 오후 5:38

받는 사람: min yongja 〈mignon45@hotmail.com〉

제목: 알겠습니다.

사모님

은행카드를 한국도서재단에 우송할게요. 도착할까지 저금(조금) 기다리세요.

Kurashina Shingo 〈shingomother@hotmail.com〉

금 2021-04-30 오후 7:17

-새로운 보고

사모님

일본에서는 5월 1~5일 Golden-Week입니다.

하지만 코로나의 인해 외출을 역(억)제하려고 할 사회적인 분위기가 있어요.

저도 쉬어지만 토교에 돌아가지 않아요. (東京에 부모님이 계시거든)
Rent-Car를 비려서(빌려서) 가까운 관광지에 갈 예정입니다.
오늘 우체국에 가서 三重은행 가드를 보냈어요.
제 코모노 Project의 임무는 왕전히(완전히) 끝났어요.
이 선생님의 건침(檢診)에 대해 좋은 결과가 나올(오)기를 빌어요.
*원문 그대로 옮겼습니다만 ( )는 바로 잡은 글자입니다.

어제 받은 구라시나 기자의 이메일, 그는 서툴지만 꼭 한글로 써서 보내준다(맞춤법은 엉망ㅎ).
드디어 고모노 프로젝트의 임무(2/23~4/30) 완성 보고,
어쩌다 이런 좋은 사람과 인연이 맺어졌는지….
그저 감사하다는 말밖에 할 말이 없네
어제 우리도 구라시나 기자가 보내준 고모노 Box 정리를 끝냈거든. 어쩜 그리 꼼꼼하게 챙겨 보냈는지, 정리하며 다시금 그리움이 북받쳐 올랐다. 곧 도착할 은행 카드만 받으면 정말 고모노와는 이별이네. 하루속히 코로나가 진정되면 다시 달려가고 싶다.
다시 한 번 "구라시나 님, 혼또니 아리가도고자이마스"

그동안 친구들까지 걱정시켰던 우리 집 이사 문제는 자기네가 들어오겠다고 비워달라던 주인집 사정이 바뀌어 2024년 4월 30일까지 우리가 계속 눌러 살게 되었네.
전세금을 약간 올려주고 재계약하기로 했다.

2021. 05. 01.

서울 일기

우리가 받은 '스승의 날' 선물

코로나 검사도 음성으로 판정이 나서 기쁜 마음으로 아침 산보도 다녀왔는데 딩동! 누구? 꽃배달이라네.

엊그제 1기 멘티장 Y군의 전화, 금년 〈스승의 날〉을 맞아 멘토님께 드릴 선물이 조금 늦어졌다며 주소 확인차 걸었다고…. 혹시 이사했을까 봐 염려가 된 게지….

아, 이 멘티들과의 만남이 어느덧 10년이 지났다. 대학2, 3년생들로 [한국장학재단] 1기 멘토와 멘티로 만났는데. 지금은 중년의 가장들, 직장인으로서 잘 살고 있어 여간 대견한 게 아니다.

지난여름 李선생 주례로 시집 간 G양은 금년 4월 예쁜 딸을 낳아 엄마가 되었다며 보고를 하였다. 첫정이라선지 李선생과 이들과의 끈끈한 사제의 정은 뭐라 할지….

암튼 이 멘티들은 李선생의 이름 있는 생일과 〈스승의 날〉을 꼭 챙긴다.

"항상 감사합니다. 건강하세요."란 예쁜 카드가 꽂힌 커다란 꽃바구니와 함께 큰 갈색 박스도 하나.

이게 뭘까? 떡?(가끔씩 보내주곤 했거든)

어머나! 10년 전 첫 만남 때 우리 두 사람 사진을 넣어 만든 정성스런 감사패! 감동한 李선생 큰 목소리로 감사패를 읽는 동영상도 찍었지. 내 솜씨가 서툴러 좀 엉망이긴 하지만….

"1기 여러분 정말 고맙습니다. 그리고 사랑합니다."(머리 위 큰 하트)
-멘토 & 사무장

2021.05.20.

결혼기념일에 받은 헌사

오늘은 우리 결혼 54주년 기념일이지만 2018년 10월 은평뉴타운 이사 오자마자 부러진 팔목을 6개월마다 추적 체크하는 날이다.

며칠 전 작은딸이 "엄마 정형외과 오는 날, 아빠랑 결혼기념일 점심 어때요?"라는 문자를 보내왔다.

9시 20분 도착, 수속을 완료하고 도착알림표까지 끊어가지고 대기했다. 의외로 환자가 많아 어쩌나 했는데 마침맞게 호출, 진료를 마치고 나니 12시, 6개월 후 예약하고 약 처방전까지 받고나니 12시 10분.

오전 진료가 막 끝난 작은딸에게 문자 보내고 따로 가기로 했지. 사무실에서 기다리고 있을 李선생 픽업하여 가려면 좀 늦을 거 같다.

"엄마, 절대로 천천히 오셔도 돼요. 먼저 주문하고 기다릴게요."

마침 딸아이는 택시로 10분 전 도착하였단다. 적선동 이태리식당 [갈리나 데이지]-[용금옥] 다음 골목에 있는 아주 자그마한 그렇지만 꽤나 이름있는 곳이라는데 조카, 딸아이들과 두어 차례 가본 곳이다.

오늘 우리 기념일이라고 주방장의 특별서비스로 앙증맞은 케이크에 촛불을 켜고 사진도 한 장!

작은딸 李선생 만나면 그렇게 할 이야기가 많은지…. 우리가 몰랐던 인턴시절부터 별의별 사건 등등 의사생활이 생각만큼 만만한 것 같지는 않다.

간혹 환자와 문제발생하면 경찰서에도 불려가 조서를 쓰기도 했단다. 물론 모두 무죄였다지만, 사고가 나면 일단 과실치사? 살인죄가 된다니….

3시, 오늘 우리와의 만남과 개인 볼 일을 위해 반차半次를 내어 느긋하다는 작은딸과 bye! 고맙다 작은딸. 암튼 이 친구는 누구를 만나도 사람들 기분 좋게 만드는 성품이다. 뭐 날 닮았다고들 그러더면…. ㅋ

참, 내가 그동안 써온 『고모노 통신&서울 일기』를 묶어 책자를 만들까 궁리 중인데 워낙 분량이 많아서 시간이 좀 걸릴 듯 싶다.

李선생도 나의 궁리를 보고 당신의 글을 모아서 『일본 체류 7년기』라는 파일을 만들었다. (선수를 친 거지 뭐).

근데 그 서문 말미에

2021년 6월 1일
결혼 54주년 기념일에
常山 李晟遠
"원고 찍느라 고생한 아내 민용 関勇子에게 바친다"

라고 쓰여 있어서 생전 첨 감동 먹었네.

아이들, 동생들에게도 보냈다.

(큰딸: ㅠㅠ / 작은딸: 눈물날뻔 / 아들: 와와:)

여동생 1: 추카드려요 두분은 'lived the life to the fullest' 그래서 존경합
니다.

여동생 2: 어떻게 기념일에 맞춰서… 두 분 정말 그동안 애쓰셨어요. 멋져
요.

여동생 3: 진심 아름다운 언니 형부께 마니마니 축하드립니다.

이래서 오래 살고 볼 일

2021.06.01. 15:53

영정사진 & 사전의료의향서

"이거 어때요. 내 영정사진으로 쓰면 좋을 것 같은데…."

나, 참… 그렇지만 담담하게 "그러지요" (액자를 장만해야겠구먼)

요즘 사무실 구석구석 뭔가 정리를 하고 있는 李선생. 1995년 11월 5일자
제180호『출판저널』표지 인물로 실린 잡지를 찾아내었다. K고 동창회에서
도 7순 즈음에 영정사진을 단체로 찍어서 줬는데 '포샵'을 너무 많이 해서
마음에 안 든다고 어딘가에 집어 넣어버렸지….

며칠 전, 작은딸 사부인께 요즘 카톡으로 받은 좋은 영상이 있길래 보
내드렸더니… 사부인의 친구가 평생 어렵게 살다가 말년에야 형편이 피
어 행복하게 사나 했는데 그만 병이 들어 이 병원 저 병원 전전하다가 마
지막으로 요양병원에 갔는데 의사가 '줄'을 끼울 것인지 물었단다.

가족의 동의를 받는데 며느리가 본인(시어머니)에게 직접 물어보라 해
쇼크를 받았다고…. 혹시 위로가 될까 '사전의료의향서' 이야기를 하였더
니 당신은 이미 여러 해 전(나보다 더 먼저)에 만들어 핸폰에 휴대하고

다니고 유서와 장례순서도 아들(사위)에게 미리 작성하여 건네주었고. 수의壽衣도 장만하였다시네.

며느리(작은딸) 통해 인터넷으로 장기기증서까지 만드셨다고 하니 할 말이 없더라구. 작은딸에게 '친구분 일로 어머님의 충격이 크시니 좀 더 마음 써드려라'고 일렀다.

나이가 나이니만큼 그저 자손들에게 폐 안 끼치고 떠나는 일이 큰 이슈다. 우리 때와는 달리 요즘 젊은이들은 부부 모두 일을 하니 예전식 효도는 언감생심이지.

우리도 물론 '사전의료의향서'도 만들었고, 일본 왔다갔다 할 적에는 언제 어디서든 유고가 생기면 그 곳에서 화장火葬으로 처리하여 달라고 했었지.

요즘 허리 아픈 핑계로 누워 지내며 '넷플릭스' 영화 『굿 닥터』 1~3편을 봤는데 우리나라 TV 드라마 『굿 닥터』를 미국에서 리메이크한 거라네.

결손가정 출신 자폐증 청년이 주변 사람들의 도움으로 훌륭한 외과전문의로 성장하는 이야기인데 작은딸이 외과의사라서 더욱 공감, 감동….

생生과 사死, 수술, 이혼, 연애, 상사와 동료, 가족 이야기 등 매회 소재가 다양해서 오늘 마지막 편을 눈물을 흘리며 봤어.

아침나절 정형외과에 다녀와서 깜빡 잠이 들어 李선생 혼자 사무실행 아이들에게 "이 사진, 아빠가 영정사진으로 쓰고 싶다신다."고 문자&사진을 보냈더니,

작은딸: "와 잘생기셨다~."

아들: "미남 아부지~."

영정사진이 아직 아이들에겐 공감이 안 되나보다.

그저 먼 훗날의 일로 생각되나봐….

2021.09.04.

2년 만의 수다

오늘은 아침부터 기분이 좋았다. 내리던 비도 그치고 파란 하늘에 흰 구름이 두둥실…. 정말 오랜만에 대학 동기 3명이 만나기로 한 날이거든. 2019년 11월에 만나고 거의 2년 만에 오늘 만나는 것이다.

1963년 봄, 대학 1학년 때 만나서 근 반세기 넘게 우정을 계속해온 친구들이다. 모두 7명, 모임 이름을 '베히라인'(시냇물)이라 정하였지.

2명은 대구, 광주에 살고 있으니 아주 특별한 경우에만 상경 join을 하고, 한 친구는 아직 싱글인데 만나면 애들 이야기, 남편 이야기뿐이라고 10여 년 전에 모임에서 빠져 서울에 사는 친구 4명이 한 달에 한 번씩 만난다.

애들 대학 합격, 결혼 같은 좋은(기쁜)일이 있거나 연말이면 부부동반 해서 만났었거든. 처음에는 집집마다 다니면서 만났었지. 그 애들이 50이 넘은 중년이 되었고 우리는 어느 사이 80이 다 되어 가네.

"나 못 알아볼 거야. 코로나 이후 미장원 가본 적 없어 그냥 흰머리 그대로."

"그래 근 2년 만에 만나는 거니 어떻게들 변했을까."

"걸기대 자연미인自然美人."

"난 임플란트 수술 직후라서 어려워."

못 알아볼까 염려했는데 마스크를 벗으니 옛 모습 그대로네. 그대로 모두 좀 야윈 듯 싶은데 나만 살이 쪘더라구. 모두들 코로나 잘 이겨내고 가내 모두 편안하다니 정말 고맙고 감사하고…. 12시에 만나 3시까지 코로나부터 시국까지 종횡무진? 이바구 이바구….

3시 반, 사무실에 들어가니 李선생 "어데 갔다 이리 늦었나?" (오잉?)

정형외과에 들렀다가 사무실로 나간다는 것으로 알고 기다리다 점심을 건너뛰었단 말씀, 어제 오늘 친구들 만날 거라고 분명히 이야기했길래 그냥 나왔거든. 아, 이런… 이젠 피차 다시 한 번씩 확인 소통을 해야겠구나.

"코로나 인원제한 풀리면 부부동반 하여 한번 모이지. P대사, J원장, 李교수, 모두 만나보고 싶구면. 내가 제일 연장자이니 스펀스하고…" (네)

2021.09.08.

책을 보내며 얻는 즐거움

요즘 李선생이 사무실 정리하며 찾아낸 옛날 원고이다. 다음은 24년 전 (1997.1.24) 육군지에 실렸던 글이다.

나는 올해로 결혼 30주년을 맞는다.

내가 근무하고 있는 사무실, 5층에서는 가장 나이 많은 OL이다. 책 보내는 일을 안 했더라면 아마 지금쯤 평범한 주부로 집에 들어앉아 아이들에게 잔소리나 해대고, 전화통 붙들고 수다나 떨고 동창회다 친구모임에나 다니고 그랬을 터이다.

그동안 2녀(큰딸-한국예술종합학교 연극원 4년, 작은딸-E대병원 R1), 1남(서강대 3년)을 별 탈 없이 키웠고, 나름대로 11남매 맏며느리, 6남매 큰딸 노릇을 하고 있다.

90년 작은딸아이가 대학에 가고 아들아이가 고2 되었을 때, 자율학습으로 아침 6시 30분 도시락 2개 가지고 나가면 밤11시나 돼야 집에 돌아오곤 했다. 잔손가는 일이 없어진 것이다.

남편(李선생)과 나는 경제적으로 여유가 좀 생겼고, 아이들도 다 큰(?)

지금 무언가 보람된 일을 하고 싶어 가족회의를 열었다.

"너희들에게 남겨 줄 유산은 없다. 그것을 아빠 엄마가 이런 일에 쓰고 싶다." 아이들의 전폭적인 동의와 지지에 힘을 얻어, 책과 아이들을 좋아하는 우리 내외는 '그래, 우리 세 아이도 중요하지만 우리 자라나는 청소년들에게 뭔가 도움이 되는 일을 해보자' 해서 시작된 일이 청소년도서재단이다. 재단이라고 하지만 직원이래야 남편과 나, 단 둘이다. TV·영상 매체에 익숙해진 아이들에게 조금이라도 생각하는 힘을 길러주는 데 도움이 된다면 좋겠다는 간절한 마음으로 일을 시작했다.

우선 작은딸아이의 모교였던 서울오산五山고등학교(남강 이승훈 선생님이 세우심. 현 교장 전제현 교장선생님, 전 예비역 육군소장)을 시작으로 전국의 초, 중, 고와 사회복지시설 몇 군데에 책을 구입해 보냈다.

그 당시만 해도 고교에서 소설책읽기는 입시에 방해가 된다고 생각하던 때여서 그 부분은 군부대로 돌렸다. 놀라운 효과였고 지금 생각해도 정말 잘한 일이다. 아들아이 군복무 기간(94~96)에는 더욱 열심히 했다.

책을 보내고 나서 정리가 끝나면 한 번씩 그곳을 방문한다. 아이들도 만나보고 또 강연도 하기 위해서다. 초청을 받으면 우리 내외는 마치 수학여행을 가는 학생처럼 가슴이 설렌다.

저 멀리 충북 단양에 있는 '대가초등학교'는 우리 李선생의 '꿈의 구장'이다. 우리가 책을 처음 보내기 시작할 때만 해도 학생이 130여 명이었는데 지금은 60여 명이다. 곧 폐교가 될지도 모른다. 포플러가 빙 둘러있고 뒤에는 금수산이, 앞에는 맑은 내가 흐르는 아주 아름다운 역사가 50년이 넘는 그런 학교이다. 그동안 교장 선생님이 세 분이나 바뀌어서 우리가 최고참 선생님이다. 졸업식과 운동회에는 꼭 참석하여 격려해 준다. 돌아올 때는 정성스레 싸주는 참기름, 늙은 호박, 대추, 마늘 등이 한 아름이다. 한번은 막걸리로 유명한 경기도의 작은 중학교에 갔었는데 교장선생님께서 관사 텃밭에서 키우셨다는 상추와 막걸리 2통을 주셔서 상추는 어머님께 나누어 드리고 막걸리는 친구와 나누어 마시고 기분 좋게 취해 버렸다.

또 여러 곳에서 오는 편지를 받고 답장을 쓰는 재미도 또한 빼놓을 수 없는 즐거움이다.

"책 한 권 사려면 버스로 2시간 가야 해요."

"저는 책읽기를 아주 싫어했어요. 도서위원이 되어 책 읽는 기쁨을 처음 알았어요."

"책방은 안 생기고 노래방만 자꾸 생겨요."

책을 기증받게 되었다는 말을 듣고 '어디 출판사가 망했구나. 창고 정리를 하나봐.'라고 생각했다가 정선된 새 책을 받고 너무 기뻤다면서 "선생님 같은 분이 돈을 많이 벌었으면 좋겠습니다."는 C선생님, "아들아이 주례를 꼭 맡아 주셔야겠다"고 찾아오신 J선생님···. 요즘 명퇴다 고개 숙인 아버지다 해서 야단이지만 10년 전에 대기업에 사표를 내고 평교사로서 고향 모교에 가서서 아이들을 가르치는 L선생님···.

이런 분들을 만나는 기쁨도 이 일을 함으로써 얻는 즐거움이다. 26개월 군 생활도 책이 있기에 마음먹기 따라서는 기쁘게 즐겁게 지낼 수 있게 되었다는 문산 포병부대 J상병, 군 생활을 하면서 시간을 쪼개어 박사과정 중에 있는 P대위(최전방 부대에 있을 때 강사료라며 손수 말렸다는 오징어를 선물했었다), 장병들과 똑같이 책을 빌려보며 독려를 아끼지 않는 부대장님들. 이 일을 계속하는 한 이런 분들과 자주 더 많이 만나게 될 것이므로 한없이 즐겁다.

강연준비도 즐겁다.

학교(군부대)에서 요청이 오면 우리 내외는 정성껏 준비를 한다. 강연

시간에 맞추기 위해 기차표(비행기표)를 예매하고 (아주 장거리는 전날 내려가 여관에 묵기도 한다. 논산 제2훈련소 강연 때는 여관방이 어찌나 더웠는지 감기에 걸려 혼나기도 했다), 일주일 전부터 李선생은 원고를 쓰고 정리하고 또 고친다. 전날은 정성스런 마음으로 먹을 갈고 강연에 필요한 것들을 붓글씨로 쓴다. 너무 힘들어 보일 때도 있어 "대강 하세요" 하면 "안돼! 500명이 60분씩이면 500시간이야. 얼마나 귀중한 시간인데…" 하며 정색을 한다.

그동안 80여 곳에 8만여 권의 도서를 보냈다. 어디를 가든지 우리 내외는 동행한다. 모두들 보기에 좋다고 하신다. 이 일을 하면서 무슨 기념일 여행은 자연스레 책을 보낸 곳 중심으로 학교도 방문하고 근처 명승지도 보고 온다. 금년 30주년에는 어느 학교(부대)를 방문할까 하고 행복한 고민 중에 있다. (1997.1.24.)

2021.09.14.

고백 / 글 이희준 (미뇽 딸)
−100주년 기념문집 『그때 우리는…』

내 유전자의 절반은 엄마한테서 왔지만, 나는 엄마랑 완전히 다르다.

의심 많고, 칙칙하고, 사람들과 어울리기 싫어하고, 무표정하고, 초콜릿과 커피 사치를 즐기는 나는, 나와 정반대인 엄마의 성격이 부럽기도 하고 신기하기도 하다.

어, 지금 이 순간, 매우 놀라운 깨달음이 휙 지나갔다.

나는 스무 살이 넘도록 단 한번도, 엄마가 밝고 따뜻한 사람이라는 생각을 해본 적이 없다는 사실…!

내 기억 속의, 내 인상 속의 엄마는 언제나 멀고, 차가운 사람이었다.

밝고 따뜻함 부문에 있어서 엄마는 누구에게나 별 다섯 개 만점을 받을 사람인데, 왜일까.

왜 내 기억 속의 엄마는 멀고 차가울까… 너무나 이상한 일이다. 무의식과 의식을 더듬어 본다.

어린 나의 생일 사진이 보인다.

개다리소반에 하얀 케이크가 덩그러니 놓여 있다.

나는 엄마를 올려다보고 있고, 엄마의 차분한 얼굴은 소리 없이 그러나 깊이깊이 슬퍼 보인다.

장롱 거울 안에는 엄마와 나를 찍느라 사진기를 들고 벽에 비스듬히 기대있는 아빠의 모습이 비치고 있다.

나와 연년생이던 언니가 병으로 죽은 지 얼마 지나지 않았을 때다.

하루 종일 안고 들여다보고 핥아도 성에 차지 않는 천금 같은 자식을 잃은 젊은 엄마가 어떻게 웃음이 나오겠는가. 남은 자식을 껴안고 흔들며 "아이구, 이뻐라, 내 새끼" 소리가 어떻게 나오겠는가.

짧은 시간에 치유될 수 없는 슬픔이 언제나 엄마의 온몸을 감싸고 있었고, 기다림에 지친 두 돌바기는 '엄마는 나를 좋아하지 않는다'고 믿게 된 것이다.

그러더니 얼마 후에 동생이 태어났다. 엄마는 정신을 추스렸고, 새로 태어난 아기는 응당 받을 사랑을 받았다.

내가 사랑을 받은 후에 동생이 사랑을 뺏어가야 질투를 할 것인데, 나는 받아야 할 사랑을 슬픔으로 대신 받아, 동생이 받는 사랑에 질투를 느끼지도 못했다.

엄마의 사랑이란 건 내겐 아예 해당사항이 없는, 신기하고 낯선 그런 것이었다. 그러면서 내 무의식 속에 엄마는 '나를 싫어하는 사람'으로 각인되어 버린 것이다.

커가면서, 엄마가 나한테 장난을 치거나 다정한 말을 하면 나는 불편함을 느끼며 물러났다. 엄마가 야단을 치거나 엄한 목소리로 말을 하면, 싫으면서도 그게 자연스럽고 편했다.

엄마는 나를 싫어하는 사람이니까.

엄마에 대해서 다른 사람들하고 같은 느낌을 들기 시작한 것은 대학교 3학년 때부터다.

동생이 내가 다니던 대학에 입학했고, 둘 다 첫 교시가 아침 8시여서 같이 집을 나서는데, 엘리베이터를 타기 전에 엄마가 우리를 매일 안아주는 것이다.

동생은 무척 자연스러워 보였다. 나도 흉내를 내보았다.

난생 처음으로 엄마가 약간 따뜻하게 느껴졌다. 놀라운 느낌이었다. 나는 조심스럽게 웃어 보였다. 하지만 내가 내민 속살이 조금이라도 아프면 언제라도 다시 껍질을 닫아 버릴 태세를 갖추고 있었다.

그리고 17년이 지났다. 껍질은 흐물흐물해져서 어디로 없어졌다.

우리 아들이 두 살 때 폐렴으로 입원했는데, 컴컴한 병실에서 애를 업고 밤을 새우면서, 언니가 아팠을 때 엄마가 어땠을까 하는 생각을 하다가, 허둥지둥 다른 생각을 해버렸다.

목구멍이 델 듯이 뜨거워지고 가슴뼈가 으깨질 것처럼 꽈아악 조여드는데 도저히 숨을 쉴 수가 없었기 때문이다.

문제는 이 모든 이야기가 경기여고랑 무슨 상관이냐는 것인데… 주인공이 경기여고 51회 졸업생이잖아요!

2016·08·22 18:53| HIT : 881

고백 / 글 이성원 (미농 남편)

아내가 울먹이며 내민 한 토막의 글이 나를 완전히 공황상태로 몰아넣었다. 다음은 딸아이가 엄마가 나온 여학교 백주년 기념문집에 내놓은 글의 일부이다.

내 유전자의 절반은 엄마한테서 왔지만, 나는 엄마랑 아주 다르다….

언니가 아팠을 때 엄마가 어땠을까 하는 생각을 하다가 허둥지둥 다른 생각을 해버렸다.

목구멍이 델 듯이 뜨거워지고 가슴뼈가 으깨질 것처럼 꽈아악 조여드는데 도저히 숨을 쉴 수가 없었기 때문이다.

희준아, 네 언니를 생후 2년 반만에 잃고 겨우 보름 지나 네 돌이 돌아왔으니 엄마의 표정이 그럴만도 했다. '저게 이 세상에 왔다갔다는 것도 모르겠구나!' 아빠는 그게 제일 가엾었다.

언니가 아빠한테는 첫아이지 않니. 걸음마를 떼면서 틈만 나면 세발자전거도 밀어주고 아침이면 뜀박질도 같이 하면서 정이 푹 들었었나 보다.

언니가 떠난 후로는 아무한테도 그렇게 애틋한 정을 느끼지 못하게 됐고, 주위 친구들이 애를 끼고 안절부절못하는 것을 보면 '사내자식이 뭘 그래' 하고, 내가 대범해 그런 줄 알았다. 지금 생각하니 대범해서가 아니라 첫정에 호되게 데서 그리된 듯싶구나. 남자인 내가 그런데 엄마야 오죽했으랴. 엄마가 안경을 끼게 된 것도 바로 그때부터란다.

그러나 그건 어른들 사정이다.

멋모르고 유리 상자 속에 갇혀 손만 뻗히면 잡힐 듯 가까운데 있는 엄마가 아무리 소리쳐도 꺼내 줄 생각은 않고 멍하니 쳐다보고만 있었으니…. 가엾게 그런 지옥 속에서 네가 사십 년 가까운 세월을 살아왔구나.

중학교 입학식 날 담임선생님 눈에 네 표정이 하도 어두워 집안에 무슨 문제가 있는 아인가 보다고 생각했단 말을 전해 듣고 아빠는 엄마랑 깔깔대고 웃었다. 우리 집이 아이들에겐 다시없는 안락한 홈이란 것을 한 번도 의심해본 적이 없었으니까.

네가 삼십 대도 중반을 넘어 네 어린 게 병으로 사경을 헤맸을 때 처음으로 옛날 엄마의 심정을 온몸으로 이해하게 되었다는 건 그나마 다행이지만, 그렇다고 잃어버린 네 청춘을 되돌려 줄 수 있는 것도 아니니, 둘째야, 정말 미안하구나. 엄마 아빠를 용서해다오.

이렇게 앞뒤가 꽉 막히면 아빠는 언제나 마지막으로 고대 그리스의 철인 에픽테토스의 교훈에 기댄단다.

"네 힘으로 바꿀 수 없는 것은 조용히 받아들이고, 네 힘으로 바꿀 수 있는 것은 용감히 바꿔 나가라."

아무리 안타까워도 과거는 바꿀 수 없는 일 아니냐. 지금 온 식구가 정성을 쏟고 있는 네 살배기 네 아들아이에게 우리 모두 힘을 합쳐 행복한 미래를 열어주자꾸나.

지금 우리 힘으로 바꿀 수 있는 건 그것뿐일 것 같구나.

그나저나 아이 하나 기른다는 것이 이리도 어려운 일이로구나.

고모노 리포트 KOMONO REPORT

·

이성원(李晟遠) 편

日本체류 七年
三重縣三重郡菰野一鈴鹿國定公園(미에켄 미에군 고모노-스즈카국립공원)
2014. 4. 1.~2021. 3. 31.

Prolog

학창시절 75년 생애 설계를 잡아본 적이 있었습니다. 25년 공부하고, 25년 일하고, 마지막 25년은 내가 좋아하는 지적취미 생활을 해보자.

1950년 즈음엔 75세라면 꽤나 긴 장수편에 들었습니다. 친구 부인이 전해 듣고, "참, 꿈도 야무지셔라." 웃었습니다.

그러던 것이 금세기 들어 갑자기 100세 시대가 열리지 않았습니까. 하늘이 주신 이 소중한 25년을 어디에 쓴담.

"어디 외국에 나가 한번 살아보았으면…." 생전 이루지 못한 제 꿈이었습니다.

그래, 이김에 일본에라도 가보자. 소학교 6년 동안 일본말을 배웠고, 해방 후 읽은 책은 모두 일본어판뿐이었습니다. 말에 지장이 없고, 인정 기미가 비슷한 일본이라면 큰 탈은 없겠지.

나고야 공항을 거쳐 들어가는 산골짝에 방 한 칸을 얻어 아내와 둘이서 신접살림을 꾸렸습니다. 매달 서울과 일본을 반반 오가며, 지나온 80 평생을 돌아보는 시간을 가져 보자고 생각했습니다.

「몽테뉴 수상록」을 길라잡이로 잡은 것이 큰 요행이었습니다. 많은 것을 배우고, 많은 것을 깨닫는 기회가 되었습니다.

－6·25 전쟁 중 학창 생활을 보낸 것이 청춘을 잃은 것은 아니었구나.

－사교성 없는 것이 반드시 인생을 실패로 몰고 가지는 않는다.

－머리 회전이 느리다고 꼭 사회생활에서 손해를 보는 것만은 아니구나.

- 기억력 나쁜 것이 무능과 직결되는 것은 아니다. 이런 오랜 가슴 속 숙제가 하나하나 풀려나갔습니다.
- 나의 일생은 재난의 연속이었다. 그러나 그런 일은 한 번도 일어나지 않았다.
- 사람은 누구나 무한한 재능과 행복의 씨앗을 지니고 태어난다.
- 사람은 다 각각 인간의 모든 성정을 지니고 있다. 자신을 깊이 파고 들면 인간의 모든 성정을 알 수 있다.
- 타고난 자기의 성품과 재능을 찾아내어 그것을 즐길 줄 아는 사람은 신에 가까운 행복에 도달할 수 있다.
- 나의 모든 생각과 행동은 오직 행복을 찾아 누리려는 의도밖에 없다.

「수상록」에는 이런 귀중한 「인간학」의 광맥이 무진장 깔려 있었습니다.

그러다 지난해 3월 코로나로 일본 왕래가 끊기고, 올 3월 입주 7년 만에 모든 것을 버리고 철수할 수밖에 없게 되었습니다.

여기 실은 글들은 일본에서 한적한 시간에 지난 88년 생애를 돌아보며 쓴 단편들입니다.

2021년 6월 1일
결혼 54주년 기념일에
常山 李晟遠

* 원고 찍느라 고생한 아내 민용 閔勇子에게 바친다.

KOMONO Report (1)

안식년

   세상살이 80년 만에 일 년간을 스스로 안식년으로 정했다.

   25년을 배우고, 25년을 일하고, 25년을 봉사활동에 보냈다. 젊어서 생각했던 일생 75년의 스케줄이 다 끝난 셈이다.

   앞으로 무엇을 하고 지내야 할까? 정년 퇴임한 사람의 심정이 이런 것일까. 하염없이 또 5년이 흘렀다. 이제 좀 멈춰 서서 생각 좀 해보아야겠구나. 올봄 일상을 피해 연고 없는 일본 땅 산골짝으로 들어왔다.

   두 가지 과제가 떠올랐다. 하나는 지난 80년을 스스로 납득이 가게 살아왔나 돌아보는 것이고, 하나는 앞으로의 할 일을 생각해 보는 것이다.

   첫 번째의 과거 평가는 좀 시간을 두고 생각해 봐도 될 것 같지만, 앞으로의 할 일은 당장 발등의 불이다. 서둘러 방향을 정하고 이번 안식년을 계기로 실천에 옮겨 봤으면 싶은 것이다. 롤모델로 몽테뉴를 선택했다. 그의 『수상록』은 은퇴 생활기록의 표본이다. 몽테뉴는 37세 때 법관직을 사직하고 은퇴 생활로 들어갔다. (16세기엔 30대 후반이면 이미 중노인이다.)

   그는 먼저 선인들의 은퇴 후 생활기록을 검색했다. 세네카, 플루타크 같은 그리스·로마 시대의 현인들이 하나같이 조기 은퇴를 권유하고, 또 스스로 실천하고, 그리고 충고 기록을 남기고 있었다.

그들의 은퇴는 세속에서 물러나 자기 자신의 삶을 살기 위한 시도였다. 크게는 자잘한 일상에서 벗어나 대자연 속으로 들어가는 긴 과정이었지만, 은퇴 초기에 모든 은퇴자에게 정신적 위기가 찾아 왔다.

모든 인간사 구속에서 벗어나 온전한 자유를 누리는 기쁨은 크다. 그러나 할 일 없이 놀고 지내는 데는 한계가 있다. 마침내는 따분해지고 무기력증에 빠져 우울병에까지 이른다.

그런 위기에 대한 선인들의 대처방안에 두 가지가 있었다.

'지적탐구'와 '자연 탐구'다. '지적탐구'는 인생이나 종교 같은 인간의 정신세계 속에 뛰어들어 그 연구에 몰입하는 것이고, '자연 탐구'는 대자연 속으로 뛰어들어 그 속에 안주할 곳을 찾는 것이다.

전자가 정신내적인 탐구라면 후자는 정신외적인 탐구다. 지적탐구는 주로 서적에 의존하는 일상적인 일이다. 선인들은 특히 자연 탐구에 대해 상세히 기록하고 있다.

"마음을 열고 주의를 집중해 자연을 보라. 길가의 풀 한 포기, 나뭇가지의 새싹, 발에 채는 돌 한 덩이, 어느 것 하나 신기하고 놀랍지 않은 것이 있는가. 자연의 오묘함에 절로 탄성이 터져 나올 때 비로소 은퇴자는 무기력의 위기에서 벗어나 삶의 기쁨을 만끽하는 경지에 이르게 된다."

훗날 괴테도 덧붙였다. "자연의 회귀가 삶의 기쁨의 원천이다. 시인의 마음과 화가의 눈으로 자연을 보라. 때가 되면 돌아오는 봄, 여름, 가을, 겨울, 아침마다 떠오르는 찬란한 태양, 저녁의 달, 스러졌다 다시 피는 꽃 – 이 자연의 경이로움과 관계없이 살아가는 사람은 젊은 베르테르처럼 생의 의욕을 잃고 스스로 목숨을 끊는 지경에까지 이를 수 있다."

몽테뉴는 관찰 대상을 '인간' 하나로 좁히고 20년에 걸쳐 자신을 집중하여 관찰한 기록을 명저〈수상록〉에 담았다. 그리고 이런 말을 했다. 정신 집중에는 '글로 쓰는' 것만 한 것이 없고, 사색에는 '자연 속을 거니는' 그것만 한 것이 없다. 그는 스스로 빠졌던 은퇴자의 위기에서 벗어나 기쁨 속에 은퇴 생활을 즐기는 행복을 누렸다. 어디까지 그의 뒤를 따라갈 수 있을지는 모르지만, 우선은 그렇게 사는 방식이 있다는 것을 안 것만으로도 안식년의 첫 수확으로는 뿌듯한 일이 아닐 수 없다.

KOMONO 메모

일본에 와서 몇 가지 생활 패턴이 바뀌었다. 생활이 단순해졌다. 밥 먹고, 산책하고, 책 읽고, 일기 쓰는 일이 전부다. 한 가지 늘었다면 이곳 말을 모르는 아내를 위해 슈퍼 따라 다니는 일이다. 라디오에서 흘러나오는 일본 뉴스에는 관심이 없고, 한국 소식은 전혀 들어오지 않으니 마음이 편하다. 시간이 남는다. 옛 선비들은 책을 읽고 남는 시간에 풍류를 즐겼다. 풍류를 도통 모르니 책을 읽는 일밖에 할 일이 없다.

얼마 전 『몽테뉴 수상록』 평전이 나왔다. 『How To Live-OR-A Life Of Montaigne』. 사라 베이크 웰이라는 영국의 여류작가가 쓴 것인데, 『어떻게 살 것인가』 표제로 번역서도 나왔다. 1,300쪽이라는 방대한 양에 단락의 구분도 없이 줄줄이 써 내려간 『몽테뉴 수상록』은 좀처럼 전체를 파악하기가 어렵다. 베이크 웰의 『어떻게 살 것인가』는 이 문제를 깔끔히 해결해 주었다.

인류 역사상 가장 위대한 인생 철학자의 한 사람인 몽테뉴의 사상을 알기 쉽게 체계적으로, 그리고 바로 일상생활에 응용할 수 있도록 잘 풀어 놓은 것이다. 읽는 과정에 또 '서양사상사'의 전 윤곽이 자연스레 전달되어 역사 공부에도 아주 좋다. 이번 1년간의 안식년에 베이크 웰의 책을 가져온 것은 참 잘한 일이었다.

6·25 전란 중에 대학에 들어갔다. 전란 첫해에 집이 포격으로 부서지고, 가을에 추수한 곡식은 1·4 후퇴 때 다 없어졌다. 전공 서적 없이 공과를 공부한다는 것은 불가능한 일이었다.

공과계 원서는 비쌌다. 2년 연거푸 유급했다.

"어떻게 살아야 하나?"

대학 내내 마음을 태운 과제였다. 사회에 나가 이 고생을 계속할 양이면 차라리 지금 죽는 게 낫지 않을까. 그런 생각까지 했다. 몽테뉴는 일생 신·구교 간 30년 종교전쟁에 시달렸다. '오늘 밤 죽게 되거들랑 고통 없이 단칼에 죽게 하소서' 하고 매일 밤 기도를 했다. "어떻게 살 것인가."는 그에게는 단순한 관념상의 화두가 아니라 절실한 현실의 문제였다.

지금 몽테뉴 평전을 외지 산골짝에서 읽고 있다. 예부터 책 읽는 데 '말 위, 베개 위, 뒷간 위(馬上 枕上 厠上)'가 제일이라 했다. 외부와 완전히 차단된 곳이 좋다는 얘기다. 번역본으로 줄거리를 훑고, 원서로 한 자 한 자 삭여가며 읽는다. 영어책을 공부가 아니고 즐거움으로 읽기는 생전 처음이다. 몽테뉴의 일생 얘기를 들으며 나의 지난날을 연상한다. 그러던 중 어느 날 문득 나의 생전의 고질인 '열등의식'을 벗어나게 해준 놀라운 일이 벌어졌다.

나에게는 교제성이 없다. 대졸 후 첫 직장인 외국상사에서 30명 세일즈맨 가운데 성적이 꼴찌였다. 관청에 가서 교섭할 일이 생기면 미리 몸부터 굳었다. 남과 시비가 붙어 이겨본 적이 없다. 뇌물을 주지도 못하고 받지도 못한다. 한마디로 교제성이 없는 것이다. 인정 기미에 어두워 사람을 다룰 줄 모르고, EQ 지수가 낮아 남의 마음을 헤아리지 못한다. 이것이 거의 강박관념이 되어 일생 나의 머리를 짓눌러 왔다.

『어떻게 살 것인가』베이크 웰의 몽테뉴 평전이 놀랍게도 이 콤플렉스를 단숨에 날려 주었다. 남과 어울려 사교로 먹고사는 전반생에는 교제성이 없다는 것은 치명적 핸디캡이다. 그러나 취미생활이나 지적탐구 같은 혼자 하는 일이 중심이 되는 후반생에는 교제성은 별 볼일이 없다. 스스로를 통제하는 '셀프 컨트롤'과 '지적 IQ'가 힘을 쓴다. 이런 성품은 사교성이 좋은 정서적 EQ형 인간에겐 오히려 드물다.

지금은 후반생이다. 너는 후반생에 적합한 능력을 가지고 있다. 주춤거리지 말고 "현재에 집중해라." 그것이 행복의 길이다. 이 가르침은 나의 가슴 속에 천상의 북음같이 울려 퍼졌다. 그리고 나는 오랜 콤플렉스에서 벗어났다.

안식년은 내게 큰 의미가 있었다.

Life at Komono

고모노 생활 3개월, 인상에 남은 일들:

- 일본인의 대인 매너: 누구에게 무엇을 묻든 시간을 들여서 완전히 알아
  들을 때까지 차분차분 일러준다.
- 착각: 고모노는 시골 변두리 소도시다.
  이따금 나도 모르게 대도시 서울과 직접 비교하고 있다.
- 아이 돌보기: 외손자를 일본말도 틔워줄 겸 데려왔다. (외국인학교 초
  등 5년). 홈스테이를 생각했는데 쉽지 않다. 마침 동네에 미국인 영어
  학원이 있어 다니게 했다.
  주간 일정: 3일은 손자아일 데려갔다 데려오는 일, 2일은 이웃 유노야
  마온천 다녀오기, 나머지 2일은 아이 리조트 등 찾아가는 일. 무료하지
  는 않게 되었는데 책 보는 시간이 빡빡해졌다.
- 고모노라는 고장: 나고야와 동부 해안 중간 산골짝 유노야마 온천 지
  역. 무덥지 않고 기후가 온화하다. 인구 4~5만의 조그만 산골 도시이
  지만, 옛 '히지가다항' 성이 있던 터라 절 같은 유적이나 마쓰리가 많다.
  빈 땅이 많고 값이 싸 새 개발지역으로 대형 몰 같은 편의점이 몰려들
  어 생활에 편리하다.
  전철 20분 거리에 미에켄 제일의 '욧카이치'시가 있어 좀 큰 구매나 문

화시설 이용에 어려움이 없다. 매주 참가하는 로터리 클럽도 그곳에 있다.

- 일상생활: 20평 아파트는 두 사람 살기 알맞고, 방이 셋이 있어 내방객 두 가족 수용엔 지장이 없다. 겨울에도 얼음이 얼지 않아 난방시설이 없다. 예전에는 화로로 견디었는데 요즘엔 냉난방 겸용 에어컨이 있어 외국인도 견딜 만하다.

  월세 4만 엔에 생활비도 서울이나 별반 차이가 없다. 유일하게 비싼 게 교통비다. 택시는 워낙 비싸지만 기차, 자동차 다 만만치 않다.

- 독서: 서울서 손 못 대던 대작이 어려움 없이 소화된다. 아내는 박경리의 『토지』, 손자애는 유고의 『레미제라블』 원작, 나는 몽테뉴 평전 『How To Live』.

- 물: 시내를 흐르는 개천의 물이 놀랍게 맑다. 호텔서도 수돗물을 음료수로 쓴다. 전국적으로 물관리가 아주 잘 돼 있는듯싶다.

- 휴대전화: 전철 속에서 휴대전화로 통화하는 사람이 한 사람도 없다.

- 사람들 표정: 미국 젊은이들도 표정에 그늘이 없지만, 일본 젊은이들도 다 선량한 표정들을 하고 있다. 집마다 꽃이 그득하다.

- 상품의 신뢰성: 생선회나 생 야채를 신경 쓰지 않고 사다 먹는다.

  세든 아파트는 30년 전 건립인데 구석구석 쓰기 편하게 빈틈없이 설계돼 있다.

- 무인역에서 생긴 일: 무인역 요금정산기 앞에서 쩔쩔매고 있는데 타고 온 전철 기사가 내려와 완전히 처리해 주고 떠나갔다. 착발 시간을 생명처럼 여기는 전철에서 이럴 수가 있나. 5분은 족히 지연되었으리라.

- 집집마다 가게: 고모노는 옛 성터라 당시 상가 모습이 많이 남아있다. 지금도 뒷골목엔 집집마다 가게를 내고 있다. 이발소, 옷가게, 집수리, 접골원, 자전거포, 만화가게, 미용원, 중고생교습소 - 4·50년 전 시골

거리를 재현해 놓은 분위기다. 현대식 대형 몰과 공존하는 모습이 정겹다.

- 라디오: 유일한 정보원이라 계속 틀어 놓는다. 지진, 쓰나미 얘기가 일상적인 것이 인상적이고, 범죄 얘기가 뜻밖에 많다.
- 인사세: 고등학교 아이들이 단체로 길을 가다 길 건너 우리 내외에 모두가 각자 인사를 한다. 길 가다 스치면 모두 서로 인사를 나눈다.
- 모국어: 일본에 건너와 석, 박사 학위를 받고 70 평생 일본 대학에서 근무하고 있는 아내 동창생이 동경서 놀러 왔다. 강의 준비 때문에 당일로 돌아가야 한다며 이런 말을 했다. "여섯 시간 동안 우리 말을 지껄이고 나니 살 것 같다."
- 검은 양산: 뜨거운 햇볕을 가리기 위해 쓰는 양산들이 예외 없이 검은 색깔이다. 지진 쓰나미와 관계가 있는 걸까.
- 중고생 모습: 좁은 시골길이라 보도가 따로 없다. 아침 등교 시간이면 좍 몰려 두 줄로 걸어간다. 몸을 꾸부정하게 앞으로 구부리고 오리같이 목을 쭉 빼고 걷는다. 어깨를 펴고 고개를 번쩍 들고 씩씩하게 걸으라고 학교에서 일러주지 않나 보다. 우리 때는 그랬다.
- 이웃 왕래: 농촌 지역에 들어가 이웃과 사귀고 지내보는 게 일본에 온 목적 중 하나였다. 그런데 당분간 가능성이 없어 보인다. 책방 가게 아주머니와 인사하고 그 집 아이와 손자 아이를 왕래시킨 게 유일한 성과였다.
- 사회 인프라: 어디를 가나 옮겨 타는 차가 바로 연결되게 시간이 짜여 있다. 사회 인프라의 높은 수준을 느끼게 한다.
- 일본인의 어조: 우리가 말을 도레미파의 '미'조로 얘기한다면 일본 사람들은 한 옥타브 높은 '파'조로 얘기한다. 여자들은 더 높아 알아듣기 힘들 정도다.

- 이런 일본인: 루신(魯迅)이 젊어서 일본 센다이대학에서 의학을 공부했다. 주임교수가 너무 정성껏 지도해 감동했다. 후에 중국에 돌아가 일본 침략에 대항해 매서운 필봉을 휘둘렀지만 일본인에 대해서는 반감을 갖지 않았다.

  이번 일본 정착에 구라시나라는 젊은 일본 기자가 헌신적으로 도왔다. 또 한 사람 아무 연고도 없는 욧카이치 로터리의 아사이 회장이 적극적으로 입주를 돕고, 입주한 후에도 계속 신경을 써준다. 로터리에 처음 참석한 날도 나를 환영하는 뜻으로 자기 집의 무궁화 꽃을 꺾어다 화병에 꽂아 주었다.

- 관광여행: 생소한 일본 땅이지만 어디를 가나 나의 일본말과 아내의 눈치가 합쳐 이인삼각으로 차질없이 여행을 다닌다.

KOMONO Report (4)

자기납득에 이르는 기나긴 여정

올봄 일 년간의 안식년을 얻어 조용한 이웃 나라 산골짝으로 들어왔다. 앞으로 10년 살아갈 일과 지나온 80년을 되돌아보기 위해서다. 나는 노후 생활의 멘토로 몽테뉴를 모신다. 16세기에 쓰인 그의 「수상록」과 근자에 베이크 웰이라는 영국 여류작가가 쓴 「How To Live −OR− A Life Of Montaigne」 두 권을 가지고 왔다.

달리 할 일이 없으니 매일 책만 읽는다. 몽테뉴의 인생 얘기를 들으면서 나의 지난날을 연상한다. 몽테뉴는 평생 30년 종교전쟁에 시달렸다. '오늘 밤 죽게 되거들랑 단칼에 죽게 하소서.' 하고 매일 밤 기도했다. "어떻게 살 것인가"는 그에게는 단순한 관념상의 화두가 아니라 절실한 현실의 문제였다.

6·25전란 초기에 집이 포격으로 무너졌다. 9·28 서울 수복 후 추수한 곡식이 1·4후퇴 때 흔적 없이 사라졌다. 대학에 들어갔으나 책 없이 공과계를 공부한다는 것은 거의 불가능한 일이다. 2년 연거푸 낙제를 했다.

'어떻게 살아야 하나.' 사회에 나가 이 고생을 계속할 양이면 차라리 지금 죽어버리는 게 낫지 않을까. 그런 생각까지 했다. 그렇게 얘기를 주고받으며 몽테뉴와 함께 지내던 어느 날, 문득 내게 기적 같은 일이 벌어졌다. 나의 80년 묵은 열등의식이 하루아침에 날아가 버린 것이다.

나에게는 교제성이 없다. 대졸 후 첫 직장인 외국상사에서 30명 세일 즈맨 가운데 성적이 꼴찌였다. 관청에 가서 교섭할 일이 생기면 몸부터 굳었다. 남과 시비가 붙어 이겨본 적이 없다.

뇌물을 주지도 못하고 받지도 못한다. 인정 기미에 어두워 사람을 다룰 줄 모르고, EQ가 낮아 남의 마음을 헤아리지 못한다. 교제로 먹고살아야 하는 사회생활에서 교제성이 없다는 것은 치명적이었다. '난 무얼 해도 성공할 수 없어.' 이런 콤플렉스가 마음속 깊이 뿌리 박혔다. 그렇게 80년 이 흘렀다.

그날, 나를 이 콤플렉스의 수렁에서 건져준 그 놀라운 날에, 몽테뉴가 내게 들려준 얘기는 이런 것이었다. 사람이 행복해지는 데 두 가지 조건 이 있다. 하나는 "감정을 조절"할 줄 아는 것이고, 하나는 마음을 '현재에 집중'하는 일이다. 다행히 너는 성격이 온화해서 감정을 조절하는 데는 큰 어려움이 없다.

문제는 정신을 현재에 집중하는 일이다. 전반생 청장년기는 EQ형 인간 이 판을 치는 교제의 시기다. 그곳에서 너는 무능력자였다. 후반생은 그 러나 혼자 일을 잘하면 되는 IQ형의 세계다. 교제성 좋은 EQ형은 교제할 일이 없으니 후반생엔 별 볼일이 없다.

후반생 들어 너는 도서기증 일을 하고, 학생들 멘토를 하고, 글을 쓰고, 강연하고, 그렇게 30년 동안 혼자 하는 일을 잘 해왔다. 뭣이 아쉬워 지 금은 아무 상관도 없는 지나간 전반생의 열등의식에 사로잡혀 질질 끌려 다니고 있단 말인가.

"현재에 집중하라." 현재 행복하다면 뭘 더 바란단 말인가. 그의 말을 듣는 순간 나는 꽉 막혔던 숨통이 탁 트이고 마음이 편안히 가라앉는 것 을 의식했다. 80년 동안 묶였던 쇠사슬이 스르르 풀리는 이 상쾌함을 그 누가 상상이라도 할 수 있을까.

80년 기나긴 여정 끝에 있는 그대로의 자기를 받아들이는 자기납득의 순간이었다.

(옛 어른들은 「자기납득」을 '안심입명 安心立命'이라 부르고 어머니들은 '사주팔자'라 받아들였다.)

10년 여생의 설계

앞으로 10년을 어떻게 살까. 80세, 올 1년의 연구과제다. 「몽테뉴 수상록」을 들고 일본 산골짝에 들어온 지 6개월이 지났다. 4백 년 전 책이지만 사람의 인정이나 인간성이라는 게 10만 년은 가야 조금 바뀔까 말까 하다니 몇백 년이란 시차는 대수로울 게 없다.

한 달에 한 번꼴로 서울엘 다녀온다. 이번에 올 적에는 자사(子思)의 「중용(中庸)」을 가지고 왔다. 언젠가 박종홍 교수가 사서삼경(四書三經) 중 으뜸가는 경서라 지목한 책이다.

'하늘에서 타고난 성품을 천성(性)이라 하고, 천성을 따라가는 것이 사람이 걸어갈 길(道)이다. 그 길을 닦는 것이 「敎」육이다. (天命之謂性 率性之謂道 修道之謂敎)' 대학 시절 중용의 이 첫 구절을 읽고 몹시 감격했던 기억이 난다. 인생 철학은 이 한 구절이면 끝나겠다고 생각했다.

중용보다 2천 년 뒤에 나온 「몽테뉴 수상록」은 마치 몽테뉴가 중용을 읽고 그것을 실천해 본 기록이 아닌가 싶게 둘의 뜻이 같다. 몽테뉴는 '하늘에서 타고난 천성'이 어떤 것인지 자기를 몰모트로 추구했다. "인간은 자연에서 주어진 성질대로 사는 것이 정도(正道)이고, 또 그렇게 사는 수밖에 없으며, 그게 행복해지는 유일한 길이다." "너 자신을 알고, 자연을 따르라."가 그의 생활 모토였다.

자사(子思)는 공자의 손자다. 2천 5백 년 전 글을 일반인이 원문만으로 이해한다는 것은 거의 불가능하다. 마침 린위탕(林語堂 1895~1976)이란 중국 태생의 석학이 현대적 감각으로 「중용」의 뜻을 풀이해 세상에 내놓은 책이 있다. 『생활의 발견』이다.

본래 '중용'이란 양극에 흐르지 말고 태어난 대로 자연스레 가운데 길을 택해 '고만고만하게' 살아보라는 주창이다. 재미있는 대목에 이런 것들이 있다.

〈중용의 노래〉
세상만사 고만고만해,
살아볼수록 중용이란 참 신통도 하지.
씹으면 씹을수록 새 맛이 난다.
도시와 시골의 중간에 살고,
일 반, 놀이 반, 아랫사람한테도 고만고만.
집은 크지 않고 작지도 않고,
옷도 사치 않고 남루도 않게,
입사치도 고만고만, 아내 머리도 고만고만,
이 몸도 반은 하늘로 가고,
나머지 반은 자손에 남겨.
술도 얼큰히 반쯤 취하고,
꽃도 볼만한 건 반쯤 폈을 때.
배 타면 반 돛대, 말 타면 당겼다 늦췄다,
재물도 많으면 마음고생,
그렇다고 가난하면 비굴해 탈.
세상은 희로애락 뒤엉킨 고장인데,

고만고만 반쯤이 제일 현명해.　　　　　　(李密菴)

행복 처방에 동서 철학이 똑같이 두 갈래 길을 제시한다. 노자, 장자와
에피큐리안은 세속에서 도피하라 하고, 유학 선비와 스토아는 사회에 적
극 참여하라고 한다. 도피파는 철학자고 참여파는 정치가다. 그러나 절대
다수 일반인은 철학자도 아니고 정치가도 아니다. 양극 사이 중간지대에
서 고만고만한 생활 속에 조촐한 행복을 찾아야 한다.

인생 문제를 논한 동서고금의 철학을 다 뒤져봐도 행복을 얻는데 이 고
만고만한 중용의 길 이상의 진리를 찾아볼 수 없다.

주변 행복인의 사례를 봐도 그렇다. 경제적으로 집세에 몰릴 만큼 가난
하지도 않고, 그렇다고 전혀 일을 하지 않아도 될 만큼 부자도 아니고,
독서는 하지만 전문가 수준은 아니고, 글은 쓰지만 기고해도 이따금 실리
기도 하고 퇴짜 맞기도 한다. 게으름 반 부지런 반, 활동과 나태의 완전한
밸런스 속에 산다. 나이 들면서 겨우 생활에 여유가 생겨 많이는 못 해도
다소는 사회에 기부도 하고, 고명하진 않아도 주위에선 이름이 다소 알려
지기도 한, 그런 교양있는 중산계급이 가장 행복한 부류로 꼽힌다.

이런 종류의 생활이 사람이 가장 행복을 느끼고 세상을 편히 살아가는
중용의 길이라는 것이 임어당 선생의 맺음말이다.

일상에서 벗어나 살아보았으면

젊어서 한가지 꿈이 있었다. 미국에서 1년, 유럽에서 1년, 일본에서 1년을 살아보고 싶었다. 먼 미국이나 유럽에의 꿈은 접을 나이가 되었고, 이제 마지막이다 싶어 지난 4월 가까운 일본에 건너왔다.

일본은 말이 통하고 책을 통해서 아주 낯익다. 일본 강점기에 국민학교에서 일본 책으로 공부했고, 해방 후 중고 때는 일본 책밖에 나와 있는 게 없었다. 고2 때 6·25가 나서 대학 졸업 때까지도 한글책과의 인연이 완전히 두절되었다. 나의 동년배들은 지금까지 75년 동안 일본 책만을 읽게 된 친구가 적지 않다.

올 1월 들어 일본 갈 작업을 시작했다. 우연히 친구한테 소개받은 일본의 기자 한 사람이 준비 과정을 전적으로 도왔다. 중부 태평양 연안의 미에켄 안쪽의 온천지대에 20평 월세 아파트를 얻고 신혼살림처럼 말끔하게 차려 놓았다. 그곳에서 사용되는 휴대전화며 인터넷 연결망까지 맞춰 놓았다.

일본 사람들이 대체로 성실하다는 말은 듣고 있었지만, 구라시나(倉科信吾)라는 이 젊은 기자의 지극정성에는 정말 마음속으로부터 놀랐다. 아무 이해관계도 없는 이웃 나라의 한 노인한테 누가 이렇게까지 할 수 있을까.

현업에서 손을 떼고 나면 누구나 혼자 살아갈 방도를 궁리해야 한다. 예전에 읽어 즐거웠던 책을 다시 펼치고, 아름다운 산천경계에서 풍류를 즐기라 한다. 마침 찾아든 곳이 산골 온천향이라 풍류엔 아주 안성맞춤인데, 워낙 입에 풀칠하기 바빴던 6·25 세대라 노는 방면엔 아주 깜깜이다.

다행히 독서는 나의 유일한 취미여서 깊은 감동을 받았던 책들을 다시 펼쳐 읽어보았다. 그 한가운데에 가와이 에이지로 교수의 『학생에게 주노라』라는 책이 자리를 잡고 있었다. 첫사랑과 만남이 운명이듯, 책과 만남도 운명이 아닌가 싶다. 전시 대학 1학년 때 고서점에서 우연히 집어 든 책 한 권이 젊은 나의 영혼을 뒤흔들어 놓았다.

세상에는 두 개의 세계가 있다. 눈에 보이는 물질세계와 보이지 않는 정신세계. 잘 먹고 잘사는 동물적 세계와 정신적「가치」의 세계다.

"교육의 최고 목표는 '진선미를 갖춘 인격'을 형성하도록 돕는 것이다. 대학의 전문 기능 교육은 생활을 위한 방편이지 교육의 목표는 아니다."

8·15광복과 6·25전쟁의 소용돌이 속에서 학교에 다녀야 했던 우리 세대는 이런 철학적 사고에 접할 기회가 전혀 없었다. 정보의 홍수 속에 지새우는 지금의 젊은이들이 보면 우스워 보일지 모르지만, 나는 이 가르침 앞에서 하늘 아래 또 하나의 '별천지'를 엿보는 경이감에 압도됐다. 그 교육철학이 마침내 내 인격의 뼈대를 형성했다.

이 한 권의 책이 내게 준 또 하나의 커다란 선물이 있다. 그 책에 이끌리어 주변의 기라성같은 작가들의 책을 탐독하게 되면서 일생 나의 가는 길을 밝혀준 '독서의 습관'이 걸러진 것이었다.

우리나라 강원도도 있는데 왜 군이 일본 산골짝까지 들어갔느냐 묻는 친구들이 있다. 결과를 생각해 보았다. 하나는 시간적 여유다. 일상생활에서 완전히 벗어나니 시간에 여유가 생겼다. 다음은 마음의 평화다. 신문이나 TV, 주변에서 들리는 소리, 이런 바깥소식이 완전히 차단되어 마음이 편하다.

또 몸의 편안함도 있다. 하루하루 생기는 자질구레한 걱정거리에서 벗어나니 저녁에 피곤하질 않다. 기운이 남는다. 몸과 마음이 편안하고, 생각할 '시간'과 생각할 '기운'이 남아있어, 책 읽고 글쓰기가 수월하다. 한 가지 새로 깨달은 게 있다. 정신적 작업에도 '기운'이 남아있어야 한다는 사실이다.

누군가가 말했다.

"인생교향악이 마음의 평화, 몸의 편안, 정신적 만족의 피날레로 끝나야지, 찢어진 북, 찌부러진 심벌즈의 깨진 소리로 끝나서야 되겠는가."

인간사 모두가 뜻대로야 되랴마는, 그래도 너무 아등바등하지 말고 우아하게 나이 들어야 하지 않겠느냐는 뜻인듯하다.

나의 청춘은 무엇이었나

〈게이오대학 윤인하 선생님에게〉

일본에 온 지 어언 8개월이 되었습니다. 그간 여러 가지로 신세를 많이 졌군요.

이번에 보내주신 『알트·하이델베르크』는 학창 시절 가장 감격하며 읽은 책 중의 하나입니다. 애써 찾아주신 덕에 50년 만에 다시 이 책을 손에 쥐게 되니 가슴이 떨려옵니다.

황태자 칼·하인리히는 20년간 갇혀 지내온 궁성을 벗어나 아름다운 대학도시 하이델베르크에서 짧지만 즐거운 학창 생활을 보냈지요. 많은 학우와 어울려 밤을 지새우며 토론하고, 뛰놀고, 모두의 우상인 케티의 주위를 맴돌며 한껏 젊음을 불태운 나날이었습니다. 이곳에서 그는 처음으로 청춘을 알고 인간을 알았습니다.

부왕 위독의 급보에 접해 급히 고국으로 돌아가는 태자에게 스승 위트너 박사가 당부합니다.

태자시여, 언제까지나 젊음을 잃지 마세요.
그것이 내가 그대에게 바라는 모든 것이외다.
사람들이 그대를 바꾸려 할 겁니다.

결코 굴하지 마세요. 지금 그대로를 지켜나가세요.

태자시여, 인간다움을 잃지 마세요.

젊은 영혼을 지닌 인간으로….

이 책을 읽고 난 후 우연히 러시아주재 대사를 지낸 일본 외교관의 가슴 아픈 회상기를 읽었습니다. 고교 때는 동경대학에 들어가려고 온 정성을 쏟았고, 들어가서는 외교관 시험에 합격하려 모든 시간을 바쳤습니다. 대학 4년 동안 즐거웠던 시간이라곤 밤 열 시에 라디오에서 흘러나오는 십 분간의 재즈 음악을 듣는 게 유일한 것이었습니다.

"나의 청춘은 무엇이었던가?"

태자와 대사의 너무나 대조적인 대학 시절 얘기를 듣고 나 자신을 돌아보고 큰 충격을 받았습니다.

"내 청춘은 무엇이었던가?"

나의 대학 생활은 전란 중의 피난지에서였습니다. 잘 곳도 먹을 것도 없이 이리저리 쏘다니던 일, 비싼 공과 책을 살 수 없어 4년이 지나도 졸업을 못 하고 2년을 유급하던 일, 영양실조로 밤눈이 안 보이고, 찬바람이 스치면 온몸에 두드러기가 솟던 일.

"나의 청춘은 무엇이었던가?"

대학 시절을 회상할 때 유일하게 떠오르는 것은 책뿐.

"책이 청춘일 수 있을까?"

이런 충격 속에 며칠을 두고 곰곰이 생각했습니다. 괴테는 자서전의 제목을 '시와 진실'이라 이름 붙이고 이런 얘기를 했습니다. 방학을 맞아 친구들과 이태리 여행을 떠났다. 첫날 묵은 호텔에서 한 친구가 일어나 옛연인 얘기를 하고 나서 건배를 제의했다. 모두가 건배하고 잔을 내려놓으려 하자 친구가 황급히 막았다. 옛사랑을 위해 바친 잔을 다시 남의 입에 대게 하는 건 사랑에 대한 모독이다. 깨자! 장내가 온통 수라장이 되고 쫓겨나다시피 방에 돌아온 괴테는 생각했습니다.

친구는 시와 현실을 혼동하고 있구나. 시를 현실로 끌어 내리지 말고, 현실을 시로 승화시켜야 하는데, 친구는 시를 현실로 끌어내려 파탄을 가져왔구나. 훗날 괴테는 이 생활수칙이 수만 가지 인생 문제를 해결할 수 있는 키라 생각하고, 이것이 젊은이가 가장 명심해야 할 일이라 여겨 자서전의 이름을 「시와 진실」이라 붙였다 했습니다.

"나의 청춘은 무엇이었던가?"

『알트·하이델베르크』를 떠올리며 내 청춘을 슬퍼하는 것은 바로 시와 현실을 혼동하고 있는 것이 아닐까. 아무도 현실에서 그런 학창 생활을 보낸 이는 없다. 80 평생을 사랑으로 지새운 듯 보이는 괴테도 모두가 현실을 시로 승화시킨 문학작품이었지, 실생활은 극히 소박한 것이지 않았는가. 우리가 아는 세계 유명인의 개인사도 다 그러하고, 내 주위 인사나 친구들을 봐도 하나같이 실생활은 다 조용했다. (떠들썩하게 시를 현실로 끌어내린 사람들은 대개 끝이 좋지 않았다.)

"책이 청춘일 수 있는가?"

아무도 시를 현실로 살 수는 없습니다. 현실을 시로 승화시켜 살 뿐입니다. 책은 현실을 아름다운 시로 승화시켜 주는 길잡이입니다. 책은 모두의 청춘일 수 있습니다. 내 학창 생활도 꼭 '잃어버린 청춘'만은 아니었구나 하는 생각이 듭니다.

책 고마웠습니다.

(『알트·하이델베르크』는 『황태자의 첫사랑』의 원작 명입니다. 일본말로 쓰인 편지를 우리말로 아내에게 읽어주다 목이 메어 눈물이 납니다. 아내도 같이 웁니다.)

KOMONO Report (8)

옛 스승의 문하생들

〈가와이연구회 회장님 앞〉

오랫동안 가와이 선생님을 추앙해온 한국의 이성원입니다. 회장님께 인사드립니다. 제 나이 여든하나입니다. 지난봄 1년의 안식년을 얻어 귀국 욧카이치(四日市) 변두리 마을에 입주해 왔습니다.

얼마 전 욧카이치 로터리 클럽에서 강연 요청이 왔습니다. 1941년 미일 전쟁이 시작되기 전 동경제국대학 교수로 계셨던 가와이 선생이 쓴 「학생에게 주노라」하는 책 얘기를 하려 했습니다. 로터리 회원에게 모두 한 권씩 나눠 드리려 찾아보니 절판되었더군요. 70년도 더 된 책이니 그럴 만도 하지요. 아마존에 부탁해서 헌책이라도 있는 대로 모아서 달랬더니 헌 문고본을 십여 권 비싼 값에 사 보내 왔더군요. 그런데 그중에 새로 복간된 새 책이 한 권 끼어 있지 않겠습니까. 어찌나 반가웠는지.

「河合榮治郎硏究會 가와이에이지로 연구회」가 펴낸이로 되어 있어 이렇게 편지를 올립니다. 가와이 선생을 평생의 스승으로 떠받들어 온 저로서는 뜻밖에 이렇게 많은 문하생을 동지로 만난다는 것을 얼마나 마음 든든하고 기쁜 일인지 모릅니다.

돌이켜 보면 제 일생은 대학 때 가와이 선생의 저서를 만난 것이 모든 것을 결정지었습니다. 먹을 것도 잘 곳도 없고, 생사조차 기약할 수 없는 피란지 전시 대학이었습니다. 어느 나락으로 떨어질지도 모르고 방황하던 극한상황에서 선생님이 일러 주셨습니다.

'너에게는 그 누구도 그 무엇으로도 건드리지 못할 너만의 성역이 있다. 너의 인격이다. 너의 정신세계다. 너의 가치의 세계다. 모든 것을 다 떨쳐 버리고 진선미를 갖춘 너의 인격 형성을 위해 전력투구해라.'

선생님의 가르침은 스무 살 제 젊은 가슴속에 깊이깊이 뿌리 박혔습니다. 그 후의 제 인생은 그 뿌리에서 뻗어 나온 잔가지들일 뿐입니다. 그 가지마저 제게는 아주 소중합니다. '독서의 습관'이 그 가지의 하나입니다. '생각하는 힘'이 걸러진 것도 하나입니다. 글을 쓸 수 있게 된 것, 남의 앞에서 얘기할 수 있게 된 것도 제게는 아주 소중한 가지들입니다. 선생님의 이상주의가 하나의 가치관을 형성하고, 그 가치관이 인격 형성의 토대가 되고 세상을 보는 기준이 되어, 일상에 대한 판단과 선택을 이끌어 준 것입니다.

저는 후반생 들어 「청소년 도서 재단」을 설립하여 청소년들과 군부대 장병들에게 교양 도서 기증하는 일을 20여 년 하고 있습니다. 언제나 그 첫 번째 기증도서는 「학생에게 주노라」였습니다. 아들아이가 군에 가 있을 때도 이 책을 정독하라 일렀습니다. 딸아이는 이 책을 읽고 나서 제게 와 청했습니다. "아버지, 이 책 딴 애들한테는 주지 마세요." 혼자만이 갖고 싶었던 겁니다. 후에 대학병원 의사가 되어 일하면서 환자에게 가장 친절하고 사례를 받지 않는 유일한 의사로 존경을 받게 되었습니다

한 중소기업 사장은 젊어서 이 책을 못 읽은 게 한이 되어 3백 권을 복사해 전 사원에 나누어 주기도 했습니다. 어느 유명 여대 학장님은 학과 수업에 들어가기 전에 매번 10분씩 이 책에서 1절씩 뽑아 학생들에게 들려주곤 했습니다. 제게 멘토링 오는 학생 중에도 친구들에게 나눠 주고 싶다고 몇 권씩 가져가는 학생들이 있습니다.

제가 일생에 특히 큰 영향을 받은 책이 여섯 권 있습니다. 대졸 후 직장생활 때는 나쇼날-파나소닉의 창업주 마쓰시다 회장의 『사원·경영·사업의 마음가짐』, 일상 사회생활에서는 혼다 세이로쿠 교수의 『진정한 가치를 위하여』, 지식인의 생활방식에 대해서는 와다나베 교수의 『지적 생활의 발견』, 은퇴 후 생활에 대해서는 『몽테뉴 수상록』 등입니다. 이런 책들이 제 인생의 앞길을 밝혀준 길잡이였지만, 그러나 그들이 딛고 선 발판은 결국 가와이 교수의 『학생에게 주노라』가 기반이었습니다.

이번 욧카이치 강연에서 이 책을 꼭 나누어 주려 하는 것은 이 책이 끊이지 않고 젊은이들에게 널리 읽히기를 간절히 바라서입니다. 정확한 부수를 추후 다시 알려 드리겠습니다. 4, 50부가량 될 듯합니다.

안녕히 계십시오.

이성원 드림

(편지를 받고 이내 연구회 대표가 동경에서 나고야까지 찾아왔다. 나 못지않게 그도 외국의 문하생에 놀라고 감격했다고 말했다. 그리고 오는 2월 14일 관계자 백여 명이 모이는 연구대회에서 기조 강연을 해달라고 했다. 세 시간이 넘는 환담 끝에 돌아가며 이런 인사말을 했다. "책은 백 권을 기증하겠습니다. 이렇게 즐거운 대화를 나누기는 참 오랜만에 처음입니다." 나는 대회 이튿날 회원들과 함께 아오야마 묘소도 같이 동행하고 싶다고 말했다.)

안식년 보고서

　작년 정월 초 온 가족이 모인 자리에서 앞으로 1년을 일본에서 지내보려 한다는 얘기를 했다. 아이들은 다 찬성했지만, 아내는 절대 반대였다. 나이 팔십에 언제 다시 이런 시간이 있으랴 싶어 『몽테뉴 에세이』를 옆에 끼고 앉아 80년 인생을 정리해 보려는 것이다.

　4월 초하루 물 맑고 공기 맑은 일본 중부지역에 있는 국립공원 산자락에 둥지를 틀었다. 아내가 따라 왔다.

　어느덧 1년이 되었다. 특히 기억에 남는 일들을 꼽아 보았다. 젊어서부터 가슴을 짓눌러 온 '열등의식'이 풀린 점이 하나다. 첫 직장에서 세일즈 성적이 꼴찌에 랭크되고 나서, 난 생전 성공하긴 틀렸구나 하는 콤플렉스가 생겼다.

　어느 날 문득 몽테뉴가 이런 얘기를 들려주었다.

　" '현재에 집중하라.' 이것이 언제나 행복의 처방전이다. 생애 전반생은 사교가 판을 치는 비즈니스의 세계다. 그러나 지금은 후반생이다. 후반생은 혼자서 살아가야 하는 시기다. 지금 너는 혼자 잘 살아가고 있다. 무엇이 아쉬워 지금은 아무 상관도 없는 전반생 망령에 질질 끌려다니고 있는가. 지금, 이 순간에 행복하다면 그것으로 족하다. 무엇을 더 바란단 말인가."

　또 6·25 때 잃어버린 청춘을 이번에 다시 찾은 것도 큰 수확이었다.

『알트 하이델베르크』는 황태자 칼 하인리히의 학창 생활 얘기다. 피란지 전시대학에서 황태자의 아름답고 애틋한 사랑 얘기에 가슴 조이며, 나에게는 청춘이 싹도 트지 못하고 시들었다는 것을 절감했다. 이곳에 와서 게이오대학의 젊은 여교수와 황태자 얘기를 나누는 가운데 이렇게 깨달았다.

『황태자의 첫사랑』은 문학작품이다. 괴테 같은 사랑의 화신도 실생활은 극히 소박했다. 생의 진리를 찾아 대학 생활의 모든 것을 던졌다면 그것은 자아에 눈뜬 젊은이의 올바른 결단이었다. 너의 영혼을 뒤흔든 독서가 너의 청춘이었다. 폐허 속을 헤맨 세월이 '失靑春'은 아니었다. 너에게는 독서가 청춘이었다.

콤플렉스며 실청춘 얘기는 지나간 과거사 얘기다. 진정한 당면 과제는 앞으로 15년, 여생을 어떻게 살 것인가에 걸렸다. 「에세이」 마지막 장, 마지막 절에서 몽테뉴가 이렇게 일러준 것은 안식년이 며칠 남지 않은 시점에 이루어졌다. 나에게 큰 행운이었다.

"자신의 존재를 엔조이할 줄 아는 것은 신의 경지에 가까운 절대적 완성이다."

'자신의 존재'란 자기의 '재능과 욕망'을 이른다. 재능과 욕망의 누림이 최고조에 이르면 '자기실현'의 황홀경을 맛보게 되고 그것이 신의 경지에 가까운 것이라는 얘기다.

특히 몽테뉴는 그만의 독특한 '욕망 향락법'을 제시한다. 식욕 성욕 등 본능적 욕망을 동물 수준으로 감각적 충족에 그치지 말고, 그 쾌감을 의식 속으로 끌어들여 정신이 함께 즐기도록 해야 그때 느끼는 행복감이 오래 지속하고 강도가 배가한다는 것이다.

이번 일본행에 직접적 동기를 제공한 히노하라 박사의 말을 소개하고 싶다. 박사는 백 세 살 난 일본의 최고령 현역 의사다.

"나이 들어도 새로운 일을 시작하는 것을 잊지 않으면 언제까지나 활기찬 인생을 살 수 있다."

지난 한 해는 개인적으로 깨달은 것도 많았고, 책 관계로 일본인 지기도 많이 생겼다. 일본이 우리 생각보다 훨씬 큰 대국이라는 것을 알게 된 것은 놀라움이었다. 복거일씨가 한·일간 격차가 우리 남북 격차보다 훨씬 크다고 했을 때 말귀를 알아듣지 못한 것이 창피하다.

한·일간 친선은 경제, 안보 여러 면에서 일본보다 우리에게 더 절실하다. 좁은 범위지만 우호 증진에 도움이 되려 애쓰고 있다.

안식년 1년은 뜻밖에 알찬 수확을 거둔 보람 있는 한 해가 되었다.

복거일의 충정 한·중·일론

"새로운 일을 시작하는 것을 잊지 않으면 언제까지나 활기차게 살 수 있다."

그런 말도 거들어서 일본에 들어와 지낸 지 일 년이 되었습니다. 지난 2월 이곳 로터리 클럽에서 한일관계 강연 요청을 받고 주로 복거일 선생 저서를 중심으로 이런 얘기를 했습니다. 한·일 관계라면 세 가지 이슈가 있겠지요. 북·일 관계, 한·중·일 관계, 그리고 한·일 관계입니다.

북·일간에는 큰 문제가 둘 있습니다. 일본인 납치문제와 핵미사일 문제지요. 일본인 납치문제에 대해서는 결론부터 말씀드리면 이번에는 꼭 결판이 날 것이라 봅니다. 북한은 핵 개발로 국내자원을 다 소진하고 전세계의 따돌림을 받게 되어 수백만이 굶어 죽는 지경에 이르렀습니다. 그간 중국의 지원으로 겨우 나라의 명맥을 유지해 왔지만, 시진핑이 들어서면서 그나마 거의 끊겨 완전 고립상태가 되었습니다. 이제 마지막 생명줄은 일본의 돈을 끌어내는 길밖에는 남지 않았습니다. 납치문제를 해결하지 않을 수 없습니다.

공산국가는 교섭 과정에서 한없이 시간을 끌어 보다 큰 양보를 끌어냅니다. 6·25 한국전쟁에서도 개전 6개월 만에 시작된 정전회담이 2년 반 만에 타결되었습니다. 여론에 밀리지 말고 단호한 태도를 보이면 납치문제를 조기에 마무리 지을 수 있을 것입니다.

다음, 북·일간에 '핵미사일' 문제가 있습니다. 북한의 핵은 일본에 대해서는 아무런 위협이 되지 않습니다.

첫째는 공격 대상이 '남조선'이지, 일본이 아닙니다.

둘째는 북한은 전쟁능력이 거의 없습니다. 돈이 없고, 자원이 없고, 무엇보다도 석유가 없습니다.

셋째는 김정은의 권력 기반이 아직 확고하지 않습니다. 북조선의 국제 외교 비서로 한국에 망명 온 황장엽씨는 죽은 김정일에 대해 이런 인물평을 했습니다. 그들 가족은 모두 겁쟁이로 이불 속에서 활개 치는 거지, 전쟁 같은 큰일을 저지를 인물들이 못 된다. 그는 김정일의 가정교사로도 일했습니다.

넷째는, 이것이 전쟁을 일으키지 못하는 가장 결정적인 이유인데, 중국이 이 지역에서 분쟁이 일어나는 것을 절대 용납할 수 없는 처지라는 점입니다. 무역으로 부국강병의 길을 열어 과거 백 년의 국치를 씻고 옛날의 영광을 되찾으려는 중국이 북한의 불장난으로 이 대장정을 물거품이 되게 할 수는 없기 때문입니다.

그래도 만에 일이라는 게 있지 않겠느냐고 말할 수도 있겠지요. 잘 아시는 문호 나쓰메의 영어교사 시절 얘기입니다. 한 학생이 일어나 물었습니다.

"선생님, Possibility와 Probability는 어떻게 다릅니까?" 선생님이 대답했습니다.

"내가 여기 교단 위에서 물구나무를 선다는 것은 possible한 일이지만 probable하지는 않다."

북한이 전쟁을 일으킬 Probability는 나쓰메가 물구나무서는 수준보다 훨씬 더 하겠지요.

이제 중국과 한국과 일본과의 문제를 생각해 보겠습니다. 중국은 동양 패권을 위해 한국을 미·일에서 떼어내려 안간힘을 쓰고 있습니다. 불행하게도 한국은 역사 인식문제와 영토 시비 문제로 중국과 한 편이 되어 일본과 대치하는 형국이 되었습니다. 그러나 이것은 한·일 모두 사태를 똑바로 파악하지 못하고 잘못된 방향으로 가고 있는 것입니다.

첫 번째로 역사 인식문제입니다. 교과서, 야스쿠니, 위안부 문제지요. 국가의 궁극 목표는 국민의 '안전과 번영'이 아니겠습니까. 여기 비하면 역사 인식문제는 지엽적 문제에 불과합니다. 상호 신뢰만 쌓이면 그런 명분의 문제는 쉽게 풀릴 수 있습니다. 이런 사소한 문제로 양국의 안전과 번영을 해치는 일이 없도록 한일 양국이 함께 노력해야 할 것입니다.

두 번째는 영토문제입니다. 일본으로서는 한국과 독도, 중국과 센카쿠 문제를 안고 있습니다.

영토문제는 역사 인식문제와 달리 심각한 사안입니다. 그러나 같은 영토문제라도 독도와 센카쿠는 차원이 다릅니다. 섬에 딸린 자원이 그러하고, 특히 전략적 의미가 비교도 안 됩니다.

게다가 독도 문제는 당장 뾰족한 해결책이 안 보입니다. 때를 기다릴 수밖에 없겠지요. 아무 실익도 없이 서로 목청을 높이면 상호 국민감정만 해치는 외에 아무것도 얻을 것이 없을 것입니다.

센카쿠 문제는 다릅니다. 전략적으로 치명적일 뿐 아니라 오랫동안 일본 영토로 인식되어 온 터에, 중국이 급부상하면서 무력으로라도 이를 변경하려 듭니다. 일본으로서도 전방위로 이를 방어해야 할 처지입니다.

이런 때에 아무 실익도 없는 독도 문제로 한국을 중국 측으로 밀어내는 것은 일본 국익을 위해서도 현명치 못한 일일 것입니다. 한국으로서도 이런 문제로 미·일등 서방 자유 진영과 소원해지는 것은 나라의 안전과 번

영, 특히 안전보장의 입장에서 치명적 위험을 안게 됩니다.

'핀란드화(Finlandization)'라는 말이 있습니다. 핀란드가 소련에 빼앗긴 영토를 되찾으려 2차대전 때 독일 편에 섰지요. 전후 서방 자유 진영에서 쫓겨나 오랫동안 소련 지배하에서 신음해야 했습니다. 지금 한국이 가장 경계해야 할 일은 어떤 이유로든 서방 자유 진영을 등지고 중국의 영향권에 들어가게 되면 그것이 바로 '한국의 핀란드화'가 되리라는 것이 복거일 씨의 충격적 진단입니다.

한·일 두 나라 모두 어떤 문제로든 상호 '안전과 번영'을 해치는 일을 해선 안 된다는 것을 명심해야 할 것입니다.

끝으로 한국과 일본의 양국관계를 보려 합니다. 이하는 주로 한국의 저명한 지성 복거일 씨의 소론에 따른 것입니다.

양국관계를 세 시대로 구분합니다. 일제 통치시대, 광복 후기대, 그리고 현시점입니다.

첫째는 일제 통치시대의 평가입니다.

한국은 그간 주로 일본의 '강제합병'의 죄과를 단죄해왔습니다. 반면 일본은 일제하 '조선근대화'의 공을 내세웠습니다. 지난 70년간 두 주장은 끝내 접점을 찾지 못하고, 오히려 에스컬레이터 하는 양상마저 보여 왔습니다. 복거일 씨는 이렇게 해결책을 제시합니다. 이제까지 한국은 과거 일본의 행적의 '동기'에 초점을 맞추고, 일본은 식민통치의 '결과'에 초점을 맞추어 왔다.

이제 두 시각을 통합할 시점에 왔다. 한국 측은 일본의 '결과의 공'을 인전하고, 일본 측은 '합병의 죄과'를 인정하고 들어가야 한다. 복 씨는 한국인으로는 처음으로 일본통치의 공을 객관적 학술적으로 규명했습니다. (『죽은 자들을 위한 변명—21C의 한일문제』). 그리고 독자적 시각으로 그 증거를 '인구의 증가'에서 찾았습니다.

조선 말 2백 년간의 인구증가가 530만에서 670만으로 30% 안팎인 데 비해, 일제 통치할 1910년에서 1942년의 30년간에는 1,300만에서 2,700만으로 100% 이상이 증가했다. '통치의 효율은 결국 인구에 반영된다.'라는 것이 복거일씨의 주장입니다.

둘째는 광복 후의 한·일 관계입니다.

복거일 씨는 해방 후 60년간 한국은 한강의 기적을 이루는 과정에서 자금, 기술, 그리고 제품 수출에 이르기까지 일방적으로 일본의 지원을 받았다. 또 하나, 한국민이 잘 모르지만, 6·25 전쟁 때 미국의 후방기지로서의 일본의 역할이 없었다면 전세가 훨씬 불리했으리라는 것입니다. 6·25전 승리에 크게 기여했다는 것입니다.

셋째는 현시점에서의 한·일 관계입니다. 현재 한국 무역 거래의 최대국은 중국입니다. 또 한국의 통일문제를 생각할 때 중국은 제일 중요한 국가 중의 하나입니다. 그러나 어느 경우에나 한국이 자유민주 주권국가라는 전제가 절대 조건입니다.

무역 거래도 이 조건하에서 행해져야 합니다. 통일도 이 조건하에서 이루어져야 합니다. 중국은 한국에 대해 옛 종주국의 지위를 확보하려 갖은 술수를 다 구사하고 있습니다. 한국의 주권이 모르는 사이 얼마나 심각하게 침해되고 있는지 그 사례가 복씨의 저서 『한반도에 드리운 중국의 그림자』에 소상히 소개되어 있습니다.

이런 상황에서 한국이 온전한 주권을 보존하는 길은, 한국민의 확고한 자각을 바탕으로, 그 위에 미국과의 동맹 강화, 그리고 같은 위협하에 있는 일본과의 유대 강화 밖에 달리 방법이 없다는 것을 똑바로 인식해야 합니다.

현재 일본과의 불화에서 한국이 입는 경제상의 손실도 막대하지만, 그

이상으로 중국의 주권 침해에 대한 대항력에서 일본을 배제하는 것은 저 스스로 제 손발을 묶는 우를 범하고 있는 셈입니다. 이런 추세는 자칫 앞으로 2~3백 년간 자손에 노예의 멍에를 지우게 되리라는 것이 복거일씨의 충정 어린 경고입니다.

한일관계를 하루빨리 복원하는 것은 국가 주권방어를 위해서도 시급한 과제라 아니 할 수 없습니다.

일본에서 겪은 장벽들

제 나라 안에서는 별 지장 없이 진행되던 일들이 나라 밖으로 나오니 하나하나 장벽이 되어 앞을 가로막습니다. 은행 통장 트는 일이 그랬고, 의료보험 일이 그랬고, 또 교통법규 같은 사소한 일로라도 문제를 일으키게 될까 봐 조심하는 일이 그랬습니다.

일본 사람들은 조심성이 심해서 소개장 없이는 모르는 사람에 좀처럼 마음을 열지 않습니다.

꼭 외국인이라서가 아니라 자국인에 대해서도 마찬가지입니다. 격식 있는 요정 같은 데서는 일본인이라도 '처음 보는 손님'에게는 방이 없다고 사절하는 일이 예사입니다.

지난 1년 365일 중의 201일을 일본에서 보냈습니다. 오래 머물다 보니 돈을 맡겨놓아야 할 데가 필요합니다. 여권만 있으면 은행거래가 할 수 있게 되어 있는데, 실제로는 이런저런 핑계로 잘 안 되더군요. 결국, 거의 일 년 만에 은행 간부에 아는 사람이 생겨서야 해결이 되었는데, 그런 눈에 보이지 않는 장벽이 보통 두꺼운 게 아닙니다.

의료보험 문제도 큰일이었습니다. 고령에 장기 체류중이어서 보험이 있어야 안심이 되겠는데, 알아보니 고령자는 해외여행 보험이 안 된다는 군요. 친구 내외가 놀러 왔다가 부인이 감기로 병원에 가서 약 몇 봉지 받고 4만5천 원을 물었습니다. 큰 병이라도 나면 보통 일이 아닙니다. 아내와 상의해서 '무보험 대책'을 세웠습니다.

a) 큰 병이 나면 곧바로 귀국한다.

b) 감기 같은 작은 병은 자연 치유에 맡긴다. (서울에서도 그래 왔으니 이건 별문제가 없습니다.)

c) 병에 안 걸리도록 노력한다. 이게 중요한 대목입니다.

병에 안 걸리도록 하는 생활 플랜을 세웠습니다.

- 사쾌생활 플랜: 쾌면 쾌식 쾌동 쾌변 (四快生活: 快眠 快食 快動 快便)
- 快眠: 잠이 깨어도 8시간은 누워지낸다. 졸리면 아무 때나 잔다. (새벽잠, 낮잠)
- 快食: 아침: 계란, 낫토, 커피, 과일
  점심: 스시 등 생선 일식, 사케(석 잔)
  저녁: 밥, 샐러드, 맥주(한 컵 반)
- 快動:
  A. 신체 운동: 아침 누운 채로 30분: 5각 운동: 이목구비와 손가락(耳目口鼻 指)운동, 항문운동, 회음부 마사지, 발목 꺾기(각각 100번씩 반복), 일어난 후 30분: 스트레칭 중심 보건체조, # 5각 운동은 뇌 혈류를 활성화해 치매 등 뇌 질환을 예방한다.
  B. 두뇌 운동: 독서 4시간, 일기 1시간, 산책 1시간
- 快便: (아침잠 깬 후 바로) 찬물 한 컵과 요구르트「쾌변」한 병

또 하나의 큰 문제는 외국에 와서 살면 늘 긴장을 풀 수 없다는 점입니다. 아내의 여고 동창 중에 일본에 건너와 게이오대학에서 석·박사를 하

고 일본서 일생 대학교수로 봉직한 분이 있습니다. 대학교수 모임에서 한 나의 한·일 관계 얘기를 듣고 무슨 말썽이 생길까 봐 퍽 걱정하는 모습이었습니다. 외국에 와서 정주하려면 저렇게까지 세심하게 신경을 써야 하는구나 하고 적잖이 충격을 받았습니다.

생각해 보았습니다.

나는 시골 산골짝에 놀러 온 단순한 휴양객이다. 아무런 실무 일도 없다. 생활비일망정 쓰는 편이지 버는 일은 없다. 온화한 성격인 편이어서 이웃과 시비 붙을 일도 없다. 한·일 관계가 잘 되기를 바라는 축이어서 자연히 상대방에게 호의가 전달된다. 제 나라에서도 법 어기는 일을 안 했는데, 굳이 외국에 와서 법을 어길 까닭이 없다. 미처 잘 몰라서 관례에 어긋나는 일을 했더라도, 그런 정도는 해명할 일본말 능력이 있다. 그래도 정 운이 나빠 풀지 못할 착오가 생겼다면 마지막 돌아갈 제 나라가 있지 않은가.

큰마음 먹고 굳이 생소한 이국땅에 들어온 건, 인생 말기에 조용히 책 읽고 사색할 '평온한 마음'을 얻기 위해서였습니다. 여기서 조금이라도 마음에 불안이 인다면 근본적으로 이곳에 온 의미가 없어집니다. 차분히 따져보니 불안해할 이유가 거의 없습니다. 사소한 장벽은 사무적으로 처리하도록 하고, 마음은 평온을 유지하도록 노력해야겠다고 생각합니다.

신입생을 위한 대학공부 모델

-조카에게-

큰애가 올 대학에 들어갔다며 공부 방향에 대해 내게 물어 왔었지. 국내 사정은 현직 교수와 상의하는 게 나을 듯하고, 나는 최근 읽은 일본 대학 얘기를 하나 소개할까 한다. 내가 옛날 애들 키울 때 이 글을 읽었더라면 하고 아쉬운 생각이 들 정도로 잘 된 글이다. 대학 생활 전체가 들어가 있고 잘 정리돼 있다. 대개 이런 내용이다.

대학교육은 크게 세 방향으로 나눌 수 있다. 교수 중심의 '수업 교육', 학생들이 주도하는 '세미나 교육', 그리고 학교를 벗어난 '학원 밖 교육', 이 세 가지다. 과거의 대학교육은 교수가 연구한 결과를 일방적으로 학생에게 전달하는 교수 중심의 '주입식 수업'이었다. 그러나 이제부터는 학생이 각자 자기 진로에 필요한 지식을 선별해서 무장하는 '세미나 방식'이 아니고서는 후에 사회 경쟁에서 살아남을 수 없는 각박한 시대가 되었다. 왜냐하면, 교수가 전달하는 정적 학문의 교육만으로는 격변하는 시대가 요구하는 학생의 사고력과 창의력이 키워질 수 없기 때문이다.

이 원칙을 바탕에 깔고, 다음 3가지 학생 주도의 '세미나 학습'이 행해져야 한다.

一. 학업:

학생은 입학 초부터 모든 결정을 자기가 원하는 진로(직업) 방향에 맞추어 밀고 나가지 않으면 안 된다. 수강 과목도 그런 기준으로 짜야 하며, 대학이 제시한 전체 공통의 커리큘럼에 끌려가선 안 된다. 둘 사이에 공부 효율이 전혀 다르게 나타난다. 자신이 필요해서 짠 커리큘럼에 따를 때, 이제까지의 귓전으로 듣고 흘리던 강의가 생기를 띄고 내 안으로 파고 들어오게 되기 때문이다.

二. 졸업논문:

논문 작성에 여러 해가 걸린다. 논문의 테마가 담당 교수의 전공과 상관없이 제 진로와 연결되고 내가 가장 관심 있는 주제일 때, 오랜 시간 집중할 수 있고 재미가 나고 열의가 지속된다. 세미나의 동료 학생들과 서로 발표하고, 토론하고, 비판하고, 조언하며, 상호 거듭된 체크를 통하여 논문의 완성을 기하게 된다.

三. 진로(직업)선택:

입학 초부터 계속해온 진로에 대한 관심은 '커리어 의식'을 키우게 되어, 동료 학생 간에 정보 교환, 의견 교환, 고민, 방황 등을 솔직히 털어놓고 토론하게 됨으로서 점차 올바른 선택에 다가가게 된다.

교수 중심의 '수업 교육'과 학생 주도의 '세미나 교육' 외에 대학교육에서 커다란 비중을 차지하는 것이 '학원 밖 교육'이다. 5가지가 있다.

①인턴쉽: 인턴 커리어 교육도 진로와 연관 짓고 2, 3회 반복 참가해야 최대 효과를 거둘 수 있다. 또 한 가지, 인턴 경험이 중요한 것은 그것을 통하여 취업의 기본인 '자기 분석'을 정확히 할 수 있게 되기 때문이다.

②유학: 외국의 자매대학 유학은 기회가 많다. 영향이 지대하므로 꼭 실천하도록 애써야 한다. 해외여행도 인생관을 바꿀 만큼 큰 영향을 준다.

③아르바이트: 또 하나의 인턴이라 생각하고 하는 아르바이트는 대단히 유익하다. 그러나 아르바이트를 대학교육에 우선하거나 잔돈푼 목적

으로 하는 것은 금물이다.

④자원봉사: 다른 세대와의 교류와 봉사 단원 간의 인맥 형성 등에 기회를 제공하는 한편, 봉사의식을 키우는 교육 효과도 크다.

⑤자격증 취득: 영어, 한자, PC. 운전 외에 부기와 펜습자를 익혀두면 두고두고 긴요하게 쓰인다. 사회인으로 기본적인 위 자격증은 반드시 갖춰야 한다.

이상을 요약하면 대학생이 되면 중고 때와는 달리 자기 주도로 자기 교육을 챙겨야 한다는 것이다.

25년을 홀로 걷는 여정의 시작

젊어서 인생 75년을 생각했다. 25년 배우고, 25년 일하고, 25년 봉사해 보자. 한껏 길게 잡은 것이 어느새 100세 장수 시대가 되었다. 앞으로 25년 무엇을 해야 할까.

"새 일을 시작하는 것을 잊지 않으면 언제까지나 활기차게 살 수 있다." 104세 현역 의사 히노하라(日野原 重明) 박사의 말이다. 젊어서부터 한번 외국에 가서 살고 싶었다. 궁리 끝에 우선 일본에 가서 1년 살아보기로 했다. 잘한 선택이었다. 절해고도같이 완전히 단절된 고장에 들어와 사니, 밥 먹고, 책 읽고, 산책하고, 일기 쓰는 일밖에 할 일이 없다. 덕분에 뜻밖에 많은 소득을 얻었다. 한가로이 생각할 시간적 여유가 생긴 탓이다.

일생 지녀온 콤플렉스가 둘 있었다. 사교성이 없어 일생 성공하긴 틀렸다는 생각과, 6·25 때 대학을 다녀 청춘이 없었다는 한이다. 이곳에 와서 본격적으로 읽기 시작한 몽테뉴가 '성공 지급은'의 콤플렉스를 풀어주었다. 비즈니스 중심의 전반생엔 사교성이 없으면 성공하기 어렵다. 그러나 후반생은 '혼자 사는' 시기다. 감정을 조절할 '셀프 컨트럴'능력과 혼자서 즐거이 몰입할 일거리만 있으면 후반생에선 성공자다. 다행히 너는 성격이 온화하고 지적탐구에 몰입해 있다. "과거 생각을 떨치고 현재에 집중해라." 그것이 행복으로 가는 유일한 길이다. 그 말을 듣는 순간 80년 묶였던 쇠사슬이 스르르 풀려나갔다. 이제까지 겪어보지 못한 기쁨이 마음속에서 용솟음쳤다.

청춘 상실의 콤플렉스는 대학 때 읽은 『황태자의 첫사랑』 때문이었다. 황태자의 황홀한 학창 생활을 떠올리며 끼니도 거르는 나의 피란지 대학 생활에 절망했던 것이다. 그러나 그건 잘못된 생각이었다. 60년 만에 옛 책을 다시 읽으며 이렇게 깨달았다. 황태자의 생활은 '시'다. 그런 대학 생활은 현실에선 아무에게도 없다. 괴테도 말했다. 시와 현실을 혼동해선 파멸한다. "시를 현실로 끌어내리지 말고 현실을 시로 승화시켜야 한다."

너는 대학 4년을 인생탐구에 바쳤다. 너는 독서로 어려운 현실을 승화시켜 폭풍 속을 견뎠다. 그것이 너의 일생을 지탱해준 버팀목이 되지 않았는가. 독서가 너에겐 값진 청춘이었다.

너는 청춘을 잃지 않았다.

나이 80을 바라보며 자연히 모든 실무 일이 끝났다. 돈을 벌어야 할 절실한 이유도 없고, 더구나 출세니 명예와는 거리가 멀다. 아이들 책임도 다 벗었고, 이젠 앞으로 남은 세월을 어떻게 보내야 할까만 남았다. 75세 후 걸어가야 할 새 25년 여정 앞에서 이런 계명들이 떠올랐다.

- "인간의 성품은 하늘이 내린 것이다. 그것을 따라가는 것이 우리의 갈 길이다."(중용)
- "우리가 누리고 있는 이 조촐한 일상생활이 얼마나 대단한 것인지 아는 사람은 인생을 제대로 산 사람이다."(아프리카 빈민을 돕고 있는 여류작가 소노 · 아야코)
- "상하 양극에 치우치지 말고 중간지대에서 고만고만한 삶을 사는 것이 가장 행복한 삶이다."(자유중국인으로 미국서 문필활동. 임어당)
- "가고 싶은 데 갈 수 있고, 먹고 싶은 것 먹을 수 있는 사람이 가장

행복하다."(대만인. 동경대학 출신. 일본서 사업, 작품활동. 邱永漢)
- "가장 아름다운 생활이란 기적이나 호화로움 없이, 안정 속에 평범하고 인간답게 사는 생활이다."(몽테뉴: The finest lives are the common and human model in an orderly way, with no marvels and no extravagances.)

이 중에서 특히 마지막 몽테뉴의 말이 항상 마음에 걸렸다. '평범하고 인간다운 생활'이란 구체적으로 무엇을 말하는 것일까. 그것이 어째서 '가장 아름다운 생활'이 되는 것일까. 위에 열거한 중용이나 소노, 임어당, 구영한 같은 이의 말이 오랫동안 가슴속에 간직되어 있었지만, 그것이 해답인 줄 모르고 밖으로 찾아 헤맸다.

어느 날 오후 한가히 숲길을 거닐다 문득 깨달음이 왔다.

"아, 알았다. 결국, 모두가 '중류 생활'을 살라고 이르는 것이로구나!"

그간 쌓였던 단편 지식이 한순간 한꺼번에 뭉치는 느낌이었다. 그날 저녁 일기장에 'Eureka!'라고 썼다. 아르키메데스가 목욕탕 물이 넘치는 것을 본 순간, 임금이 하명한 금관 감정법을 발견하고 너무 기뻐 알몸으로 뛰쳐나오며 외친 소리다.

"I have found it! 알았다! 알았다! Eureka!"

동서고금의 철학책을 다 뒤져봐도 행복을 얻는데 고만고만한 중류의 생활 외에 더 나은 생활이 없더라는 것이 동서양 문화에 통달한 임어당 선생의 마지막 술회다.

『어떻게 살 것인가』

제1장 Don't worry about death hanging by the tip of his lips

툇마루에 앉아 햇볕을 쬐든 바싹 마른 할머니가 어느 날 안 보이면 그것이 죽는 것이었다. 예전에는 그랬다. 지금은 8·90을 살면서도 넘치는 건강정보와 의약 상인들의 등쌀에 모두가 죽음의 공포 속에 살게 되었다.

몽테뉴가 살던 16세기 유럽에서도 농민들은 때가 되면 죽는 것으로 죽음을 담담히 받아들였다. 그러나 귀족이나 지식인은 달랐다. "철학은 죽는 법을 배우는 학문이다." 로마의 철인 키케로의 말대로 죽음이 당시 철학도들의 주된 관심사였다. "죽음을 항상 생각하고, 죽음과 노상 친하게 지내면 죽음이 두렵지 않게 된다." 몽테뉴는 20대에 이미 그런 스토아파의 생각에 완전히 사로잡혀 있었다. 그러나 그런 철학에 깊이 빠져들수록 죽음은 더욱 견디기 어려운 존재가 되었다.

그러다 30대에 들면서 죽음이 철학 아닌 현실로 다가왔다. 내 몸 이상으로 아끼던 친구가 33세에 열병으로 죽고, 아버지가 신장결석으로 돌아가고, 27세난 동생이 테니스공에 맞고 어이없이 죽고 말았다. 30대 후반에 결혼하여 낳은 딸들이 갓난애 때 다섯이나 연달아 죽었다. (둘째 딸 하나가 겨우 성인이 되었다.) 그는 죽음에 대해 노이로제가 되었다. 그러던 어느 날, 말을 타고 산책 중에 그를 전속력으로 뒤쫓아 온 하인이 뒤에서 세게 덮치고 말았다. 후유증이 3년이나 지속된 큰 부상으로 처음에는 생명이 입술 끝에 매달린 양상이었다고 회상하면서 그는 당시의 임사체험을 상세히 기록했다.

죽는 과정은 힘든 것이 아니었다. 의식이 약해져 아프거나 괴로운 줄을 몰랐다. 피를 토하고 몸을 뒤틀고 옷을 잡아당기고 몹시 고통스러워 보였지만, 내면은 아주 고요하고 편안하게 둥둥 떠내려가는 기분이었다. 이 뜻밖의 경험이 그를 죽음의 강박관념에서 해방시켜 주었다.

"죽음을 걱정하지 마라."

이것이 그를 모든 속박에서 풀려나게 한 기본 인생관이 되었다.

"죽게 되면 자연이 알아서 모든 것을 완벽하게 처리해 준다. 그 문제로 고민하지 마라."

죽음의 공포를 벗어나면서 그는 새로운 사는 법을 발견했다.

"이 세상은 그 표면 위를 미끄러지듯 둥둥 떠 흘러가는 것이 좋다."

그리고 되살아난 스스로를 되돌아보면서 생명이라는 것이 대단히 흥미로운 존재이고, 그 감각과 경험이 일생을 걸고 탐색할 가치가 있는 대상이라고 생각했다. 그 탐색의 기록이 그의 일생의 과업이 되고, 그에게 영원한 생명을 불어넣었다. 이리하여 몽테뉴는 중년을 기해 이제까지의 모든 짐을 벗어 던지고, 새로운 삶으로 재탄생한 것이었다.

KOMONO Report (15)

日記의 힘

    일제 군국주의 시절에도 일본의 지성인 가운데는 정신이 똑바로 박힌 인사가 적지 아니 있었다. 나가이 가후(永井荷風)라는 유명 작가도 그중 한 사람이다. 전후에 공개된 그의 일기장에 놀라운 내용이 담겨 있다. 무엇보다도 일본의 앞날을 내다보는 그의 혜안이 무섭게 날카롭다. 1941년 미일 전쟁이 일어나기 20년도 전에 이미 그는 어리석은 군부의 무리가 필경 전쟁을 일으켜 결국은 국가 존망의 기로를 가져오게 될 것이라 예견했다.

    전쟁 당시 신문 라디오 할 것 없이 모두가 99% 거짓 보도를 했다. 해군이 궤멸 상태인데도 '적군에 결정적 타격을 입히고 아군의 피해는 가볍다'라는 식이었다. 일반 국민은 다 속았지만, 이 작가는 홀로 사태를 똑바로 파악하고 있었다. 다같이 통제된 보도를 접하면서 어떻게 하면 그런 일이 가능했던 것일까. 후배 언론인들이 몹시 궁금해했다. 그것이 바로 '일기의 힘'이었다는 것이다.

    일기를 쓴다는 것은 일단 자기가 생각하고 있는 것을 문자화하기 위해 머릿속에서 정리해야 한다. 다음에 써 내려가며 다시 한번 생각한다. 마지막으로 써놓은 것이 과연 올바른가? 찬찬히 들여다보며 스스로 자신을 비판한다. 그런 과정을 통해 거짓 기사를 꿰뚫는 힘이 생겨났다는 것이다.

    여섯 권으로 된 나가이 작가의 일기엔 위안부 얘기도 나온다. 미·일

전쟁을 일으키기 4년 전 중국 침략전쟁을 시작하면서, 이미 일본군은 업자를 시켜 자국 내 창녀를 모집하여 북경에 위안소를 차리도록 했다. 나가이는 통탄한다. 말로는 풍기 문란을 이유로 국내에서는 댄스홀까지 폐쇄시키면서 밖에 나가서는 공공연히 매춘굴까지 차리는 이 군부라는 작자들은 도대체 어떻게 된 인간들이냐. 하루빨리 미군이 쳐들어와 이 망나니들을 깡그리 없애주는 것이 일본을 위해서도 바람직하다고까지 극언했다.

지난 80년 세월을 돌아보고, 앞으로 살 일을 생각해 보자고, 절해고도 같은 일본 산골짝에 들어온 지 어느덧 일 년 반이 되었다.

그간 개인적으로 무척 소중한 수확이 둘 있었다. 이제 '일기의 힘'을 발견함으로써 수확이 셋으로 늘었다. 앞선 수확 둘은, 첫째가 '사교성 부족으로 일생 성공하긴 틀렸다'라는 콤플렉스를 벗은 것이었고, 둘째는 6·25 전란으로 내게 '청춘이 없었다'라는 한이 풀린 것이었다. 이제까지는 이 두 가지 수확이 조용한 산속에서 시간과 기운에 여유가 있어 생긴 것이라 여겨왔다.

그게 아니었다. 이곳에 와 시간이 남아돌아 매일 밤 한 시간씩 일기를 써온 것이 그런 뜻밖의 수확을 가져온 것이었다. 앞으로 사무실을 찾아오는 대학 멘티들이나 젊은 후배들에게 적극적으로 일기를 쓰도록 간곡히 권장해야겠구나 하는 생각이 든다.

'인간학'의 보물창고로 일컬어지는 『몽테뉴 수상록』도 그가 20년간 자신의 의식세계를 추적한 일기장이었고, 쉬 발간되어 독립운동사를 장식할 『이승만 일기』도 그의 40년간의 항일 운동의 일기장이었다. 그러한 대외적 영향력이 아니더라도 일기는 매사에 주의를 집중시켜 쓰는 이의 고민도 풀어주고, 사고력을 키우고, 인간을 성장시키는 힘이 있는 듯하다.

은퇴·한가·고독·우울

『몽테뉴 수상록』 20년 여정의 출발

몽테뉴가 법관직에서 은퇴한 건 37세 때였다. 16세기 40대면 지금의 60대다. '자유·평온·한가'한 『자기를 위한 생활』을 확보하기 위해서였다.

뜻밖에 '한가'한 것이 문제를 일으켰다. 아무 일도 안 하니 평온은커녕 직장에서 일할 때보다 백배나 더 마음이 어지러웠다. 그때 심경을 몽테뉴는 은퇴하고 2년이 지난 후 이렇게 적고 있다.

무위無爲에 대하여 (On Idleness)

기름진 땅일수록 그냥 내버려 두면 쓸데없는 잡초들만 무성히 자란다. 개간하고 좋은 씨를 뿌리지 않으면 안 된다. 마찬가지로 우리 정신도 한 가지 중요한 주제를 주어 거기 전념시키지 않으면 쓸데없는 잡념과 어리석은 생각만 끝없이 되풀이하게 된다. 최근에 와서 나는 얼마 남지 않은 여생을 한가로이 보내려고 직장을 그만두고 집에 들어앉았다. 딴 일에는 일체 관여하지 않고 제 자신의 생활에만 마음을 쓰려는 생각에서였다. 그러나 할 일 없이 지내다 보니,

"한가하면 종잡을 수 없는 생각들만 연달아 머리를 메꾼다."
(Leisure always breeds an inconstant mind. —Lucanus)

오만가지 잡념만 계속 떠올라 밖에서 일할 때보다 백배는 더 마음이
어수선하게 되었다. 나는 이 흐트러진 정신을 다잡기 위해 온 정성을
기울여 글 쓰는 일을 시작하였다.(수상록 1부 8장)

이것이 결국 그를 은퇴 후의 고독과 우울의 위기에서 구출하였다. 글의
주제가 처음에는 세네카, 플루타크 같은 그리스·로마 시대 현인들의 글
이었으나, 그것이 차츰 자기 자신에 대한 얘기로 바뀌어 나갔다. 본래 은
퇴의 목적이 '자기'를 위한 생활이었으니 먼저 자기를 정확히 알아야 했
다. 대수롭지 않게 여기고 시작한 '자기연구'가 그 후 20년 죽는 날까지
지속되었고, 그것이 후세에 인간학의 보고로 인류 문화사의 한 페이지를
장식한 『몽테뉴 수상록』의 탄생으로 이어졌다.

작년 4월 나이 80에 말미를 내어 지나온 세월을 돌아보려 아내와 함께
일본 깊은 산골짝 속으로 들어왔습니다. 처음 몇 달은 책도 읽고 산책도
하며, 걱정하던 현지 적응도 그런대로 순탄히 풀려나가는 듯했습니다. 그
런데 차츰 '심심하고 따분해 무료하다'라는 기분이 들기 시작했습니다. 이
것이 점점 강해지면서 이러다간 이곳 생활이 깨질지도 모르겠구나 하는
위기감마저 들게 되었습니다.

그런데 참 기연입니다. 지난 9월에 시작한 「몽테뉴 교실」(四木會)에서
쓰는 텍스트의 제2장이 바로 몽테뉴의 은퇴 위기를 다루고 있는 게 아니
겠습니까. 그는 글을 씀으로써 위기를 벗어났고, 어쩌면 그것이 내 문제
해결에도 도움이 되지 않을까 싶어 정신이 번쩍 들었습니다.

그런데 다시 생각해 보니 사정이 달랐습니다. 실은 나 자신도 지난 일

년 동안 책을 읽고, 자신을 돌아보고, 글을 쓰는 작업을 하고 있었는데, 그런데, 막혀 버렸던 거였거든요. 무엇이 문제였을까. 생각해 보고 깨달았습니다. 문제 해결에 임하는 자세가 달랐던 것입니다.

천재인 몽테뉴가 모든 노력을 기울여 위기에 도전하는 데 반해, 범재인 내가 지적 유희 삼아 노닥거려 왔으니 말입니다.

"공부하는 자세를 바꾸자!"

이런 결심을 하고 나니, 저도 모르게 책 읽는 긴장도가 달라지고, 따분하던 기분도 차츰 사그라지는 느낌이 들었습니다. 그러나 이제 초입입니다. 몽테뉴 본을 따라 앞으로 계속 이 실험을 밀고 나가보려 합니다.

삶과 죽음 사이
-몽테뉴의 사생관을 따라서-

"사람은 누구나 제 안에 인간의 모든 성질을 다 지니고 있다."

몽테뉴는 자신의 성질을 모두 들추어내면 그것이 인간의 성질을 모두 들추어내게 될 것이라고 생각했다. 40세부터 60세까지 이십 년에 걸쳐 그는 자신에 관해 떠오르는 생각을 하나도 빠짐없이 기록해 나갔다. 『몽테뉴 수상록』은 이렇게 탄생하여 '인간학'의 보고로 인류 문화사의 빛나는 한 페이지를 장식하게 되었다.

그 가운데 가장 중요한 대목의 하나가 그의 사생관이었다. 그가 살았던 16세기만 해도 의술이 민간요법 수준을 크게 벗어나지 못했다. 멀쩡하던 사람이 어느 날 갑자기 죽어 나가면 사람들은 죽음에 대한 공포로 몸을 떨었다. "철학은 죽는 것을 배우는 것이다." 키케로 같은 고대 그리스 현인들의 주된 관심사가 죽음에 관한 것이었다. 20대부터 그리스 철학에 깊이 빠졌던 몽테뉴도 죽음의 공포에서 헤어나지 못했다.

상념에 그쳤던 공포가 30대 들어 그에게 현실로 다가왔다. 라 보에시라는 둘도 없는 친구가 열병으로 갑자기 죽었고, 건강하던 아버지가 신장결석으로 돌아가고, 동생이 테니스공에 맞아 어이없이 죽었다. 그 무렵 결혼해서 낳은 딸들이 태어난 지 얼마 안 되어 다섯이 죽고 하나만 겨우 살아남았다. 죽음에 대한 노이로제로 그는 집에서 십 리 밖에 안 떨어진 곳에 나갔다가도 집에 돌아갈 때까지 살아남을 자신이 없어 급히 유서를 써놓기도 했다.

"죽음과 친해야 한다." 아무리 스토아 철인들의 계명을 듣고, 또 죽음을 앞둔 역사적 인물들의 의젓한 언행록을 공부해도 오히려 공포심만 더욱 커질 뿐이었다. 그러던 중 40대 초 어느 날 뜻밖에 죽음과 맞닥뜨리는 사건이 터졌다.

말을 타고 산책길에 나섰던 몽테뉴를 급히 뒤쫓아온 하인이 커다란 말로 뒤에서 덮치고 말았다. 실신하고, 동이로 피를 토하고, 한참 사경을 헤매다가 희미하게 감각이 돌아오는 '임사체험' 과정을 그는 이렇게 기록하고 있다.

"밖에서 보기에는 온몸이 피투성이가 되고, 가슴을 쥐어뜯고, 몸을 뒤틀고, 통증에 몸부림치는 모습이었다. 그러나 당시 나는 조용히 둥둥 떠내려가는 편안한 느낌이었고, 오히려 잠들 때처럼 달콤한 기분마저 들었다. 극도로 쇠약해진 이성은 모든 판단력을 잃었고, 감각은 고통이나 불쾌감을 전혀 느끼지 못했다. 죽는다는 것이 슬픔이나 괴로움을 못 느끼는 평온한 상태라는 것을 알게 되었다."

이 사건을 계기로 그는 죽음의 공포에서 서서히 벗어났다. 그리고 깨달았다.

"죽음이란 삶과 동떨어진 별개의 존재가 아니라, 단지 삶의 끝자락일 뿐이다. 우리가 할 일이라고는 삶을 온전히 사는 일이고, 또한 그것이 우리에게 주어진 유일한 삶의 길이다."

그 후로 몽테뉴는 전력을 기울여 삶을 제대로 사는데 온 정성을 기울이게 되었다.

16세기 몽테뉴의 사생관을 더듬으며 4백 년 후 20세기를 살아온 우리들의 사생관을 되돌아보았습니다. 확연히 다른 점이 두 가지 있습니다. 당시는 평균수명이 3·40 밖에 안 되었고, 인체 내부를 들여다볼 수 없어 갑자기 닥치는 죽음이 공포의 대상일 수밖에 없었습니다.

이제는 장수 시대가 되어 수명이 2배로 늘어났고, 과학의 발달로 몸속을 샅샅이 뒤질 수 있게 되어, 죽음의 공포 대신 성인병의 공포가 모두를 불안하게 만듭니다. 넘치는 의료 정보와 매스컴 기사가 더욱 불안을 부채질합니다.

이제 각자도생으로 각기 자기 몸을 방어해야 할 때입니다. 몽테뉴는 죽음의 실체를 경험하고 나서 그 강박관념에서 벗어났습니다. 저의 경험은 이러합니다. 쉰 살 무렵 「문예춘추」라는 일본 월간지에서 곤도 마코토라는 의료계 대가를 만났습니다. 그리고 은근히 짓눌려오던 성인병에 대한 공포에서 해방되었습니다.

게이오대학의 암 전문의인 곤도 마코토(近藤 誠) 박사가 일러준 성인병 대책은 결론만 말씀드리면 대개 이러합니다.

○ 아프지 않으면 병원에 가지 마라.

○ 건강검진은 정상인을 환자로 만든다.

○ CT 방사선이 일본 암 환자의 4%를 발병시켰다.

○ 암의 조기 발견, 조기 치료는 수명을 연장하지 못한다. 연장된 듯이 보이는 것은 조기 발견으로 치료 기간이 길어진 때문이고, 완치율이 높아진 듯이 보이는 것은 발병하지 않을 암까지 치료했기 때문이다.

○ 조기 치료는 유해무익하다. 발병 후 치료가 암 치료의 정도다. 인구의 3분의 2는 암과 무관하다. 암 발병이 확인된 후에 치료를 받아야 하는 인구는 전인구의 3분의 1뿐이다.

○ 현재 암에 대한 치료법으로 확립된 것은 없다. 1971년 닉슨 대통령이

'암과의 전쟁'을 선포했으나, 40년이 지난 2011년 미 국립보건원은 '암과의 전쟁에서 인간이 졌다'라고 선언했다.

ㅇ 항암제는 치료 효과는 없고, 다른 장기의 정상 세포까지 해쳐 죽음을 가져오는 일이 많다.

ㅇ 항암제 등의 치료는 해로울 뿐 아니라 '생활의 질(QOL)'을 떨어뜨린다.

ㅇ 전이암은 치료(Cure) 아닌 완화(Care)에 목표를 두어야 한다.

ㅇ 유방암은 도려내지 않고 치료하는 것이 표준 치료법이다.

ㅇ 현재 암 치료의 95%는 잘못되어있다.

ㅇ 암에 대한 기본자세는 Watch and Care다. 놔두고 보아가며 진통 위주의 '방치요법'을 쓰는 것도 하나의 좋은 선택이다. (고통 없이 제일 오래 산다는 통계도 있다.)

제 개인으로는 모든 병에 대해 발병 전에는 일체 마음을 쓰지 않고, 불행히 암 같은 병이 발생하면 곤도박사의 '방치요법'을 따르려 마음먹고 있습니다. 현재 의술이 암은 못 고치지만 통증 제어는 백 퍼센트 확립되어 있다고 합니다. 이게 저의 병에 대한 사생관이라 할 수 있습니다.

참고: 곤도 마코토 저서(번역본)

1. 『암과 싸우지 마라』
2. 『시한부 3개월은 거짓말』
3. 『의사에게 살해당하지 않는 47가지 방법』

학생들에게 추천한 세 권 책

　이번에 일본서 돌아오는 길에 동경에 들러 일본 대학생들에게 독서 강연을 하고 왔습니다.　대개 이런 내용입니다.

　1950년 6월 고2에 진급하자 바로 전쟁이 일어났습니다.　그해 겨울 학병으로 출전하였습니다.　당시 대통령은 위대한 분이었다고 생각합니다. 나라가 내일을 기약할 수 없는 위급한 상황에서 학생들을 모두 학교로 돌려보낸 것입니다.

　피난 수도 부산에서 대학에 들어갔습니다.　비싼 공과계 책은 엄두도 못 내고, 잘 데도 먹을 데도 없이 절망 속을 헤매는 하루하루였습니다.　가와이(河合榮治郎)교수의 저서 「학생에게 주노라」를 만난 것은 그런 때였습니다.　선생은 동경대학 교수로 미·일 전쟁 중 군부의 횡포에 맞서 싸우다 쓰러진 이상주의 지도자였습니다.

　"너희에게는 정신세계와 가치의 세계가 있다.　대학교육의 목표는 '인격 도야'다.　진선미로 뒷받침된 인격의 완성을 향해 일로매진하라.　너 자신의 의지 외에 너의 가는 길을 막을 자는 아무도 없다."

　이 짧은 격문이 어둠 속에 한 줄기 빛이 되어 나를 인도하고, 내 인생의 방향을 결정해 주었습니다.　학교를 떠나 사회에 들어섰을 때는 전쟁이 끝나고 온 국토가 폐허로 화한 뒤였습니다. 먹고 살기 위해 물불 가리지 않고 뛰었습니다. 그러다 문득 고개를 들어보니 나이가 40이 되어 있는 겁니다. 놀라고 맥이 풀려 더는 일손이 잡히질 않았습니다.

그때 문득 옛날에 읽은 마쓰시타(松下幸之助) 선생의 자서전이 생각났습니다. 나쇼날-파나소닉 회장의 젊은 날의 수기입니다. 시골에서 조그마한 전기 소켓 공장을 하다 일이 궤도에 오르자 고심합니다. 여기서 그대로 주저앉을 것인가. 그러던 어느 날 등산길에 커다란 절 건축 현장을 보게 됩니다. 수많은 사람이 여름 땡볕 아래 한눈도 팔지 않고 열심히 일하고 있었습니다. 감독하는 사람도 없습니다.

무엇이 저렇게 만드는 것일까. 골똘히 생각하고, 깨달았습니다. 신앙심이다! 사업장에서의 신앙심은 일에 대한 사명감이 될 것이다! 공장에 돌아온 마쓰시다 사장은 「사시」를 내걸었습니다. "우리는 양질의 제품을 수돗물처럼 싸게 대량으로 생산하여 국가발전에 이바지하는 것을 사명으로 한다." 유명한 「수도 철학」의 탄생이었습니다. 그 후로 「나쇼날」은 일취월장 세계적 기업으로 성장해 나간 것입니다.

그렇다. 지금 우리가 하는 주택 건설도 폐허 속에 신음하는 우리 동포에 안락한 휴식처를 제공하는 커다란 사업이 아닌가. 이런 사명감을 느끼자 이제까지 쌓여온 피로가 일시에 불식되고 다시 힘차게 일할 의욕이 용솟음쳤던 것입니다.

사회생활을 하는 중에 혼다(本多靜六)교수의 「나의 처세의 비결」을 만난 것도 빠뜨릴 수 없는 커다란 행운이었습니다. 혼다선생은 백지상태인 일본 산림정책에 처음으로 기본 틀을 제공한 인물입니다. 집안이 가난하여 독학으로 대학에 진학했다가 수학 성적 미달로 낙제합니다. 자살을 기도하다 그도 실패하자, 생각합니다. 죽을 작정이면 무슨 일인들 못 하랴!

다음 학기에 담당 교수로부터 수학의 천재란 말을 듣게 되자 일생의 생활신념을 얻게 됩니다. 노력하면 무엇이든 이룰 수 있다. '노력 즉 행복'이라는 신념입니다.

'노력 즉 행복'의 신념에서 3가지 생활수칙을 도출합니다.

①직업의 취미화 ②생활의 간소화 ③부의 정신적 향락

어떤 직업이든 꾸준히 노력하면 일이 취미가 된다. ―그는 산림학 관련 저서를 370여 권 지었습니다.

누구나 일생 버는 돈의 양은 비슷하다. ―생활을 간소화하여 모든 수입의 4분의 1을 저축하면 부를 이룰 수 있다. 그는 교수이면서 거만의 부를 쌓았습니다.

기본생활비 외의 부는 가족을 타락시킨다. ― 남는 재산을 정신적 향락에 돌리면 모두가 이로워진다.

그는 정년과 동시에 생활비만을 남기고 전 재산을 국가 육영재단에 헌납하였습니다.

문명 생활이 아무리 바뀌어도 인성은 바뀌지 않습니다. 언젠가 미국 백만장자의 세 가지 공통점이 유명 주간지에 난 적이 있었습니다.

①부지런 ②근검절약 ③도덕적 처신. 구체적 혼다 생활신조의 추상적 표현일 뿐입니다. 둘은 완전히 일치합니다.

참고: 세 권의 국내 번역본:

1. 가와이 에이지로 『학생과 교양』

2. 마쓰시다 고노스케 『사원·경영·사업의 마음가짐』

3. 혼다 세이로쿠 『진정한 가치를 위하여』

책을 통해 얻은 다섯 번의 은총

『영원한 친구들』의 문화칼럼을 이번 호로 마감하려 합니다. 지난 팔십 년 걸어온 길을 더듬어 보니 책으로 인해 나에게 다섯 번의 은총이 찾아왔었습니다. 칼럼 집필도 그중 커다란 하나의 은총이었습니다.

다섯 번의 은총은 대개 이러합니다.

6·25 이전 4년간의 '중·고 학창 생활'이 첫 번째 은총이었습니다. 충북 산골짝 시골 소년이 어쩌다 그 대단한 경기중학교에 합격하지 않았겠습니까. 조그만 촌 마을에서 경사가 난 겁니다. 영어 시간이 되었습니다. 'beautiful', '베·아·우·티·풀', 외우느라 진땀을 빼고 있는데, 옆자리 아이가 빤히 쳐다보고 있더니 영어로 한마디 했습니다.

"I am a beautiful boy. You are a ugly boy." (뭐, 표백제 클로오르칼크를 넣은 수돗물을 많이 마셔서 얼굴이 표백됐다는 걸 모르나 봐요.)

수학 시간이 되었습니다. 삼각형의 짧은 두 변의 제곱의 합은 긴 변의 제곱과 같다. $a^2+b^2=c^2$. 그 증명이 얼마나 아름다웠는지요. 시간만 나면 영수 참고서를 들고 열심히 공부했습니다. 햇볕에 거무틱틱하게 탄 시골 소년의 성적이 백옥같이 흰 서울 아이들의 성적을 제쳤습니다. 책으로 찾아온 첫 번째 은총이었습니다. 중고시절은 일생 중 가장 행복한 시간이었습니다.

전란 중에 피난 지에서 대학에 들어갔습니다. 잘 데도 먹을 데도 없이 캄캄한 터널 속을 헤매고 있었습니다. 그때 우연히 헌책방에서『학생에게 주노라』라는 책을 샀습니다. 가와이라는 교수가 쓴 책이었습니다.

"대학 교육의 궁극 목적은 인격의 형성이다. 진선미로 뒷받침된 인격의 완성을 위해 일로 매진하라. 너의 의지 외에 아무도 너를 막을 자는 없다!"

이 한마디가 나에게 일생 걸어갈 방향을 결정해 주었습니다. 책으로 찾아온 두 번째 은총이었습니다.

대학을 나와 오직 먹기 위해 전후 폐허 속을 정신없이 뛰어다녔습니다. 그러다 문득 고개를 쳐들어 보니 나이 어느덧 마흔이 되어 있지 않겠습니까. 정신이 아뜩하여 멀거니 서 있는데, 문득 '나쇼날' 마쓰시다 창업주의 자서전의 한 대목이 생각났습니다. "일에 대한 '사명감'이 사업 추진의 원동력이다. 사명감을 가져라. 나는 '수도 철학'을 뼈대로 일을 해왔다. 수돗물처럼 꼭 필요한 물건을, 수돗물처럼 싸게, 그리고 수돗물처럼 대량으로 생산 공급하는 것이 우리 회사의 사명이다."

직업에 대한 사명감이 그 후 나에게 일에 대한 열정을 불어 넣어 주었습니다. 세 번째 책에서 얻은 은총이었습니다.

어느 날 신문 지상에 교수를 테러한 학생들을 준엄하게 꾸짖는 서릿발 같은 글이 실렸습니다. 한총련 학생들이 정원식 총리 지명자의 고별 강의 중에 테러를 저지른 것입니다. 모두가 침묵하는 가운데 홀로 신변의 위협을 무릅쓰고 높이 채찍을 든 이가 있었습니다. 김상철이라는 변호사였습니다. 사회 어른으로서의 그의 기상과 용기에 감동하여 그 후 나는 그가 하는 모든 일에 동지로서 참여하게 되었습니다. 그가 창설한「미래 한국―영원한 친구들」에 고정 칼럼을 쓰게 된 것도 그런 연유에서였습니다.

글을 쓰게 되니 자연히 책이나 일상 경험에 대해 특별한 주의를 기울이게 되고, 문맥의 논리를 연구하게 되고, 자기 생각의 옳고 그름도 따져보게 됩니다. 차츰 글솜씨도 늘어, 초기에 쓴 글은 제 눈에도 퍽 어설퍼 보입니다. 덕분에 일본에 가서 쓰게 된 글도 그곳 사람들 눈에 서툴어 보이지 않는 눈치입니다. 이런 문장력을 얻게 된 것도 책에 관련해 얻은 크나큰 은총입니다. 이것이 네 번째 은총입니다.

80고개를 넘으면서 한번 제 인생을 돌아보려 조용한 일본 산골짝에 들어왔습니다. 「몽테뉴 수상록」을 옆에 끼고 앉아, 천천히 읽어가며 거기 연상해서 제 지난날을 떠올려 보려는 생각에서입니다.

사회에서의 성공 여부는 93%가 대인관계에 달리고, 나머지 7%만이 개인 능력에 달렸다 합니다. 젊어서 외국계 기계 세일즈 회사에 들어갔다가 30명 세일즈맨 가운데 성적이 꼴찌가 되면서, 나는 생전 성공하긴 틀렸구나 하는 콤플렉스에 깊이깊이 빠지게 되었습니다.

거기에 몽테뉴가 스톱을 걸었습니다. "행복은 현재에 집중하는 데서 온다. 인생 전반생에선 사교성 좋은 사람이 성공한다. 그러나 후반생에선 셀프 컨트롤—자기 통제를 잘하는 사람이 성공한다. 대개 사교성 없는 사람이 자기 컨트롤을 잘한다. 너는 지금 후반생에서 성공적인 삶을 살고 있다. 무엇이 아쉬워 지금은 아무 상관도 없는 전반생의 결점을 가지고 고민한단 말인가. 현재에 집중하라. 그것만이 행복으로 가는 길이다." 이 한마디가 나를 80년 지녀온 치명적 콤플렉스에서 벗어나게 해주었습니다. 다섯 번째 책에서 얻은 은총입니다.

이번에 칼럼을 마감하면서 되돌아보니, 일생 나의 정신생활은 모두가 글에 연관된 은총에서 비롯되었구나 하는 생각이 듭니다. 세상에 이런 인생도 있는 것이로구나 하는 감회가 듭니다.

독서하는 노년의 지혜

"정신적으로 자유롭게 살기를 바라는 사람은 조촐하게 살아갈 만한 직업과 재산만 있으면 그것으로 대만족이다. 밖에서 아무리 큰 경제적 정치적 소동이 벌어져도 그것으로 생활에 지장이 없도록 대처해 나갈 수 있기 때문이다." (Certain 'free-spirited people' are perfectly satisfied "with a minor position or a fortune that just meets their needs; for they will set themselves up to live in such away that a great change in economic conditions, even a revolution in political structures, will not overturn their life with it.")

19세기에 와서 니체가 16세기를 살다 간 몽테뉴의 생활방식을 두고 이렇게 칭송했습니다.

얼마 전 같은 6·25세대 친구를 만나 이런 얘기를 나누었습니다.

"솔직히 우리 7·80대는 이제 사회에 짐만 되는 것일까?"

"크게 보면 그렇다고 할 수 있지."

"짐 안 되는 길은 없을까. 사회엔 또 그렇다 치고, 집안 아이들에게라도 짐 안되고 도움 되게 살아야 하지 않겠나."

우리 6·25세대는 몽테뉴처럼 그런 고차원적 얘기가 아니라 살아남기 위해서 어떻게든 최소한의 수입과 재산만 확보하면 그것으로 아주 만족했습니다. 그걸 가지고 이렇게 30년간 폐허 속을 버텨 온 것이지요.

우리 노년에겐 모두 그렇게 해서 쌓인 세상살이 지혜가 있습니다. 언뜻 보기엔 별것 아닌 것 같지만, 실제 살아보면 꽤나 요긴하게 쓰입니다. 그런 지혜들을 책 목록으로 좀 짚어 보겠습니다.

대학 생활을 사회생활

- 대학 생활을: 「전공공부」와 「독서」, 그리고 「영어공부」. 독서는 "인격 형성"을 위해 『학생과 교양』(가와이대에 이지를 저), 영어는 『Word Power Made Easy』(Norman Lewis 저)
- 직장생활: 직업에 대한 '사명감'을 갖기 위해 『사원(경영, 사업)의 마음가짐』(마쓰시타 고노스케 저)
- 지성인의 일상생활: 지속적인 지적성장을 위해 『지적 생활의 발견』(와다나베쇼이치 저)
- 利己利他의 처세: 나와 사회가 함께 뻗어가기 위해 『진정한 가치를 위하여』(혼다세이로쿠 저)
- '인간학'의 총결산: 인간을 알기 위해 『몽테뉴 나는 무엇을 아는가』(몽테뉴 수상록)

자녀교육에 대하여

- 생후 3년간의 교육: 어머니가 직접 꼬박 붙어서 3년을 교육하면 이후 유치원과 초·중·고 도합 15년간의 교육과 맞먹는 효과를 낼 수 있다. 『유치원에서는 너무 늦다』(이부카마사루 저) 『Of Love and Money』 (NYT 2006.5.25.)
- 초중고 교육: 중학 1학년의 「영어와 수학」만 완벽하게 원리를 깨닫게

해주면 나머지는 본인이 충분히 알아서 혼자 할 수 있다. 유치원과 초등시절엔 뛰노는 것 위주가 좋다.

건강생활에 대하여

– '암 불안'에 대해서는 게이오대학의 암 전문의 곤도(近藤 誠) 박사의 저서로 실제 발병할 때까지는 마음 편히 지낼 수 있습니다. (전 인구의 3분의 1은 암에 걸리지만, 나머지 3분의 2는 암과 무관하다. 조기 발견과 조기 치료는 수명을 연장하지 못하고 치료 기간만 연장한다.) 『암과 싸우지 마라』 『시한부 3개월은 거짓말』 『의사에게 살해당하지 않는 47가지 방법』

– 세계 최초로 전 의료계에서 유일한 '암치료제'로 인정한 신약이 개발되었습니다. Wall Street Journal이 '암과 오랜 전쟁에 종지부를 찍을지도 모른다.'라고 보도했고, 일본에서는 「오프지보」라는 약명으로 시판이 시작되었습니다. (처음 이론을 제공한 교토대학의 혼조(本庶佑) 박사는 암 치료에 관해 처음으로 노벨생리의학상에 오를 거라 합니다.)

짐만 된다고 단언했던 친구야, 우리 이런 노년의 지혜 제공으로 아직은 사회 한 구석을 차지해도 괜찮은 명분이 서지 않겠는가.

토씨 '가'의 신비로운 기능

오래전 얘기입니다. 집에 놀러 오던 몰몬교 학생이 질문을 했습니다. "I am George."라고 할 때 "나는 조지입니다." 하는 것과 "내가 조지입니다." 하는 것은 어느 쪽이 옳은가요? 그때 똑바로 대답 못해 준 것이 늘 마음에 걸려 있었습니다. 이번에 일본에 와서 우연히 그 문제를 풀어 놓은 책을 발견하였습니다. 대개 이런 내용입니다.

  A. 나는 이성원입니다.
  B. 내가 이성원입니다.

A는, 나는 누구냐? '이성원'이다. Who am I? 물음에 'Lee'라고 답한 것이고,

B는, 이성원이 누구냐? '나'다. Who is Lee? 물음에 'I'라고 대답한 것이지요.

A와 B는 똑같은 구문으로 보이지만 '는' 자리에 '가'가 오면 요술을 부려서 주어와 보어가 뒤바뀌어 의미가 역으로 되는 것이지요. "I am Lee." 가 "Lee is I."가 된다는 것입니다. 서양에는 '내가'라는 표현법이 없어서 하는 수 없이 '이성원은 나입니다'라고 밖에 표현할 수 없다는 것입니다.

지금도 몰몬학생에게 이것을 이해시키기는 불가능할 것 같군요.

토씨 '은, 이'는 위에 받침이 올 때는 '는, 가' 대신에 쓸 뿐 아무런 차이
도 없습니다.

A, 인도 외상은 1일 6시에 입국했다.
B. 인도 외상이 1일 6시에 입국했다.

A는, 인도 외상은 언제 입국했는가? '1일 6시다.'라고 대답한 것이고,
B는, 1일 6시에 입국한 것은 누군가? '인도 외상이다.'라고 대답한 것
이지요.

80을 지나니 별로 할 일도 없고 해서 아내와 같이 일본서 살아보기로
했습니다. 중부 일본 산속이어서 이곳에서도 책을 읽는 외엔 일이 없어
토씨 연구 같은 지적 유희에 재미를 붙이고 지내는 거지요.

얼마 전부터는 논어를 소리내어 읽는 '논어 음독'을 시작했습니다. 목이
잘 쉬는 데다가 일본에서는 변변히 얘기할 상대도 없어 목청에 규칙적 운
동을 시키기 위해서입니다. 대학 1학년 때 배운 것을 이제 나이 들어 다시
읽어보니 그때 미처 몰랐던 것을 많이 깨닫게 됩니다. 일석이조로구나 싶
어 마음이 흐뭇합니다.

일본에 와있는 동안에 복거일 선생의 『21세 친일문제』의 일어판 출판
을 추진하였습니다. 그의 소론은 대개 이러합니다. 19세기 말에서 20세
기 초반에 걸쳐 일본은 한문 문명권에 서양문명을 도입하는 과정에서 이
룬 큰 업적에도 불구하고, 군국주의 팽창정책으로 주위 모든 나라의 증오
와 지탄의 대상이 되었다. 그러나 1945년 패전 후에는 자유민주진영에
들어와서 시장경제체제를 구축하고 평화 국가로 재탄생하였다.

6·25전쟁 중에는 자유 진영의 일원으로 미군의 후방기지가 되어 전쟁을 승리로 이끄는 데 결정적 역할을 했고, 휴전 후에는 한국이 폐허 속에서 한강의 기적을 이루는데 자금, 기술, 생산품의 수입에 이르기까지 일방적 지원을 하였다. 국가의 최종 목표는 나라의 안전과 번영이다. 한국과 일본 간에는 풀기 어려운 문제들이 있지만 대부분 감정상의 문제로 일단 화해가 이루어지면 하루에라도 풀릴 수 있다.

　또 독도 문제가 있지만, 이 문제로 극한상황으로 갈 가능성은 없다. 나라의 안전과 번영을 위해 우리는 일본과 서로 존중하고 협력해야 한다. 우리가 일본과 멀어지는 것을 바라는 것은 중국과 북한, 그리고 그들의 추종세력이라는 것을 명심해야 한다.

　대개 이런 내용입니다. 복선생 저서의 일어판은 오는 11월에 출간될 예정이라고 합니다.

五十 라이프워크 시동의 계절

1세대 30년 밑의 조카가 이제 쉰 턱에 들어섰다면서 앞으로 해야 할 일에 관해 물어 왔습니다. 역사에 보이는 세 분 선현에 대해 살펴보았습니다. 공자와 소크라테스 그리고 몽테뉴 세 분입니다.

조카에게

세 분이 모두 영역은 다르지만 하나같이 나이 쉰에 자신만의 라이프워크를 시작했더구나. 공자는 정치에서, 소크라테스는 사회계몽에서, 그리고 몽테뉴는 인간의 행복추구에서다.

孔子의 五十知天命

나이 마흔에 '불혹不惑'의 경지에 도달한 공자는 인근 자제들을 모아 학교를 세워 '인의예지신仁義禮智信'의 지도자 양성을 꾀한다. 쉰이 되었을 때 하늘이 내린 「천명天命」을 깨닫는다. 때는 춘추전국시대다. 온 백성을 이 전란의 고통에서 벗어나게 하는 길은 인의仁義의 '왕도王道 정치' 뿐이다. 각국의 군왕을 설득하여 올바른 정치를 펴게 하는 것이 내게 주어진 사명이다.

천명天命을 깨달은 그는 지도자 양성 교육에서 군왕에 대한 통치 철학

교육으로 방향을 바꿨다. 고국인 노魯나라에서 사법 대신 대사구大司寇를 4년 지내고 나서 제자들을 거느리고 인근 국가를 순방하며 14년 동안 이상 정치 실현을 위해 심혈을 쏟는다. 그리고 물러나 후계양성을 위해 4년간 쏟은 정열이 유교 철학으로 결실했다.

소크라테스의 델포이 신탁神託

소크라테스는 아테네 거리에 나가 청년들을 모아놓고 '진선미眞善美'에 헌신하도록 교육을 시작했다. 그에 감복한 제자 하나가 델포이 신전에서 신의 계시Oracle를 받아왔다.

"이 세상에서 가장 지혜로운 자는 소크라테스다."

놀란 소크라테스는 그럴 리가 없다고 생각하고 아테네의 명사를 차례로 만나 문답을 벌린다. 그리고 이런 결론을 내렸다. 우리는 모두 다 진리를 모른다. 신이 나를 지혜 자라고 지명한 것은 내가 모른다는 사실을 아는 사람이기 때문이다. 신의 계시는 나에게 모든 지도자에게 자신의 무지를 알고 신 앞에 겸허해지라고 깨우쳐 주라는 것이다.

50대의 그는 지도층 인사들의 분노와 위협에도 불구하고 신이 내린 명령에 따라 70에 독배를 마시고 생을 마칠 때까지 물러서지 않았다. 자신의 라이프워크를 위해 순사殉死한 것이었다.

몽테뉴의 행복추구 사명使命

행복을 추구하려면 먼저 인간을 알아야 한다. 몽테뉴는 40 때부터 인간연구를 목적으로 역사적 인물들의 발자취를 더듬었다. 십 년이 지나 50이 되었을 때 그는 인간연구 방식을 근본적으로 바꿨다. 역사적 인물 대신 자기 한 사람을 연구대상으로 삼았다. "사람은 누구나 인간의 모든 성정을 지니고 있다." 나 한 사람을 철저히 분석하면 인간성 전체를 파악할 수 있을 것이다.

그 후 10년 이렇게 해서 탄생한 그의 『수상록』 제3권의 열세 장은 '인간학'의 경전이 되어 인류 문화사의 찬란한 한 장을 장식하게 되었다. '인간을 알려거든 몽테뉴를 읽어라'가 서구 지성인 간의 모토가 되었다.

끝으로 내 개인 얘기도 너에게는 좀 흥미가 있을지 모르겠다. 잘났거나 못났거나 인간은 다 비슷한 경로를 밟고 살게 되는 것 아닌가 싶다. 6·25 직후 대학을 나온 우리 세대는 사회 첫발이 먹느냐 굶느냐의 폐허 속이었다. 겨우 먹을 걱정에서 벗어난 것이 40 들어서였다. 쉰 살이 되면서 생각했다. 그간 먹고 살기 위해 숱한 허드렛일을 하였지만, 소질도 없고 취미도 없는 고행길이었다. 이제부터는 내가 좋아하는 일을 하자. 어릴 때의 어머니 말씀이 생각났다.

"네겐 불성佛性이 있구나. 별로 가진 것도 없는데 그렇게 자꾸 남 퍼주기를 좋아하니 어디 잘 살겠니."

도서 재단을 설립해 청소년들에게 책 나눠주는 일을 시작했다. 20여 년간 학교며 군부대 오백여 군데에 책을 보냈다. 찾아가 강연을 했다. 편지가 오면 정성을 다해 답장을 썼다. 그런 일을 한 날이면 그렇게 마음이 뿌듯하고 기쁠 수가 없었다. 이게 아마 어머니가 걱정하시던 불성인가 보다. 가끔 생각한다. 내가 만일 50살 전에 죽었더라면 내 인생은 얼마나 비참한 것이었을까. 이것이 내겐 라이프워크이었던가 싶다. 벌어먹기 위해 뛴 전반생 50년은 긴 세월이었지만 별로 기억에 남은 게 없다.

50에 라이프워크로 시작한 일은 개인에게 있어 이 세상에 왔다 간 징표인가 싶다.

100년의 인생 설계 (마감 후 5년)

80에 일본에 가서 삽니다.

4월 1일이면 일본에 입주한 지 만 3년이 됩니다. 무엇을 얻고 무엇을 잃었는지 한번 생각해 보려 합니다. 젊어서 수명을 75년으로 잡고 계획을 세웠는데 그 나이가 다 지나도 멀쩡하지 않겠습니까. 말 통하고 사정 잘 아는 일본에 가서 한번 살아보려는 생각이 들었습니다. 일본 기자 소개로 미에켄(三重縣) 고모노(菰野)라는 곳에 들어갔습니다. 인구 4만의 산골짝에 20평짜리 아파트를 월세 4만 엔에 얻어 아내가 살림을 합니다. 조용한 온천향에, 가까이에 대형 슈퍼며 몰상가가 즐비해 살기에 별 불편이 없습니다.

매달 『몽테뉴 수상록』 공부 모임이 있어 한 달에 한 번 서울에 돌아옵니다. 나고야 왕복 항공료가 22~23만원이어서 큰 부담 없이 왔다 갔다 합니다. 지난 3월 21일 귀국이 23회째였습니다. 생활비도 서울과 비슷합니다.

생활은 단순합니다. 아침에 토스트 한쪽을 먹고 가까운 들판이며 산자락 계곡으로 산책하러 나갑니다. 사람 그림자도 안 보이고 마냥 한적하기만 해 걸으며 꿈을 꾸기에 십상입니다. 지나온 팔십 년을 돌아보며 혼자 웃기도 하고, 어릴 적 생각에 눈시울을 적시기도 합니다. 어머니 생각이 떠오를 때면 그리운 설움에 목이 메어 가슴으로 숨을 쉬며 흑흑 느껴 울기도 합니다.

점심을 먹고 집에 돌아오면 책을 읽습니다. 신문도 TV도 없는 먼바다 외딴섬 같아, 거칠 것 없는 책 속 별천지를 갈매기처럼 훨훨 날아다닙니다. 세상도 나도 잊고 동화 속을 돌아다니는 어린아이가 됩니다.

책은 몽테뉴를 중심으로 읽습니다. 아무런 주의 주장도 없이, 그저 한낱 동물로 돌아가 타고난 천성대로 살아가는 모습이 지금의 제 처지에 무척 마음이 끌립니다. 이른 저녁을 먹고 나면 한 시간쯤 일기를 씁니다. 그날 일어난 일들을 곰곰이 되새기며 적어 나가다 보면, 조그만 소품 같은 글들을 얻습니다. 3년 동안 써온 일기가 어쩌면 지난 30년 머릿속에 저장해온 생각보다 더 나을지 모른다는 생각이 듭니다. 일본에 와서 한가지 예상치 않던 큰 수확이 있었습니다. 이곳 대학교수들과 친근한 교류가 생긴 일입니다.

6·25 전란 중에 고서점에 책 한 권을 얻었습니다. 『학생에게 주노라』. 동경대학 가와이 교수가 전쟁 중의 대학생들에게 던진 격문의 글입니다.

"고매한 인격을 형성하는 일이 너희들 대학생에게 주어진 지상의 목표다!"

잘 곳도 먹을 것도 없이 지향 없는 어둠 속에서 헤매던 저에게 가와이 선생의 '인격 지상주의' 철학은 어둠을 걷어내는 광명 그 자체였습니다. 일본에 와서 대학 시절 나의 경전을 찾다가 '가와이 연구회'를 만났습니다. 칠십 년 전에 작고한 선생을 찾는 이는 오천만 한국인 가운데 당신 하나뿐일지 모른다며 몹시들 반가워했습니다. 연례대회에 기조 연사로 초대도 하고, 간행 서적 첫머리에 글을 실어주기도 했습니다.

그동안 읽어온 책들 가운데 내 인생에 지침이 되고 지금 교보에서도 구할 수 있는 특별한 책들이 있습니다.

(대학 생활을) 가와이 에이지로 『학생과 교양』
(직장생활) 마쓰시다 고노스케 『사원의 마음가짐』
(사회생활) 혼다 세이로쿠 『진정한 가치를 위하여』
(지성인 생활) 와다나베 쇼이치 『지적생활의 발견』
(건강생활) 곤도 마코토 『의사에게 당하지않는 47가지 방법』
(인생철학) 몽테뉴 수상록 『나는 무엇을 아는가』

　이상이 일본 입주 3년의 보고서이고, 지금 제가 더듬고 있는 100년 인생 설계의 80대 초반부 이야기입니다.

외국인의 눈

　제 얼굴처럼 제 나라 모습도 남들이 더 잘 볼 수 있는 듯합니다. 『프랑스 대혁명』은 영국의 칼라일이 썼고, 반대로 『영국사』는 프랑스의 앙드레 모로아가 썼지요. 『로마 제국 쇠망사』도 영국의 기본이 썼습니다. '일본인론'은 어어령의 『축소지향의 일본인』이 베스트셀러가 됐고, '한국인론'은 일본인의 손으로 수없이 나왔습니다.

　우리 한미우호협회만 봐도 유일한 외국인인 언더우드 박사가 이따금 중대한 시사를 던져주곤 했습니다. 협회의 활동 방향을 미국에 중점을 두지 말고, 한국 내 여론을 선도하는 데 주력하라는 것이었지요. 얼마 후 한총련의 폭주가 걷잡을 수 없이 커지는 것을 보고 그의 예리한 감각에 놀란 적이 있습니다. 이런 것도 외국인의 눈이기에 잘 띄는 것인지 모릅니다.

　요즘은 일본에서도 남북한 얘기가 한창입니다. 북의 핵과 김정은, 남의 탄핵과 대선 얘기입니다. 먼저 북핵과 김정은에 대해 이렇게 얘기합니다.

　대외적으로는 핵만 가지면 어떤 강대국도 침공할 수 없다.

　대내적으로는 공포정치로 권력을 탄탄히 보존할 수 있다.

　중국은 미국과의 패권 경쟁 상 북을 포기하지 못한다.

남한은 친북 정권의 탄생으로 반미, 반일 기반 위에 '낮은 단계의 연방제' 협의로 적화통일의 길을 열어 줄 수 있다.

일본 언론은 김정은의 이런 생각에 대해 밑에 깔린 약점도 지적합니다. 내부 쿠데타에 대한 공포로 체중이 130킬로로 폭증하고, 주요 측근 2백여 명을 이미 처형하고 계속 처형하고 있다. 그 가운데는 2인자였던 고모부 장성택과 고모 김경희가 포함돼 있다. 최근에는 처형 담당 책임자를 해임하고 그 부하도 몇 명 처형했다. 공포에 질린 고위 간부들이 계속 도망해 나오고 있다. 이제까지 장군급이 3명, 보위성 국 과장급 3, 4명, 외국 자금 관리자 3명. 그 외에도 외국 공관 주재 대사, 공사 등이 계속 망명하고 있다. 급기야 얼마 전에는 말레이시아 쿠알라룸프르 국제공항에서 자신에 대한 대체 인물로 중국에서 거론되고 있는 형 김정남을 백주에 암살했다.

국제적 경제 제재로 체제 유지 자금이 고갈되어 측근 보위세력의 충성심을 잃어가고 있다. 한가지 특기할 점은 김정은에게는 먼저 전쟁을 일으킬 힘이 없다는 점이다. 자원이 없고, 특히 석유가 없다. 무기가 노후하고, 당 정 군에 대한 장악력이 확립되지 못했다. 그러나 전쟁을 벌이지 못할 더 결정적인 이유는 중국이 이 지역에서의 분쟁을 절대 허용할 수 없다는 점이다. 백 년 국치를 벗고 대국으로 성장하려는 중국에게 생명줄인 해외 무역이 끊어질 것이기 때문이다. 또 한 가지 더 큰 이유가 있다. 권력 장악이 불안정한 김정은에게는 전쟁의 혼란기에는 언제 쿠데타가 터질지 모른다는 공포심이 있기 때문이다.

다음, 한국의 탄핵과 대선에 대해 일본 미디어는 이런 견해를 폅니다. 먼저 탄핵에 대해서입니다. 헌법재판소의 탄핵결정문을 보고 대단히 놀랐다. 증회, 수회, 어느 쪽도 범죄가 성립될 수 있는 내용이 아니다. 어떻게 민주법치국가의 헌법재판관이라는 사람들이 전원 일치로 이런 판결문을 지지했단 말인가. 많은 국민이 탄핵을 지지한다 해서 이런 판결을 내린다면 이것이 인민재판과 무엇이 다른가.

또 대선에서 가장 유력한 후보인 문재인에 대해 이런 견해를 보입니다. 사드 배치 반대, 개성공단과 금강산관광 재개, 쌀과 석탄 교환수입, 한미영수회담 전 남북영수회담, 위안부합의 백지화—이 모두가 안보리 제재 결의 위반과 반미, 반일 정책이다. 만일 사드 배치가 안 되어 미군 철수문제가 일어나고, 마침내 '전시작전권' 회수와 북과의 '낮은 단계의 연방제'가 논의된다면 한국은 적화통일의 위험까지 안을 수밖에 없다. 일본으로서는 이런 최악의 상황을 상정해 자국민 철수 방안 등 철저한 대비책을 강구해야 한다.

일본의 미디어 논조는 대개 이런 것입니다. 우리 모두 '남의 눈'에 비친 사태의 심각성을 곰곰이 되새겨 깊이 성찰해야 하지 않겠습니까.

5년을 남겨두고

딸아이가 일본 의과 학술회의에 왔다가 돌아가는 길에 엄마한테 들러 가겠다고 알려 왔습니다. 온다는 전날 나고야에서 만날 약속을 잡으려고 폰을 열었는데, 아뿔싸, 먹통입니다. 부랴부랴 노트북을 열었더니, 웬일 입니까, 이것도 먹통 아니겠습니까. 낯선 땅에서 미아가 될 판입니다. 밤새 법석을 떨고 아침나절에야 겨우 연락이 닿았는데, "엄마, 요즘은 스마트폰만 있으면 어디든 찾아갈 수 있어요. 염려 마세요." 하는 겁니다.

아, 지금은 우리 세대가 살던 세상이 전혀 아니구나. 긴장이 탁 풀리면서 맥이 쏙 빠져 버렸습니다.

이번 대선으로 앞으로 5년은 좌파정권 몫이 되었습니다. 아, 5년 후면 내 나이 90이 되는구나! 그동안 우파정권이 들어서면 일이 잘 안 풀릴까 걱정하고, 좌파정권이 들어서면 무슨 큰일을 저지르지 않을까 걱정하며 살아왔습니다.

지난날들을 떠올렸습니다. 전반생 50년은 마냥 먹고살기 위해 뛴 세월이었습니다. 고2에 6·25를 만나 생사 간을 헤맸고, 사회에 나와선 먹거리를 찾아 폐허 속을 쏘다녔지요. 후반생 들어선 그동안 생긴 여유를 가지고 청소년들에게 책 나눠주는 일을 하였습니다. 속 썩일 일이 별로 없었지만, 항시 위태위태해 보이는 나라 모습에 마음 편할 날이 없었습니다. 이제 앞으로의 5년을 생각하니, 개인적으로는 이것이 내 생애 마지막이 되겠구나 하는 생각에 가슴이 눌립니다.

지난 5년 일본 산골짝에 들어가 『몽테뉴 수상록』을 공부하였습니다. 몽테뉴는 후반생 30년을 신구교간 참혹한 내란 속에 살며 작심하고 행복한 생활의 길을 모색했습니다. 그리고 60에 생을 마감하며 남들보다 2배의 행복을 누렸노라 하고 그 기록을 『수상록』에 담았습니다. 거기서 교훈을 찾으려 했습니다.

- 나의 일생은 재앙의 연속이었다. 그러나 그런 일은 한 번도 일어나지 않았다.
- 죽음은 자연에 맡긴다. 누구나 죽게 마련이지만, 겁쟁이는 여러 번 죽고, 자연에 맡긴 사람은 한번 죽는다.
- 행복은 인간에게 주어진 욕망을 올바로 누리는 데 있다. 그것이 행복으로 가는 유일한 길이다.
- 인간의 욕망에는 3가지가 있다. '식욕' '성욕' '명예욕'이다. 식욕, 성욕은 동물 공통의 본능이다. 명예욕은 '사회적 동물'인 인간만이 가지는 욕망이다.
- 명예욕에 대하여: 사람은 누구나 무한한 '재능'의 씨앗을 가지고 태어난다. 숨은 씨앗을 발굴하고 북돋아 꽃피게 하는 것이 '자기실현'이다. (몽테뉴는 자기실현을 신의 경지라고까지 표현했습니다. Who knows how to enjoy his existence has attained to an absolute perfection like that of gods) 자기실현의 '사회적 인정'이 '명예욕'이다.

326

- '봉사'도 타고나는 '재능'의 하나다. 자기를 희생한다고 아무나 되는 것이 아니다. 고귀한 일이지만 나는 아니다. 플라톤도 사양했다.
- 모든 방면의 성공한 사람들은 다 타고난 재능을 잘 살린 사람들이다.
- 재능을 발휘하고, 마음 편히 사는 중류계층이 가장 행복한 사람들이다. 평범한 가운데 활기차게 살 수 있다.

남겨진 5년을 생각합니다. 딸아이를 보니 한가지가 만 가지 지금 세대가 우리들의 저 앞을 가고 있습니다. 국가 사회를 걱정한다고 아무나 큰소리를 내면 소음공해나 보태는 꼴이 되지 않겠습니까. 이제 나라 걱정은 다음 세대에 맡기고, 얼마 남지 않은 마지막 5년을 좋아하는 책이나 읽으며, 지나온 세월을 차근차근 되돌아보는 것이 제 분수에 맞는 일이 아닐까 합니다.

고모노 일기장

"나이 들어도 새로운 일을 시작하는 것을 잊지 않으면 언제까지나 활기차게 살 수 있다."

103살 현역 의사인 히노하라(日野原 重明)박사의 말씀이 용기를 주었습니다. 25년 배우고, 25년 일하고, 25년 봉사해 보자던 세월이 어느덧 다 지나, 남는 시간에 일본에 들어가 살아볼까 용기를 냈습니다.

본래 미국에서 일 년, 유럽에서 일 년, 일본에서 일 년 살아보는 게 꿈이었는데, 이 김에 가까운 일본을 잡아 본 겁니다. 절대 반대하는 아내를 겨우 설득해 나고야 중부지역 고모노(菰野)에 들어온 게 4년 전 81세 때였습니다.

『몽테뉴 수상록』을 옆에 끼고 들어왔습니다. 그를 따라 지난 팔십 년을 돌아보려는 심산이었지요. 젊어서 쓰다 만 일기를 다시 쓰기 시작했습니다. 시간에 쫓길 일도 없고 저녁 먹고 한 시간쯤 쓰곤 합니다. 덕분에 머리 정리가 많이 되었습니다.

일기장에 쓰여 있는 얘기를 몇 개 적어 볼까 합니다.

열등의식에서 벗어난 이야기

대졸 후 첫 직장에서 세일즈 성적이 꼴찌가 되었다. 나는 생전 성공하긴 틀렸구나! 그것이 일생 콤플렉스가 되어 나를 따라 다녔다. 어느 날 문득 몽테뉴가 이런 얘기를 들려주었다.

"'현재에 집중하라' 이것이 행복으로 가는 기본 처방전이다. 생애 전반생은 사교가 판을 치는 비즈니스의 세계다. 그러나 지금은 후반생이다. 후반생은 혼자서 살아가는 시기다. 너는 지금

누구보다도 잘살아가고 있다. 무엇이 아쉬워 지금은 아무 상관도 없는 전반생의 망령에 질질 끌려다니고 있단 말이냐. 지금, 이 순간이 행복하다면 그것으로 충분하다. 무엇을 더 바란단 말인가."

잃었던 청춘을 되찾은 이야기

대학 초년에 『황태자의 첫사랑』을 읽고 절망했다. 전쟁통에 나는 한 번밖에 없는 청춘을 잃었구나!

황태자 하인리히는 어두운 궁중을 벗어나 하이델베르크에서 거칠 것 없이 뛰노는 많은 학우와 어울려 아름다운 케티 주변을 맴돌며 학창 생활을 마음껏 구가했다. 처음으로 청춘을 알고 인간을 알았다. 부왕 위독의 급보에 급히 돌아가야 하는 태자에게 스승이 당부합니다.

"태자시여, 언제까지나 젊음을 잃지 마세요. 그것이 내가 그대에게 바라는 모든 것이외다. 인간다움을 잃지 마세요. 젊은 영혼을 지닌 인간으로….

육십 년 만에 다시 이 책을 손에 쥐며 이제야 깨달았다. 이것은 문학작품이로구나. 사랑의 화신 같은 괴테도 실생활은 소박하지 않았던가. 너에게는 사랑 대신 영혼을 뒤흔든 독서가 있었다. 생의 진리를 찾아 대학 생활의 모든 것을 던졌다면 그것은 자아에 눈뜬 젊은이의 올바른 선택이었다.

독서가 너의 청춘이었다. 너는 청춘을 잃지 않았다.

플라톤의 교훈 이야기

"네 일을 하고, 너 자신을 알아라."

플라톤이 여러 번 거듭 강조한 교훈이다. 몽테뉴는 이것을 위대한 교훈이라 받아들이고, 이렇게 풀이했다.

"자기 일을 하려는 자는, 자기가 어떤 종자이고, 자기 소질이 무엇인지 알아야 하고, 또 자기를 아는 자는, 남의 일을 제 일로 생각하지 아니하고, 쓸데없는 일이나 무익한 계획을 거부한다."

자기 일을 찾는 데는 이런 방법도 있다. 저명한 철학자가 일러주는 말이다.

"나는 죽기 전에 꼭 이런 일을 한번 해보고 싶다! 마음속 깊은 곳에서 우러나오는 조용하고 조그마한 목소리(Still Small Voice)에 귀를 기울여라." 그 일을 하는 제 모습이 떠오르면 행복감에 몸이 떨린다. 그것이 바로 네가 찾고 있는 너의 일이다. 어릴 적 정신없이 즐겼던 놀이도 그중의 하나일 수 있다.

은퇴자의 위기 이야기

은퇴자는 누구나 초기에는 자유와 해방감에 달뜨지만, 시간이 흐름에 따라 차츰 따분하고 심심해 무기력증에 빠진다. 세네카 등 선인들은 그들에게 대자연 속에 안주하라 이른다.

"마음을 열고 주의를 집중해 자연을 보라. 나뭇가지의 새싹, 발에 채는 돌 한 덩이, 어느 것 하나 신비롭지 않은 것이 있는가. 자연의 오묘함에 탄성이 터져 나올 때 비로소 은퇴자는 무기력의 위기에서 벗어나 삶의 기쁨을 만끽하게 된다."

몽테뉴는 자신을 관찰하는 일에 정신을 집중했다. 정신 집중에는 글을 쓰는 그것만 한 것이 없다 하고 방대한 「수상록」을 집필해, 스스로 빠졌던 우울증 위기에서 벗어났다. 그리고 남들보다 두 배의 행복을 누렸노라 회상했다.

「중용」의 길 이야기

'중용'이란 극단에 흐르지 않고, 태어난 대로 자연스레 가운데 길을 가는 것이라 했다. 3인 3색이나 지향하는 바는 같다.

子思(四書 「中庸중용」의 저자): "하늘에서 타고난 성품을 '天性'이라 하고, 그것을 따라가는 것을 '道'라 한다."

몽테뉴: "자연에서 주어진 성질대로 사는 것이 正道이고, 그것이 행복으로 가는 유일한 길이다."

林語堂(현대 자유중국의 문호): 〈중용 풀이〉

"집세에 몰릴 만큼 가난하지도 않고, 놀고먹을 만큼 부자도 아니다. 글을 써도 전문가 수준은 아니고, 기고해도 실렸다 말았다 한다. 게으름 반, 부지런 반, 사회에 다소 기부도 하고, 주위에선 다소 이름도 알려진, 고만고만한 중산계급 교양인이 가장 행복하다."

신의 경지에 도달한 이야기

몽테뉴는 수상록 마지막 절을 이렇게 마무리 지었다.

"자신의 존재를 제대로 엔조이할 줄 아는 사람은 신과 같은 절대적 완성의 경지에 도달한 것이다."

'자신의 존재'란 자기의 '욕망과 재능'을 이른다. 동물적 본능인 식욕과 성욕, 그리고 사회적 본능인 명예욕을 알맞게 충족하고, 그 위에 타고난 재능을 발굴하여 꽃피워 엔조이하게 되면, 신에 가까운 지고의 환희를 맞보게 된다. '자기실현'이 극치의 기쁨을 안겨 준다는 얘기이다.

책으로 교류가 튼 이야기

전시 중에 만난 책 한 권이 내 일생의 인생관을 결정해 주었다. 대학 일학년 때 일이다. 동경대학 가와이 교수가 쓴 『학생에게 주노라』.

절판된 책을 구하던 중 「가와이 연구회」에서 복간된 것을 발견하고 연락을 취한 것이 계기가 되어 그곳 회원 교수들과 교류가 시작되었다. 모임에 불려가 스피치도 하고 책에 기고도 했다. 칠십 년 전에 돌아간 스승의 책으로 문하생들과 이렇게 유대가 생긴 것은 외국인인 나에게는 뜻밖의 일이고, 이곳에 온 보람이 되기도 한다.

이런 얘기들을 매일 쓰고 있습니다. 쓰다 보면 스스로 계몽이 되기도 합니다.

45세의 은퇴 플랜

〈아들에게〉

나는 6·25 때 고2였다. 전시에는 생사가 문제였고, 전후에는 생존이 문제였다. 전후의 기적적 성장으로 우리 세대는 65세까지 모두가 직장이 보장되었다. 은퇴 후 십 년, 넉넉잡아 75세까지만 버티면 되었다. 너희 세대는 다르다. 직장은 55세로 십 년이 단축되고, 수명은 85세로 십 년이 연장되었다. 직장 30년, '은퇴 후' 30년 세대가 된 거지.

나는 전쟁 중에 용케 대학에 들어갔지만, 집안 형편이 아주 어려워져 제대로 공부를 못했다. 취직이 안 되어 혼자 먹고살 궁리를 하는 수밖에 없었다. 세일즈맨을 시작으로, 무역회사에 잠깐 적을 두기도 하고, 공대 동창들과 기계부품공장을 차려보기도 했다. 그렇게 십 년을 더듬거리다 잡은 것이 건축 일이었다. 전후 폐허 땅에 집의 수요가 무진장했다. 이것이 전반생 내 생업이 되었구나. 취직이 안 돼 삐뚤삐뚤 혼자 사는 법을 터득한 덕에 그 후 30년 노후를 사는데 긴요한 노하우를 얻게 된 셈이지.

네 나이 45세다. 앞으로 십 년 후를 정년으로 잡아보자. 네 후반생에 이런 아드바이스를 해주고 싶구나. 직장인의 자세에 대해선 현역인 너희가 더 잘 알겠지. 오늘의 얘기는 너희가 잘 모를 은퇴 후 일에 대한 것이다.

은퇴 후 30년, 이 기나긴 세월을 무엇을 하고 지낼 것인가? "그때 가봐서…."라는 생각은 접어라. 큰 착각이다. 의사나 예술인, 자영업자처럼 정년이 없는 직종은 별개다. 샐러리맨은 직장을 떠나는 순간 외톨이가 되고 놀라우리만큼 빨리 힘이 빠진다.

은퇴 10년 전, 늦어도 5년 전에는 노후 할 일에 대해 구체적으로 연구를 시작해야 한다. 젊어서도 직장 30년을 위해 대학, 대학원, 스펙 쌓기 등 오랜 준비를 하지 않았던가. 노후도 30년이다. 준비없이 은퇴를 맞아서 할 일이 없어 우울 속에 지내는 이가 얼마나 많은지 모른다.

'어떤 일'을 해야 할까? 플라톤이 여러 번 거듭 강조한 교훈이 있다.
"네 일을 하고, 너 자신을 알아라."

훗날 몽테뉴는 이 교훈을 위대한 것으로 받아들이고 이렇게 풀이했다.
"자기 일을 하려는 자는, 자기가 어떤 종자이고, 자기 소질이 무엇인지 알아야 한다. 또 자기를 아는 자는, 남의 일을 제일로 생각하지 않고, 쓸데없는 일이나 무익한 계획을 거부한다."

'자기 일'을 찾는데 방법이 있다. 현대 저명한 철학자가 일러준 말이다.
"나는 죽기 전에 꼭 이런 일을 한번 해보고 싶다! 마음속 깊은 곳에서 우러나오는 '조용하고 조그만 목소리(Still Small Voice)'에 귀를 기울여라." 그 일을 하는 제 모습을 떠올릴 때 행복감에 온몸이 떨린다면 그것이 바로 네게 맞는 일이다. 어릴 적 즐거워 푹 빠졌던 놀이도 그중의 하나일 수 있다.

한 가지 주의할 점이 있다. 일 가운데 장기나 바둑처럼 재미는 있지만, 오랜 세월 꾸준한 노력을 필요로 하지 않는 일은 금세 질력이 난다는 사실이다. 또 한 가지 알아야 할 일이 있다. 노후에 와서 내 취향에도 맞고 돈도 생기는 그런 일이란 없다. 생계에 쫓기면 도로 남의 일을 하게 된다. 은퇴 후 생활은 연금, 퇴직금, 저축만으로 살아갈 계획을 세워둬야 한다.

평상시 생활을 건전하게 하여 노후 돈 걱정 없이 살아갈 수 있도록 준비를 해야 한다. 저축한 돈으로 임대수입을 확보해두는 것도 수입 없는 노년에 대비한 든든한 받침대다.

책 좋아하는 나는 57세 때 도서 재단을 만들어 청소년들과 책 얘기 나누는 것이 노후 삶의 기쁨과 보람이 되었단다.

—父書

중산층 교양인

〈조카에게〉

언젠가 내게 그간 살아온 얘기를 들려 달라 한 적이 있었지. 오늘 마침 시간이 나는구나. 어디 한 번 돌아보자.

고2 때 6·25를 겪고도 이렇게 85년을 살아왔으니 용케 버텼단 생각이 든다. 충북 진천에서 김석원 장군 부대가 개전 이래 처음으로 인민군에게 반격을 가해 일주일 동안 남하를 지연시켰지. 한미 양군의 전열을 가다듬는데 분초가 아쉬웠던 때라 큰 전과였던 셈이다. 우리 집도 반파되었지만, 다행히 인명 피해는 없었다.

더 큰 문제는 중공군 개입으로 일어난 1·4 후퇴 때였다. 가을에 거둬들인 곡식이 한 톨 남지 않고 다 없어져 버린 거다. 곡식의 반은 식구들 양식을 대고, 반은 이듬해 농사짓는 데 쓴다. 앞으로 돈 한 푼 없이 자녀 다섯을 거느리고 어떻게 살아나갈 건지, 어른들 눈앞이 캄캄하셨을 거다.

교육 백년대계를 생각한 대통령의 특명으로 학병에서 풀려나 피난지 부산에서 대학에 들어갔다. 잘 곳도 먹을 것도 없이 값비싼 공과계 전문서는 엄두도 못 내고 2년 연거푸 낙제했다. 피땀 흘려 등록금을 장만해 보내는 부모님 생각에 가슴이 미였다. 오죽했으면 사회에 나온 후에도 졸업을 못해 버둥거리는 꿈을 여러 해 꾸었을까.

내 주변에 장래도 기약할 수 없다. 차라리 지금 죽어버리는 게 낫지 않을까 생각마저 했었지. 돈이라곤 홍대(弘大) 이도영 이사장이 주는 장학금 3천 원이 전부였다. 쌀 서 말 값이었지. 친구들과 산꼭대기 하꼬방에 들어앉아 책을 읽었지. 달리 할 일도 없고, 무엇보다도 끝없이 가라앉는 마음을 부추겨 세워야 했기 때문이지.

대학 시절의 독서는 의미가 크다. 그렇게 읽은 책들이 일생 고비마다 나를 뒤에서 받쳐 주었구나. 세상에 태어나서 처음으로 정신세계, 가치의 세계 얘기를 들었다. 대학 1학년 때다. 2차대전 말기 동경대 가와이 교수가 사지로 떠나는 제자들의 배낭에 집어 넣어 준 책이었다. 「학생들에게 주노라」.

"교육의 궁극 목적은 인격의 완성에 있다. 학문·도덕·예술의 진·선·미를 향해 인격을 연마하라. 너희 의지 외 아무도 너희 진로를 막을 자는 없다."

무일푼 맨손으로도 할 수 있는 고귀한 이상이었다. 인격주의 인생관! 수렁에서 허우적대던 나에게 삶의 목표가 주어진 것이다. 그로부터 60년 뒤 일본에서 뜻밖에 「가와이 연구회」를 만났다. 기고도 하고 강연도 했다 연구회에 참가도 한다. 역시 대학 시절 독서의 여덕이다.

경영의 신으로 불리는 [파나소닉] 마쓰시다 회장의 자서전도 큰 감동을 안겨주었다. 『사업의 꿈 생활의 꿈』. 젊은 날의 자서전이다. 그는 지방의 조그마한 전기공장을 세계적 대기업으로 키운 비결을 이렇게 말했다. 사업을 개인의 돈벌이 수단이라는 생각에서, 사업을 통해 패전국 조국에 공헌하겠다는 '사명감'으로 바꾸었을 때 전환점이 왔다.

대졸 후 20여 년 고달픈 직업 생활에서 몇 번이고 주저앉고 싶은 유혹을 받을 적마다 우리도 지금 이 나라 부흥에 공헌하고 있는 일원이 아니냐는 생각이 다시 용기를 북돋아 주곤 했다. 뒤에 생전의 마쓰시다 회장을 교토 PHP 본사로 찾아가기도 했다.

그렇게 학창 생활, 사업 생활이 끝나고 50 넘어 후반생으로 접어들었다. 어려서 어머니가 이런 말씀을 하셨다.

"네겐 불성佛性이 있구나. 별로 가진 것도 없는데 그렇게 자꾸 남 퍼주기를 좋아하니 걱정이구나." 또 이런 말씀도 하셨다. "책 좀 고만 봐라. 골 빠지겠다."

후반생은 어머니 말씀이 예언처럼 적중한 시간이었다. 후반생들어 먹고 사는 일에서 손을 떼었을 때 아내와 같이 청소년 도서 재단을 설립했다. 중고생과 군부대 사병들에게 책을 나눠 주어 읽히려는 생각에서였다. 책을 고르고, 가서 강연하고, 편지에 답장 쓰고, 그렇게 20여 년간 15만 권의 책을 기증했다. 생전 처음 사는 보람과 기쁨을 느꼈다. '知子는 莫如母'라 했다. 베풂과 책, 어머니가 내다 본 내 천성이었다.

천성이 꽃필 때 사람은 자기실현의 행복을 느낀다 했다. 이런 생활 중에 김상철 회장을 만나 한미우호협회에 참가하게 된 것은 큰 행운이었다. 그의 권유로 20여 년간 회지에 문화 칼럼을 썼다. 덕분에 글솜씨도 늘고 독서에 깊이가 생겼다. 고인이 된 김 회장에게 나의 재능을 발굴하고 키워준 고마움을 표하고 싶구나.

대학 때 간절히 생각했다. '나도 남들처럼 살아보았으면'. 생활은 중산층, 지향은 교양인이었다. 그런 바람에서 지금까지 걸어온 길이다.

이런 얘기가 네게 무슨 도움이 될는지 모르겠구나.

Epilog

일생 90년 중에서 공부 기간 30년을 뺀 60년 활동 기간 가운데 마지막 7년간이라면 누구에게나 소중한 시간이 아니겠습니까

그 시간을 저는 日本 미에켄(三重縣) 고모노(菰野)에서 많은 분께 신세를 지며 살았습니다. 중·고·대학 동문인 金容善 LG［人和苑］원장이 일본 입주 절차를 총괄해 주었습니다. 김 원장의 애제자인 中部經濟新聞 倉科信吾(구라시나 신고) 지국장이 일본 측 일체 입주 실무를 전담해 주었습니다. 두 분이 아니었더라면 이번 일이 성사되지 않았을지도 모릅니다.

입주 후는「四日市(욧카이치)西로타리」服部(핫도리) 회장 내외분이 정성으로 생활 편의를 돌봐 주었습니다. 핫도리 회장 덕에 로터리 객원 회원이 되어 일본 사회에도 참여할 기회를 얻은 셈입니다.

일본에 와서 도쿄 소재「河合榮治郎가와이에이지로研究會」를 만나게 된 것은 크나큰 행운이었습니다. 6·25전란 중에 읽은 그의 저서로 제 인생관이 설 수 있었기 때문입니다. 한국 5천만 인구 가운데 70년 전 작고한 가와이 교수를 추모하고 있는 분은 李선생 한 분뿐일지 모르겠다며, 川西(가와니시) 연구회 회장이 무척 반가워했습니다. 한 달 뒤로 다가온 연차총회에 '키노트 스피커'로 지명도 하고, 학회에서 발간하는 서적에 여러 차례 제 칼럼을 실어주기도 했습니다. 그리고는 복간된 가와이 선생 저서 100권을 무상으로 기증해 주기도 했습니다.

그는 또 제가 추천한 복거일 작가의 '21세기 친일문제' 「죽은 자들을 위한 변호」를 번역 출판해 주기도 했습니다. 제가 파나소닉 창업주 마쓰시다(松下幸之助) 회장을 숭모해 교토로 찾아간 일이며, 또 일본 산림정책의 선구자로 국립공원의 조림과 산림수종의 대개혁을 이끈 선각자 혼다(本多靜六)박사를 추앙하고 있는 것에 대해 일본인도 잘 모르고 있는 일이라며 그의 자전적 「처세의 비결」을 구독하기도 했습니다.

한편 일본에 건너와 게이오대학 교수가 되고, 세계 외교학계에 이름을 올린 尹仁河 교수(여)와, 가나자와대학과 미국 연구소에서 바이오 연구실적을 쌓아, 일본의 理研(리켄)에서 연구원으로 근무하고 있는 申연숙박사 두 분께도 여러모로 신세를 많이 졌습니다.

특히 '욧카이치 西로터리' 회원 여러분과 '가와이 교수연구회' 여러분께 거듭거듭 감사의 말씀을 올립니다. 7년에 걸쳐 따뜻한 정으로 대해주신 고모노 주민 여러분께도 충심으로 감사의 말씀을 올립니다.

2021년 6월 1일 서울에서
정다운 고모노 주민 여러분께 이성원 再拜

---

* 추신: 끝으로, 타향에 와 살림을 꾸리고, 숱한 타이핑을 처리하고, 국내외 통신을 차질없이 수행해준 아내에게 이 자리를 빌려 다시 한번 감사를 전합니다. 아버지 어머니가 자주 집을 비운 7년간, 각 가정을 잘 지켜준 큰딸 희준, 작은딸 남준, 아들 동준 3남매와 그 가족들에게도 고맙단 인사를 전하고 싶군요. 특히 조카 趙주형 사장은 구순(90)이 다 된 외숙이 걱정돼, 동경 나들이 때마다 쫓아와 길 안내를 해주곤 했습니다. 회사의 바쁜 일정까지 덮고 온 마음씨가 고마웠습니다.

미농의 수다, 고모노 통신